VIAJES DE GULLIVER

Austral Singular

JONATHAN SWIFT
VIAJES DE GULLIVER

Traducción

Emilio Lorenzo Criado

Planeta

Título original: *Gulliver's Travels*

Avda. Diagonal, 662-664, 08034 Barcelona (España)
www.planetadelibros.com

Diseño de la colección: Austral / Área Editorial Grupo Planeta
Ilustraciones de la cubierta: Shutterstock
Primera edición en Austral: septiembre de 2020
Primera edición en esta presentación: marzo de 2026

Depósito legal: B. 24.560-2026
ISBN: 978-84-08-31703-6
Composición: Realización Planeta
Impreso en España

Biografía

Jonathan Swift (Dublín, 1667-1745) creció sin padre pero recibió una buena formación gracias a la contribución de sus tíos. A los seis años ingresó en la que entonces era la mejor escuela de Irlanda, Kilkenny School, y a los quince se matriculó en el Trinity College. Cuatro años después se graduaría allí. En 1688 se trasladó a Inglaterra y empezó a servir en Moor Park como secretario de sir William Temple, un miembro influyente del partido de los *whig* (liberales), y siete años más tarde fue ordenado sacerdote en la Iglesia anglicana. La formidable biblioteca de sir Temple favoreció la formación intelectual de Swift, que se estrenó como escritor con algunos poemas. Entre 1696 y 1697 escribió una de sus obras más relevantes, el *Cuento de una barrica* (1704), un libro satírico en el que arremete contra los católicos y los disidentes del anglicanismo, y en 1701 obtuvo el grado de doctor en Teología. Su labor como agente de la Iglesia le valdría en 1713 el título de deán de la catedral de San Patricio en Dublín. Su carrera política comenzó ligada al partido de los *whig* pero más adelante Swift destacó también en las filas de los *tories* (conservadores) como uno de los políticos más temidos e influyentes del país. La muerte de la reina Ana y la caída de su partido fueron decisivas para que el escritor se estableciera de nuevo en Irlanda. Allí pasaría el resto de su vida dedicado a combatir el abuso a Irlanda por parte del Gobierno inglés, y entregado a la redacción de una de las novelas más importantes que ha dado la tradición satírica inglesa, los *Viajes de Gulliver* (1726). Hasta que, perjudicada en gran medida su salud física y mental e incapaz de valerse por sí mismo, Jonathan Swift pasó a estar tutelado por cuidadores los tres últimos años de su vida.

Carta del capitán Gulliver a su primo Sympson

Espero que cuantas veces te requieran estés dispuesto a reconocer públicamente que fue tu vivo empeño lo que me llevó a publicar una deshilvanada e inexacta relación de mis viajes, a la vez que me aconsejabas que me asegurase los servicios de algún joven caballero de cualquiera de las dos universidades[1] para ordenar la narración y enmendar el estilo, tal como, por indicación mía, hizo mi primo Dampier con su libro *Viaje alrededor del mundo*. Pero no recuerdo haberte dado poderes ni consentimiento para omitir, menos aún para añadir, nada; por tanto, debo desautorizar aquí cuanto se haya añadido, en particular unas frases sobre Su Majestad la difunta reina Ana, de muy devoto y glorioso recuerdo, aunque yo sentía por ella mayor reverencia y estimación que por ninguno de la especie humana. Pero tú, lo mismo que el adaptador, deberíais haber tenido en cuenta

1. Oxford y Cambridge, en Inglaterra. Esta y todas las notas que siguen son del traductor.

que, no sintiéndome inclinado a ello, resultaba inoportuno que yo ensalzara a un animal de la especie humana ante mi amo houyhnhnm; aparte de que los hechos mencionados son enteramente falsos, pues me consta, por haber vivido en Inglaterra durante parte de su reinado, que ella gobernó dejando el timón a un primer ministro, mejor dicho, a dos sucesivos, siendo el primero lord Godolphin y el segundo lord Oxford. De este modo me has hecho decir *lo que no es*. Igualmente, al describir la Academia de Inventores y algunos pasajes de mis conversaciones con mi amo houyhnhnm, o has omitido algunos datos o los has paliado o desfigurado de tal manera que apenas los reconozco como propios. Cuando hace tiempo te insinué algo de esto en una carta, tuviste a bien contestarme que tenías temores de que alguien se sintiera ofendido y que quienes mandan ejercen una extrema vigilancia sobre lo que se imprime y son muy capaces, no ya de interpretar, sino de castigar cualquier cosa en que se crean aludidos (así creo que lo expresabas). Pero te suplico que me digas: ¿cómo es posible que lo que yo dije hace muchos años a más de cinco mil leguas de aquí, en otro país, se pueda aplicar a los yahoos que ahora, según se dice, nos gobiernan, y sobre todo, en un momento en que yo ni remotamente pensaba ni temía la desdicha de vivir sometido a ellos? ¿Acaso no estoy cargado de razón para quejarme cuando contemplo a esos mismos yahoos conducidos por los houyhnhnms en un vehículo como si estos fueran bestias y aquellos criaturas racionales? Fue sin duda para no tener que ver algo tan monstruoso y detestable por lo que principalmente me he retirado a donde vivo ahora.

Y eso es lo que considero mi deber comunicarte en relación contigo y con la confianza que en ti deposité.

Pero ahora debo lamentar mi poco juicio al dejarme persuadir por tus pasiones y falsos argumentos y los de otros, muy en contra de mi propia opinión, a tolerar que se publicaran mis viajes. Te ruego que recuerdes cuántas veces te hice reparar, al insistir tú en razones de bien público, en que los yahoos eran una especie animal enteramente incorregible por medio de preceptos o ejemplos, como se ha demostrado, pues en vez de observar que se ponía fin a todos los abusos y vicios en esta pequeña isla, como yo tenía motivos de esperar, he aquí que después de seis meses de haberlo advertido, no veo que mi libro haya producido ninguno de los efectos que yo esperaba alcanzar. Yo te pedí que me informaras por carta cuando desaparecieran los partidismos y las facciones, cuando los jueces fueran sabios y justos; los abogados, honrados y discretos, provistos de algún barniz de sentido común; cuando en Smithfield[2] se levantara una pira ardiendo de libros de leyes; cuando cambiara por entero la educación de los jóvenes nobles; cuando desterraran a los médicos y las hembras de los yahoos se destacaran por su entereza, honra, sinceridad y discreción; cuando quedaran arrancadas y barridas las malas hierbas de cortes y camarillas de grandes ministros, y recompensados el talento, el mérito y la sabiduría; cuando los que deshonran a la imprenta en prosa y verso fueran condenados a no comer otra cosa que su propio papel y a saciar la sed con su propia tinta. Animado por ti, yo contaba firmemente con estas y otras mil reformas que, sin duda, se inferían claramente de los preceptos formulados en mi libro. Y hay que reco-

2. Lugar donde se celebraban las ferias de ganado cerca de Londres, usado también para ejecuciones públicas.

nocer que siete meses eran tiempo suficiente para corregir todos los vicios y necedades a que están sujetos los yahoos, si por naturaleza tuvieran una mínima disposición a la virtud y a la cordura. Pero hasta el momento, lejos de corresponder a mis expectativas en ninguna de tus cartas, te dedicas, por el contrario, a abrumar nuestro correo todas las semanas con libelos, claves, reflexiones, memorias y segundas partes, donde yo me veo acusado de opinar sobre grandes naciones, de degradar a la naturaleza humana (pues todavía tienen el aplomo de llamarla así) y de denostar a las mujeres. Veo igualmente que los autores de esos pliegos no están de acuerdo entre sí, pues si unos no me dejan ser el autor de mis viajes, otros me adjudican la paternidad de libros que nada tienen que ver conmigo.

También he observado que tu impresor, por negligencia, confunde la época y equivoca las fechas de mis diversos viajes y de los regresos, al no asignarles el año, el mes y el día exactos. Me dicen que el manuscrito original lo han destruido tras la publicación de mi libro y a mí no me queda ninguna copia. Pero te he enviado algunas correcciones que podrías incluir si hubiera una segunda edición; sin embargo no estoy muy dispuesto a mantenerlas, sino que dejo al buen juicio y discreción de mis lectores la tarea de enmendar a su antojo.

He oído que los yahoos marinos critican los términos marítimos que uso, por considerarlos a menudo inadecuados o porque ya no se estilan. No he tenido otro remedio, ya que en mis primeros viajes, cuando yo era joven, quienes me instruían eran los marineros más viejos y así aprendí a hablar como ellos. Pero he averiguado desde entonces que los yahoos marinos, como los de tierra, son propensos a las novedades en el uso de sus palabras; estos últimos suelen cambiarlas de un año para otro, de tal suerte que, cada vez que volvía a mi patria, recuerdo haber encontrado alterada la lengua desde mi partida, de modo que apenas podía entender la que hablaban a mi regreso. Y observo que cada vez que viene un yahoo a Londres a visitarme, por curiosidad, en mi casa, los dos somos incapaces de expresar las ideas de manera inteligible a nuestro interlocutor.

Si la censura de los yahoos tuviera algún efecto sobre mí, tendría fundados motivos para quejarme de que algunos de ellos se atrevan a pensar que mi libro de viajes es pura invención de mi fantasía y que hayan llegado al extremo de insinuar que los houyhnhnms y los yahoos no tienen más realidad que los habitantes de Utopía.

A decir verdad, debo confesar que por lo que atañe a las naciones de Liliput, Brobdingrag (pues así debe de escribirse la palabra y no erróneamente Brobdingnag) y Laputa, no he oído hablar de ningún yahoo tan osado que discuta su existencia o los hechos que he narrado respecto a ellas, pues la verdad se impone convincentemente por sí misma en cada lector. Pero ¿acaso es menos verosímil mi descripción de los houyhnhnms o de los yahoos, cuando es manifiesto, en cuanto a estos últimos, que viven muchos miles de ellos incluso en esta ciudad y que solo se distinguen de los hermanos de su especie en el país de los houyhnhnms por utilizar cierta jerigonza y no andar desnudos? Al escribir yo buscaba su enmienda, no su aprobación. El elogio general de toda la especie me causaría menos efecto que el relinchar de los dos houyhnhnms degenerados que mantengo en mi cuadra, pues de estos, aunque degenerados, todavía me beneficio en algunas virtudes puras, sin mezcla de vicios.

¿Es que estos miserables animales osan pensar que yo he caído tan bajo como para ponerme a defender la veracidad de lo que digo? Aunque yo soy un yahoo, es bien sabido por toda la tierra de los houyhnhnms que, gracias a las lecciones y el ejemplo de mi ilustre maestro, fui capaz en el transcurso de dos años (si bien, debo confesar, con suma dificultad) de desprenderme de esa infernal costumbre de mentir, embrollar, fingir y confundir, tan profundamente arraigada en las mismas entrañas de toda mi especie, sobre todo en los europeos.

Podría airear otras quejas en este enojoso trance, pero en atención al lector y a mí mismo me abstengo de seguir. Debo reconocer con franqueza que desde mi último regreso se han reavivado en mí algunos vicios propios de mi naturaleza yahoo al tratar con algunos de vuestra especie y en particular con los de mi propia familia, por inevitable necesidad. De otro modo jamás habría acometido el absurdo empeño de reformar la raza yahoo en este reino; pero de ahora en adelante, para siempre, no volveré a ocuparme de todos esos quiméricos proyectos.

2 de abril de 1727

Del editor al lector

El autor de estos *Viajes*, Mr. Lemuel Gulliver, es viejo e íntimo amigo mío; tenemos también cierto parentesco por parte de madre. Hace unos tres años, cansado ya de recibir visitas de curiosos que iban a verle a su casa de Redriff, compró un terreno con una vivienda cómoda, cerca de Newark, en el condado de Nottingham, su tierra natal. Allí vive hoy retirado, pero gozando del aprecio de sus convecinos.

Aunque nacido en Nottingham, donde residía su padre, he oído decir a Mr. Gulliver que la familia era oriunda del condado de Oxford; para cerciorarme de ello he examinado en el camposanto de Banbury, situado en dicho condado, varias lápidas y monumentos de los Gulliver.

Antes de partir de Redriff me confió la custodia de los pliegos que siguen, con facultad de disponer de ellos como yo estimara conveniente. Tres veces los he leído con atención; su estilo es llano y sencillo, y el único defecto que les veo consiste en que, a la manera de todos los viajeros, tiende el autor a ser demasiado prolijo. La obra en su conjunto posee un evidente aire de verdad y, ciertamente, la veracidad era una cualidad tan sobresaliente del autor que se hizo proverbial entre los vecinos de Redriff cuando, para afirmar algo, se decía que era tan cierto como si lo hubiera declarado Mr. Gulliver.

Por consejo de varias personas serias a quienes, con permiso del autor, dejé ver estos papeles, me he decidido ahora a publicarlos en la esperanza de que, al menos, y por algún tiempo, sean mejor entretenimiento para nuestros jóvenes nobles que las páginas mal pergeñadas de la política y de los partidos.

La obra habría sido doblemente voluminosa si yo no hubiera tomado la decisión de eliminar innumerables pasajes referentes a vientos y mareas, así como a las singladuras y rumbos de los viajes, además de las minuciosas descripciones del gobierno de la nave al capear las tempestades, tal como se estila entre gente de mar; asimismo he omitido la mención de longitudes y latitudes, punto este en el que sospecho, fundadamente, que Mr. Gulliver acaso se sienta algo descontento, pero yo estaba resuelto a adaptar la obra en lo posible a la capacidad media de los lectores. No obstante, si mi ignorancia de las cuestiones marítimas me ha arrastrado a cometer algunos errores, asumo entera responsabilidad por ellos y si algún viajero tuviera curiosidad por ver la obra entera tal como vino de la pluma del autor, estoy dispuesto a complacerle.

En cuanto a otros pormenores referentes al autor, el lector satisfará su curiosidad ya desde las primeras páginas del libro.

RICHARD SYMPSON

PRIMERA PARTE

Viaje a Liliput

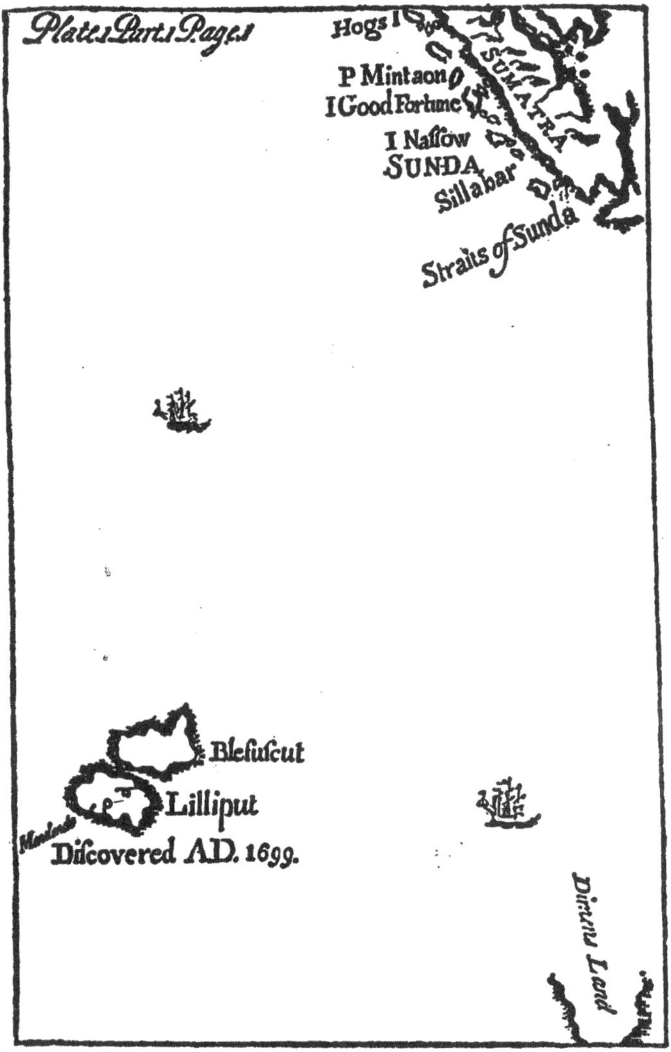
Plate 1 Part 1 Page 1
Hogs I
SUMATRA
P Mintaon
I Good Fortune
I Nassow
SUNDA
Sillabar
Straits of Sunda
Blefuscu
Lilliput
Discovered A.D. 1699.
Dimens Land

CAPÍTULO 1

El autor da razón de sí mismo y de su familia: primeras inclinaciones a los viajes. Naufraga y se salva a nado, arribando al país de Liliput. Lo hacen prisionero y lo conducen tierra adentro

Mi padre tenía una pequeña hacienda en el condado de Nottingham y yo era el tercero de cinco hijos varones. Cuando cumplí los catorce años me envió a Cambridge, donde me alojé en el colegio Emanuel. En él residí tres años entregado con aplicación al estudio. Pero aunque el dispendio era modesto, el coste de mantenerme allí, dada la reducida fortuna disponible, era excesivo, y así, me contrataron de aprendiz con Mr. James Bates, eminente cirujano de Londres, con quien pasé cuatro años. Las módicas ayudas pecuniarias que de vez en cuando me enviaba mi padre las aplicaba al estudio de la navegación y a adquirir otros conocimientos matemáticos útiles a quienes pretenden dedicarse a los viajes, como yo, ya que siempre había pensado que ese, más pronto o más tarde, iba a ser mi destino. Cuando me despedí de Mr. Bates, volví a casa de mi padre, donde con su ayuda, la de mi tío John y otros parientes reuní cuarenta libras y recibí la promesa de treinta más al año para sufragar los gastos en Leyden, donde estudié Medicina dos años y siete meses, convencido de que iba a serme útil en las largas travesías.

Poco después de mi regreso de Leyden mi buen maestro, Mr. Bates, me recomendó para médico-cirujano del Golondrina, al mando del capitán Abraham Pannell, con quien estuve tres años y medio, durante los que hice uno o dos viajes al Levante[1] y otros lugares. Al volver a la patria decidí afincarme en Londres, a lo que me animó mi antiguo maestro Mr. Bates, quien me facilitó además varios clientes. Me quedé con parte de una casa pequeña en la Antigua Judería y, habiéndome aconsejado él que cambiase de estado, me casé con Mary Burton, hija segunda de Mr. Edmund Burton, calcetero de la calle Newgate, la cual trajo al matrimonio cuatrocientas libras de dote.

Pero muerto mi buen maestro dos años después y carente yo de muchas amistades, la clientela empezó a mermar, pues mi conciencia me impedía imitar las malas prácticas de muchos de mis colegas, de suerte que después de consultar con mi mujer y algunos conocidos, resolví volver a la mar. Fui, sucesivamente, médico de dos barcos y durante seis años hice varios viajes a las Indias Orientales y Occidentales que reportaron algún beneficio a mi fortuna. Las horas de ocio las dedicaba a la lectura de los buenos autores, antiguos y modernos, ya que siempre estuve provisto de un buen número de

1. Países e islas del Mediterráneo oriental.

libros; cuando estaba en tierra observaba el comportamiento y el carácter de las gentes y aprendía su lengua, para lo que tenía gran disposición, debido a mi excelente memoria.

Pero como el último de estos viajes no fuera muy afortunado, me sentí hastiado del mar y me dispuse a asentarme en Inglaterra con mi mujer y familia. Me mudé entonces de la Antigua Judería a Fetter Lane y de aquí a Wapping,[2] esperando encontrar clientela entre los marineros, pero la fortuna no parecía acompañarme. Después de esperar tres años que la suerte cambiara, acepté una oferta ventajosa del capitán William Prichard, que mandaba el Antílope y que iba a hacer un viaje al mar del Sur. Zarpamos de Bristol el 4 de mayo de 1699 y la travesía al principio fue muy favorable.

Sería inoportuno, por varias razones, abusar del lector con los pormenores de nuestras aventuras en aquellos mares; baste decir que al dirigirnos desde allí rumbo a las Indias Orientales una violenta tempestad nos arrastró al noroeste de la Tierra de Van Diemen. Al observar la posición, descubrimos que nos hallábamos a treinta grados y dos minutos de latitud sur. Doce hombres de nuestra tripulación habían muerto de fatigas y mala comida y los demás se hallaban muy mermados de salud. El 5 de noviembre, a comienzos del verano por aquellas latitudes, con una densa bruma, los vigías vislumbraron una roca a medio cable[3] de distancia del barco, pero el viento era tan fuerte que nos lanzó

2. Zonas próximas al Támesis, en la orilla izquierda del río.

3. Un cable es la décima parte de una milla marina (1.852 metros) = 185 metros. Recordamos aquí las medidas de longitud del sistema anglosajón: una pulgada = 2,5 cm; un pie = 12 pulgadas = 30 cm; una yarda = 3 pies o 91 cm.

violentamente contra ella y el barco se partió. Seis tripulantes, entre ellos yo, después de arriar el bote al agua, hicimos maniobra para alejarnos del barco y la roca. Calculo que remamos unas nueve millas hasta que nos sentimos incapaces de seguir, pues ya en el barco habíamos quedado agotados de fatiga. Nos abandonamos a merced de las olas y media hora después una repentina ráfaga del norte nos había volcado el bote. No sé decir qué fue de los que me acompañaban en este ni de los que se salvaron en la roca o quedaran en el barco, pero supongo que todos perecieron. En cuanto a mí, estuve nadando al azar, dejándome llevar por el viento y la marea. Trataba una y otra vez de tocar fondo sin conseguirlo, pero cuando ya estaba casi sin fuerza incapaz de seguir luchando, noté que podía hacer pie y que la tempestad se había calmado bastante. El declive era tan suave que hube de caminar casi una milla antes de alcanzar tierra seca. Debían de ser las ocho de la tarde. Luego seguí avanzando cerca de media milla, sin poder encontrar indicios de habitación ni de pobladores o, al menos, mi estado de agotamiento no me permitió advertirlos. Me sentía extenuado, lo cual, añadido al calor reinante y sobre todo al cuartillo de aguardiente que bebí al abandonar el barco, me produjo gran sensación de sopor. Me tumbé en la hierba, que era muy menuda y blanda, y no recuerdo haber dormido más profundamente en mi vida. El sueño duraría más de nueve horas, pues cuando desperté acababa de amanecer. Intenté ponerme en pie, pero no pude moverme, pues al estar tendido de espaldas me encontré con brazos y piernas firmemente sujetos por ambos costados al suelo, y la cabellera, que era larga y espesa, atada de la misma manera. Noté asimismo varias sutiles ligaduras que me cruzaban el tronco, desde los sobacos a los muslos. No podía mirar más que hacia arriba; el sol empezaba a calentar y la luz me molestaba en los ojos. Oía un ruido confuso a mi alrededor pero mi postura no me dejaba ver más que el cielo. Al poco rato sentí una cosa viva que se movía en mi pierna izquierda y que avanzando lentamente sobre el pecho llegó casi a la barbilla. Entonces, bajando la mirada cuanto me fue posible, advertí que se trataba de un ser humano que no levantaba más de seis pulgadas, con un arco y una flecha en las manos y un carcaj en la espalda. Al propio tiempo sentí por lo menos cuarenta criaturas de la misma especie —o así creía— siguiendo a la primera. Yo estaba totalmente pasmado y di un alarido tan grande que todos retrocedieron despavoridos. Algunos, según me contaron después, se lastimaron al caer cuando saltaron de mis costados al suelo. Pero pronto volvieron y uno de ellos, que se aventuró hasta lograr una vista completa de mi rostro, alzando manos y mirada en señal de admiración, gritó en voz estridente pero clara: *«Hekinah degul»*. Los demás repitieron estas palabras varias veces, pero entonces yo no sabía lo que significaban. Todo este tiempo yo seguía tendido, presa, como el lector puede suponer, de gran zozobra. Por fin, luchando por soltarme, tuve la suerte de romper las cuerdas y de arrancar las estacas que sujetaban al suelo el brazo izquierdo, pues al levantar este ante mis ojos descubrí qué medios habían usado para amarrarme. Al mismo tiempo, y de un violento tirón, que me hizo sentir intenso dolor, logré aflojar un poco las ataduras del lado izquierdo de mi cabellera, lo suficiente para poder girar la cabeza unas dos pulgadas. Pero aquellas criaturas volvieron a escapar antes de que pudiera atraparlas.

Entonces hubo una gran algarabía de chillidos y, al cesar, oí una voz que gritaba: «*Tolgo Phonac*», a lo que siguió una descarga de más de cien flechas contra mi brazo izquierdo que sentí como otros tantos alfilerazos. Luego me dispararon otra descarga por elevación, como en Europa lanzamos las bombas, por lo que muchas me caerían, supongo, pues no las sentí, sobre el cuerpo y algunas en la cara, que me apresuré a cubrir con la mano izquierda. Cuando pasó este chaparrón de flechas rompí a gemir de dolor y aflicción y al esforzarme otra vez por soltarme recibí una nueva descarga, más grande que la primera, al tiempo que algunos de ellos intentaban hincarme sus lanzas en los costados, pero afortunadamente llevaba puesto un justillo de ante que no pudieron perforar. Me pareció lo más prudente quedarme quieto y era mi intención seguir así hasta la noche, ya que, suelto el brazo izquierdo, me sería entonces fácil quedar libre de ataduras. En cuanto a los habitantes, tenía fundada confianza en ser capaz de enfrentarme al mayor ejército que pudieran reunir, si todos eran del mismo tamaño que los ya vistos. Mas el destino había dispuesto algo distinto para mí. Cuando aquellas gentes se percataron de que me quedaba quieto, dejaron de arrojarme flechas, pero, a juzgar por el ruido que oía, iban creciendo en número y, a unas cuatro yardas de mí, a la altura de mi oreja derecha, sonaron golpes durante más de una hora, como de gente trabajando. Luego, volviendo la cabeza en aquella dirección, en cuanto me lo permitían las cuerdas y las estacas, vi que se alzaba a pie y medio del suelo una plataforma con cabida para cuatro de aquellas criaturas, dotada de dos o tres escaleras para la ascensión. Desde allí, uno de ellos, persona de calidad al parecer, me dirigió un largo discurso, del que no entendí una palabra: pero se me olvida mencionar que antes de que este personaje empezara su alocución gritó tres veces «*Langro dehul san*», palabras que, como las citadas antes, me fueron repetidas y explicadas más adelante. Al oírlas, se acercaron al punto unos cincuenta habitantes y cortaron las ataduras del lado izquierdo de mi cabeza, lo que me permitió volverme hacia la derecha y contemplar la figura y el gesto del que iba a hablar. Parecía ser de mediana edad y más alto que los tres que lo escoltaban, uno de los cuales era un paje que le llevaba la cola del manto, y que de estatura parecía poco mayor que mi dedo corazón; los otros dos se mantenían uno a cada lado para asistirle. El personaje actuaba como un orador consumado y pude distinguir en su perorata pasajes amenazadores y otros en tono de promesa, compasión y benevolencia. Yo contesté con pocas palabras, muy sumiso, levantando la mano izquierda y los ojos al sol, como tomándolo de testigo. Pero como no había probado bocado desde varias horas antes de abandonar el barco y estaba casi muerto de hambre, no pude resistir los instintos naturales ni reprimir mi impaciencia —acaso infringiendo las reglas de urbanidad— y así llevé repetidas veces un dedo a la boca para indicar que quería comer. El *hurgo*, pues este es el nombre que se da a un hombre principal, como supe después, me entendió perfectamente. Descendió entonces de la plataforma y ordenó que arrimaran a mis costados varias escaleras, por las que treparon más de cien de aquellos seres, que luego avanzaron hacia mi boca, cargados de cestas repletas de carne facilitada y enviada por orden del Rey, en cuanto este tuvo noticia de mí. Pude observar que se trataba de la carne de varios animales, pero no fui capaz de identificarlos por el sabor. Había paletillas, perniles y lomos, semejantes en forma a los del cordero, muy bien aderezados, pero más pequeños que las alas de una alondra. Los fui comiendo, tomando dos o tres en cada bocado, y las hogazas de pan, del tamaño de balas de mosquete, de tres en tres. Ellos se esforzaban sin descanso en tenerme bien abastecido y mostraban de mil maneras su pasmo y asombro ante la mole y el apetito que contemplaban. Les hice entonces notar por señas que tenía sed, y ellos, que se habían percatado viéndome comer de que no me saciaba fácilmente, como eran sumamente ingeniosos, izaron primero e hicieron rodar hacia mi mano uno de sus barriles más grandes y le hicieron saltar la tapa. Yo lo apuré de un trago, lo cual fue fácil, pues no cabía en él un cuartillo; sabía como vino ligero de Borgoña, pero era mucho más exquisito. Luego me trajeron otro barril que vacié de igual manera, indicando que quería más, pero no tenían qué darme. Cuando hube ejecutado estos portentos, gritaron alborozados y bailaron sobre mi pecho, repitiendo una y otra vez, como antes, las palabras *«Hekinah degul»*. Me hicieron seña de que les echara los dos barriles, pero advirtiendo primero a los de abajo que dejaran sitio libre y gritando *«Borach mivola»*. Cuando vieron las cubas por el aire, hubo un griterío general de *«Hekinah degul»*. Confieso que mientras los sentía avanzar y retroceder sobre mi cuerpo estuve varias veces tentado de echar mano a los primeros cuarenta o cincuenta que se pusieron a mi alcance para arrojarlos contra el suelo. Pero el recuerdo de lo que ya había padecido, y que no era probablemente lo peor que podían hacerme, así como mi compromiso de honor (pues así interpretaba yo mi sumiso comportamiento) pronto disiparon estos antojos. Además yo me sentía ahora ligado por las reglas de la hospitalidad a un pueblo que me había tratado con tanto dispendio y magnificencia. Sin embargo, cuando lo pensaba, no podía asombrarme bastante de la intrepidez de estos diminutos mortales que, teniendo yo libre una mano, habían osado trepar y pasearse por mi cuerpo sin temblar a la mera vista de una criatura tan portentosa como yo tenía que parecerles. Pasado algún tiempo, al notar que yo no pedía más comida, apareció ante mí un personaje de calidad enviado por Su Majestad Imperial. Su Excelencia, después de trepar sobre mí por la pantorrilla derecha, avanzó con su séquito de más de doce personas hasta mi rostro, y sacando sus credenciales, garantizadas por el sello real, las extendió ante mis ojos y habló durante unos diez minutos sin el menor signo de enojo, pero con cierta firme resolución, apuntando a menudo hacia delante, donde, como supe después, estaba situada la capital de la nación, a media milla más o menos, y adonde se había acordado, en consejo, por Su Majestad que me habían de transportar. Yo repliqué con breves palabras, que de nada sirvieron, e hice un gesto con la mano libre acercándola a la otra (por encima de la cabeza de Su Excelencia, para no lastimarle a él ni a su séquito) y luego a la cabeza y al tronco indicando así mi deseo de que me soltaran. Al parecer él me entendió de sobra, pues mostró su disconformidad sacudiendo la cabeza e indicó con un gesto de su mano que yo había de ser conducido como prisionero. Hizo, sin embargo, otras señas para darme a entender que iba a recibir comida y bebida suficiente y un buen trato. Entonces volví a sentir la tentación de romper mis ataduras, pero una vez más, al notar el escozor de sus flechazos en el rostro y manos, cubiertos de ampollas y con muchos dardos todavía clavados, y observando que iba creciendo el número de mis enemigos, les hice saber por señas que podían hacer de mí lo que gustasen. Con esto el *hurgo* y su séquito se retiraron con mucha cortesía y alegres semblantes. Poco después oí un clamor general en el que se mezclaban repetidamente las palabras *«Peplom selan»* y sentí en el costado izquierdo una multitud de gente que estaba aflojando mis ligaduras hasta permitirme dar la vuelta sobre el lado derecho, y así descargar mi vejiga, lo que hice copiosamente ante el asombro de aquellas gentes que, sospechando por mis gestos lo que iba a hacer, se corrieron a izquierda y derecha de aquel lado para esquivar el torrente ruidoso y violento que de mí partía, pero ya antes me habían untando la cara y las manos con una especie de ungüento de olor agradable que en pocos minutos me quitó el escozor de los flechazos. Todo ello, añadido al alivio y aliento que me habían procurado la comida y la bebida, ambas muy nutritivas, me predispuso al sueño. Estuve dormido unas ocho horas, según me aseguraron después; no era de extrañar, pues los médicos, por orden del Emperador, habían mezclado con el vino de los barriles un somnífero.

Parece ser que, tan pronto como me descubrieron durmiendo en el suelo al tocar tierra firme, supo el Emperador de mí por un correo urgente y decidió en consejo que me ataran de la manera ya descrita, lo que fue ejecutado por la noche, mientras yo dormía. Del mismo modo se había decidido que me procuraran comida y bebida abundantes y que se preparase un artefacto en que transportarme a la capital.

Una decisión así puede parecer acaso muy osada y

peligrosa, y confío en que ningún príncipe europeo la imite en trance semejante. Pero fue, a mi juicio, sumamente prudente y liberal, pues suponiendo que aquella gente hubiera intentado matarme mientras dormía, yo me habría despertado a la primera sensación de dolor, lo que hubiera excitado en mí rabia y bríos suficientes para hacer saltar las ataduras que me sujetaban. Incapaces de ofrecer resistencia, no hubieran podido esperar clemencia de mí.

Este pueblo tiene muy singular disposición para las matemáticas y ha alcanzado gran perfección en la mecánica, por el aliento y estímulo que reciben del Emperador, famoso protector del saber. Este príncipe dispone de varias máquinas montadas sobre ruedas para el transporte de árboles y otras cargas pesadas. Sus navíos de guerra, que alcanzan a veces nueve pies de largo, los construye a menudo en los bosques que producen la madera y los manda llevar sobre estas máquinas hasta el mar a una distancia de trescientas o cuatrocientas yardas. Quinientos carpinteros e ingenieros se pusieron inmediatamente a la obra para preparar la máquina más grande que tenían. Era un armazón de madera, de siete pies de largo por cuatro de ancho, que se movía, a tres pulgadas del suelo, sobre veintidós ruedas. El clamor que yo había oído se debía a la llegada de este artefacto, que al parecer se había puesto en marcha cuatro horas después de mi arribada. Cuando lo hubieron traído, lo colocaron paralelo a mi cuerpo tendido, pero lo más difícil era levantarme y ponerme encima. Para lograrlo clavaron en el suelo ochenta postes de un pie de altura y engancharon cuerdas muy recias, del tamaño de cordeles, a una serie de vendajes que los operarios me habían ceñido al cuello, manos, tronco y piernas. Novecientos hombres, de los más fuertes, se encargaron de tirar de estas cuerdas utilizando unas poleas sujetas a los postes, de suerte que en menos de tres horas me habían izado y depositado en la máquina, donde quedé firmemente amarrado. Sé esto porque me lo contaron, pues durante todas estas tareas yo dormía profundamente, por el efecto del somnífero vertido en la bebida que me dieron. Mil quinientos caballos, entre los mayores del Emperador, de unas cuatro pulgadas y media de alzada cada uno, se necesitaron para trasladarme a la capital, la cual, como he dicho, distaba media milla.

Unas cuatro horas después de empezar el viaje me despertó un accidente muy ridículo. Al detenerse el carromato un momento para arreglarse algo que se había estropeado, dos o tres de los nativos jóvenes sintieron curiosidad por ver qué aspecto tenía yo cuando dormía, así es que treparon al vehículo y avanzando muy suavemente hasta mi rostro uno de ellos, oficial de la guardia, metió la punta de su pica un buen trecho en la ventana izquierda de mi nariz, lo que, como si fuera una paja, me produjo un cosquilleo que me hizo estornudar violentamente; hecho esto, se alejaron sigilosamente. Hasta pasadas tres semanas no supe la causa de mi súbito despertar. El resto de la jornada transcurrió en una larga marcha y por la noche descansamos. Yo tenía quinientos guardias a cada lado, la mitad con antorchas y la otra mitad, con arcos y flechas, dispuesta a disparar si yo intentaba moverme del sitio. A la mañana siguiente, con la salida del sol, continuamos la marcha llegando a mediodía a doscientas yardas de las puertas de la ciudad. El Emperador y toda su corte salieron a nuestro encuentro, pero los altos dignatarios no permitieron que Su Majestad corriera peligro trepando encima de mi cuerpo.

En el lugar donde se detuvo el carromato se alzaba un antiguo templo, considerado el mayor de todo el reino, el cual, mancillado años antes con un asesinato monstruoso, era tenido, de acuerdo con la devoción de aquel pueblo, por lugar profanado, y destinado por tanto al uso público, después de haber retirado muebles y ornamentos. En este edificio se había decidido que me alojara yo. La gran puerta de la fachada norte tenía unos cuatro pies de altura por dos de ancho y arrastrándome podía pasarla fácilmente. A cada lado de la puerta había una ventana, a menos de seis pulgadas del suelo. En la de la izquierda los herreros del Rey sujetaron noventa y una cadenas como las que cuelgan en Europa de los relojes de señora y casi del mismo tamaño, las cuales quedaron fijadas a mi pierna izquierda por treinta y seis candados. Enfrente de este templo, al otro lado de la gran calzada y a unos veinte pies de distancia, se alzaba una torre de cinco pies por lo menos. A ella subió el Emperador con muchos señores principales de la corte para poder contemplarme, según me dijeron, pues yo no podía verlos. Se calcula que salieron de la ciudad más de cien mil personas con el mismo propósito, y a pesar de mis guardias, creo que no menos de diez mil fueron los que, en una u otra ocasión, subieron encima de mí con ayuda de escaleras. Pero pronto se difundió un pregón prohibiéndolo bajo pena de muerte. Cuando los operarios se dieron cuenta de que era imposible que me soltara y escapara, cortaron las cuerdas que me tenían atado y entonces me puse en pie tan atribulado como nunca había estado en mi vida. No se puede describir el alboroto y asombro de aquella gente al verme levantar y andar, pues las cadenas que sujetaban mi pierna izquierda tenían unas dos yardas de largo y me permitían no solo dar unos pasos hacia delante o atrás en un semicírculo, sino que por estar aseguradas a cuatro pulgadas de la puerta, me permitían también deslizarme por esta y tenderme entero dentro del templo.

CAPÍTULO 2

El Emperador de Liliput, acompañado por varios de sus nobles, visita al autor en su cautiverio. Descripción de la persona e indumentaria del Emperador. Se designa a varios sabios para que enseñen el idioma al autor, que gana las voluntades por su apacible carácter. Le registran los bolsillos y le quitan espada y pistolas

Puesto en pie, miré en torno y debo confesar que nunca había contemplado una vista más amena. Los alrededores aparecían como un vergel sin fin y los campos cercados, que solían tener cuarenta pies de lado, semejaban macizos de flores. Estos campos alternaban con bosques de medio *stang*[1] y sus árboles más altos parecían, por lo que yo podía calcular, de unos siete pies. A mi izquierda podía ver la ciudad, que tenía el

1. Medida arcaica de superficie. Medio *stang* serían 500 metros cuadrados.

aspecto de las que, como decorado, se ven pintadas en el teatro.

Yo llevaba varias horas sumamente apremiado por las urgencias naturales, lo que no era de extrañar, pues hacía dos días que no me aliviaba. Estaba, pues, en grandes apuros entre la necesidad y la vergüenza. El único remedio que se me ocurría era el de arrastrarme dentro de mi morada, que es lo que hice, y cerrando la puerta avancé cuanto permitía el largo de las cadenas y desembaracé mi cuerpo de su molesta carga. Pero fue esta la única vez que cometí acción tan indecente, por la cual solo me queda esperar del tolerante lector alguna indulgencia cuando considere ecuánime e imparcialmente mi caso y el trance en que estaba. A partir de esta ocasión tomé la costumbre de despachar estos menesteres al aire libre, apenas me levantaba, y lo más lejos que me dejaban las cadenas. Todas las mañanas, antes de que acudieran visitas, se tomaron medidas para que la vergonzosa huella de mi acto fuera retirada en carretillas por dos criados asignados a tal tarea. Yo no me hubiera entretenido tanto en un asunto que a primera vista puede parecer de poca monta si no hubiese juzgado necesario explicar al mundo mi carácter en lo referente a la limpieza, la cual, según me dicen, han puesto en tela de juicio, en esta y otras ocasiones, algunas gentes malévolas.

Pasado este trance, volví a salir de mi habitación en busca de aire puro. El Emperador había descendido ya de la torre y cabalgaba hacia mí, lo que pudo costarle caro, pues su caballo, aunque muy bien amaestrado, a la vista totalmente insólita que se le ofrecía, como si una montaña se moviera ante él, se encabritó, erguido sobre las patas. Pero el Soberano, que es un excelente jinete, se mantuvo en la silla hasta que los lacayos se acercaron y agarraron la brida mientras Su Majestad se apeaba. Cuando hubo desmontado me examinó con gran admiración mirando en torno de mí pero guardando la distancia que le aconsejaba el largo de mis cadenas. Mandó a sus cocineros y mayordomos, ya prestos para el caso, que me dieran comida y bebida, las cuales colocaron en una especie de recipientes con ruedas y pronto los vacié todos: veinte estaban llenos de comida y diez de bebida. Cada uno de los primeros daba para dos o tres buenos bocados: y el líquido de diez vasijas, contenido en cántaras de barro, lo vacié en un recipiente y lo apuré de un trago: lo mismo hice con el resto. La Emperatriz y los jóvenes príncipes y princesas de estirpe real, acompañados por muchas damas, venían sentados a cierta distancia en sillas de mano, pero al espantarse el caballo del Emperador se apearon y se acercaron a su persona, a quien voy ahora a describir. Aventaja por el ancho de una uña a cualquiera de su corte, lo cual basta para imponer respeto a quien lo contemple. Sus facciones son recias y varoniles. Tiene labio austríaco y nariz aguileña, la tez olivácea y la compostura erguida, con el tronco y los miembros bien proporcionados. Hay gracia en sus movimientos y el porte es majestuoso. Por entonces ya no estaba en la flor de la vida, pues tenía cerca de veintinueve años, de los cuales había gobernado felizmente, y casi siempre victorioso, unos siete. Para poder contemplarlo mejor, me tendí de lado, de suerte que mi rostro quedaba frente al suyo mientras él, de pie, se mantenía a tres yardas de mí. Desde entonces yo lo he tenido en la mano muchas veces y no puedo engañarme en la descripción. Su vestimenta era muy austera y sencilla, entre asiática y europea en el corte, pero llevaba en la cabeza un ligero yelmo de oro, adornado de piedras preciosas rematadas por un penacho en la cimera. Sostenía en la mano la espada desenvainada para defenderse si yo me soltara. Tenía esta tres pulgadas de largo y la empuñadura, lo mismo que la vaina, eran de oro con diamantes engastados. La voz era estridente, aunque muy clara y articulada, por lo que la percibía limpiamente cuando me ponía en pie. Las damas y cortesanos iban todos magníficamente ataviados, tanto que el lugar donde estaban parecía una saya extendida en el suelo y bordada con figuras de oro y plata. Su Majestad Imperial me dirigió la palabra repetidas veces y yo repliqué, sin que ninguno de los dos pudiera entender una sílaba. Estaban presentes algunos de sus sacerdotes y magistrados (así deduje de sus vestiduras) que recibieron orden de interpelarme; yo les hablé en todas las lenguas de que tenía noción, aunque mínima, y que eran alto y bajo alemán, latín, francés, español, italiano y lengua franca, pero todo inútilmente. Pasadas unas dos horas se retiró la corte y a mí me dejaron con una fuerte guardia para impedir las insolencias y acaso la malicia de la chusma, impaciente por acercarse a mí cuanto les permitía su atrevimiento; algunos de ellos tuvieron el descaro de asaetearme cuando estaba sentado en el suelo a la puerta de mi casa, y poco faltó para que uno de ellos me alcanzara el ojo izquierdo. Pero el coronel mandó prender a seis de los más levantiscos y entendió que el castigo más adecuado sería entregarlos atados en mis manos, lo que efectivamente hicieron algunos de sus soldados, empujándolos con el mango de las picas hasta ponerlos a mi alcance. Yo los agarré con la mano derecha y metí cinco en el bolsillo de mi casaca; en cuanto al sexto, hice ademán de comérmelo vivo. El infeliz daba terribles alaridos y tanto el coronel como los oficiales parecían muy afligidos, sobre todo cuando me vieron sacar mi cortaplumas, mas pronto les quité el miedo pues, mirándolo con dulzura y cortándole las ataduras, lo deposité suavemente en el suelo, de donde escapó corriendo. A los demás los traté de igual manera, sacándolos uno a uno del bolsillo, y pude observar que tanto los soldados como el pueblo quedaban sumamente agradecidos ante esta muestra de mi clemencia que, conocida en la corte, me reportó muy gran provecho.

Al anochecer me metí con alguna dificultad en mi habitación y allí me tendí en el suelo; y así hice por espacio de quince días, tiempo en que el Emperador dio órdenes de que me prepararan un lecho. Trajeron en carretas seiscientos colchones del tamaño corriente y los metieron en mi casa; cosidos entre sí, cada ciento cincuenta cubrían el ancho y el largo del aposento, pero cuatro capas no bastaron para protegerme de la dureza del suelo, que era de piedra lisa. En la misma proporción me facilitaron sábanas, mantas y colchas, de sobra para quien, como yo, estaba avezado a las privaciones.

Cuando las nuevas de mi llegada se extendieron por el país, acudió a verme un enorme número de gentes ricas, ociosas y curiosas, de suerte que las aldeas quedaban casi despobladas y se habrían descuidado grandemente las faenas de labranza y las domésticas si Su Majestad Imperial no hubiera publicado bandos y decretos para evitar este peligro. Ordenó que todos los que ya me habían visto regresaran a sus hogares y se abstuvieran de acercarse a menos de cincuenta yardas de mi casa sin una licencia de la corte, lo que reportó a los secretarios de Estado pingües ingresos.

Mientras tanto, el Emperador celebró frecuentes consejos para deliberar sobre qué medidas habían de tomarse conmigo, y más adelante me aseguró un amigo mío, persona de calidad, que estaba, como el que más, en los secretos de la corte, que esta estuvo en grandes aprietos por causa mía. Temían que me soltara, que mi alimentación resultara muy cara y causase una carestía general. Más de una vez decidieron dejarme morir de hambre, o por lo menos lanzarme a la cara y manos flechas envenenadas, que pronto hubieran acabado conmigo, pero por otra parte consideraron que el hedor de un cadáver tan enorme podía ocasionar una peste en la capital y acaso propagarse a todo el reino. En medio de estas deliberaciones, varios oficiales del Ejército se presentaron a la puerta de la gran Cámara del Consejo y dos de ellos, a quienes se permitió el acceso, dieron cuenta de mi comportamiento con los delincuentes arriba mencionados. Esto causó tan favorable impresión hacia mí en el ánimo de Su Majestad y de todos sus consejeros que inmediatamente se promulgó un decreto imperial que obligaba a todos los campesinos de novecientas yardas a la redonda a entregar cada mañana seis bueyes, cuarenta ovejas y otras provisiones para mi sustento, así como cantidades proporcionadas de pan y vino, y otras bebidas, todo lo cual se pagaría con cargo al tesoro de Su Majestad, pues el Soberano vive principalmente de sus heredades y rara vez, excepto en graves ocasiones, impone tributos a sus súbditos, que están obligados a prestarle servicio a su propia costa en caso de guerra. Para atenderme a mí se organizó un cuerpo de seiscientas personas, a las que se asignó el oportuno salario para su manutención, dotándolas de tiendas convenientemente montadas a los dos lados de mi puerta. Se ordenó también que tres centenares de sastres me hicieran un traje a la usanza del país, que seis de los sabios más notables de la corte se encargaran de enseñarme su lengua y, finalmente, que los caballos del emperador, así como los de la nobleza y tropas de la guardia, hicieran su adiestramiento a la vista de mi persona, para acostumbrarse a ella. Todas estas órdenes fueron debidamente cumplidas, y al cabo de tres semanas yo había avanzado considerablemente en el aprendizaje de aquella lengua. Durante este período el Emperador me honró a menudo con su visita y tuvo a bien ayudar a mis maestros en la tarea de enseñarme. Pronto iniciamos una especie de conversación, y las primeras palabras que aprendí fueron para expresar mi deseo de que me concediera la libertad, deseo que repetí de hinojos a diario. Su respuesta, por lo que yo podía inferir, fue que esto era cuestión de tiempo, que no había de pensarse en ello sin el dictamen del Consejo y que yo debía primero *lumos kelmin pesso desmar lon emposo*, es decir, «jurar la paz con él y su imperio». Dijo también que se me trataría con toda cortesía y me aconsejó que, con paciencia y discreto comportamiento, me ganara su buena opinión y la de sus súbditos. Añadió que no me sintiera ofendido si daba orden de que me registraran ciertos funcionarios, pues era probable que yo llevara encima algunas armas que necesariamente habían de ser peligrosas si estaban en relación con el tamaño de un ser tan descomunal como yo. Le dije que satisfaría su deseo y que estaba dispuesto a despojarme de ropas y vaciar los bolsillos ante él. Todo esto se lo hice saber en parte de palabra, en parte por señas, pero él replicó que según las leyes del país era menester que me registraran dos de sus hombres, aunque consciente de que esto no podía hacerse sin mi consentimiento y cooperación, la alta estima en la que él tenía mi benevolencia y honradez le permitía confiar en mis manos las personas de ambos, prometiendo devolverme, cuando abandonara el país, todo cuanto me quitasen, o bien pagármelo al precio que yo fijara. Tomé en las manos a los dos agentes y los metí primero en los bolsillos de la casaca, y luego en todos los demás que tenía, excepto en las dos faltriqueras y en otro bolsillo secreto que no pensaba dejarles registrar y en el que guardaba algunos efectos de valor puramente personal. En una de las faltriqueras había un reloj de plata y en la otra unas cuantas piezas de oro metidas en una bolsa. Estos caballeros, provistos de pluma, papel y tinta, hicieron un inventario minucioso de cuantas cosas encontraron, y una vez concluido, me pidieron que los pusiera en tierra para poder entregárselo al Emperador. Este inventario lo traduje algún tiempo después y reza literalmente como sigue:

> En primer lugar, en el bolsillo derecho de la casaca del *Gran Hombre Montaña* (pues así interpreto yo las palabras *Quinbus Flestrin*) después de un registro minucioso solo encontramos una gran pieza de tela burda, lo suficientemente cumplida para alfombra del Salón Principal de Estado de Vuestra Majestad. En el bolsillo izquierdo vimos un enorme cofre de plata, con tapa del mismo metal, que en nuestra pesquisa fuimos incapaces de abrir. Le pedimos a él que lo hiciera y al penetrar en él uno de nosotros se encontró enterrado hasta media pierna de una especie de polvo, del que saltó una parte a nuestras caras haciéndonos estornudar a los dos varias veces. En el bolsillo derecho del chaleco encontramos un rollo de blancas láminas envueltas una sobre otra, del

tamaño de tres hombres, atadas con una fuerte soga y marcadas con signos negros, que modestamente interpretamos como escritura, siendo cada letra casi tan grande como la mitad de la palma de la mano. En el izquierdo había una especie de artefacto de uno de cuyos lados salían veinte largas estacas que se parecían a la empalizada que se levanta ante la corte de Vuestra Majestad, de donde inferimos que el *Hombre Montaña* se peina la cabeza, pues no siempre nos atrevimos a molestarle con preguntas, ya que encontrábamos difícil hacemos entender. En el bolsillo grande del lado derecho de su prenda central (así traduzco el término *ranfu-lo*, con el que designaban mis calzones) descubrimos una columna hueca de hierro, del largo de un hombre, sujeta a una recia pieza de madera, más larga que la columna. De un lado de esta sobresalían grandes piezas de hierro, formando extrañas figuras, de lo que no supimos qué pensar. En el bolsillo izquierdo había otro artefacto de la misma especie. En el bolsillo más pequeño del lado derecho había varias piezas redondas y aplastadas de metal blanco y rojizo de diferentes tamaños; algunas de las blancas, que parecían de plata, eran tan grandes y pesadas que mi compañero y yo apenas pudimos levantarlas. El bolsillo izquierdo contenía dos columnas largas de forma irregular; no pudimos, sin dificultad, alcanzar el extremo de ambas, pues estábamos en el fondo. Una de ellas estaba tapada y parecía de una sola pieza, pero en el extremo superior de la otra se veía una cosa blanca y redonda, aproximadamente el doble de grande que nuestras cabezas. Dentro de cada una de estas columnas iba metida una extraordinaria hoja de acero. Le dimos órdenes de que nos las mostrara pues sospechábamos que fueran peligrosos artefactos y él las sacó de sus estuches y nos dijo que era costumbre en su país afeitarse la barba con una y cortar la carne con la otra. Había dos bolsillos en que no pudimos entrar que él llamaba faltriqueras. Los formaban dos grandes hendiduras abiertas en el extremo de su prenda central, pero sumamente apretados por la presión del vientre. Del derecho colgaba una gran cadena de plata con una maravillosa máquina al extremo. Le pedimos que sacara lo que hubiera al fin de la cadena que resultó ser una esfera, medio de plata y medio de un metal transparente. Sobre el lado transparente vimos unas extrañas figuras marcadas en círculo que pretendimos tocar, pero descubrimos que los dedos tropezaban con aquella materia traslúcida. Nos puso al oído aquella máquina, que hacía un ruido incesante como el de un molino de agua. Nosotros suponemos que se trata o bien de un animal desconocido o bien del Dios que él adora, pero nos inclinamos por la segunda conjetura, porque nos aseguró (si le entendimos bien, pues se expresaba muy incorrectamente) que rara vez hacía nada sin consultarlo. Lo llamaba su oráculo y decía que señalaba el tiempo para cada acto de su vida. De la faltriquera izquierda sacó una red casi tan grande como la de un pescador pero preparada para abrirse y cerrarse como una bolsa, para lo cual le servía. En ella encontramos algunas piezas macizas de metal amarillo que si eran de oro verdadero debían de tener un valor inmenso.

Registrados diligentemente todos sus bolsillos, siguiendo las órdenes de Vuestra Majestad, advertimos una correa alrededor de su cintura hecha del cuero de algún animal desconocido, de cuyo lado izquierdo colgaba una espada tan larga como cinco hombres; del derecho colgaba una bolsa o fardel dividido en dos compartimentos en cada uno de los cuales cabían tres de los súbditos de Vuestra Majestad. En uno de ellos había varias bolas de un metal muy pesado, del tamaño de nuestras cabezas: eran menester brazos vigorosos para levantarlas. El otro compartimento contenía una gran cantidad de granos negros, de no mucho bulto ni peso, pues cabían unos cincuenta en la palma de la mano.

Este es el inventario preciso de lo que llevaba encima el *Hombre Montaña*, el cual nos trató con gran cortesía y con el debido respeto a las órdenes de Vuestra Majestad. Todo lo cual firmamos y sellamos en el cuarto día de la luna ochenta y nueve del auspicioso reinado de Vuestra Majestad.

CLEFREN FRELOCK, MARSI FRELOCK

Cuando le leyeron este inventario al Emperador, me ordenó que entregara los diversos objetos. Primero pidió el sable, que yo entregué con vaina y todo. Entretanto había dispuesto que me rodearan, a cierta distancia, tres mil hombres de sus tropas más escogidas, que entonces le prestaban servicio, con arcos y flechas aprestados para disparar. Pero yo no los miré, pues tenía la vista exclusivamente fijada en Su Majestad. El Soberano me mandó entonces desenvainar el sable, el cual, aunque algo oxidado por el agua del mar, estaba en su mayor parte sumamente brillante. Obedecí y al punto todas las tropas dieron un grito mezcla de terror y sorpresa, pues el sol resplandecía y su reflejo en la hoja les deslumbraba la vista conforme blandía yo el sable en la mano. Su Majestad, que es un soberano muy animoso, estaba menos asustado de lo que yo esperaba y me mandó envainarlo de nuevo y dejarlo en el suelo, con el mayor cuidado, a unos seis pies del extremo de la cadena. Luego pidió una de las columnas huecas de hierro, con lo que designaba una de mis pistolas. Yo la saqué y, cumpliendo su deseo, le expliqué el funcionamiento, y cargándola solo de pólvora, la cual, por haber estado en una bolsa bien cerrada, se había librado de mojarse en el mar (un riesgo que todo marinero prudente procura evitar), y advirtiendo al Emperador que no se asustase, la disparé al aire. El pasmo que esto produjo superó al que creó la vista del sable. Fueron centenares los que se precipitaron sobre el suelo como fulminados, e incluso el Emperador, aunque se mantuvo firme, tardó en recobrarse algún tiempo. Yo entregué las dos pistolas como había hecho con el sable y luego la bolsa de pólvora y las balas, rogándole que tuviera aquella lejos del fuego, ya que ardería con la menor chispa y haría saltar por los aires el palacio imperial. Hice asimismo entrega del reloj, que el emperador tenía curiosidad de ver y que hizo transportar por dos de sus guardias más altos en un poste que llevaba a hombros, tal como trasladan en Inglaterra los mozos de cuerda un barril de cerveza. Estaba él maravillado ante el ruido incesante que hacía y ante el movimiento del minutero, fácilmente perceptible para él, pues este pueblo tiene vista más penetrante que la nuestra. Solicitó entonces las opiniones de los sabios que le rodeaban, que fueron variadas y rebuscadas, como el lector puede bien imaginar sin que yo las repita, si bien es cierto que yo no podía entenderlas del todo. A continuación entregué las monedas de plata y cobre, así como la bolsa que contenía nueve buenas piezas de oro y otras más menudas; igualmente el cuchillo y la navaja barbera, el peine y el estuche de plata del rapé, el pañuelo y el diario. El sable, las pistolas y la bolsa de pólvora se los llevaron en carros a los almacenes de Su Majestad, pero el resto de mis pertenencias me lo devolvieron.

Como he dicho antes, tenía yo un bolsillo secreto que escapó a sus pesquisas, donde guardaba un par de anteojos, que uso a veces por tener la vista débil, un catalejo de bolsillo y otros varios objetos pequeños que, al no ser de interés para el Emperador, no me sentí obligado a revelar y que temí se perdieran o dañaran si me arriesgaba a desprenderme de ellos.

CAPÍTULO 3

El autor divierte de manera un tanto insólita al Emperador y a la nobleza de uno y otro sexo. Descripción de los esparcimientos cortesanos en Liliput. Se concede la libertad al autor con ciertas condiciones

Mi buen comportamiento y mansedumbre me habían conquistado hasta tal extremo la voluntad del Emperador y su corte, así como la del Ejército y el pueblo en general, que empecé a concebir la esperanza de recobrar pronto mi libertad. Yo me esforzaba por todos los medios en cultivar tan favorable disposición. Poco a poco los nativos fueron perdiendo el miedo al peligro que yo pudiera significar. En ocasiones me tendía en tierra y dejaba que bailaran en la mano cinco o seis de ellos. Finalmente los muchachos y muchachas se atrevieron a acercarse y jugar al escondite en mi cabellera. Entretanto yo había progresado notablemente en la comprensión y pronunciación de su lengua. Un día tuvo el Emperador la idea de obsequiarme con algunas de las diversiones del país, en las que aventajaban a todas las naciones que he conocido en cuanto a destreza y magnificencia. Ninguna me distrajo tanto como la de los equilibristas que bailaron sobre un delgado hilo blanco de unos dos pies tendido a doce pulgadas del suelo. Me permitiré, contando con la paciencia del lector, extenderme un poco sobre esto.

Este juego solo lo practican personas que aspiran a disfrutar cargos importantes y especial favor en la corte. Se las adiestra en este arte desde jóvenes y no siempre son de noble cuna ni de educación escogida. Cuando un alto cargo queda vacante, sea por muerte o sea por caída en desgracia (lo que sucede con frecuencia), solicitan cinco o seis de estos aspirantes que los dejen bailar en la cuerda ante Su Majestad y la corte, y aquel que salta más alto sin caerse es el sucesor del cargo. Muy a menudo reciben, hasta los mismos ministros, orden de mostrar su habilidad para convencer al Emperador de que no han perdido facultades. Se dice que Flimnap, ministro del Tesoro, puede dar una cabriola en la cuerda tensa que supera en una pulgada a la de cualquier otro noble en todo el imperio. Yo le he visto dar varios saltos mortales seguidos sobre un plato de madera fijo sobre la cuerda, la cual no es más gruesa que la guita usada para empaquetar en Inglaterra. Mi amigo Reldresal, secretario primero de Asuntos Privados, es a mi parecer, si no peco de parcial, quien sigue al tesorero. Los restantes dignatarios están muy igualados.

Tales entretenimientos van a menudo acompañados de accidentes graves, de los que se han registrado gran número. Yo mismo he visto cómo dos o tres de los aspirantes quedaban lisiados. Pero el peligro es mucho mayor cuando los ministros mismos reciben orden de exhibir su destreza, pues en la porfía por superarse a sí mismos y a sus iguales, se esfuerzan tanto, que raro es el que no ha sufrido una caída, y algunos, dos o tres. Me aseguraron que un año o dos antes de mi llegada Flimnap se hubiera desnucado con toda seguridad de no ser porque uno de los cojines del Rey, que accidentalmente estaba en el suelo, amortiguó la caída.

Existe otra diversión que solo se ofrece al Emperador y la Emperatriz, así como al primer ministro, en contadas ocasiones. El Emperador extiende sobre una mesa tres hilos delgados de seda de seis pulgadas. Uno es azul, el otro rojo, y el tercero verde. Estos tres hilos son el galardón con que el Emperador se propone distinguir, como especial muestra de favor, a otras personas. La ceremonia se celebra en el gran salón de gala de Su Majestad, donde los aspirantes han de someterse a una prueba de destreza muy distinta de la descrita, prueba para la que no he hallado semejanza en ningún otro país del Viejo ni del Nuevo Mundo. Consiste en que el Emperador sostiene horizontalmente en las manos un bastón mientras que los candidatos, acercándose uno a uno, unas veces saltan por encima y otras se arrastran debajo de él avanzando o reculando, según que el bastón se mueva de arriba abajo o de adelante atrás. A veces el Emperador empuña un extremo del bastón y el primer ministro el otro: otras, el ministro lo sostiene solo. Aquel que ejecuta el papel con mayor agilidad y aguanta más tiempo dando saltos y arrastrándose recibe como premio el Hilo Azul; al siguiente se le da el Rojo y al tercero se le recompensa con el Verde. Tales distinciones las llevan ceñidas dos veces en la cintura y se ven pocos personajes importantes en esta corte que no vayan luciendo uno de estos fajines.

Los caballos del ejército, así como los de las Reales Caballerizas, después de haberlos traído a diario a mi presencia, ya no se espantaban y se acercaban incluso a mis pies sin encabritarse. Espoleados por sus jinetes saltaban sobre mi mano cuando la tendía en el suelo. Uno de los monteros del Emperador, cabalgando en uno grande de carreras, saltó por encima de un pie mío, calzado y todo, lo cual fue ciertamente un salto prodigioso. Cierto día tuve la fortuna de ofrecer al Emperador una diversión extraordinaria. Le rogué que mandara traerme unos cuantos palos de dos pies de largo y del grosor de un bastón corriente. Al punto ordenó Su Majestad al Guardabosques Mayor que hiciera las diligencias oportunas y a la mañana siguiente llegaron seis leñadores con otros tantos carros tirados por ocho caballos cada uno. Tomé nueve de estos palos y los clavé sólidamente en el suelo formando un cuadro de dos pies y medio de lado; luego tomé otros cuatro y los amarré firmemente en cada esquina, a unos dos pies del suelo y después sujeté mi pañuelo a los nueve palos clavados estirándolo por los cuatro lados hasta quedar tan tenso como la piel de un tambor; los cuatro palos horizontales, al quedar a unas cinco pulgadas de la superficie del pañuelo, formaban como barandilla en cada lado. Terminada mi obra, pedí al Emperador que hiciera venir un escuadrón de sus mejores caballos, formado por veinticuatro, para que se ejercitara en aquel llano. Su Majestad aprobó la idea y yo los levanté, uno a uno, pertrechados y con jinetes, con sus correspondientes oficiales. Cuando ya estuvieron formados, se dividieron en dos secciones y fingieron escaramuzas, dispararon flechas embotadas, desenvainaron las espadas, huyeron y se persiguieron, atacaron y retrocedieron; en fin, revelaron ser la tropa más disciplinada que jamás contemplé. Los palos laterales protegían a jinetes y caballos del riesgo de caerse de aquel escenario. El Emperador quedó tan complacido que mandó repetir este espectáculo varios días, y en una ocasión él mismo consintió en dejarse levantar y dar las voces de mando e incluso persuadió a la propia Emperatriz de que me dejara sostenerla dentro de su silla de manos, a unas dos yardas del escenario, desde donde podía ver sin estorbo toda la función. Yo tuve la suerte de que no ocurriera ningún percance durante estas diversiones. Solo una vez el fogoso caballo de uno de los capitanes, coceando, hizo un agujero en el pañuelo con un casco y, al resbalar, cayó y dio con el jinete en el suelo, pero al punto los levanté a ambos. Luego, tapando el agujero con una mano, puse en tierra a toda la tropa con la otra, de la misma manera que la había subido. El caballo caído se había torcido el hombro izquierdo, pero su jinete no sufrió daño alguno. Yo zurcí mi pañuelo lo mejor que pude pero no volví a fiarme de su resistencia en usos tan peligrosos.

Dos o tres días antes de que me pusieran en libertad y mientras yo entretenía a la corte con juegos como este, llegó un correo para informar a Su Majestad de que algunos de sus súbditos que cabalgaban cerca del lugar en que me apresaron habían descubierto en el suelo un gran objeto negro de muy extraña forma, con un borde alrededor que lo hacía tan ancho como el dormitorio de Su Majestad y cuya altura, en el centro, era la de un hombre. Añadieron que no era un ser vivo, como habían sospechado al principio, pues yacía sobre la tierra sin moverse y algunos habían caminado en torno a él varias veces, y además, que trepando unos a los hombros de otros habían alcanzado la cumbre, que era llana y lisa, y al pisotear encima descubrieron que estaba hueco, y finalmente, que modestamente suponían que se trataría de algo perteneciente al Hombre Montaña y, si Su Majestad lo consentía, se comprometían a traerlo con solo cinco caballos. Al punto supe a qué se referían y me alegré sinceramente de recibir tal noticia. Al parecer, cuando arribé a la costa después del naufragio, era tal mi confusión que, antes de llegar al sitio donde me dormí, se me había caído el sombrero, que tenía sujeto a la cabeza con una cuerda mientras remaba y que no se había soltado en todo el tiempo que estuve nadando. La cuerda probablemente se rompió debido a algún accidente en que no reparé y yo supuse que el sombrero se había perdido en el mar. Entonces supliqué a Su Majestad Imperial que ordenara traérmelo cuanto antes, explicándole qué era y para qué servía, y al día siguiente llegaron los carreteros con la prenda, algo maltratada, pues habían hecho dos agujeros en el ala, a pulgada y media del borde, a los que habían sujetado dos garfios, que a su vez iban unidos por largas maromas a los arneses. Y así fue cómo el sombrero había sido arrastrado por más de media milla inglesa si bien a causa de la extremada suavidad del terreno, que era muy llano, sufrió menos daños de lo que yo temía.

Dos días después de este suceso, tuvo el Emperador la idea de divertirse de una manera muy singular. Después de ordenar que estuviera preparada la parte de su ejército acuartelada dentro de la capital y en sus cercanías, me pidió que me plantara en pie como el Coloso de Rodas, con las piernas tan separadas como fuera posible. Mandó entonces a su general (que era un caudillo muy aguerrido y protector mío) que formara las tropas en orden cerrado y las hiciera desfilar bajo mis piernas, la infantería de veinticuatro en fondo y la caballería en filas de dieciséis, con redoble de tambores, ondear de banderas y picas en posición de ataque. Formaban en la parada tres mil infantes y mil caballos. Su Majestad ordenó, bajo pena de muerte, que durante el desfile cada uno se comportara respecto a mí con el máximo decoro, lo cual no impidió que algunos de los oficiales jóvenes levantaran la vista al pasar debajo de mí. Y para decir la verdad, debo confesar que mis calzones estaban entonces en una condición tan deplorable, que dieron ocasión repetida de risa y admiración.

Yo había enviado tantos memoriales y peticiones para alcanzar la libertad, que Su Majestad acabó mencionando el asunto primero ante el Gabinete y luego ante el Consejo en pleno, donde no se opuso nadie excepto Skyresh Bolgolam, a quien se le antojó ser mi enemigo mortal, sin motivo alguno. Frente a él, votaron todos los consejeros a mi favor, y el acuerdo quedó ratificado por el Emperador. Dicho ministro tenía el título de *Galbet*, o almirante del imperio, y era persona enterada que gozaba de la confianza de su señor, pero de carácter hosco y desabrido. Finalmente se dejó persuadir, insistiendo, sin embargo, en que las normas y condiciones que habían de regular mi libertad, y que yo debía jurar que acataría, habían de ser redactadas por él mismo. Estas normas me las trajo el propio Skyresh Bolgolam, asistido por dos subsecretarios y varias personas de calidad. Después de leerlas, se me pidió que jurase cumplirlas, primero a la usanza de mi país y luego de acuerdo con los requisitos prescritos en sus leyes, que me exigían sostener el pie derecho en la mano izquierda, poner el dedo medio de la mano derecha en la coronilla y el pulgar en el extremo de la oreja derecha. Pero como el lector acaso sienta curiosidad por tener cierta idea del estilo y modo de expresarse de aquella gente, así como de las condiciones en que se me devolvió la libertad, he hecho una traducción, tan literal como me ha sido posible, del documento, que ofrezco aquí al público:

> *Golbasto Momaren Evlame Gurdilo Shefin Mully Ully Gue*. Muy Poderoso Emperador de Liliput, Deleite y Terror del Universo, cuyos dominios se extienden cinco mil *blustrugs* (unas doce millas de circunferencia) hasta los confines del Globo. Monarca de Monarcas, Más Alto que los hijos de los hombres, cuyos pies se hincan en el centro de la tierra y cuya cabeza se destaca frente al sol, a cuyo gesto los príncipes de la tierra sienten temblar las rodillas, grato como la primavera, propicio como el verano, fecundo como el otoño, temido como el invierno. Su Muy Sublime Majestad presenta al Hombre Montaña, recientemente arribado a nuestros dominios celestiales, las siguientes cláusulas que este se compromete a obedecer bajo juramento solemne:
>
> *Primera.*— El Hombre Montaña no partirá de nuestros dominios sin licencia nuestra refrendada por el Gran Sello.
>
> *Segunda.*— No tratará de venir a nuestra capital sin orden expresa nuestra. En tal caso los vecinos serán avisados, con dos horas de antelación, de que se queden en sus casas.
>
> *Tercera.*— El susodicho Hombre Montaña no debe-

rá pasear más que por nuestras grandes calzadas sin permitirse pisar o tenderse en praderas y campos de mies.

Cuarta.— Al recorrer las mencionadas calzadas tendrá sumo cuidado de no pisotear a ninguno de nuestros amados súbditos, ni a sus caballos o carruajes; tampoco tomará en sus manos, sin consentimiento de ellos, a los citados súbditos.

Quinta.— Si el envío de un recado exigiera extraordinaria diligencia, el Hombre Montaña estará obligado a transportar en el bolsillo tanto al emisario como al caballo en un viaje de seis días una vez en cada luna, y a devolver, si hubiere lugar, sano y salvo al emisario ante nuestra Imperial Presencia.

Sexta.— Será aliado nuestro contra nuestros enemigos de la isla de Blefuscu, y pondrá su mayor empeño en destruir su flota, que se apresta ahora a invadimos.

Séptima.— El citado Hombre Montaña, en sus ratos de ocio, prestará asistencia y ayuda a nuestros obreros cuando hayan de levantar ciertas piedras grandes para rematar el muro del parque principal y en otros edificios reales.

Octava.— En el plazo de dos lunas el Hombre Montaña entregará una medición exacta de la circunferencia de nuestros dominios, basada en el cómputo de sus pasos alrededor de la costa.

Última.— El susodicho Hombre Montaña, al obligarse por juramento solemne a observar las cláusulas precedentes, recibirá cada día una ración de comida y bebida suficiente para el sustento de 1.728 de nuestros súbditos. Gozará asimismo de acceso sin impedimentos a nuestra Real Persona y otras muestras de nuestro favor. Dado en nuestro palacio de Belfaborac el día duodécimo de la luna nonagésimo primera de nuestro reinado.

Yo juré y suscribí estas cláusulas con gran alegría y contento, aunque algunas no eran tan honorables como hubiera deseado. Estas se debían enteramente a la malignidad de Skyresh Bolgolam, el gran almirante. Firmado el documento, fui liberado de mis cadenas y quedé en completa libertad. El propio Emperador en persona me concedió el honor de asistir a toda la ceremonia, lo cual agradecí postrándome a sus pies. Pero él me mandó levantarme y, tras muchas expresiones afables que no repetiré, para no ser tachado de vanidoso, añadió que esperaba ver en mí un valioso servidor, digno de todos los favores ya por él otorgados y los que pudiera concederme en el futuro.

Me permito hacer notar al lector que en la última cláusula del escrito que me devolvía la libertad, el emperador estipula que me concederá una ración de comida y bebida capaz de sustentar a 1.728 liliputienses. Algún tiempo después, al preguntar a un amigo cómo llegaron a precisar tal cifra, me dijo este que los matemáticos de Su Majestad, cuando midieron mi estatura con la ayuda de un compás y averiguaron que esta excedía la suya en la proporción de doce a una, dedujeron, por la semejanza de los cuerpos, que en el mío cabían por lo menos 1.728 de los suyos y, por consiguiente, necesitaría tantos alimentos como los requeridos para sustentar tal número de liliputienses. De esto puede inferir el lector el ingenio de aquella gente, así como la prudente y ordenada economía de aquel príncipe tan grande.

CAPÍTULO 4

Descripción de Mildendo, capital de Liliput, y del palacio del Emperador. Conversación entre el autor y un secretario principal sobre los asuntos del imperio. El autor ofrece sus servicios al Emperador en sus campañas

El primer deseo que expresé al recobrar la libertad fue que me permitieran ver Mildendo, la capital del imperio, cosa que el Soberano me concedió sin dificultad, pero con la condición especial de no dañar ni a sus habitantes ni las moradas de estos. Mediante bandos se hizo saber al pueblo mi propósito de visitar la ciudad. La muralla que la circunda tiene dos pies y medio de altura por once pulgadas al menos de espesor, de suerte que puede recorrerla holgadamente un coche y sus caballos; y cada diez pies está flanqueada por sólidas torres. Yo entré con mucho cuidado por encima de la gran Puerta de Poniente, tambaleándome al pasar a lo largo de las dos calles principales y sin casaca, solo con un corto chaleco, por miedo a dañar los tejados y aleros de las casas con los faldones de aquella. Avanzaba con la mayor circunspección, procurando no pisar a algún rezagado que quedara en las calles, a pesar de las severas órdenes dictadas de que nadie saliera de casa y de que si lo hacía era bajo su responsabilidad. Las buhardillas y las azoteas estaban tan repletas de espectadores que yo no recordaba haber visto en todos mis viajes un lugar tan populoso. La planta de la ciudad forma un cuadrado perfecto y cada lado de la muralla mide quinientos pies. Las dos grandes avenidas que se entrecruzan, dividiéndola en cuatro barrios, tienen cinco pies de anchura. Las otras calles y callejas, donde no pude entrar, pero que contemplé según pasaba, tienen de doce a dieciocho pulgadas de ancho. Caben en la ciudad quinientas mil almas. Las casas tienen entre tres y cinco pisos. Comercios y mercados están bien abastecidos.

En el centro de la urbe se alza el palacio del Emperador, justo donde se cruzan las dos grandes avenidas. Está circundado de una muralla de dos pies de altura que dista unos veinte de los edificios. Su Majestad me dio permiso para pisar en la zona interior de la muralla y, habiendo espacio suficiente entre ella y el palacio, pude contemplar este holgadamente por todos los lados. El patio exterior forma un cuadrado de cuarenta pies de lado y en el recinto del palacio hay otros dos patios; el interior lo flanquean los aposentos reales, que yo estaba deseoso de ver, lo que hallé sumamente difícil, pues las grandes puertas que daban acceso de un patio al siguiente no pasaban de las dieciocho pulgadas de altura por siete de anchura. Ahora bien, los edificios del patio exterior tenían por lo menos cinco pies de alto y me resultaba imposible pasar los pies sobre la mole que formaban sin causarles daños muy graves, a pesar de que los muros eran de piedra labrada y de un espesor de cuatro pulgadas. Por su parte, el Emperador tenía grandes deseos también de que yo admirase la magnificencia de su palacio, pero esto no me fue posible hasta tres días después, que yo pasé cortando con mi cuchillo algunos de los árboles más altos del Parque Real, distante unas cien yardas de la ciudad. Con estos árboles fabriqué dos taburetes de tres pies de alto y capaces de aguantar mi peso. Avisada de nuevo la población, volví a atravesar la ciudad hasta el palacio con los dos taburetes en las manos. Al llegar al lado del recinto exterior, me puse en pie sobre uno de ellos, sosteniendo el otro en una mano. Luego lo levanté por encima de los tejados y lo coloqué con cuidado en el patio interior que tenía un ancho de ocho pies. Entonces, sin ninguna molestia, puse los pies en el segundo taburete y me hice con el primero con la ayuda de un cayado. Con este ardid logré llegar al patio central, donde, tendido de lado, acerqué la cara a las ventanas de los pisos principales, que, abiertas a propósito, me permitieron contemplar las más espléndidas estancias que se puede imaginar. Allí vi a la Emperatriz y a los jóvenes príncipes en sus respectivas habitaciones, rodeados de las gentes principales de su séquito. Ella, Su Majestad Imperial, tuvo la gentileza de sonreírme amablemente y ofrecerme la mano a través de la ventana para que se la besase.

Pero no voy a dar al lector más descripciones de este tipo, ni voy a anticipar lo que reservo para otra obra más amplia, casi ya lista para la imprenta, donde se incluye una descripción general de este imperio desde su instauración, a lo largo de una larga sucesión de soberanos, y se da cuenta especialmente de las guerras y acontecimientos políticos, de las leyes, desarrollo cultural y religión, usos y costumbres, flora y fauna, así como otras noticias muy curiosas y provechosas. Por ahora, mi intención principal es dar relación de aquellos sucesos y actos que nos tocó vivir a la gente y a mí durante mi estancia de nueve meses, más o menos, en aquel imperio.

Cierta mañana, unos quince días después de quedar libre, Reldresal, secretario principal de Asuntos Privados (tal es el título que le dan), vino a mi casa acompañado solo de un criado, ordenó que su coche esperase a cierta distancia y me pidió que le concediera una audiencia de una hora, a lo que yo presto accedí, en razón de su categoría y méritos personales, así como de los buenos oficios con que a menudo facilitó mis peticiones en la corte. Yo me ofrecí a tenderme en el suelo para que pudiese alcanzar mi oído más cómodamente, pero él prefirió que lo sostuviera en la mano durante la conversación. Empezó felicitándome por haber logrado la libertad, diciendo que él podía atribuirse alguna parte de ello, pero, añadió, si no hubiera sido por el actual estado de cosas en la corte, acaso no la hubiera conseguido tan pronto. «Porque —afirmó—, por muy floreciente que parezca la situación de que gozamos a un extranjero, nos están aquejando dos grandes males: una violenta discordia dentro del país, y el peligro de una invasión desde fuera por un enemigo muy poderoso. En cuanto al primero, conviene que sepáis que, por más de setenta lunas en el pasado, ha habido en este imperio dos partidos en pugna, llamados respectivamente *Tramecksan* y *Slamecksan*, según que usen zapatos de tacón alto o bajo, por los que se diferencian entre sí.

»Se atribuye, de hecho, a los Tacones Altos gran conformismo con nuestra antigua Constitución. Pero, sea como fuere, Su Majestad ha decidido emplear a los Tacones Bajos en la administración del Estado y en todos los cargos que son prerrogativa de la Corona, como no podéis menos de observar, en especial viendo que los Tacones Imperiales de Su Majestad son por lo menos un *drurr* más bajos que los de cualquiera de la corte —el *drurr* es una medida de un catorceavo de pulgada—. La animosidad entre estos dos partidos es tan enconada que los de uno ni siquiera comen, ni beben, ni hablan con los del otro. Calculamos que los *Trameck-san* o Tacones Altos nos aventajan en número, pero el poder está totalmente de nuestro lado. Sospechamos que Su Alteza Imperial, el heredero de la Corona, se inclina algo hacia los Tacones Altos; cuando menos, notamos claramente que uno de sus tacones es más alto que el otro, lo cual se manifiesta en cierta cojera al andar. Pues bien, en medio de estas disensiones intestinas, nos vemos ahora amenazados con una invasión desde la isla de Blefuscu, que es el otro gran imperio del universo, casi tan grande y poderoso como este de Su Majestad. Porque, por lo que respecta a lo que os hemos oído afirmar de que hay otros reinos y Estados en el mundo, habitados por seres humanos tan grandes como vos, nuestros filósofos tienen serias dudas y antes admitirían que habéis caído de la luna o de una estrella; pues lo cierto es que cien mortales de vuestra corpulencia acabarían en poco tiempo con todos los frutos y ganados de los dominios de Su Majestad. Por otra parte, en nuestra historia, que abarca un período de seis mil lunas, no hay mención alguna de otras regiones que los dos grandes imperios de Liliput y Blefuscu. Estas dos grandes potencias llevan treinta y seis lunas, como iba a contaros, librando una guerra encarnizada que estalló de la siguiente manera: es cosa admitida que el procedimiento original de cascar un huevo antes de comerlo es por el extremo ancho. Pero el abuelo de nuestro actual Soberano, cuando era mozo, al ir a comer un huevo abierto según la vieja usanza se cortó un dedo. Inmediatamente el Emperador, su padre, ordenó a sus súbditos, mediante un edicto, que, so pena de severos castigos, solo abrieran los huevos por el extremo más estrecho. El pueblo se sintió tan agraviado por esta ley que, según nos cuenta nuestra historia, se han producido ya seis levantamientos a causa de ella. En estos, un emperador perdió la vida y otro la corona. Estas agitaciones internas las han fomentado constantemente los monarcas de Blefuscu, y cada vez que eran sofocadas, los rebeldes que se exiliaban buscaban refugio en ese imperio. Se calcula que en distintas ocasiones unas once mil personas han preferido la muerte antes que someterse al mandato de romper los huevos por el lado estrecho. Muchos centenares de gruesos volúmenes se han publicado sobre esta porfía. Pero los libros de los partidarios del lado ancho llevan mucho tiempo prohibidos y todos los miembros de ese partido están privados, por ley, del derecho a desempeñar cargos. En el curso de estos conflictos los emperadores de Blefuscu protestaron a menudo, a través de sus embajadores, acusándonos de cismáticos en religión, porque infringíamos una doctrina fundamental de nuestro gran profeta Lustrog, contenida en el capítulo cincuenta y cuatro del Blundecral —que es el Corán de ellos—. Pero parece ser que se trata de un texto tergiversado pues las palabras son estas: "Que todos los verdaderos creyentes cascarán los huevos por el lado conveniente". Cuál sea el lado conveniente es cosa que, en mi modesta opinión, parece dejarse al arbitrio de cada conciencia individual o, al menos, al poder decisorio del supremo magistrado. Ahora bien, los exiliados han tenido tanta privanza en la corte del Emperador de Blefuscu y tanto apoyo y aliento entre los de su partido aquí en su patria, que los dos imperios llevan treinta y seis lunas librando una guerra sangrienta con varia fortuna. En ese tiempo hemos perdido cuarenta navíos de línea y un número mucho mayor de barcos menores, así como treinta mil de nuestros mejores marineros y soldados, aunque los daños sufridos por el enemigo se calcula que son algo más cuantiosos que los nuestros. Sin embargo, ahora acaban de aprestar una gran armada y se preparan a atacarnos, y Su Majestad Imperial, que tiene gran confianza en vuestra fuerza y valor, me manda presentaros este informe de la situación.»

Yo rogué al secretario que ofreciera mis humildes respetos al Emperador y le hiciera saber que, a mi juicio, no parecía oportuno que yo, como extranjero, me mezclara en cosas de partidos, pero que estaba dispuesto a arriesgar mi vida en la defensa de su persona y de su Estado contra todos los invasores.

CAPÍTULO 5

El autor, mediante una extraordinaria estratagema, evita una invasión. Se le concede un alto galardón. Llegan embajadores del Emperador de Blefuscu en demanda de paz. Los aposentos de la Emperatriz, en llamas por accidente: eficaz contribución del autor al salvamento del resto del edificio

El Imperio de Blefuscu es una isla situada al norte nordeste de Liliput, del que la separa solo un canal de ochocientas yardas de anchura. Yo no lo había visto todavía y, al tener noticia de la invasión que se fraguaba, evité dejarme ver en aquella parte de la costa por temor a ser avistado por alguno de los barcos enemigos, que aún no sabían nada de mí, ya que toda comunicación entre los imperios estaba rigurosamente prohibida, bajo pena de muerte, durante la guerra. Nuestro Emperador, además, había decretado un embargo contra cualquier clase de naves. Yo di cuenta a Su Majestad de un proyecto que se me había ocurrido para apresar toda la armada enemiga, la cual, como nuestros espías aseguraban, se encontraba anclada en el puerto lista para zarpar con el primer viento favorable. Consulté con los marinos más avezados la profundidad que ellos habían sondado a menudo y me dijeron que en mitad del canal, en pleamar, era de setenta *glumgluffs*, equivalentes a unos seis pies europeos, y en los demás sitios, cincuenta *glumgluffs* a lo sumo. Luego fui andando a la costa nordeste, frente a Blefuscu; allí, tendiéndome detrás de un cerro, saqué mi catalejo de bolsillo y contemplé, fondeada en puerto, la flota enemiga, que constaba de unos cincuenta navíos de guerra y un gran número de barcazas de transporte. Luego volví a casa y encargué, pues estaba autorizado para hacerlo, gran cantidad de maromas de las más fuertes y barras de hierro. La maroma era del grueso del bramante y las barras, del tamaño de una aguja de hacer media. Trencé las maromas para hacerlas más recias y con el mismo fin retorcí las barras de tres en tres formando en el extremo un gancho. Cuando hube asegurado así cincuenta ganchos a otras tantas maromas, regresé a la costa nordeste y despojándome de la casaca, zapatos y medias, penetré en el mar con mi justillo de cuero, media hora antes de la pleamar. A toda prisa fui vadeando mientras pude, luego atravesé a nado treinta yardas a la mitad del canal hasta que hice pie y llegué a donde estaba la flota en menos de media hora. El susto del enemigo al verme fue tal que la gente se arrojó al agua desde los barcos para alcanzar tierra a nado. Había allí no menos de treinta mil almas. Entonces tomé mis aparejos y metiendo un gancho por el agujero de proa de cada barco anudé todas las maromas por el otro extremo. Mientras me ocupaba en esto, el enemigo disparó miles de flechas, y algunas se me clavaron en las manos y en el rostro, lo cual, aparte de excesivo escozor, significaba gran estorbo en mi tarea. Mi mayor cuidado entonces eran los ojos, que hubiera perdido indefectiblemente si no se me hubiera ocurrido un remedio. Guardaba yo, entre otras menudencias, un par de anteojos en mi bolsillo secreto que, como ya he advertido antes, habían escapado al registro ordenado por el Emperador. Saqué estos anteojos y me los sujeté lo mejor que pude en la nariz. Así provisto, continué impertérrito mi tarea a pesar de las saetas del enemigo, muchas de las cuales golpearon las lentes, sin mayores daños que el de desajustarlas un poco. Por fin tuve asegurados todos los ganchos y agarrando el nudo de maromas con la mano empecé a tirar, pero no se movió un solo barco, pues todos estaban firmemente anclados, así es que faltaba por ejecutar la parte más ardua de mi plan. Entonces solté de la mano las maromas, pero dejándolas enganchadas a las naves y con decisión corté las amarras de las anclas con mi cuchillo, lo que me costó recibir más de doscientos flechazos en rostro y manos. Luego recogí el extremo anudado de las maromas enganchadas a los barcos y sin dificultad remolqué cincuenta de los mayores navíos de guerra del enemigo.

Los blefuscanos, que no podían imaginar ni remotamente mis intenciones, se quedaron primero confusos y atónitos pues al verme cortar las amarras pensaron que mi plan era dejarlos a la deriva o que se embistieran entre sí, pero cuando vieron alejarse a toda la flota en formación y a mí tirando de ella, se levantó tal clamor de pena y desesperación, que es imposible describirlo o imaginarlo. Cuando estuve fuera de peligro, me detuve un rato a arrancarme las flechas clavadas en las manos y en la cara, frotándome con el mismo ungüento que me dieron, como ya he dicho antes, al arribar al país. Luego me quité los anteojos y después de esperar una hora a que bajara un poco la marea, atravesé el canal vadeando por el medio y llegué sano y salvo al Real Puerto de Liliput.

De pie en la orilla, esperando el desenlace de la gran aventura, estaban el Emperador y toda su corte. Vieron avanzar los navíos desplegados como una media luna pero no podían distinguirme a mí, cubierto hasta el pecho por el mar. Cuando alcancé la mitad del canal, su angustia fue aún mayor, ya que el agua me llegaba al cuello. El emperador me dio por ahogado y dedujo que el enemigo se acercaba en son de guerra, pero pronto se disiparon sus temores, pues con cada paso mío el canal se hacía menos profundo y en poco tiempo estuve al alcance del oído y, levantando el extremo de las maromas que sujetaban la armada, grité a grandes voces: «¡Viva el poderosísimo Emperador de Liliput!». El gran príncipe me recibió a mi arribada con toda clase de alabanzas y me confirió en el acto el título de *Nardac*, que es entre ellos el más alto honor concedido.

Su Majestad me manifestó su deseo de que aprovechara alguna otra ocasión para traerle el resto de la flota enemiga a sus puertos. Y es tan desmedida la ambición de los príncipes, que no parecía conformarse con nada menos que reducir todo el Imperio de Blefuscu a una provincia y gobernarlo mediante un virrey, acabar con los exiliados partidarios de romper el huevo por el lado ancho y obligarlos a cascarlo por el lado estrecho. Logrado esto, se quedaría como único monarca en todo el mundo. Pero yo procuré disuadirlo de este propósito, invocando en mis argumentos tanto razones de política como de justicia. Además manifesté categóricamente que nunca colaboraría en la obra de esclavizar a una nación libre y valerosa. Cuando este asunto fue tratado en consejo, los ministros más prudentes fueron de mi parecer.

Esta sincera y atrevida declaración mía contradecía de tal manera los planes y política de Su Majestad Imperial que nunca me lo perdonó. Se refirió a ella muy taimadamente en el Consejo, donde, según me contaron, algunos de los más prudentes parecían, al menos por su silencio, compartir mi opinión, mientras que otros, enemigos secretos míos, no pudieron reprimir ciertas expresiones que indirectamente me perjudicaban. Y a partir de entonces empezaron ciertas intrigas entre Su Majestad y una camarilla de ministros maliciosamente predispuestos hacia mí, intrigas que se revelaron antes de dos meses y que hubieran podido acabar totalmente conmigo. Así de leve es el peso de los mayores servicios prestados a los príncipes cuando, puestos en la balanza, se miden con una negativa a obedecer sus caprichos.

Unas tres semanas después de esta hazaña mía llegó de Blefuscu una solemne embajada portadora de humildes ofrecimientos de paz, que pronto se firmó en condiciones sumamente ventajosas para nuestro Emperador, las cuales omito para no abusar del lector. Venían seis embajadores acompañados de un séquito de unas quinientas personas y su entrada fue verdaderamente magnífica, como correspondía a la grandeza de su Soberano y a la importancia de su misión. Cuando quedó concluido el tratado, en el que les presté buenos servicios, aprovechando la influencia que yo ahora tenía, o parecía tener, en la corte, Sus Excelencias, que se enteraron, por informes particulares, de mi amistosa intervención, me hicieron una visita de cumplido. Ponderando primero mucho mi valor y generosidad, me invitaron, en nombre de su señor Emperador, a visitar aquel reino y me pidieron que les hiciera alguna demostración de mi fuerza prodigiosa, de la que tantas maravillas habían oído contar, a lo que accedí; pero no quiero distraer al lector con los pormenores.

Cuando hube atendido a Sus Excelencias por algún tiempo con infinito contento y maravilla para ellos, les rogué que me honraran ofreciendo mi más humilde devoción al Emperador su soberano, la fama de cuyas virtudes había justamente colmado a todo el orbe de admiración y a cuya real persona yo había decidido cumplimentar antes de regresar a mi patria. Así pues, en la primera ocasión en que tuve el honor de ver a nuestro Emperador, le pedí licencia para presentar mis respetos al Monarca de Blefuscu, licencia que él se dignó otorgarme, si bien, como no pude menos de notar, de manera muy fría. No logré adivinar la causa de esta frialdad hasta que me llegó el rumor, por cierta persona, de que Flimnap y Bolgolam habían hecho ver en mi trato con aquellos embajadores una muestra de deslealtad, de la que mi honor estaba, lo puedo asegurar, totalmente libre. Fue entonces cuando empecé a vislumbrar, aunque imperfectamente, lo que son las cortes y los ministros.

Hay que advertir que los mencionados embajadores hablaron conmigo mediante un intérprete, ya que las lenguas de estos dos imperios difieren entre sí tanto como las de Europa, y cada nación se enorgullece de la antigüedad, belleza y pujanza de su idioma, mostrando abiertamente su desprecio por el del vecino. Pero nuestro Emperador, con la ventaja que le daba la captura de su flota, obligó a estos emisarios a presentar sus credenciales y pronunciar sus discursos en la lengua de Liliput. Y debe declararse aquí que debido al intenso intercambio mercantil y comercial entre los dos reinos, a la constante y recíproca concesión de asilo a los refugiados de ambos, y a la costumbre practicada en cada uno de los países de enviar al otro a los jóvenes nobles y a los ricos burgueses para refinarse, conocer mundo y comprender a los hombres y sus modales, pocas personas de condición, comerciantes o gentes de mar hay que, residiendo en las comarcas marítimas, no sean capaces de conversar en las dos lenguas, como yo descubrí semanas después, cuando fui a presentar mis respetos al Emperador de Blefuscu, visita que, en medio de grandes infortunios debidos a la mala voluntad de mis enemigos, resultó para mí una feliz aventura, como he de relatar en lugar oportuno.

Recordará el lector que, cuando firmé las cláusulas que me devolvían la libertad, había algunas que me repugnaban por ser demasiado serviles, y nada en este mundo, a no ser una necesidad extrema, me hubiera obligado a cumplirlas. Pero en mi nueva condición de *Nardac*, supremo rango en el imperio, semejantes obligaciones se consideraban indignas de mí, y el Emperador, seamos justos con él, no las mencionó ni una sola vez. Sin embargo, no pasó mucho tiempo sin que yo tuviera ocasión de prestar a Su Majestad un servicio muy señalado, por lo menos así lo creí entonces. Era medianoche cuando el clamor de cientos de personas a mi puerta me puso en alerta y al ser despertado tan súbitamente, sentí una especie de terror. Yo oía repetir sin cesar la palabra *burglum* y algunos miembros de la corte imperial se abrieron paso entre la muchedumbre y me suplicaron que acudiera sin demora a palacio, donde los aposentos de la emperatriz estaban en llamas, por el descuido de una de sus doncellas de honor que se había dormido mientras leía una novela. Me levanté al punto y, despejado el camino ante mí por orden previa, procuré llegar al palacio sin pisar a la gente y aprovechando que era una noche de luna clara. Al llegar vi que habían apoyado escaleras en los muros de los aposentos y que estaban bien provistos de cubos, pero el agua estaba algo distante. Estos cubos eran del tamaño de un dedal grande y la pobre gente me los iba pasando con la mayor presteza posible, pero las llamas eran tan voraces que de poco servían. Yo hubiera podido fácilmente sofocar el fuego con mi casaca, pero, por desgracia, la había olvidado en casa con las prisas, presentándome solo con mi justillo de cuero. La situación parecía totalmente desesperada y lamentable y el magnífico palacio habría infaliblemente quedado arrasado por el fuego, de no habérseme ocurrido, con una presencia de ánimo rara en mí, un remedio repentino. La noche anterior había bebido profusamente un vino finísimo, llamado *glimigrin* (los de Blefuscu lo conocen como *flunec*, pero se considera que el nuestro es mejor), que es muy diurético. Por un azar muy afortunado, yo todavía no había eliminado ni una gota. Así, con el acaloramiento de mi cercanía a las llamas y mis esfuerzos por sofocarlas, el vino se abrió paso por la vejiga como orina, la cual expulsé en tales cantidades y con tal puntería que en tres minutos el fuego quedó totalmente extinguido y salvado de la destrucción el resto de aquella noble mole que tanto tiempo había costado levantar.

Entretanto había amanecido y volví a mi casa sin

esperar a celebrar el final o a recibir la enhorabuena del Emperador, pues si bien yo acababa de prestar un servicio muy eminente, no era capaz de imaginar cómo tomaría Su Majestad mi manera de ejecutarlo, ya que según los estatutos del reino se castigaba severamente a toda persona, fuera cual fuera su condición, que hiciera aguas dentro del recinto del palacio. Algo me consoló un recado de Su Majestad anunciándome que daría orden al justicia mayor de que me otorgaran formalmente el perdón, perdón que, sin embargo, no pude obtener. Por otra parte, me aseguraron en privado que la emperatriz, sumamente asqueada de lo que yo había hecho, se había mudado al lugar más apartado de palacio, resuelta finalmente a no volver a ocupar ni hacer reparar los aposentos dañados. Y en el seno de la intimidad no podía reprimir sus votos de venganza.

CAPÍTULO 6

Los habitantes de Liliput. Cultura, leyes y costumbres; la educación de los hijos. De cómo vivía el autor en aquel país y supo vindicar a una gran señora

Aunque es mi intención dedicar todo un tratado a la descripción de este imperio, quisiera sin embargo, entretanto, brindar al curioso lector algunas ideas generales. La estatura media de sus naturales es algo menos de seis pulgadas[1] y el tamaño de los animales, árboles y plantas guarda exacta proporción con ella: por ejemplo, los caballos y bueyes más altos miden entre cuatro y cinco pulgadas de alzada; las ovejas, aproximadamente pulgada y media; los gansos son del tamaño de un gorrión, y así gradualmente hacia abajo hasta llegar a los más diminutos, casi invisibles a mi vista. Pero la naturaleza había adaptado la visión de los liliputienses para alcanzar con los ojos todos los objetos de su alre-

1. Seis pulgadas son aproximadamente 15 centímetros.

dedor; así pues, son capaces de ver con gran claridad, pero no muy lejos. Y para demostrar la penetración de su vista para los objetos cercanos, debo decir que he tenido ocasión de contemplar cómo un cocinero descuartizaba una alondra más pequeña que la mosca común, y cómo una muchacha enhebraba una aguja invisible con seda invisible. Los árboles más altos tienen unos siete pies: me refiero con esto a los del gran Parque Real, cuyas copas yo podía alcanzar con el puño. Las demás plantas son por el estilo pero dejo al arbitrio del lector el imaginarlas.

Por el momento poco he de decir de su civilización, que ha florecido en todas las ramas a lo largo de muchos siglos: la escritura es muy particular; no escriben de izquierda a derecha como los europeos, ni de derecha a izquierda como los árabes, ni de arriba abajo como los chinos, ni de abajo a arriba, como los cascagios, sino oblicuamente, de una esquina de la hoja a la opuesta, como las damas inglesas.

A los muertos los entierran cabeza abajo, pues tienen la creencia de que pasadas once mil lunas han de resucitar y, para entonces, la Tierra, que ellos tienen por plana, se volverá del revés y así ellos, al resucitar, se encontrarán ya dispuestos y en pie. Los sabios del país reconocen lo absurdo de tal creencia, pero la práctica continúa cumpliendo la voluntad del vulgo.

Algunas de las leyes y costumbres de este imperio son muy peregrinas y si no fueran tan patentemente contrarias a las de mi querida patria me sentiría tentado a decir algo en su defensa. Sería solo de desear que se cumplieran también. La primera que voy a mencionar se refiere a los delatores. Todo delito contra el Estado se castiga aquí con la máxima severidad, pero si la persona acusada puede probar claramente su inocencia en el juicio, el acusador sufre inmediatamente una muerte ignominiosa, y a costa de su fortuna y tierras se compensa al inocente por la pérdida de tiempo, el peligro sufrido, las penalidades de la cárcel y los gastos incurridos en propia defensa. Si dichos bienes no bastaran, la Corona se encarga de suplirlos con largueza. El Emperador, además, le otorga alguna muestra pública de su favor y se proclama la inocencia del reo por toda la ciudad.

Consideran el fraude como delito más grande que el robo y quien lo comete rara vez se libra de la pena de muerte, pues arguyen que el cuidado y la cautela, unidos al sentido común, bien pueden librar del ladrón los bienes de una persona, pero que la honradez no tiene defensa contra una astucia superior y, puesto que tiene que existir un movimiento constante de compras y ventas, así como de tratos basados en el crédito, allí donde se permite o se consiente el fraude —o no existe ley para castigarlo— el comerciante honrado lleva siempre las de perder y todas las ventajas son para el bribón. Recuerdo cómo una vez, cuando yo intercedía ante el Rey a favor de un delincuente que había malversado una gran suma confiada a él por su señor, huyendo con ella, le dije a Su Majestad, a manera de disculpa, que solo se trataba de un mero abuso de confianza; pero al Emperador le pareció monstruoso que yo ofreciera como atenuante lo que era la mayor agravante del delito. Y la verdad es que poco me quedó por replicar aparte de la consabida respuesta de que cada nación tiene sus costumbres, pues, a decir verdad, me sentía profundamente avergonzado.

Aunque solemos decir que el castigo y la recompensa son los dos pilares sobre los que descansa todo gobierno, jamás vi poner esta máxima en práctica en nación alguna excepto en Liliput. Todo el que puede demostrar allí suficientemente la estricta observancia de la ley durante setenta y tres lunas, tiene derecho según su estado y condición a ciertos privilegios, unidos a una cantidad proporcional de dinero librada de un fondo especial creado para tal fin. Del mismo modo adquiere además el título de *Snilpall* o *Legal*, que se añade al nombre pero que no se transmite a sus descendientes. Y aquella gente piensa que es una increíble deficiencia de nuestro sistema político que hagamos cumplir las leyes solo a fuerza de castigos y sin mención alguna de recompensas. A estas ideas se debe que la imagen de la Justicia se represente en las salas de los tribunales con seis ojos, dos delante, dos atrás y uno a cada lado, como símbolo de la circunspección,[2] con una bolsa de oro abierta en la mano derecha y una espada envainada en la izquierda, para significar que es más propicia al premio que al castigo.

Para la provisión de cargos, prestan más atención a las buenas cualidades morales que a la capacidad. Siendo el gobierno algo necesario para el género humano, opinan que un hombre de entendimiento corriente está dotado si no para una posición, sí para otra, y que nunca entró en los designios de la Providencia hacer un misterio del desempeño de los asuntos públicos, como si estos fueran susceptibles de ser entendidos solo por contadas personas de genio excepcional, de las que a lo sumo nacen tres en toda una época. Pues estas gentes

2. Recuérdese que *circunspección* significa «acto de mirar alrededor».

suponen que la sinceridad, la justicia, la templanza y otras virtudes son inherentes a la naturaleza humana, y la práctica de ellas, apoyada por la experiencia y la buena intención, bastaría a cualquier persona para servir a su patria, a menos que se requieran para un puesto estudios especiales. Pero ellos creen que la ausencia de virtudes morales está tan rara vez compensada por facultades mentales superiores, que los cargos públicos no deben ponerse en manos tan nocivas como las de gente así dotada, pensando que, al menos, los errores debidos a la ignorancia en un hombre virtuoso nunca tendrán las fatales consecuencias para el bien público que las obras de otro propenso a la corrupción y capacitado para mantenerla, multiplicarla y defenderla.

De la misma manera, aquel que no cree en la divina Providencia queda incapacitado para ejercer cualquier cargo público, ya que si los reyes se proclaman a sí mismos representantes de ella, nada hay más absurdo, a juicio de los liliputienses, que un príncipe encomendando tareas a hombres que no acatan la autoridad bajo la que él gobierna.

Al mencionar estas leyes y las que siguen, quiero dejar claro que solo me refiero a las instituciones originales y no a las corrupciones escandalosas en que estas gentes han caído a causa de la degenerada naturaleza humana. Pues el lector debe tener en cuenta, en lo que respecta a la abominable costumbre de lograr puestos importantes bailando en cuerdas o de recibir favores o distinciones saltando por encima de bastones o arrastrándose por debajo de ellos, que fue el abuelo del Emperador hoy en el trono quien la introdujo y actualmente ha alcanzado tal auge a causa del creciente desarrollo de partidos y facciones.

Se castiga entre ellos la ingratitud con la pena de muerte, como leemos que sucede en algunos otros países, pues alegan que quien es ingrato con sus bienhechores tiene por fuerza que ser un enemigo del resto de la humanidad —a la que no debe gratitud alguna— y, por tanto, no es digno de vivir.

Sus ideas sobre los deberes entre padres e hijos difieren extremadamente de las nuestras. Así, puesto que la unión de macho y hembra se basa en la gran ley de la naturaleza que sirve para la propagación y continuación de la especie, insisten los liliputienses en que hombres y mujeres se acoplan entre sí como los demás animales, impulsados por su concupiscencia, y opinan que la ternura que los padres sienten hacia sus hijos se debe al mismo instinto natural. Por ello, se niegan a admitir que el hijo tenga obligación moral alguna para con su padre por haberlo engendrado o con su madre por haberlo traído al mundo, lo cual, dadas las miserias de la vida humana, no constituye un beneficio en sí, ni era intención de los padres que lo fuese, pues ellos pensaban en otra cosa durante sus encuentros amatorios. Apoyados en estos razonamientos y otros semejantes, opinan que los progenitores son los menos indicados para que se les confíe la educación de los propios hijos, por lo cual han establecido en todas las ciudades escuelas de párvulos públicas, a las que todos los padres, excepto labradores y jornaleros, están obligados a enviar a los niños de uno u otro sexo para que los críen y eduquen tan pronto cumplen las veinte lunas, edad a la que se supone son capaces de mostrar una docilidad rudimentaria. Estos internados o guarderías son de varios tipos, de acuerdo con las dotes y el sexo de los alumnos, y disponen de maestros especializados en preparar a los niños para el género de vida que corresponde a la condición social de sus progenitores, así como a su propia capacidad e inclinaciones. Hablaré primero de las escuelas masculinas y luego de las femeninas.

Los internados destinados a varones de noble cuna están dotados de graves y sabios profesores con sus correspondientes ayudantes. Las ropas y las comidas de los pupilos son sencillas y sobrias. La educación está basada en los principios del honor, la justicia, el valor, la honestidad, la clemencia, la religión y el patrimonio; los alumnos siempre están ocupados en algo, salvo a las horas de comer y dormir, que son pocas, y otras dos de distracción, destinadas al ejercicio físico. Hasta los cuatro años los visten hombres; llegada esa edad, los obligan a vestirse solos, por elevada que sea su condición, y las mujeres que los asisten, cuya edad viene a ser la de las nuestras a los cincuenta años, solo se ocupan de los quehaceres más elementales. No se les permite conversar con los criados, y cuando se divierten, lo hacen juntos, en grupos mayores o menores y en presencia de un profesor o uno de los ayudantes; de este modo se libran de esas malas y tempranas experiencias de insensatez y vicio a que nuestros niños están sometidos. A los padres les dejan verlos solo dos veces al año, pero la visita no dura más de una hora, pudiendo besar a su hijo al llegar y al despedirse solamente. Hay un profesor siempre presente en estos encuentros, que no les permite que hablen en voz baja o mimosa, ni que les lleven regalos, sean juguetes, golosinas o cosa parecida.

Si deja de pagarse la cuota que corresponde a cada familia para la educación y mantenimiento de un niño, los funcionarios del Emperador se encargan de cobrarla.

Las guarderías para hijos de caballeros en general, de negociantes, comerciantes y artesanos se rigen, con las debidas salvedades, según principios semejantes, solo que los niños destinados a un oficio salen para ser aprendices a los siete años, mientras que los hijos de personas de condición continúan en estas escuelas hasta los quince, que corresponden a veintiuno entre nosotros, si bien para estos el internado se reduce gradualmente en los tres últimos años.

En las guarderías de niñas, las hijas de gente notable reciben educación muy semejante a la de los niños, pero quienes las visten son sirvientas, siempre en presencia de un profesor o ayudante, hasta que llegan a la edad de vestirse solas, que es a los cinco años. Y si alguna vez se descubre que estas niñeras intentan distraer a las niñas con cuentos necios o de miedo o con las consabidas tonterías que cometen nuestras doncellas, entonces reciben tres veces azotes públicos por la ciudad, se las condena a un año de cárcel y las mandan desterradas a perpetuidad a las partes más desoladas del país. De esta suerte, las jóvenes de allí se sienten tan avergonzadas de ser cobardes y necias como los hombres, y desprecian todo adorno personal que no sea la decencia y el aseo. Tampoco advertí diferencia alguna en la educación de unos y otros imputable al sexo; únicamente que los ejercicios de las hembras no eran tan violentos, que estas recibían algunas nociones de la vida doméstica y que los límites de la instrucción que se da eran más reducidos, pues es máxima aceptada que entre gentes de buena crianza una esposa debe ser siempre una compañera agradable y juiciosa, ya que no puede conservarse joven toda la vida. Cuando las muchachas alcanzan los doce años, edad que se considera adecuada para el matrimonio, sus padres o tutores se las llevan a casa con grandes muestras de gratitud hacia sus maestros y rara vez sin lágrimas de la interesada y de sus compañeras.

En las escuelas femeninas de clase inferior, las niñas reciben instrucciones en toda clase de labores propias de su sexo y condición; aquellas que van a formarse como aprendizas dejan el pensionado a los siete años, las demás permanecen en él hasta los once.

Las familias más modestas que tienen hijos en estas escuelas están obligadas a pagar mensualmente, además de la pensión anual, que es lo más módica posible, una pequeña parte de sus ingresos al administrador del centro para formar así una dote o patrimonio a favor del niño o niña; de esta manera la ley limita el gasto familiar. Pues este pueblo cree que no hay nada más injusto que el que esa gente, arrastrada por sus apetitos a traer hijos al mundo, deje la carga de mantenerlos a la sociedad. En cuanto a las personas de calidad, estas se comprometen a instituir un legado para cada hijo, adecuado a su condición. Estos fondos se administran siempre con prudencia y estricta justicia.

Los labradores y jornaleros mantienen a sus hijos en casa, ya que su tarea se reduce a labrar y cultivar la tierra y por tanto su educación en poco afecta a la comunidad. Ahora bien, aquellos de este grupo que son viejos o están enfermos reciben atención en asilos u hospitales, pues la mendicidad es desconocida en este imperio.

Y aquí acaso pueda distraer al curioso lector dándole cuenta de mis trajines caseros y modo de vida durante los nueve meses y trece días que residí en este país. Como tengo disposición para las tareas mecánicas y estaba además acuciado por la necesidad, me hice una mesa y una silla bastante aceptables con la madera de los árboles más grandes del Parque Real. Doscientas costureras se necesitaron para hacerme camisas, así como sábanas y manteles de hilo, escogiendo las telas más baratas y fuertes, que, sin embargo, hubieron de doblar varias veces, pues la más gruesa era bastante más delgada que el lino más sutil. Sus piezas de lino suelen tener tres pulgadas de ancho por tres pies de largo. Las costureras me tomaron medida mientras yo yacía en el suelo, una de pie junto a mi cuello y otra a la mitad de la pierna sosteniendo los extremos de una fuerte cuerda tirante que una tercera medía a lo largo usando una regla de una pulgada. Luego me midieron el pulgar derecho, y esto les bastó, pues en virtud de un cálculo matemático, según el cual dos vueltas al pulgar equivalen a una vuelta a la muñeca, y así sucesivamente en cuanto al cuello y a la cintura, ayudadas por una vieja camisa, que yo tendí en el suelo ante ellas a modo de patrón, me hicieron otras a la medida justa. Del mismo modo destinaron trescientos sastres a la confección de la vestimenta, pero estos usaban otras artes para tomarme las medidas. Mientras yo estaba arrodillado colocaron una escalera desde el suelo hasta el cuello y uno de ellos trepó por ella y dejó caer una plomada desde allí hasta el suelo, de suerte que la longitud de esta correspondía a la de mi casaca: la cintura y los brazos me los medí yo mismo. Cuando la ropa estuvo acabada, cosa que hicieron en mi casa, pues en la mayor de las suyas no hubieran cabido las prendas, estas se parecían a las labores de retazos que hacen las señoras en Inglaterra, solo que los míos eran del mismo color.

Trescientos cocineros me preparaban las comidas

dentro de pequeñas cabañas construidas a propósito cerca de mi casa, donde vivían con sus familias, encargándose cada uno de dos platos. Yo tomaba en la mano veinte camareros y los colocaba sobre la mesa: otros cien se quedaban abajo, en tierra, dispuestos unos con platos de comida, otros con barriles de vino, u otros licores, colgados de sus hombros, todo lo cual iban izando los camareros de arriba, según yo lo necesitaba, muy ingeniosamente por medio de cuerdas, tal como sacamos en Europa el agua de un pozo con el caldero. Un plato servido así es el equivalente a un buen bocado y un barril de las bebidas a un verdadero trago. El cordero que comen es inferior al nuestro, pero la carne de vaca es excelente. Alguna vez me sirvieron un solomillo tan grande que hube de partirlo en tres trozos, pero esto era cosa rara. Mis criados quedaban pasmados de verme comer la carne con hueso y todo, como hacemos en Inglaterra con el muslo de la alondra. Los gansos y pavos del país los solía comer de un bocado cada uno y debo confesar que superan con mucho a los nuestros. En cuanto a las aves menores podía tomar veinte o treinta de una vez con la punta de mi cuchillo.

Un día Su Majestad Imperial, enterado de mi modo de vida, quiso tener el placer (como se dignó llamarlo) de cenar conmigo, junto con su real consorte y los jóvenes príncipes y princesas. Así pues, vinieron y los coloqué, sentados en sillones de gala, sobre la mesa, justo enfrente de mí, acompañados de su guardia. Asistió igualmente Flimnap, tesorero mayor, con su vara blanca, quien advertí que me miraba a menudo con semblante desabrido, que yo hacía como si no notara, entregado a comer más que de costumbre, no solo por dejar bien a mi querida patria, sino también para colmar a la corte de admiración. Tengo mis razones para creer que esta visita de Su Majestad dio ocasión a Flimnap para enemistarse con su señor. Este dignatario había sido siempre enemigo secreto mío, aunque exteriormente se me mostrara más afable de lo que era habitual dado su carácter adusto. Hizo, pues, saber al Emperador la precaria situación de la tesorería, cómo se veía obligado a tomar dinero prestado con un gran descuento, cómo los bonos del Tesoro no se negociaban a menos del nueve por ciento de su valor nominal, y cómo ya había costado a Su Majestad más de un millón y medio de *sprugs* (su moneda de oro más grande, del tamaño de una lentejuela); en resumen, que sería aconsejable que el Emperador aprovechara la primera oportunidad para desprenderse de mí.

Al llegar aquí, me siento obligado a vindicar la reputación de una excelente dama, que por causa mía hubo de ser víctima inocente. Al tesorero mayor le había dado por tener celos de su mujer, debido a la malicia de algunas malas lenguas que le contaron que dicha dama había concebido una violenta pasión por mi persona, habiéndose propalado la especie, con escándalo de la corte, de que había venido una vez en secreto a mis aposentos. Tengo que decir solemnemente que esta era una infame calumnia, sin otra base que la de haber tenido aquella dama la gentileza de tratarme abiertamente con todas las inocentes muestras de amistad. Admito que ella vino con frecuencia a mi casa, pero siempre sin tapujos y jamás sin que le acompañaran otras tres personas en el coche, que solían ser su hermana, una hija joven y alguna persona conocida suya. Pero esto era habitual con otras muchas damas de la corte. Pongo además a los criados que me atendían como testigos de si alguna vez vieron un coche a mi puerta sin conocer sus ocupantes. En tales ocasiones, cuando un criado me anunciaba visita, yo acostumbraba salir inmediatamente a la puerta y, tras cumplimentar a los visitantes, tomaba en las manos el coche y los dos caballos (si estos eran seis, el postillón desenganchaba siempre cuatro) y los colocaba sobre la mesa, a la que había fijado una barandilla redonda móvil de cinco pulgadas de altura para prevenir accidentes. A menudo llegué a tener a la vez en la mesa cuatro coches con sus caballos en nutrida compañía, y mientras que, sentado en la silla y con la cara inclinada hacia ellos, me ocupaba de los de un coche, los cocheros paseaban tranquilamente a los demás alrededor de la mesa. Más de una tarde la he pasado muy agradablemente en estas conversaciones. Pero yo reto al tesorero o a sus dos esbirros (que voy a nombrar, allá ellos) Custril y Drunlo, a que demuestren que viniera a verme jamás una persona de incógnito, excepto el ministro Reldresal, enviado por orden expresa de Su Majestad Imperial, como queda dicho. No me hubiera demorado tanto sobre este punto si no fuera porque estaba en entredicho la reputación de una gran señora, por no mencionar la mía propia, si bien es verdad que yo tenía el honor de ser un *Nardac*, cosa que no es el tesorero, pues todo el mundo sabe que no pasa de *Clumglum*, título inferior en un grado al mío, como lo puede ser un marqués con respecto a un duque en Inglaterra, aunque admito que me ganara en orden de precedencia por razón de su cargo. Estos falsos rumores, de los que yo me enteré después por un percance que no es oportuno mencionar, fueron causa del mal talante con que durante algún tiempo trató el tesorero a su esposa, y que conmigo fue mucho peor, pues, aunque al fin quedó probado el engaño y se reconcilió con ella, yo, en cambio, perdí toda su confianza y noté cómo declinaba rápidamente mi favor con el propio Emperador, que, de hecho, estaba sumamente influido por su favorito.

CAPÍTULO 7

El autor, advertido de que intentan acusarlo de alta traición, escapa a Blefuscu. Su acogida en esta isla

Antes de dar cuenta al lector de mi partida de Liliput, acaso sea oportuno informarle de una intriga secreta que llevaba dos meses urdiéndose contra mí.

Hasta entonces yo había sido toda mi vida ajeno a los usos de las cortes, a las que no tenía acceso a causa de mi condición modesta. Ciertamente había oído y leído bastante sobre el temperamento de grandes príncipes y ministros, pero jamás pude imaginar que encontraría efectos tan terribles del mismo en un país tan remoto y gobernado, a lo que pensaba, por principios harto diferentes de los europeos.

Estaba yo preparándome para presentar mis respetos al Emperador de Blefuscu, cuando una alta personalidad de la corte (a quien yo había prestado valiosos servicios en un momento en que había caído en gran desgracia con Su Majestad Imperial) vino a mi casa una noche con gran secreto en una silla de manos cerrada y, sin dar su nombre, pidió que lo dejara entrar. Los lacayos fueron despedidos y yo metí la silla, con Su Señoría dentro, en el bolsillo de mi casaca y di orden a un criado de confianza de decir que me hallaba indispuesto e iba a dormir. Luego eché el cerrojo a la puerta, coloqué la silla de mano sobre mi mesa, como de costumbre, y me senté junto a ella. Después de los saludos de rigor, al observar el semblante de Su Señoría lleno de inquietud y preguntarle yo la causa, me rogó que le escuchara con paciencia en un asunto en que se ventilaba mi honor y mi vida. Sus palabras fueron del tenor siguiente, pues las anoté tan pronto como partió:

«Debéis saber —dijo— que últimamente han sido convocadas por vuestra causa varias comisiones asesoras en el mayor secreto y solo hace dos días que Su Majestad tomó una decisión final.

»Ya habréis observado que Skyresh Bolgolam —llamado *Galbet* o almirante supremo— ha sido vuestro enemigo mortal casi desde que arribasteis. Desconozco las causas primeras de su odio, pero este se ha enconado mucho desde vuestra gran victoria contra Blefuscu, que ha oscurecido su gloria de almirante. Este señor, confabulado con Flimnap, el tesorero mayor, cuya animadversión hacia vos es notoria por lo de su esposa, unido al general Limtoc, al chambelán Lalcon y a Balmuff, el justicia mayor, han redactado un pliego de cargos en que se os acusa de traición y otros delitos de pena capital».

Este preámbulo me causó tal desazón, consciente como era de mis propios méritos e inocencia, que me dispuse a interrumpirle, pero él me suplicó que guardara silencio y prosiguió así:

«En prueba de gratitud por los favores que me habéis dispensado, me he procurado información sobre todo el procedimiento seguido y una copia del pliego, con lo que arriesgo la cabeza en vuestro servicio.

Pliego de cargos contra Quinbus Flestrin
(El Hombre Montaña)

CARGO 1

Resultando que en virtud de un estatuto promulgado durante el reinado de Su Majestad Imperial Calin Deffar Plune se dispone que quien hiciera aguas menores en el recinto del palacio real incurre en alta traición, con las penas y castigos correspondientes; no obstante lo cual el susodicho Quinbus Flestrin, en manifiesta contravención de la citada ley y bajo pretexto de extinguir el fuego iniciado en los aposentos de la Serenísima Consorte Imperial de Su Majestad, procedió a apagar dicho fuego maliciosa, traidora y diabólicamente expulsando su orina sobre los mencionados aposentos, situados dentro del recinto del susodicho palacio real, en contra del estatuto previsto para estos casos, etc., en contra del deber, etc., etc.

CARGO 2

Resultando que el mencionado Quinbus Flestrin, después de haber remolcado la Armada Imperial de Blefuscu hasta el puerto real de Liliput, cuando nuestra Majestad Imperial le ordenó que capturara los demás navíos del citado Imperio de Blefuscu y redujera este imperio a una provincia, gobernada por un Virrey enviado desde aquí, y que exterminara no solo a los exiliados partidarios de cascar el huevo por el lado ancho, sino también a todos aquellos que en aquel imperio no abjuren de semejante herejía, el susodicho Flestrin, cual pérfido traidor contra la Muy Propicia y Serenísima Majestad Imperial, solicitó ser excusado de tal servicio, alegando repugnancia a violentar las conciencias o destruir las libertades y vidas de gente inocente.

CARGO 3

Resultando que, llegados a la corte de Su Majestad ciertos embajadores de Blefuscu a negociar la paz, el mencionado Flestrin, como un pérfido traidor, ayudó, incitó, alentó y acogió a los citados embajadores, pese a saber que servían a un Soberano que recientemente había sido enemigo manifiesto de Su Majestad Imperial y había guerreado abiertamente contra la citada Majestad.

CARGO 4

Resultando que el susodicho Quinbus Flestrin, en contra de sus deberes de súbdito real, se dispone ahora a hacer un viaje a la corte e Imperio de Blefuscu, para el que solo ha recibido autorización verbal de Su Majestad Imperial, y amparado en la citada autorización intenta con falsía y traición llevarlo a cabo, ayudando, incitando y alentando así al Emperador de Blefuscu, reciente enemigo en guerra abierta con la Majestad Imperial antedicha...

»Hay todavía algunos otros cargos —añadió mi visitante— pero estos que he extractado son los más importantes. En los diversos debates originados por la acusación, hay que reconocer que Su Majestad dio frecuentes pruebas de su indulgencia, encareciendo a menudo los servicios que le habíais prestado y buscando atenuantes a vuestros crímenes. El tesorero y el almirante insistieron en condenaros a la muerte más cruel e ignominiosa, prendiendo fuego a vuestra casa de noche, al tiempo que el general se mantendría apostado cerca con veinte mil hombres provistos de flechas envenenadas para lanzarlas a la cara y manos. Algunos de vuestros criados iban a recibir orden de derramar un líquido ponzoñoso en vuestras camisas y sábanas que os haría desgarraros las carnes y morir en la más horrible tortura. El general compartía la misma opinión, de suerte que algún tiempo hubo mayoría contra vos, pero Su Majestad, resuelto a salvaros la vida, si era posible, acabó por ganar al chambelán a esta idea.

»En este punto, Reldresal, secretario primero de Asuntos Privados, que siempre se había manifestado como leal amigo vuestro, al mandarle el Emperador que emitiera su opinión, lo hizo en forma que justificaba la buena idea que tenéis vos de él, admitiendo la gravedad de vuestros delitos pero observando que cabía la clemencia, virtud esta la más loable en un príncipe, por la cual Su Majestad era con razón famoso. Añadió que siendo de todos conocida la amistad existente entre él y vos, acaso el dignísimo Consejo que le escuchaba podría tildarle de parcial, pero obedeciendo el mandato que recibiera, iba a expresar libremente sus sentimientos: que si Su Majestad, en consideración a vuestros servicios y llevado por su inclinación a la clemencia, se dignaba perdonaros la vida y se limitaba a ordenar que os sacaran los ojos, él opinaba modestamente que con este acto la justicia quedaría en cierta medida vindicada y todo el mundo aplaudiría la indulgencia del Emperador, así como la actuación recta y generosa de quienes se honran en ser consejeros. La pérdida de los ojos, añadió, no sería impedimento para vuestra fortaleza física, con la cual todavía podríais ser útil a Su Majestad. La ceguera constituye un refuerzo del valor, al ocultarnos los peligros: el miedo que teníais por vuestros ojos fue el principal obstáculo para que remolcarais aquí la armada del enemigo y, en fin, que os bastaría con ver por los ojos de los ministros, ya que los grandes príncipes no hacen otra cosa.

»Esta propuesta fue acogida con total desaprobación por todo el Consejo. Bolgolam, el almirante, no pudo contener su indignación y puesto en pie se preguntó, colérico, cómo el secretario osaba pronunciarse a favor de perdonar la vida a un traidor, añadiendo que los servicios que habíais prestado eran, en estricta razón de Estado, grandes agravantes de vuestros delitos: que al ser capaz de expulsar la orina en los aposentos de la Emperatriz (cosa que mencionaba con horror) podríais, en otra ocasión, por el mismo procedimiento, producir una inundación que anegara todo el palacio: que la misma fuerza que os permitió remolcar aquí la flota enemiga podría serviros, al primer enfado, para volverla a llevar; que tenía razones fundadas para suponeros, en vuestro fuero interno, un hereje en lo tocante a romper huevos: y que como la traición nace en el interior antes de manifestarse, él os acusaba de traición por lo expuesto y, por tanto, insistía en que se os matara.

»El tesorero era del mismo parecer. Mostró hasta qué estrecheces estaba reducido el erario de Su Majestad por los gastos que ocasionaba vuestra manutención, que pronto serían insostenibles; que la idea de sacaros los ojos, expuesta por el secretario, antes que un remedio contra estos males, serviría para aumentarlos, como es bien sabido por la práctica extendida de cegar algunas especies de aves, las cuales comen entonces más deprisa y engordan antes: y que Su Sagrada Majestad y el Consejo, que son vuestros jueces, estaban plenamente convencidos en conciencia de vuestra culpabilidad, lo cual era argumento suficiente para condenaros a muerte, sin necesidad de las pruebas formales requeridas por la estricta letra de la ley.

»Pero Su Majestad Imperial, abiertamente en contra de la pena capital, tuvo la amabilidad de decir que, puesto que el Consejo consideraba castigo leve la pérdida de vuestros ojos, otros más podrían imponerse después. Y vuestro amigo el secretario, deseando modestamente que lo oyeran otra vez, dijo, contestando a la objeción del tesorero sobre los grandes dispendios que para Su Majestad suponía vuestra manutención, que puesto que Su Excelencia era el único administrador de las rentas del Emperador, le era fácil subsanar este mal mermando gradualmente vuestra pensión, con lo cual, por falta de alimento suficiente, os debilitaríais, y perdiendo el apetito, os pudriríais en pocos meses; de esta manera el hedor de vuestro cadáver no sería tan intenso, ya que habría quedado reducido a la mitad, y tan pronto murierais bastarían cinco o seis mil de los súbditos de Su Majestad para cortar la carne de vuestros huesos y en dos o tres días acarrearla y enterrarla en lugares remotos para evitar infección, dejando el esqueleto como monumento digno de admiración para la posteridad.

»Así fue como, gracias a la gran amistad del secretario, se llegó a una avenencia. Se acordó solemnemente que había de mantenerse en secreto el proyecto de haceros morir poco a poco de hambre, pero la sentencia que os condenaba a perder la vida quedó registrada en acta. No hubo más voz en contra que la de Bolgolam, el almirante, quien siendo hechura de la Emperatriz, era siempre instigado por ella a insistir en vuestra muerte, pues no había dejado nunca de aborreceros por el infame e ilegal recurso que usasteis para apagar el fuego de sus aposentos.

»Dentro de tres días se le darán instrucciones al secretario de que venga a vuestra casa y os lea el pliego de cargos, y luego os haga notar la gran clemencia y favor de Su Majestad y Consejo al condenaros solo a perder la vista, a lo cual espera Su Majestad que os sometáis con gratitud y humildad. Estarán presentes veinte de los médicos reales para cerciorarse de que la operación, consistente en dispararos flechas muy afiladas a los globos de los ojos, se ejecuta bien.

»Dejo a vuestra discreción las medidas que hayáis de tomar. Por mi parte, para no despertar sospechas, debo volver inmediatamente de manera tan secreta como vine».

Dicho esto, Su Señoría se fue y yo quedé solo, sumergido mi pensamiento en la duda y la perplejidad.

Era costumbre establecida por este soberano y sus ministros (muy distinta, según me aseguraron, de los usos de otros tiempos) que cuando el tribunal había dictado sentencia grave, ya para satisfacer los agravios del Monarca o el rencor de un favorito, el Emperador dirigía siempre un discurso a su Consejo en pleno, mencionando su gran clemencia y benignidad como cualidades que todo el mundo conocía y admitía. Este discurso se divulgaba inmediatamente por todo el reino y nada aterraba tanto a sus gentes como aquellos elogios de la clemencia imperial, pues se había observado que cuanto más se extendían estas alabanzas y se insistía en ellas, tanto más inhumano era el castigo decretado y más inocente el reo. Sin embargo, en cuanto a mí, debo confesar que, no habiendo sido destinado a la corte, ni por cuna ni por crianza, era tan incapaz de juzgar las cosas, que no acertaba a descubrir la clemencia y favor de mi sentencia; antes bien, la consideraba (acaso equivocadamente) más rigurosa que blanda. Más de una vez pensé en someterme a juicio, pues aunque no podía negar los hechos que me imputaban en los distintos cargos, confiaba, sin embargo, en que ellos reconocieran atenuantes. Pero, después de haber visto en mi vida muchos procesos de Estado, observando que se fallaban siempre al antojo de los jueces, no me atreví a correr un riesgo tan peligroso en trance tan crítico y con enemigos tan poderosos. Una vez me sentí fuertemente inclinado a ofrecer resistencia, pues mientras estuviera libre difícilmente podía subyugarme toda la fuerza de aquel imperio y me bastaban unas piedras para reducir la capital a escombros, pero pronto deseché el plan con horror, recordando la palabra que había dado al Emperador, los favores recibidos de él y el noble título de *Nardac* que me había otorgado. Y no me había imbuido tan pronto de la idea de la gratitud cortesana como para convencerme a mí mismo de que las severas medidas que Su Majestad me imponía me eximían de todas las obligaciones pasadas.

Por fin tomé una decisión que acaso merezca censura, y con razón, pues debo confesar que debo a mi temeridad y falta de experiencia la conservación de la vista y, por ende, de mi libertad. En efecto, si yo hubiera conocido entonces la naturaleza de monarcas y validos, como después he observado en muchas otras cortes, y su modo de tratar a malhechores menos empedernidos que yo, me habría sometido de muy buen grado y sin vacilación a tan leve castigo. Pero impulsado por la irreflexión de la juventud y habiendo obtenido licencia de Su Majestad Imperial para presentar mis respetos al emperador de Blefuscu, aproveché la ocasión, antes de transcurrir los tres días, para mandar carta a mi amigo el secretario dándole cuenta de mi decisión de partir aquella mañana para Blefuscu, de acuerdo con el permiso concedido. Así, sin esperar respuesta me dirigí a la costa de la isla donde estaba fondeada nuestra flota. Entonces tomé un navío de guerra grande, amarré una maroma a la proa y levando anclas me desnudé, metí la ropa y la manta (que llevaba bajo el brazo) en el barco y remolcándolo, unas veces mientras vadeaba, otras mientras nadaba, arribamos al puerto de Blefuscu donde hacía mucho que me esperaba toda la población. Me dejaron dos guías para conducirme a la capital, que tiene el mismo nombre. Los llevé en las manos hasta llegar a unas doscientas yardas de la puerta y entonces pedí que anunciaran mi llegada a uno de los secretarios, haciéndole saber que esperaba allí las órdenes de Su Majestad. Una hora después tuve respuesta de que el Soberano, acompañado de la Real Familia y altos dignatarios de la corte, salían a recibirme. Entonces avancé cien yardas, el Emperador y su séquito se apearon de sus caballos, la Emperatriz y sus damas descendieron de las carrozas y no pude advertir miedo ni inquietud alguna en ellos. Me postré en tierra para besar la mano de los Soberanos. Luego dije al Emperador que había ido, según mi promesa y con licencia de mi señor el Emperador, para tener el honor de visitar a tan poderoso Monarca y ofrecerle cualquier servicio a mi alcance que fuera compatible con la lealtad debida a mi propio Soberano, sin decir una palabra de mi inminente caída en desgracia, porque entonces todavía no tenía aviso oficial de ella y podía considerarme totalmente ignorante de semejantes intenciones. Tampoco podía yo sospechar, pensando sensatamente, que mi Emperador fuese a revelar el secreto mientras estaba yo fuera de su alcance. En esto, como se demostró pronto, me había equivocado.

Pero no voy a aburrir al lector con el relato detallado de mi acogida en aquella corte, en consonancia con la generosidad de tan magno príncipe, ni de las incomodidades que padecí por falta de casa y cama, viéndome obligado a dormir en el suelo envuelto en mi manta.

CAPÍTULO 8

El autor, por un afortunado accidente, halla medios de partir de Blefuscu, y, tras algunos apuros, regresa sano y salvo a su patria

Tres días después de mi llegada, cuando llevado por la curiosidad paseaba por la parte norte de la isla, divisé a una media milla en el mar algo que semejaba una barca volcada. Quitándome zapatos y medias y vadeando doscientas o trescientas yardas, observé que aquel objeto se acercaba por la fuerza de la marea y me pude percatar de que se trataba de un verdadero bote que, tal vez debido a una tempestad, se había desprendido de su barco. Volví entonces sin demora a la ciudad y pedí a Su Majestad que me prestara veinte de los navíos mayores que le hubieran quedado tras la pérdida de su flota y además tres mil marineros al mando de un Vicealmirante. Esta flotilla fue circunnavegando la isla, mientras yo me dirigía, atajando, al sitio donde primero divisé el bote, y descubrí ahora que la marea lo había acercado todavía más. Los marineros iban todo provistos de maromas que yo había trenzado previamente para mayor resistencia. Cuando se presentaron los barcos, me desnudé y avancé vadeando hasta llegar a cien yardas del bote, y allí me vi obligado a nadar hasta alcanzarlo. Los marineros me arrojaron entonces un cabo de la maroma, el cual sujeté a la proa del bote, que tenía un agujero; el otro extremo lo até al barco de guerra. Pero todo mi esfuerzo sirvió para poco, pues al no poder hacer pie era incapaz de trabajar. En este aprieto me vi obligado a volver nadando, a la zaga del bote, empujando este cuantas veces podía con una mano y avanzando a favor de la marea hasta que, tocando fondo, pude mantener fuera la barbilla. Entonces descansé dos o tres minutos, luego le di un empujón al bote y así seguí hasta que el agua no pasaba por encima de los sobacos. Ahora, vencido lo más arduo de la tarea, tomé las otras maromas que estaban dentro de uno de los barcos, las até primero al bote y luego a nueve de los navíos que me ayudaban. Como el viento era favorable los marineros se limitaron a remolcar el bote mientras yo lo empujaba. Así llegamos a unas cuarenta yardas de la orilla, donde, esperando a que bajara la marea y ya en seco, me dediqué al bote, y ayudado por dos mil hombres, con cuerdas y máquinas, conseguí volcarlo sobre la quilla y averiguar que había sufrido pocos daños.

No quisiera molestar al lector con el relato de todos los apuros que pasé, aun con ayuda de unas palas para remar que tardé diez días en construir, al tratar de llevar el bote al Real Puerto de Blefuscu, donde se presentó a mi arribada una numerosa concurrencia, llena de asombro a la vista de una nave tan extraordinaria. Dije al Emperador que mi buena fortuna había puesto esta embarcación en mi camino, sin duda para llevarme a algún lugar de donde pudiera regresar a mi patria. Así, rogaba a Su Majestad que diera órdenes para reunir pertrechos con que aparejar el bote; asimismo le pedí licencia para partir, la cual, tras algunas amables expresiones, se dignó conceder.

Durante todo este tiempo me había dado mucho que pensar el no haber oído aviso alguno sobre mí que hubiera enviado mi señor el Emperador a la corte de Blefuscu. Me enteré, sin embargo, más adelante y en secreto, de que Su Majestad Imperial, sin poder sospechar que yo tuviera la más remota idea de sus planes, creía que yo había ido a Blefuscu solo a cumplir mi promesa y usando del permiso que me había concedido, cosa bien sabida en su corte, y que regresaría a Liliput tan pronto terminara mi visita. Pero mi larga ausencia acabó por preocuparle y, previa consulta con el tesorero y demás personas de su privanza, despacharon un personaje con una copia del pliego de cargos levantado contra mí. Este emisario tenía instrucciones de hacer notar al Monarca de Blefuscu la gran clemencia de su señor, que se había conformado con castigarme solo con la pérdida de los ojos; asimismo, que yo había huido de la justicia, advirtiendo que de no regresar en el plazo de dos horas, se me desposeería del título de *Nardac* y me declararían traidor. Añadió también el mensajero que para mantener la paz y amistad entre los dos imperios, su señor esperaba de su primo el de Blefuscu que este ordenara mi extradición a Liliput, atado de pies y manos, para así castigar mi traición.

El Emperador de Blefuscu, después de tres días de consulta, envió una respuesta que abundaba en fórmulas de cortesía y excusas, diciendo que por lo que respectaba a devolverme atado, bien sabía su primo que era imposible y que, si bien yo le había privado de su flota, se sentía sin embargo muy obligado a mí por mis buenos oficios en las negociaciones de paz. De todos modos, añadía, las cosas se iban a arreglar pronto para ambas majestades pues yo había encontrado una embarcación extraordinaria en la costa, capaz de transportarme por mar y la cual él había mandado aparejar con mi ayuda e indicaciones, confiando en que los dos imperios se verían libres en pocas semanas de un estorbo tan insostenible.

Con este recado volvió el emisario a Liliput y el Soberano de Blefuscu me contó todo lo sucedido, ofreciéndome de paso, pero en el mayor secreto, su graciosa protección si quisiera continuar a su servicio. Pero aunque yo no dudaba de su sinceridad, había decidido no volver a confiar más en príncipes o ministros, siempre que pudiera evitarlo; por ello, con todo el reconocimiento debido a su favorable intención, rogaba humildemente que se me excusara si no aceptaba. Le dije también que puesto que la fortuna, venturosa o aciaga, había puesto aquella embarcación en mi camino, yo había resuelto enfrentarme con el océano antes que ser causa de diferencias entre dos monarcas tan poderosos. No vi que esto desagradara al Emperador y hube de descubrir más adelante, por azar, que estaba muy contento de mi decisión, lo mismo que la mayoría de sus ministros.

Estas consideraciones me movieron a precipitar mi partida algo antes de lo que era mi intención, en lo cual la corte, impaciente por verme lejos, prestó su ayuda de buen grado. Quinientos hombres se encargaron de fabricar dos velas para mi bote, según mis instrucciones, usando para cada una trece piezas entrecosidas de la tela más fuerte. Me costó trabajo conseguir cordaje y maromas, trenzando diez, veinte o treinta de las recias y gruesas que ellos usaban. Después de larga búsqueda por la orilla del mar, acerté a descubrir una gran piedra que me sirvió de ancla. Para calafatear el bote y otros usos necesité el sebo de trescientas vacas. Me costó increíbles esfuerzos conseguir remos y mástiles, para lo que hube de cortar algunos de los árboles más altos, si bien en esto estuve bien asistido por los carpinteros de Su Majestad, que me ayudaron a desbastarlos después de haber despachado yo la parte más dura del trabajo.

Un mes después, cuando todo estuvo dispuesto, pedí órdenes a Su Majestad y permiso para partir. El Emperador y la Real Familia salieron del palacio. Yo me tendí de bruces para besarle a él la mano, que me ofreció graciosamente; lo mismo hicieron la Emperatriz y los príncipes. El Soberano me obsequió con cincuenta bolsas de doscientos *sprugs* cada una, además de un retrato suyo de tamaño natural que guardé inmediatamente en uno de mis guantes para evitar que sufriera daño. Las ceremonias de despedida fueron tantas que no quiero abusar del lector relatándolas ahora.

Abastecí el bote con cien bueyes y trescientas ovejas en canal, con pan y bebidas en proporción, así como toda la comida preparada que pudieron aderezar cuatrocientos cocineros. Me llevé también seis vacas y dos toros vivos e igual número de ovejas y carneros, con la intención de introducirlos en mi patria para propagar las especies. Para servir de pienso, mientras estaban a bordo, tomé un buen haz de heno y un saco de grano. De buena gana habría llevado una docena de los habitantes, pero esto era algo que el Emperador no quiso permitir en modo alguno, y aparte de ordenar un concienzudo registro de mis bolsillos, Su Majestad comprometió mi palabra de honor de no llevarme a ninguno de sus súbditos, incluso con el consentimiento y voluntad de ellos.

Ya preparado todo lo mejor que pude, me hice a la mar el 24 de septiembre de 1701, a las seis de la mañana, y cuando hube navegado unas cuatro leguas hacia el norte, empujado por viento del sureste, divisé a las seis de la tarde un islote situado a una media legua al noroeste. Seguí avanzando hasta anclar a sotavento de la isla, que parecía deshabitada. Entonces tomé algún alimento y me dispuse a descansar. Dormí bien, supongo que más de seis horas, pues no amaneció hasta dos horas después de despertar. Era noche clara y tomé el desayuno antes de salir el sol. Luego, levando el ancla y con viento favorable mantuve el mismo rumbo que el día anterior con ayuda de mi brújula de bolsillo. Era mi intención arribar, si era posible, a una de esas islas que tenía motivos para creer que estaban situadas al nordeste de la Tierra de Van Diemen. Nada descubrí en todo aquel día, pero al siguiente, a eso de las tres de la tarde, cuando según mis cálculos había navegado veinticuatro leguas desde Blefuscu, divisé una vela que se movía con rumbo sureste; el mío era entonces hacia el este. Llamé a voces, pero no tuve respuesta. Sin embargo, notando que acortaba distancias, por haber amainado el viento, desplegué todo el velamen que pude y logré que en media hora me descubrieran, izaran bandera y dispararan una salva. Me es difícil expresar el júbilo que sentí al recobrar la perdida esperanza de volver a ver a mi amada patria y los seres queridos que había dejado en ella. El barco recogió velas y yo atraqué a su costado entre las cinco y las seis de la tarde de aquel

26 de septiembre. El corazón me saltaba de alborozo al contemplar los colores ingleses. Guardé las vacas y ovejas en los bolsillos de la casaca y subí a bordo con mi pequeña carga de provisiones. El navío era un mercante inglés que regresaba del Japón por los mares del norte y del sur. Su capitán, Mr. John Biddel, de Deptford, era hombre muy cortés y excelente marino. Estábamos a 30 grados de latitud sur. La tripulación era de unos cincuenta hombres, entre los que encontré un viejo camarada mío, un tal Peter William, quien hizo de mí una favorable semblanza al capitán. Este caballero me trató con amabilidad y quiso enterarse de dónde había estado últimamente y adónde me dirigía, de lo cual le di cuenta en pocas palabras. Entonces pensó que yo estaba delirando y que las penalidades que había sufrido me habían trastornado el juicio, ante lo cual hube de sacar del bolsillo mis vacas y ovejas que, contempladas por él con gran asombro, le convencieron de mi veracidad. Luego le mostré el oro que me había dado el Emperador de Blefuscu, así como el retrato, en tamaño natural, de Su Majestad y algunas otras cosas curiosas del país. Le regalé dos bolsas de doscientos *sprugs* cada una y le prometí, cuando llegáramos a Inglaterra, hacerle el obsequio de una vaca y una oveja que estaban preñadas.

No abusaré del lector con más pormenores de este viaje de regreso, muy feliz en su mayor parte. Arribamos a los Downs[1] el 13 de abril de 1702. Solo tuve un desafortunado accidente y es que las ratas de a bordo se llevaron una de mis ovejas, cuyos huesos encontré en un agujero, bien limpios de carne. El resto del ganado

1. Bahía del canal de la Mancha, en la costa inglesa de Kent.

lo desembarqué sano y salvo y lo puse a pastar en el campo de bolos de Greenwich, cuya hierba, tan fina, devoraban con avidez, en contra de lo que yo me había temido, como también pasó en el viaje, en el que no habrían sobrevivido si no hubiera permitido el capitán que parte de sus mejores galletas, molidas y mezcladas con agua, sirvieran de pienso constante. Durante el breve tiempo que pasé en Inglaterra obtuve un considerable beneficio exhibiendo este ganado mío ante muchas personas de calidad y otras gentes y, antes de emprender mi segundo viaje, lo vendí por seiscientas libras. Desde que regresé de mi último viaje he notado que las dos especies se han propagado notablemente, en especial las ovejas, lo que espero resulte ventajoso para la industria textil lanera por la finura del vellón.

No permanecí más que dos meses con mi mujer y demás familia, pues no me lo permitió el insaciable deseo de ver países extraños. Dejé mil quinientas libras a mi mujer y la instalé en una buena casa de Redriff. El resto de mi capital lo tomé conmigo, parte en moneda, parte en mercancías, esperando así mejorar mi hacienda. El mayor de mis tíos, John, me había legado unos terrenos, cerca de Epping, que me rentaban unas treinta libras al año, y yo además tenía un largo contrato de arriendo del Toro Negro, en Fetter Lane, que me producía otro tanto más, de suerte que no corría peligro de dejar a mi familia indigente y viviendo a costa de la parroquia. Mi hijo Johnny, llamado así por mi tío, iba ya a la escuela y era un chico que valía. Mi hija Betty (hoy bien casada y con hijos) hacía entonces labores de aguja. Me despedí de mi mujer, hijo e hija y hubo lágrimas por ambas partes. Luego me embarqué en el Aventura, mercante de trescientas toneladas, con rumbo a Surat.

Lo mandaba el capitán John Nicholas, de Liverpool. Pero el relato de este viaje corresponde a la Segunda Parte de mis aventuras.

FIN DE LA PRIMERA PARTE

SEGUNDA PARTE

Viaje a Brobdingnag

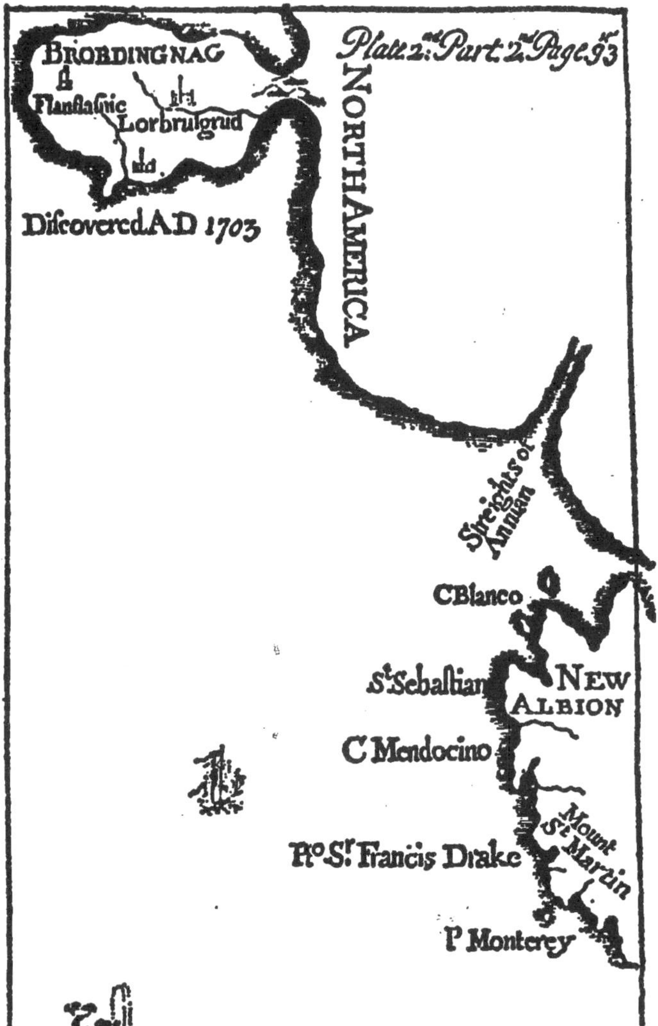
Plate 2d. Part 2d. Page 93
BROBDINGNAG
Flanflasnic
Lorbrulgrud
Discovered A.D 1703
NORTH AMERICA
Streights of Annian
C Blanco
St. Sebastian
NEW ALBION
C Mendocino
Mount St. Martin
Pto St. Francis Drake
P Monterey

CAPÍTULO 1

Descripción de una gran tempestad. Enviada la lancha a buscar agua, el autor desembarca para conocer el país. Abandonado en tierra, cae en manos de uno de los nativos y es conducido a una granja. Acogida de los moradores y otros acontecimientos allí ocurridos. Descripción de los habitantes

Condenado por naturaleza y destino a llevar una vida ajetreada y sin descanso, volví a abandonar mi patria a los dos meses de regresar a ella, embarcándome en los Downs el 20 de junio de 1702, en el Aventura mandado por el capitán John Nicholas, rumbo a Surat. Disfrutamos de vientos favorables hasta llegar al cabo de Buena Esperanza, donde desembarcamos para hacer aguada, pero al descubrir una vía de agua en el barco desembarcamos también las mercancías e invernamos allí, pues el capitán había además caído enfermo de malaria, de suerte que no pudimos zarpar del Cabo hasta fines de marzo. Nos hicimos entonces a la vela y tuvimos una buena travesía hasta pasar el estrecho de Madagascar; pero cuando al norte de esta isla habíamos alcanzado los 5 grados de latitud sur, los vientos, que en estos mares se ha observado que soplan de manera sostenida del noroeste entre principios de diciembre y principios de mayo, comenzaron el 19 de abril a arreciar con mayor predominio del poniente que lo normal. Así se mantuvieron durante veinte días seguidos, empujándonos un poco al este de las Malucas, a unos 3 grados al norte del Ecuador, como comprobó nuestro capitán en una medición tomada el 2 de mayo, fecha en que cesó el viento y hubo calma perfecta, lo que me causó no poca alegría. Pero él, muy avezado a navegar en aquellos mares, nos pidió a todos que nos aprestáramos contra una tempestad que, efectivamente, se produjo al día siguiente, cuando un viento del sur, llamado monzón, empezó a hacerse sentir.

Viendo que se avecinaban vientos muy violentos, recogimos la vela cebadera, aseguramos los cañones y bajamos las de mesana. Las olas nos venían de costado, así es que preferimos capearlas antes que agotarnos en esfuerzos. Arriamos la de trinquete y la aseguramos; después despejamos la proa. El timón aguantó todos los embates. El barco resistía bravamente. Entonces amarramos las jarcias de proa, pero la vela se había rasgado y hubo que arriar la verga, para luego guardar la vela dentro del barco, libre de todas las ataduras. Era una tempestad muy violenta y las olas descomunales rompían peligrosamente. Tensamos el acollador del mango de la caña y echamos una mano al timonel. No quisimos bajar el mastelero, sino que lo dejamos en posición, pues la nave se defendía muy bien y sabíamos que, estando arriba, el barco se beneficiaba, avanzando mejor, ya que estábamos en mar abierta. Pasada la tempestad desplegamos la vela de trinquete y la del palo mayor y el barco quedó dominado. Entonces izamos la vela de mesana y las gavias del palo mayor y del trinquete. Nuestro rumbo era este-nordeste y el viento soplaba del suroeste. Subimos a bordo las amuras de estribor, largamos las brazas de penoles de barlovento y lanzamos los cabos de los topes de mástil, luego pusimos las brazas de sotavento, bien tirantes y amarradas. Entonces pasamos las amuras de mesana a barlovento; así mantuvimos el barco a toda vela y todo lo dispuesto que era capaz de resistir.

Durante esta tempestad, a la que sucedió un fuerte viento oeste-suroeste, fuimos empujados, según mis cálculos, unas quinientas leguas hacia el este, de suerte que el más viejo de los marineros a bordo era incapaz de decir en qué parte del mundo nos hallábamos. Las provisiones no escaseaban, el barco se defendía bien, y la tripulación gozaba de buena salud, pero estábamos sumamente apurados por falta de agua. Pensamos que era mejor mantener el mismo rumbo y no virar más al norte, lo cual podría habernos llevado al noroeste de la Gran Tartaria, dentro ya del océano Glacial Ártico.

El 16 de junio de 1703 un grumete que estaba en el mastelero descubrió tierra. El 17 teníamos ya a plena vista una gran isla o continente (no sabíamos con exactitud) al sur de la cual se veía un pequeño promontorio que avanzaba sobre el mar y una ensenada de muy poco calado para cualquier nave de más de cien toneladas. Fondeamos a menos de una legua de la ensenada y nuestro capitán despachó en una lancha a una docena de sus hombres, bien armados y provistos de vasijas para agua, por si se encontraba. Yo le pedí permiso para acompañarlos y así ver el país y descubrir lo que pudiera. Al llegar a tierra no vimos río ni manantial alguno, ni rastro de pobladores.

Nuestros hombres, por tanto, recorrieron el litoral en busca de agua dulce cerca del mar. Yo caminé a solas por el otro lado como cosa de una milla, observando que aquella tierra era yerma y rocosa. Luego empecé a sentirme cansado y, no viendo nada que me llamara la atención, regresé despacio hacia la ensenada. En esto, al contemplar el mar en lo que alcanzaba mi vista, vi que nuestros hombres, ya en la lancha, bogaban desesperadamente hacia el barco. Iba a llamarlos a voces, lo que hubiera servido de poco, cuando descubrí un ser descomunal avanzando en pos de ellos en el mar, tan deprisa como podía, vadeando sin que el agua le alcanzara a las rodillas y con increíbles zancadas. Pero nuestros hombres le llevaban media legua de ventaja y como el mar por allí tenía un fondo de rocas puntiagudas, el monstruo no fue capaz de alcanzarlos. Esto me lo contaron después, pues entonces no me atreví a esperar el desenlace de la aventura, sino que volví corriendo cuanto pude desandando el camino; luego trepé por una colina muy pendiente que me proporcionó cierta perspectiva del terreno. Vi que estaba enteramente cultivado, pero lo que primero me sorprendió fue la altura de la hierba, que alcanzaba más de veinte pies en las tierras aparentemente destinadas a heno.

Fui a parar a una ancha calzada, pues eso creí que era, aunque para los habitantes solo servía de sendero que atravesaba un campo de cebada. Por ella caminé algún tiempo, mas poco pude ver a ambos lados, pues se acercaba la recolección y la mies llegaba a los cuarenta pies. Tardé una hora en llegar a la linde de este campo, marcada por una cerca de ciento veinte pies por lo menos, con árboles tan altos que no pude calcular su altura. Había un portillo para pasar de este campo al contiguo. Tenía cuatro peldaños y una piedra obstruyendo el más alto. Era imposible salvar este portillo, pues cada peldaño medía seis pies y la piedra de arriba, más de veinte. Estaba tratando de encontrar alguna brecha en la cerca, cuando observé que avanzaba hacia el portillo uno de los pobladores que estaba en el campo de al lado, de tamaño igual al que vi persiguiendo nuestra lancha en el mar. De estatura parecía tan alto como la aguja de una torre, y a cada paso avanzaba unas diez yardas, por lo que pude calcular. Yo quedé sobrecogido de pánico y atónito y corrí a esconderme entre la mies, desde donde pude contemplarlo en lo alto de la escalera volviendo la vista al campo de la derecha. Entonces le oí gritar con una voz mucho más potente que si usara una bocina, pero el sonido venía de tal altura que al principio creí que era un trueno. Al oírlo, siete monstruos como él se le acercaron provistos de hoces, cada una del tamaño de seis guadañas. Estos últimos no estaban tan bien vestidos como el primero, del cual parecían ser criados o jornaleros, ya que después de pronunciar aquel algunas palabras, se pusieron a segar la mies del campo donde me escondía. Yo procuré mantenerme lo más lejos posible de ellos, pero me veía obligado a moverme con suma dificultad, pues los tallos de la cebada a veces no estaban separados entre sí más de un pie, de modo que apenas podía, y eso bien estrujado, pasar entre ellos. Pese a ello logré avanzar hasta que llegué a una parte donde la mies yacía abatida por la lluvia y el viento. Aquí era imposible dar un paso, pues los tallos estaban tan entrecruzados que no podía atravesarlos ni arrastrándome y las argayas de las espigas caídas eran tan duras y puntiaguda que atravesándome la ropa se me clavaban en la carne. Al propio tiempo oí las voces de los segadores a menos de cien yardas a mi espalda. Agotado por el esfuerzo y enteramente dominado por el dolor y la desesperación, me tendí en un surco y deseé fervientemente que acabaran mis días, afligido por mi desolada viuda y mis hijos huérfanos. Me lamentaba de mi necedad y testarudez al emprender este segundo viaje desoyendo el consejo de todos mis amigos y parientes. En esta terrible tribulación no pude menos de acordarme de Liliput, cuyos habitantes me contemplaban como el mayor portento jamás aparecido en el mundo, donde era capaz de remolcar con la mano toda una flota imperial y realizar proezas que quedarían eternamente consignadas en las crónicas de aquel imperio, aunque la posteridad no las creyese, a pesar del testimonio de millones. Pensaba que la humillación que yo sufría al sentirme tan insignificante en esta nación sería comparable a la de un liliputiense entre nosotros. Pero este, a mi juicio, iba a ser el menor de mis infortunios, pues si consideramos que los seres humanos son más salvajes y crueles de acuerdo con su tamaño, ¿qué podía yo esperar sino ser un simple bocado para las fauces del primero de estos descomunales bárbaros que acertara a tomarme en sus manos? Tienen, sin duda, razón los filósofos cuando afirman que nada es grande o pequeño, a menos que se compare con algo. Por un capricho de la fortuna los liliputienses podrían encontrar otra nación tan diminuta respecto a ellos como ellos lo eran respecto a mí. Y ¿quién sabe si la pequeñez de esta extraordinaria raza de mortales acaso no podría ser superada a su vez por otra aún más menuda en algún lugar remoto del globo todavía por descubrir?

En este trance de miedo y confusión, y cuando no podía menos de seguir entregado a estas reflexiones, me di cuenta de que uno de los segadores, que se había acercado a unas diez yardas del surco en que estaba yo tendido, iba a aplastarme con el pie o cortarme en dos con la hoz en cuanto diera el primer paso. Por eso, cuando lo vi dispuesto a moverse, empecé a gritar tan alto como me permitía el miedo. Al oírme, la enorme criatura acortó la zancada y recorriendo el suelo con la mirada acabó por descubrirme tendido en él. Por un momento se quedó perplejo, con la cautela de alguien que trata de apoderarse de un animal pequeño y dañino, procurando que este no le arañe ni le muerda, como yo mismo he hecho con una comadreja en Inglaterra. Por fin se arriesgó a agarrarme por detrás, tomándome por la cintura con el dedo índice y el pulgar y levantándome hasta tenerme a unas tres yardas de los ojos para poder contemplar mi figura más cabalmente. Yo adiviné su intención y mi buena fortuna me dio tanta presencia de ánimo que decidí no ofrecer la menor resistencia mientras él me sostenía en el aire a más de sesenta pies del suelo, a pesar de que me magullaba dolorosamente los costados temiendo que me deslizara de sus dedos. Todo lo más que me atrevía a hacer era levantar los ojos al sol y juntar las manos en gesto suplicante, diciendo algunas palabras en tono humilde y plañidero, como convenía a mi situación en aquel trance, pues yo estaba temiendo que de un momento a otro me arrojase contra el suelo, como solemos hacer con cualquier pequeña alimaña a la que queremos destruir. Pero mi buena estrella quiso que él, al parecer complacido con mi voz y mis gestos, empezara a contemplarme como algo curioso, asombrándose de oírme pronunciar palabras articuladas, aunque incapaz de entenderlas. Entretanto yo no pude evitar el lanzar algún gemido y derramar lágrimas, al tiempo que dirigía la mirada a los costados para darle a entender, del mejor modo posible, lo atroz que era el dolor que me causaba la presión de sus dedos. Él pareció entender lo que quería decirle pues, abriendo el bolsillo de su chaqueta, me metió dentro con cuidado y partió corriendo conmigo hacia su amo, que era un granjero acomodado y resultó ser la misma persona que había visto yo al principio en el campo.

Este labrador, a quien su criado dio cuenta (así lo supuse por su conversación) de mi existencia como pudo, escogió un trozo de paja del tamaño de un bastón y con él me levantó los faldones de la casaca que, al parecer, había creído que era algún tipo de piel con que me había dotado la naturaleza. Para poder contemplarme el rostro lo despejó soplando a los lados los mechones de mi cabellera. Llamando a los mozos que le acompañaban, les preguntó (como supe después) si habían visto jamás en los campos alguna criatura tan menuda que se me pareciera. Luego me colocó suavemente en tierra a cuatro patas, pero yo me puse en pie en seguida y di unos cuantos pasos, lentamente, adelante y atrás para que vieran que no tenía intención de escaparme. Todos ellos se sentaron formando corro a mi alrededor para observar mejor mis movimientos. Entonces me quité el sombrero y le hice una gran reverencia al granjero. Luego me puse de rodillas y, levantando las manos y la mirada, pronuncié unas cuantas palabras lo más alto que pude, saqué una bolsa con oro del bolsillo y humildemente se la ofrecí. La recibió en la palma de la mano y la levantó muy cerca de los ojos para ver qué era. Después, le dio vueltas con un alfiler (que sacó de la manga) pero no logró saber de qué se trataba. Entonces le hice señas de que colocara la mano en el suelo y, tomando la bolsa, la abrí y derramé todo el oro en su palma. Había seis monedas españolas de cuatro pistolas[1] cada una, aparte de otras veinte o treinta piezas más pequeñas. Vi cómo mojaba la punta del dedo meñique con la lengua para levantar una de las monedas más grandes y luego otra, pero parecía ignorar totalmente qué eran. Me indicó por señas que las volviera a meter en la bolsa y esta en el bolsillo, cosa que, después de habérselas ofrecido varias veces, pensé que era lo mejor que podía hacer.

A todo esto, el granjero se había convencido de que yo tenía que ser una criatura racional. Me habló repetidas veces, pero el sonido de su voz me retumbaba en los oídos como si fuera el de un molino de agua. Y sin embargo, sus palabras eran claramente articuladas. Yo contesté, con la voz más alta que pude, en varias lenguas, y aunque él acercaba a menudo el oído a unas dos yardas de mí, todo fue en vano, pues el lenguaje que cada uno usaba era totalmente ininteligible para el otro. Luego mandó a los criados a sus faenas y sacando un pañuelo del bolsillo lo dobló y extendió sobre la mano izquierda, que colocó en el suelo con la palma hacia arriba, indicando con una seña que pisara en él, lo que me fue fácil, pues no quedaba a más de un pie de altura.

1. El inglés distingue entre *pistol* (arma) y *pistole* (moneda); esta, considerada pieza española, valía cerca de una libra esterlina o un doblón de oro.

Pensé que lo prudente era obedecer y, temiendo caerme, me tendí todo lo largo que era sobre el pañuelo, con el resto del cual me recubrió hasta la cabeza para mayor seguridad y de esta manera me llevó a su casa. Entonces llamó a su esposa y me mostró a ella, que dio un grito y retrocedió corriendo como hacen las mujeres en Inglaterra al ver un sapo o una araña. Pero cuando hubo visto mi comportamiento y lo bien que obedecía las señas que su marido me hacía, se reconcilió conmigo y gradualmente acabó cobrándome un gran cariño.

Serían las doce del mediodía cuando un criado trajo la comida. Se reducía esta a un plato abundante de carne, adecuado a la vida sencilla de un labrador, servido en una fuente de unos veinticuatro pies de diámetro. Los comensales eran el granjero y su mujer, tres hijos y una abuela anciana. Cuando se sentaron, el granjero me colocó a cierta distancia de él sobre la mesa, que se levantaba treinta pies del suelo. Yo tenía un susto terrible y me mantenía lo más apartado posible del borde por miedo a caerme. La mujer picó un poco de carne, desmigó un poco de pan en una tabla de trinchar, y me lo puso delante. Le hice una profunda reverencia, saqué mi cuchillo y tenedor y me puse a comer, lo que les causó gran regocijo. Luego mandó a su criada que trajera una copa pequeña, en la que cabían unos dos galones,[2] y la llenó. Yo levanté la vasija con gran esfuerzo usando ambas manos y bebí con el mayor respeto a la salud de la señora, pronunciando el brindis en inglés lo más alto que pude, lo que hizo reír tan vivamente a los reunidos que el ruido me dejó aturdido. Aquel líquido tenía el sabor de una sidra floja y no era desagradable.

2. Aproximadamente 8 litros.

Después el amo me hizo seña de que me acercara al sitio de trinchar, pero cuando iba andando sobre la mesa, turbado por una sorpresa tras otra, como el indulgente lector puede fácilmente imaginar, acerté a tropezar con una corteza de pan que me hizo caer de bruces, pero sin lastimarme. Me puse en pie en el acto y, observando que aquella buena gente se había asustado, tomé el sombrero (que por urbanidad llevaba debajo del brazo) y agitándolo por encima de la cabeza lancé tres hurras para demostrarles que no había sufrido ningún daño en la caída. Pero al avanzar hacia mi amo (como voy a llamarlo en lo sucesivo) el hijo más pequeño, que se sentaba a su lado y era un chico travieso de unos diez años, me levantó por las piernas y me tuvo en el aire tan alto que me temblaban brazos y piernas, pero el padre me arrebató de sus manos, al tiempo que le propinaba un manotazo en la oreja izquierda capaz de derribar en tierra a un escuadrón de caballería europea y ordenaba que se lo llevaran de la mesa. Sin embargo, como yo temía que el muchacho me pudiera guardar rencor y recordaba bien con qué naturalidad, entre nosotros, maltratan los niños a gorriones, conejos, gatitos y cachorros de perro, me puse de rodillas y, apuntando al muchacho, di a entender a mi amo, lo mejor que pude, mi deseo de que perdonara al hijo. El padre accedió y el muchacho volvió a sentarse. Yo entonces me acerqué y le besé la mano al chico, la cual tomó mi amo luego haciendo que me acariciase con ella.

Cuando estábamos en plena comida, la gata favorita de mi ama saltó a sentarse en su regazo. Yo oí detrás de mí un ruido como el de una docena de lanzaderas en movimiento y al volver la cabeza descubrí que era debido al ronroneo del animal, que parecía tres veces mayor que un buey, según deduje del tamaño de la cabeza y de una de las patas, mientras el ama la alimentaba y acariciaba. El temible aspecto de esta fiera me aterraba a pesar de encontrarme en el extremo más alejado de la mesa, a más de cincuenta pies de distancia, y de tenerla bien sujeta mi ama por temor a que saltara y cayera yo en sus garras. Pero resultó que no había peligro, pues la gata no me hizo el menor caso cuando mi amo me colocó a tres yardas de ella. Y como siempre me han contado, y he podido comprobar por experiencia en mis viajes, que huir o delatar miedo ante un animal feroz es el medio de que le persigan o le ataquen a uno, decidí en aquel trance peligroso no mostrar asomo de temor alguno, así es que paseé intrépidamente cinco o seis veces delante de sus mismísimos hocicos llegando a acercarme a media yarda de la gata, lo que la hizo encogerse como si tuviera miedo de mí. En cuanto a los perros, me asustaban menos. Tres o cuatro entraron en aquella estancia, como suele pasar en las casas de los labradores. Uno de ellos era un mastín de tamaño igual al de cuatro elefantes; también un galgo, algo más alto que el mastín, pero no tan grande.

Acabada casi la comida, entró la nodriza con un niño de un año en sus brazos, que me descubrió en seguida y rompió a berrear de tal modo que se le hubiera oído desde el puente de Londres hasta Chelsea, intentando, con la elocuencia característica de los críos, que me entregaran como juguete. La madre, por no negarle nada, me levantó de la mesa acercándome al niño, que, en el acto, me agarró por la cintura y me metió la cabeza en su boca, donde yo di tal alarido que el mocoso se asustó y me dejó caer. Yo me habría roto indefectiblemente la cabeza si no hubiera tenido la madre el delantal debajo de mí. La niñera, para tranquilizar a la criatura, echó mano de un sonajero, consistente en una vasija de grandes piedras sujeta por una soga a la cintura del niño, pero todo fue en balde, así es que se vio obligada a acudir al último remedio dándole de mamar. Debo confesar que jamás cosa alguna me dio tanta repugnancia como la vista de su monstruoso pecho, que no sabría con qué compararlo para dar al curioso lector una idea de su tamaño, forma y color. Sobresalía unos seis pies y tenía no menos de dieciséis de circunferencia. El pezón era aproximadamente como la mitad de mi cabeza y su color, lo mismo que el de la ubre, estaba tan salpicado de lunares, granos y pecas que nada podría imaginarse más nauseabundo. Y digo esto con causa, pues pude verlo de cerca, al tenerse que sentar ella para darle de mamar y seguir yo de pie sobre la mesa. Ello me hizo reflexionar acerca del suave cutis de nuestras damas inglesas, que se nos aparece tan hermoso solo porque ellas son de nuestra estatura y cuyos defectos no son visibles más que por medio de una lupa, con la que descubrimos experimentalmente que la tez más blanca y delicada se presenta áspera, tosca y desvaída.

Recuerdo que cuando estaba en Liliput la piel de aquellas gentes diminutas me parecía la más suave del mundo, y hablando de esto con una persona culta de allí, íntimo amigo mío, me dijo que la tez de mi rostro tenía, vista desde el suelo, un aspecto más suave y hermoso que cuando yo lo levantaba en la mano y me veía de cerca, cosa que al principio le causaba espanto. Dijo que podía descubrir grandes hoyos en mi piel, que los cañones de la barba eran diez veces más recios que las cerdas de un jabalí y que la tez era abigarrada y desagradable, aunque debo decir, si se me permite, que soy tan blanco y rubio como el que más de mi sexo y país, y muy poco curtido por el sol de todos mis viajes. Por otro lado, refiriéndose a las damas de aquella corte imperial, me decía que una tenía pecas, otra la boca muy ancha, la tercera era nariguda, cosas todas que yo era incapaz de distinguir. Reconozco que estas reflexiones pueden parecer ociosas pero no me atrevo a omitirlas, no sea que el lector piense que aquellas enormes criaturas eran verdaderamente deformes. Porque, en justicia, tengo que decir que son una raza hermosa, y los rasgos del semblante de mi amo, en particular, aunque solo fuera un labriego, eran muy regulares cuando los contemplaba a sesenta pies de altura.

Cuando hubo terminado la comida, mi amo se fue con sus jornaleros, encareciendo a su mujer, como deduje de su voz y gestos, que me cuidara. Yo estaba agotado y con sueño y, advirtiéndolo mi ama, me puso en su propia cama, cubriéndome con un pañuelo blanco y limpio, pero más grande y tosco que la vela mayor de un barco de guerra.

Llevaba dormido unas dos horas soñando que estaba en casa con mi mujer e hijos, lo que agravó mi pesadumbre cuando al despertar me encontré solo en una sala inmensa, de doscientos a trescientos pies de lado y más de doscientos de altura, echado en una cama de veinte yardas de ancho. Mi ama se había ido a sus quehaceres, dejándome encerrado. La cama se alzaba ocho yardas del suelo. Ciertos apremios naturales exigían que bajara del lecho, pero no me atrevía a llamar, y si lo hubiera hecho habría sido inútilmente, dada la poca fuerza de mi voz y la gran distancia que mediaba hasta la cocina, donde estaba la familia. En tal apuro treparon por las colgaduras dos ratas y se pusieron a olisquear de un lado a otro de la cama. Una de ellas llegó a plantarse casi en mi cara, con lo que me levanté de un salto y desenvainé el sable para defenderme. Estas horribles bestias tuvieron el atrevimiento de atacarme por los dos lados y una logró ponerme las pezuñas en el cuello, pero tuve la suerte de destriparla antes de que me causara algún quebranto. Al caer abatida a mis pies, la otra, viendo lo ocurrido a su compañera, consiguió huir, no sin antes haber sufrido una buena herida en el lomo, que le produje según escapaba y que iba dejando un rastro de sangre al correr. Después de este lance me quedé en la cama paseando lentamente de aquí para allá a fin de tomar aliento y recobrarme. Estas alimañas tenían la corpulencia de un mastín grande, pero eran infinitamente más ágiles y feroces, de suerte que si me hubiera quitado el cinturón con el sable al acostarme me habrían destrozado y devorado con toda seguridad. Al medir el rabo de la rata muerta vi que solo le faltaba una pulgada para tener dos yardas de largo, pero me daba náuseas la idea de arrastrar el cadáver de encima de la cama, donde todavía seguía sangrando. Noté, sin embargo, que continuaba con vida, así es que de un fuerte tajo en el pescuezo la despaché definitivamente.

Poco después entró mi ama en la sala, y al verme cubierto de sangre acudió corriendo y me tomó en su mano. Le hice fijarse en la rata muerta, sonriendo y dándole a entender por señas que yo no había sufrido daño, por lo que se alegró sobremanera. Entonces llamó a la criada para que se llevara la rata muerta con unas tenazas y la arrojara por la ventana. Luego me depositó sobre una mesa y yo le enseñé mi sable todo ensangrentado, que limpié con el faldón de la casaca y volví a envainar. Entretanto yo seguía apremiado a hacer más de una cosa que otro no podía hacer por mí, y en consecuencia intenté darle a entender a mi ama que me pusiera en el suelo, pero cuando ella lo hubo hecho, mi cortedad no me dejó expresarme con más claridad que apuntando a la puerta y agachándome varias veces. La buena mujer se dio cuenta por fin de mi apuro y cogiéndome otra vez en la mano me llevó al huerto, donde me dejó. Yo me alejé por un lado unas doscientas yardas y le hice seña de que no mirase, y ocultándome entre dos hojas de acedera me deshice de los residuos de la naturaleza.

Confío en que el discreto lector sabrá disculparme por detenerme en estos pormenores y otros semejantes que, por insignificantes que parezcan a mentes vulgares y rastreras, han de ayudar, sin duda, al filósofo a desarrollar el pensamiento y la imaginación y a aplicarlos con provecho a la vida pública y privada, que esa es mi única intención al ofrecer estos y otros relatos de mis viajes por el mundo, en los cuales me he esforzado principalmente en ser veraz, sin caer en la afectación con adornos de estilo o erudición. Pero todas las imágenes de este viaje hicieron tan fuerte impresión sobre mí y quedaron tan hondamente grabadas en mi memoria, que al confiarlas a la pluma no omití un solo dato de interés. Sin embargo, al revisar con rigor lo escrito hube de tachar pasajes de menor importancia que figuraban en la primera redacción, temiendo que fueran tildados de aburridos o triviales, defecto del que se acusa a menudo, acaso con razón, a los viajeros.

CAPÍTULO 2

Descripción de la hija del granjero. Llevan al autor a una ciudad de mercado y luego a la capital. Vicisitudes del viaje

Tenía mi ama una hija de nueve años con rasgos precoces para su edad, muy habilidosa con la aguja y desenvuelta a la hora de vestir su muñeca. En la cuna de esta, metida en una gaveta de armario, se arreglaron madre e hija para prepararme una cama, colocando la gaveta sobre una repisa por miedo a las ratas. Y este fue mi lecho todo el tiempo que pasé con aquella gente, aunque mejorado gradualmente, conforme iba aprendiendo su lengua y les hacía saber mis necesidades. Esta chiquilla era tan mañosa que después de haberme desvestido una o dos veces ante ella fue capaz de ponerme y quitarme la ropa, aunque yo procurara evitarle esta molestia siempre que me dejaba hacerlo solo. Ella me hizo siete camisas y algunas otras prendas de hilo, en la tela más fina que pudo encontrar, pero que en verdad era más tosca que arpillera. Todas ellas las estaba lavando constantemente con sus propias manos. Era a la vez maestra mía en la enseñanza de la lengua: cada vez que yo señalaba algo con el dedo, ella me decía el nombre y en unos cuantos días yo estaba en condiciones de pedir cualquier cosa que se me antojara. Tenía muy buen carácter y no rebasaba los cuarenta pies de estatura, pues, para su edad, era baja. Me dio el nombre de Grildrig, por el que luego me llamó la familia y todo el reino. Esta palabra viene a ser lo que en latín *nanunculus*, en italiano *homunceletino* y lo que los ingleses llaman *mannikin*. A esta niña debo principalmente el haber sobrevivido en aquel país, pues nunca nos separamos durante toda mi estancia. Yo la llamaba mi *glumdalclitch* o pequeña nodriza, y sería reo de enorme ingratitud si omitiera este honroso testimonio de los desvelos y la atención que me dedicó y que yo quisiera entrañablemente poder pagar, como ella merece, en vez de haber sido el inocente y desafortunado instrumento de su desgracia, como tengo sobradas razones para temer.

A todo esto la gente de los alrededores empezó a saber y a hablar de que mi amo había encontrado en el campo un extraño animal del tamaño aproximado de un *splacknuck*, pero de figura exactamente igual a la de un ser humano, al cual imitaba asimismo en todos sus actos, que parecía hablar unas palabritas peculiares y había aprendido otras del idioma de ellos, que andaba erguido sobre dos patas, era dócil y gentil, acudía cuando le llamaban, hacía cuanto le mandaban, tenía los brazos y piernas más finos del mundo y tez más delicada que una niña de noble cuna de tres años. Otro labrador que vivía muy cerca y tenía estrecha amistad con mi amo vino expresamente de visita a preguntar si era verdad lo que se contaba. Inmediatamente me mostraron a él y me colocaron sobre la mesa, donde me paseé según me mandaban, desenvainé el sable, lo volví a envainar, hice una reverencia al huésped de mi amo, preguntando en su lengua cómo le iba y dándole la bienvenida, tal como mi joven niñera me había instruido. Este hombre, que era viejo y algo cegato, se puso los anteojos para contemplarme mejor, a lo que no pude menos de romper a reír, pues los ojos parecían dos lunas llenas que brillaran dentro de una habitación en dos ventanas. La gente de mi casa, que descubrió la causa de mi regocijo, me acompañó en las risas, lo que causó enojo y desconcierto en el viejo, que era bastante necio. Tenía, además, fama de muy tacaño y, para mi desgracia, bien merecida, por el abominable consejo que le dio a mi amo de que me exhibiera un día de feria en la ciudad vecina, que estaba a media hora de caballo y distaba unas veintidós millas de nuestra casa. Yo adiviné que se estaba tramando algo cuando observé a mi amo y a su amigo cuchicheando y señalándome de vez en cuando; el miedo, por otro lado, me hizo creer que oía y entendía algunas de sus palabras. Pero mi joven niñera Glumdalclitch me puso a la mañana siguiente al corriente de todo, pues se había arreglado para sonsacárselo a su madre. La pobre niña me apretó contra el pecho y prorrumpió en sollozos de vergüenza y pesar. Temía que me sucediera algún percance en manos de gentes toscas y vulgares que podían causarme la muerte aplastándome o quebrarme algún miembro si me cogían en las manos. Había notado ella también lo pudoroso que yo era por naturaleza y cuán puntilloso en cuestión de honor, por lo cual habría de ser para mí una verdadera humillación que me exhibieran por dinero como un espectáculo de feria ante la gente más ruin. Dijo que papá y mamá habían prometido que Grildrig sería suyo y ahora resultaba que querían hacer con ella lo que el año anterior, cuando fingieron regalarle un cordero para luego, cuando estuvo bien cebado, venderlo al carnicero. En cuanto a mí, puedo asegurar que estaba menos preocupado que mi niñera, pues abrigaba la firme esperanza, que nunca me abandonó, de recobrar algún día la libertad, y en lo que tocaba a la ignominia de que me llevaran de un lado a otro como un bicho raro, al considerarme a mí mismo como un completo forastero en aquella tierra, nunca podrían culparme de tal desventura ni hacerme reproches si es que volvía a Inglaterra, pues el propio Rey de la Gran Bretaña, en igual trance que yo, habría tenido que sufrir la misma humillación.

Mi amo, siguiendo el consejo de su amigo, me llevó dentro de una caja el primer día de mercado a la población vecina, acompañándole su hija sobre una albarda en la grupa detrás de mí. La caja estaba cerrada por todos los lados, con una puertecilla para que yo entrara y saliera y unos cuantos agujeros taladrados que dejaban entrar el aire. La niña había tomado la precaución de poner dentro el edredón de la cuna de su muñeca para que yo pudiera ir echado. A pesar de ello sufrí terribles sacudidas y quedé muy quebrantado del viaje, aunque este no durase más que media hora. Y es que el caballo avanzaba unos cuarenta pies en cada paso y en el trote brincaba tan alto que yo me agitaba, subiendo y bajando, como en un barco en plena tempestad, solo que más bruscamente. El trayecto era algo mayor que el de Londres a St. Albans.[1] Mi amo se apeó ante una

1. Saint Albans: población al noroeste de Londres, de donde dista unos 35 kilómetros.

posada que solía frecuentar y, después de consultar un rato con el posadero y disponer algunos preparativos, encargó al *grultrud* o pregonero que anunciara por toda la población la presencia de una extraña criatura que podían contemplar en El Águila Verde, de tamaño menor que un *splacknuck* (animal de aquel país muy bien proporcionado y de unos seis pies), muy parecido en todo su cuerpo a un ser humano y capaz de hablar algunas palabras y de ejecutar un centenar de cabriolas y monerías.

Me colocaron sobre una mesa, dispuesta en la sala más grande de la posada, que debía de medir unos trescientos pies de lado. Mi joven niñera se puso en un taburete junto a la mesa para atenderme y darme instrucciones. Mi amo, para evitar aglomeraciones, solo permitió que entraran treinta personas a verme cada vez. Yo daba vueltas por la mesa según me indicaba la niña, que también me hacía preguntas hasta donde creía que mi conocimiento de la lengua lo permitía, las cuales yo contestaba en la voz más alta posible. Varias veces me dirigí a la concurrencia, presentándole mis respetos, dándole la bienvenida y pronunciando otras frases que me habían enseñado. Con un dedal lleno de licor, a manera de copa, que me dio Glumdalclitch, brindé por su salud y desenvainando el sable hice varios molinetes en el aire como hacen los espadachines en Inglaterra. Mi niñera me dio un trozo de paja con el que hice ejercicios como si fuera una pica, pues de joven había aprendido a manejarla. Aquel día me exhibieron a doce tandas de espectadores, y tantas veces me hicieron repetir las mismas majaderías que acabé medio muerto de cansancio y vergüenza. Y es que cuantos me habían visto contaban tales maravillas, que la gente se mostraba dispuesta a echar las puertas abajo para entrar a verme. Mi amo, por su propio interés, no permitía que me tocara nadie excepto mi niñera, y para evitar peligros se colocaron bancos alrededor de la mesa con objeto de mantenerme fuera del alcance de todos. Sin embargo, a un malhadado colegial se le ocurrió arrojarme a la cabeza una avellana que por poco no me alcanzó; de haberlo hecho, la violencia del golpe me habría machacado infaliblemente los sesos, pues era casi tan grande como una calabaza. Tuve, empero, la satisfacción de ver cómo al bribonzuelo le tundían las costillas y lo echaban de la habitación.

Mi amo hizo pregonar que me exhibiría otra vez el siguiente día de mercado. Entretanto, me preparó un medio de transporte más cómodo, para lo cual le sobraban razones, pues yo había quedado tan maltrecho de mi primer viaje y de divertir al público ocho horas seguidas, que apenas podía tenerme en pie ni hablar una palabra. Pasaron por lo menos tres días hasta que pude recobrar las fuerzas, pero en casa no me dejaban en paz, pues todos los caballeros de cien millas a la redonda a quienes llegó mi fama venían a verme a casa de mi amo. No bajarían de treinta los señores que me visitaron, acompañados de sus mujeres e hijos (pues el país es muy populoso), a quienes mi amo cobraba el precio de una habitación entera cada vez que me exhibía, aunque solo se tratara de uno solo en una familia. Por esta causa disponía de poco asueto todos los días de la semana —excepto los miércoles, que es para ellos el día de descanso—, incluso cuando no tenía que ir a la ciudad.

Este amo mío, al darse cuenta del provecho que podía sacar de mí, decidió llevarme a las ciudades más importantes del reino, y así, tras haberse provisto de todo lo necesario para un largo viaje y de haber dejado arreglados los asuntos de casa, se despidió de su mujer, y el 17 de agosto de 1703, unos dos meses después de mi llegada, nos pusimos en marcha camino de la capital, situada en el centro del imperio, a unas tres mil millas de nuestra morada. Mi amo dispuso que su hija Glumdalclitch fuera montada a la grupa. Ella me ponía en su regazo, dentro de una caja que llevaba atada a la cintura, y que había forrado por todos los lados con la tela más suave que pudo conseguir, bien acolchada debajo. Luego había amueblado la caja con la cama de su muñeca y me había provisto de ropa blanca y otras cosas necesarias, procurando, en suma, la mayor comodidad para mí. No llevábamos otra compañía que la de un mozo de la casa que cabalgaba detrás con el equipaje.

El propósito de mi amo era exhibirme en todas las poblaciones del camino y desviarnos de este unas cincuenta o cien millas siempre que hubiera un pueblo o casa de persona importante donde pudiera esperarse clientela. Hacíamos etapas cómodas de ciento cuarenta o ciento sesenta millas por jornada, pues Glumdalclitch, para ahorrarme fatigas, fingía cansarse con el trote del caballo. A menudo, cuando yo mismo lo pedía, me sacaba de la caja para que respirase mejor y viera el paisaje, pero sujetándome siempre bien con unos andadores. Cruzamos cinco o seis ríos mucho más anchos y profundos que el Nilo o el Ganges y difícilmente encontramos un arroyo tan pequeño como el Támesis en London Bridge.[2] Tardamos en estos viajes diez semanas, durante las que me exhibieron en dieciocho gran-

2. Uno de los puentes más largos de Londres.

des poblaciones, sin contar muchas aldeas y casas particulares.

El 26 de octubre llegamos a la capital, llamada en su lengua Lorbrulgrud, que significa «Orgullo del Universo». Mi amo escogió posada en la calle principal de la ciudad, no lejos del palacio real, y me anunció, como de costumbre, con avisos que describían en pormenor mi persona y habilidades. Luego arrendó una gran sala de trescientos o cuatrocientos pies de anchura y se procuró una mesa de sesenta pies de diámetro, en la que yo iba a actuar, dotada de una empalizada alrededor, a tres pies del borde y otros tres de altura para evitar que me cayera de la mesa. Me exhibían diez veces cada día para asombro y regocijo de todo el mundo. Para entonces yo era capaz de hablar aquella lengua tolerablemente y de entender perfectamente cada palabra que me decían. Además había aprendido el alfabeto y me las arreglaba para poder explicar alguna que otra frase, pues Glumdalclitch, que había sido mi maestra en casa, me había seguido enseñando en los ratos de ocio durante el viaje. Llevaba ella un librito en el bolsillo, no mucho mayor que el *Atlas* de Sanson,[3] que era un manual usado por los niños de allí, donde se daba un resumen de su religión, con ayuda del cual me enseñó las letras y me explicaba las palabras.

3. Cartógrafo francés del siglo XVII.

CAPÍTULO 3

Reclaman al autor desde la corte. La Reina se lo compra a su amo, el labrador, y lo presenta al Rey, y allí discute con los grandes sabios de Su Majestad. Se le asigna un aposento en la corte. Alcanza gran favor con la Reina y defiende el honor de su patria. Rivalidad con el enano de la Reina

Los repetidos esfuerzos a que me sometían a diario causaron al cabo de unas semanas una merma considerable en mi salud; cuantas más ganancias daba a mi amo, tanto más insaciable se volvía este. Casi me había quedado sin estómago y estaba prácticamente reducido a los huesos. El granjero lo había ya notado y, concluyendo que pronto me iba a morir, decidió sacar de mí el mayor partido posible. Mientras así razonaba y resolvía por su cuenta, vino de la corte un *slardral* o aposentador real, con orden a mi amo de que me llevara allí, sin demora, para diversión de la Reina y sus damas. Algunas de estas ya habían tenido ocasión de verme, refiriendo cosas insólitas sobre mi apostura, comportamiento y discreción. Su Majestad la Reina y cuantos la acompañaban quedaron inmensamente complacidos con mis modales. Yo me hinqué de rodillas y solicité el honor de besar sus imperiales pies, pero Su Graciosa Majestad, después de ponerme en la mesa, me ofreció su dedo meñique, que yo abracé con los dos brazos para poder acercar, con el mayor respeto, la punta a mis labios. Luego me preguntó por mi país y acerca de mis viajes, a lo cual yo contesté lo más clara y concisamente que pude. Después quiso saber si me agradaría vivir en la corte y yo me incliné hasta las tablas de la mesa respondiendo humildemente que era esclavo de mi amo, pero que si fuera dueño de mis actos, me enorgullecería dedicar la vida al servicio de Su Majestad. Entonces preguntó a mi dueño si se hallaba dispuesto a venderme a buen precio. Este, que temía que yo no iba a vivir un mes, estaba más que propicio a desprenderse de mí y pidió mil piezas de oro, que se le entregaron en el acto. Cada moneda tenía el tamaño de ochocientos moidoros,[1] pero, teniendo en cuenta la proporción existente entre ellos, aquella suma apenas equivaldría a unas mil guineas[2] en Inglaterra. Le dije a la Reina que, puesto que yo era ahora el vasallo más humilde de Su Majestad, me sentía obligado a solicitar el favor de que Glumdalclitch, que siempre me atendió con tanto esmero y cariño, y sabía hacerlo tan bien, fuera también admitida a su servicio para seguir cuidándome y enseñándome. Su Majestad accedió a la petición y

1. Moneda portuguesa de oro de valor superior a la libra esterlina.

2. Moneda de oro de 21 chelines.

logró sin dificultad el consentimiento del granjero, que quedó más que satisfecho de ver a su hija elevada en la corte; en cuanto a la pobre niña, era incapaz de ocultar su alegría. Mi antiguo amo se despidió deseándome suerte y diciéndome que me dejaba en buenas manos, a lo cual yo no repliqué una palabra, limitándome a hacer una leve inclinación.

La Reina advirtió mi frialdad y, cuando el granjero hubo abandonado la estancia, me preguntó la causa. Yo me atreví a decir a Su Majestad que no sentía otra obligación hacia mi antiguo dueño que la de no haber machacado los sesos de una pobre e inocente criatura que había encontrado por casualidad en sus tierras, obligación de sobra saldada por las ganancias que él había obtenido exhibiéndome por la mitad del reino, y por el precio al que me había vendido ahora. Añadí que la vida que yo llevaba había sido tan penosa como para matar a un animal diez veces más fuerte que yo, que mi salud había sufrido mucho a causa del trabajoso esfuerzo de divertir al populacho a cualquier hora del día, y que si mi amo no hubiera visto mi vida en peligro, acaso Su Majestad no me habría comprado tan barato. Le dije, en fin, que yo había ya perdido todo temor de ser maltratado al estar bajo la protección de tan grande y bondadosa Emperatriz, Adorno de la Naturaleza, Predilecta del Mundo, Deleite de sus Súbditos y Fénix de la Creación; y confiaba, por tanto, en que los temores de mi antiguo dueño resultasen infundados, pues ya notaba reavivarse mi ánimo bajo el influjo de su muy augusta presencia.

Estas fueron, en suma, mis palabras, pronunciadas con grandes incorrecciones y titubeos. Las últimas frases las compuse en el estilo característico de aquella gente, del cual me había enseñado algo Glumdalclitch, mientras me llevaba a la corte.

La Reina, aun admitiendo que mi manera de hablar era defectuosa, quedó sin embargo sorprendida ante el gran ingenio y discreción que mostraba un animal tan diminuto. Me cogió en su propia mano y me llevó al Rey, retirado entonces en su gabinete. Su Majestad, soberano de gran dignidad y semblante austero, no advirtiendo bien a primera vista mi figura, preguntó a la Reina de manera destemplada desde cuándo se había aficionado a los *splacknucks*, pues por uno me había tomado al verme tendido boca abajo en la diestra de Su Majestad. Pero la Soberana, que tenía infinito ingenio y humor, me puso suavemente de pie sobre el escritorio de Su Majestad y me mandó que le diera al Rey cuenta de mí mismo, lo que hice en pocas palabras. Glumdalclitch, que esperaba a la puerta del gabinete y no podía sufrir que yo estuviera lejos de su vista, confirmó, al ser admitida en la estancia, todo lo que había pasado desde que llegué a casa de su padre.

El Rey, a pesar de ser una persona tan culta como la que más en su imperio, y de haber sido educado en el estudio de las ciencias, en especial de la matemática, creyó, cuando me hubo observado detenidamente y me vio andar erguido, pero antes de que yo hablara, que yo podía ser un juguete movido por relojería (que en aquel país ha alcanzado gran perfección), inventado por algún ingenioso artista. Pero al oírme hablar y descubrir que lo que decía era normal y racional, no pudo ocultar su asombro. Y el relato que yo le hice de cómo había llegado a su Reina en nada le satisfizo, pues pensó que era una historia arreglada entre Glumdalclitch y su padre, que me habían enseñado unas cuantas palabras para venderme a más precio. Convencido de ello siguió interrogándome, y recibiendo respuestas sensatas, cuyo único defecto era el acento extranjero y un conocimiento imperfecto de la lengua, entreverada de alguna que otra expresión rústica aprendida en casa del granjero y no adecuada al estilo esmerado de la corte.

Mandó llamar Su Majestad a tres grandes sabios que cumplían entonces su servicio semanal en la corte, según la costumbre del país. Estos personajes, después de haber examinado mi figura detenidamente, se mostraron de distinto parecer respecto a mí. Estaban de acuerdo en que yo no podía haber sido engendrado de acuerdo con las leyes regulares de la naturaleza, puesto que no tenía una constitución capaz de ayudarme a subsistir, ya fuera por ligereza de movimientos o por la aptitud de trepar a los árboles o de excavar agujeros en la tierra. Examinándome minuciosamente los dientes, notaron que era un animal carnívoro, pero como la mayoría de los cuadrúpedos me aventajaban de sobra y los ratones campestres, como otros bichos, eran demasiado ágiles para mí, no podían imaginar cómo podría sustentarme, a menos que me alimentara de caracoles e insectos, lo cual yo era incapaz de hacer, como se brindaban a demostrar inequívocamente por medio de muchos argumentos de orden científico. Uno de los sabios se inclinaba a pensar que podía ser un embrión o fruto de un aborto. Pero esta opinión la rechazaban los otros dos, que observaban que mis extremidades eran perfectas y bien acabadas, y que había vivido varios años, como era patente en mi barba, cuyos cañones eran claramente visibles con un cristal de aumento. No querían admitir que yo fuera un enano, pues mi pequeñez rebasaba todos los términos de comparación, ya que el enano favorito de la Reina, el más pequeño conocido jamás en el reino, medía casi treinta pies de estatura. Después de largos debates llegaron a la conclusión unánime de que yo no era más que un *relplum scalcath*, que literalmente significa un *lusus naturae*,[3] interpretación muy acorde con la de las modernas filosofías de Europa, que, desdeñando el viejo y socorrido refugio de las causas ocultas, al que acudían en vano los seguidores de Aristóteles para disfrazar su ignorancia, han inventado esta maravillosa solución a todas las dificultades que surgen en el indescriptible avance del conocimiento humano.

Después de este categórico dictamen, pedí que me dejaran decir unas cuantas palabras. Dirigiéndome al Rey le aseguré que yo procedía de un país poblado abundantemente con varios millones de seres de mi estatura, de uno y otro sexo, donde los animales, árboles y casas guardaban proporción entre sí, y donde, por tanto, yo podía ser tan capaz de defenderme y sustentarme como cualquiera de los súbditos de Su Majestad en aquel país. Creí yo que bastaba esto para refutar los argumentos de aquellos caballeros, pero ellos se limitaron a replicar, con una sonrisa de desprecio, que el granjero me había enseñado muy bien la lección. El Rey, que tenía mucho más entendimiento, despidió a los sabios, y mandó buscar al granjero, que afortunadamente no había salido aún de la ciudad. Después de interrogarle a solas y de haber cotejado lo que decía conmigo y con la niña, Su Majestad empezó a pensar que lo contado por mí acaso fuera cierto. Pidió entonces a la Reina que diera órdenes para que me trataran con particular

3. Una broma de la naturaleza.

atención y se mostró partidario de que Glumdalclitch continuase ocupándose de mí, pues había observado el mutuo afecto que nos profesábamos. Se le reservó a ella un aposento cómodo en la corte y le asignaron una institutriz para su educación, una doncella para vestirla y otras dos criadas para los quehaceres domésticos, pero el cuidar de mí quedó totalmente encomendado a ella.

La Reina encargó a su ebanista personal que construyera una caja capaz de servirme de dormitorio según el modelo que decidiéramos Glumdalclitch y yo de común acuerdo. Este maestro era un artista sumamente ingenioso y, siguiendo mis indicaciones, me terminó en tres semanas un dormitorio de madera, de dieciséis pies de lado y doce de altura, dotado de ventanas correderizas, una puerta y dos compartimentos, como se estila en Londres. La tabla que formaba el techo se podía levantar girando sobre dos goznes, para dar entrada a una cama ya preparada por el tapicero de la reina y que Glumdalclitch sacaba todos los días para que se airease, y para hacerla con sus propias manos. Por la noche la volvía a meter y dejaba cerrado el techo. Un artesano minucioso, muy conocido por sus primores, se encargó de construirme dos sillones, con su bastidor y respaldo, de un material parecido al marfil, además de dos mesas y una cómoda para mis objetos personales. La habitación estaba acolchada por todos los lados, incluidos el suelo y el techo, para evitar cualquier accidente causado por negligencia de quienes me llevaban y para amortiguar las sacudidas cuando viajaba en coche. Pedí una cerradura para la puerta a fin de impedir la entrada a ratas y ratones; un cerrajero, tras varios intentos, fabricó la más pequeña vista jamás entre ellos, aunque yo solo he conocido una mayor en la verja de una casa señorial en Inglaterra. Luego me las arreglé para guardar la llave en un bolsillo mío, temiendo que Glumdalclitch la perdiera. La Reina, por su parte, encargó las telas más finas que se encontraran para hacerme ropa. No eran mucho más gruesas que una manta inglesa, pero sí muy incómodas hasta que me acostumbré a ellas. La hechura de la ropa era la usual en aquel reino, en parte semejante a la de los persas, en parte a la de los chinos, en fin, una indumentaria muy digna y decorosa.

La Reina se aficionó tanto a mi compañía que no podía comer sin mí. Me colocaron una mesa sobre la que ella usaba, justo al lado de su codo izquierdo, así como una silla para que me sentara. Glumdalclitch, de pie sobre un taburete apoyado en el suelo, cerca de mi mesa, me atendía y cuidaba de mí. Yo tenía a mi disposición un servicio completo de platos y fuentes de plata, así como otras piezas necesarias que, comparadas con las de la Reina, no eran proporcionalmente mayores que las que yo he visto en una juguetería londinense como vajilla de una casa de muñecas. Todo ello lo guardaba mi joven niñera en el bolsillo, dentro de una caja de plata, y me lo daba durante las comidas según lo necesitaba, limpiándolo siempre ella misma. Con la Reina no comían más personas que las dos princesas reales, la mayor de dieciséis años y la menor, entonces, de trece años y un mes. Su Majestad solía ponerme un trocito de carne en uno de mis platos del que luego yo iba cortando, y su diversión consistía en contemplar cómo yo comía en miniatura, pues ella, aunque en verdad padecía del estómago, tomaba en cada bocado lo que podrían comer en una sentada una docena de labradores ingleses. Tal espectáculo me produjo durante algún tiempo verdaderas náuseas. Trituraba con los dientes un ala de alondra con huesos y todo, aunque el ala fuera nueve veces mayor que un pavo bien crecido; luego se llevaba a la boca un trozo de pan tan grande como dos hogazas de doce peniques. Bebía, de una copa de oro, más de un barril en cada trago. Los cuchillos que usaba eran el doble de largos que una guadaña con el mango en línea recta con la hoja. Las cucharas, tenedores y otros utensilios eran de dimensiones proporcionalmente iguales. Recuerdo que cuando Glumdalclitch me llevó a ver, por curiosidad, algunas de las mesas de la corte donde los comensales levantaban a la vez diez o doce de estos cuchillos y tenedores enormes, pensé que en mi vida había contemplado un espectáculo tan aterrador.

Es costumbre allí que todos los miércoles (que, como he dicho ya, es su día de descanso) coman juntos el Rey y la Reina, acompañados de los descendientes reales de uno y otro sexo, en los aposentos del Soberano, del cual yo me había convertido en un favorito. En tales ocasiones colocaban mi mesa y silla a la izquierda del Monarca delante de uno de los saleros. Al Soberano le gustaba conversar conmigo, informándose de los usos, religión, leyes, gobierno y cultura de Europa, de todo lo cual le di cuenta lo mejor que pude. Su entendimiento era tan lúcido y su juicio tan cabal, que cuanto yo decía suscitaba en él prudentes reflexiones u observaciones. Pero yo debo confesar que después de haberme extendido profusamente hablando de mi querida patria, de nuestro comercio, guerras navales y terrestres, cismas religiosos y partidos políticos, prevalecieron de tal manera los prejuicios de su educación, que no pudo menos de cogerme en su mano derecha y tras golpearme suavemente con la otra y reírse a carcajadas, me preguntó si yo era *whig* o *tory*. Luego, volviéndose a su primer ministro, atento a sus órdenes detrás de él y empuñando un bastón blanco, tan largo como el palo mayor del Royal Sovereign, le hizo notar lo deleznable que resulta la grandeza humana cuando pueden ridiculizarla insectos tan diminutos como yo. «Y además —añadió— me atrevo a asegurar que estas criaturas tienen sus títulos y distinciones honoríficas, se construyen sus pequeños nidos y guaridas, a los que llamarán casas y ciudades, y tratan de descollar en vestido y tren de vida; en fin, que aman, luchan, discuten, hacen trampas y traicionan.» Y así continuó el Rey, mientras el color se me iba y volvía varias veces, indignado de oír cómo se denigraba a nuestra noble nación, señora de las artes y las armas, azote de Francia, árbitro de Europa, sede de la virtud, de la piedad, del honor y de la verdad, orgullo y envidia del mundo.

Yo, empero, no estaba en condiciones de sentirme ultrajado; después de madurar mis pensamientos empecé a dudar si me habían injuriado o no, pues habiéndome acostumbrado a lo largo de los meses al aspecto y al trato de aquella gente y observado que todas las cosas que veía guardaban la debida proporción entre sí, el horror que al principio había sentido ante su tamaño y forma se había disipado tanto que si hubiera contemplado a la sazón un grupo de lores ingleses con sus damas, vestidos todos en sus mejores galas de cumpleaños[4] y luciendo sus modales más cortesanos, pavoneándose, haciendo reverencias y parloteando, entonces, a decir verdad, me habría arrastrado la risa tanto

4. La etiqueta palaciega exigía que se estrenaran vestidos el día del cumpleaños real.

como yo la provocaba al Rey y a sus dignatarios. Tampoco podía yo evitar la sonrisa cuando, poniéndome la Reina en su mano ante el espejo, contemplaba en este las dos figuras juntas, pues difícilmente se podía concebir nada más ridículo si se nos comparaba, de suerte que empecé de veras a imaginarme a mí mismo mucho más menguado todavía de lo que era en realidad.

Nada me enojaba ni me vejaba tanto como el comportamiento del enano de la Reina, el cual, teniendo la estatura más baja que jamás se conoció en aquel país (pues yo creo en verdad que no pasaba de los treinta pies de alto), se volvió tan insolente al ver una criatura tan por debajo de él, que no perdía ocasión de fanfarronear y mostrar su jactancia cuando pasaba ante mí en la antecámara de la Reina y yo estaba departiendo con los señores y las damas de la corte subido en una mesa. Rara vez se privaba de soltar una palabra hiriente aludiendo a mi pequeñez, contra lo cual mi única venganza posible era llamarle hermano mío, retándole a que luchara conmigo o dándole alguna réplica de las que se estilan entre los pajes de una corte. Un día, a la hora de comer, este ruin bichejo se sintió tan irritado por algo que yo le había dicho que, subiéndose al sillón de la Reina, me cogió por la cintura cuando yo estaba sentado ajeno a todo peligro, me dejó caer en una fuente de plata llena de crema, y escapó después lo más deprisa que pudo. Yo caí en la fuente de cabeza y, si no hubiera sido un buen nadador, habría estado en grave aprieto, pues Glumdalclitch estaba en aquel momento al otro extremo de la sala, y la Reina tuvo tal sobresalto, que le faltaba presencia de ánimo para acudir en mi auxilio. Pero mi joven aya corrió a ayudarme y me sacó del líquido después de haberme tragado una buena ración de crema. En seguida me pusieron en la cama, pero no sufrí otro daño que la pérdida de un traje, que había quedado totalmente estropeado. Al enano le sacudieron de lo lindo y le castigaron además a que apurase la fuente de crema en que me había arrojado. Por otra parte, nunca más recobró el favor de que gozaba, pues poco después la Reina lo regaló a una dama de importancia, de modo que no volví a verlo más, para mi gran satisfacción, pues no podría decir hasta qué extremos un bribón semejante habría llevado su resentimiento.

Ya antes me había jugado una mala pasada, que hizo reír a la Reina, aunque al mismo tiempo se sintiera hondamente enojada, y lo hubiera despedido en el acto, a no ser por mi generosa intercesión. Su Majestad se había servido en su plato un hueso de tuétano y después de sacar este había vuelto a dejar el hueso de pie en el plato. En esto, aprovechando la ocasión de que Glumdalclitch se había acercado al aparador, el enano trepó al taburete donde ella se subía para atenderme mientras yo comía, y cogiéndome con las dos manos y juntándome las piernas para que cupiera, me metió en el hueso hasta más arriba de la cintura. Así estuve embutido algún tiempo presentando un aspecto muy ridículo. Pasó casi un minuto antes de que nadie supiera qué había sido de mí, pues yo no quise rebajarme a gritar. Afortunadamente, como los príncipes rara vez toman calientes las comidas, mis piernas no sufrieron quemadura alguna y solo las medias y los calzones quedaron maltrechos. Gracias a mis súplicas el enano salió de esta sin otro castigo que una buena azotaina.

Solía burlarse la Reina de mí a cuenta de mis temores, y entonces me preguntaba si las gentes de mi país eran tan grandes cobardes como yo. Motivo de ello era el siguiente: aquel reino está infestado de moscas en verano, y estos insectos, tan grandes como alondras de Dunstable, apenas me dejaban comer en paz con el incesante zumbido y susurro que hería los oídos. A veces se posaban sobre mis alimentos dejando sobre ellos sus asquerosos excrementos o huevas, muy visibles para mí, pero no para los nativos, cuyas facultades ópticas no eran tan agudas como las mías en la observación de objetos pequeños. Otras veces se me posaban en la nariz o en la frente propinándome penetrantes picaduras y dejando un olor repugnante. Me era fácil advertir esa sustancia viscosa que, según los naturalistas, les permite pasearse con las patas pegadas a un techo. Mucho esfuerzo me costó defenderme de estos detestables animales y no podía evitar un sobresalto cada vez que se me acercaban a la cara. El enano tenía, además, la mala costumbre de cazar con la mano unos cuantos de estos insectos, como hacen los colegiales entre nosotros, y soltarlos de repente adrede delante de mis narices para asustarme a mí y divertir a la Reina. Mi remedio entonces era matar las moscas a tajos con el cuchillo según volaban, en lo que mi destreza fue objeto de gran admiración.

Recuerdo una mañana en la que Glumdalclitch me había colocado dentro de mi caja en una ventana, como solía hacer en buen tiempo para que me diera el aire (pues yo no me atrevía a dejarles colgarme de un clavo en la caja fuera de la ventana, como hacen con las jaulas en Inglaterra) después de haber levantado una de las hojas de mi ventana corrediza y de sentarme a la mesa a desayunar un trozo de pastel. En esto, unas veinte avispas, atraídas por el dulce olor, entraron volando en la habitación con un zumbido tan fuerte como el de los roncones de otras tantas gaitas. Unas se apoderaron del pastel y se lo llevaron en trozos sueltos, otras revolotearon en torno a mi cabeza aturdiéndome con el zumbido y aterrorizándome con sus aguijones. Pero tuve el valor de ponerme en pie y desenvainar el sable atacándolas en vuelo. Así conseguí despachar a cuatro, mientras que las demás escaparon, y entonces cerré la ventana. Estas avispas eran tan grandes como perdices; yo les quité los aguijones, que medían pulgada y media y eran tan afilados como agujas, y los guardé cuidadosamente. Luego los he exhibido, con otras cosas curiosas, por diversas partes de Europa, y al regresar a Inglaterra regalé tres al Gresham College[5] y me quedé con el cuarto para mí.

5. Sede de la Royal Society, la más prestigiosa institución científica de Inglaterra.

CAPÍTULO 4

Descripción del país. Se propone la corrección de los mapas modernos. El palacio del Rey y otros datos sobre la capital. Manera de viajar el autor. Descripción del templo principal

Quisiera dar ahora al lector una descripción sucinta de este país, al menos de lo que yo recorrí de él, que no pasaba de dos millas a la redonda a partir de Lorbrulgrud, la capital, pues la Reina, en cuyo séquito siempre me encontraba, nunca fue más lejos cuando acompañaba al Rey en sus viajes, esperando entonces a que el Soberano regresara de la inspección de sus fronteras. La extensión total de los dominios de este Monarca es de unas seis mil millas a lo largo, por tres a cinco mil en anchura. De ello no puedo menos de concluir que nuestros geógrafos europeos están en grave error al suponer que entre el Japón y California no hay nada más que mar. Yo siempre fui de la opinión de que tenía que existir una gran masa de tierra para contrarrestar el gran continente de Tartaria. En consecuencia, deben rectificar mapas y cartas marinas, integrando este vasto territorio en la parte noroeste de América, cosa en la que me hallarán dispuesto a prestarles ayuda.

El reino forma una península limitada al nordeste por una cadena de montañas de treinta millas de altitud, totalmente infranqueables a causa de los volcanes que coronan sus cumbres. Ni siquiera los más sabios saben qué especies de mortales viven más allá de esa cordillera ni que alguien viva al otro lado. Por los demás lados el país limita con el océano. No existe un solo puerto de mar en todo el reino y las zonas costeras en que desembocan los ríos están tan sembradas de rocas puntiagudas y es tan encrespada la mar casi siempre, que no hay quien se arriesgue a surcarla, ni aun con los botes más pequeños, de suerte que estas gentes están enteramente excluidas de todo comercio con el resto del mundo. En cambio, los grandes ríos están llenos de barcos y tienen excelente y abundante pesca. Rara vez acuden a la del mar, pues los peces de mar son del mismo tamaño que los de Europa, y por tanto, no merece la pena pescarlos. De ello se infiere claramente que la naturaleza se ha limitado a producir plantas y animales de tan extraordinaria magnitud solo dentro de los confines de este continente, pero la determinación de las causas de todo ello se la dejo a los filósofos. Sin embargo, de vez en cuando cogen una ballena que acierta a estrellarse contra las rocas, de la que el pueblo se alimenta con fruición. Entre estas ballenas yo vi algunas tan grandes que un hombre apenas podía transportar una sobre los hombros. A veces, como algo curioso, llevan alguna en una canasta a la capital: de estas vi yo una servida en plato en la mesa del Rey, como cosa rara, pero no noté que fuera de su agrado. En verdad creo que por su enorme tamaño sintió repugnancia, aunque yo he visto una mayor en Groenlandia.

El país está bien poblado, pues existen cincuenta y una ciudades y casi un centenar de villas amuralladas, así como un gran número de aldeas. Para satisfacer al curioso lector, creo que bastará con describir Lorbrulgrud. La ciudad se extiende a ambos lados de un río que la divide en partes iguales. Tiene más de ochenta mil casas y unos seiscientos mil habitantes. Mide a lo largo tres *glonglungs* (que viene a ser lo que cincuenta y cuatro millas inglesas) y dos y medio a lo ancho, según pude medir en el plano levantado por orden del Rey, que extendieron en el suelo expresamente para mí y alcanzaba cien pies. Yo lo medí descalzo en su diámetro y circunferencia, y calculando según la escala indicada pude averiguar las dimensiones con bastante exactitud.

El palacio real carece de regularidad. Es más bien un conjunto de edificios amontonados cuyo contorno es de unas siete millas. Las estancias principales tienen el techo a doscientos cuarenta pies y el ancho y el largo son proporcionales. A Glumdalclitch y a mí nos asignaron un coche en el que su institutriz la solía llevar a visitar la ciudad o a ver tiendas. Yo siempre las acompañaba, metido en mi caja, si bien la niña, cuando yo se lo pedía, me sacaba y me sostenía en la mano, para que yo pudiera contemplar las casas y la gente conforme pasábamos por las calles. Según mis cálculos, el coche era tan grande como Westminster Hall en cuadrado, aunque no tan alto; no puedo, sin embargo, decirlo con exactitud. Cierto día la institutriz mandó al cochero que se detuviera ante varias tiendas, donde los mendigos, aprovechando la ocasión, se apiñaron por todos los lados ofreciéndome el más horrible espectáculo que la mirada de un europeo haya contemplado jamás. Había allí una mujer con un tumor en el pecho, hinchado monstruosamente, y lleno de cavernas, en dos o tres de las cuales yo hubiese cabido fácilmente a rastras ocultándome entero. Había también un sujeto con un lobanillo en el pescuezo, más grande que cinco fardos de lana, y otro con dos patas de palo, cada una de veinte pies de altura. Pero lo más horripilante de todo era la vista de los piojos que se arrastraban en todas sus ropas. Podía distinguir perfectamente las extremidades de estos bichos asquerosos a simple vista, mucho mejor que las de un piojo europeo a través del microscopio, así como los morros con los cuales hozaban igual que cerdos. Eran estos los primeros que contemplaba desde que llegué, y me habría gustado, por curiosidad, hacerle la disección a uno de ellos, si hubiera dispuesto del instrumental adecuado (que por desgracia se había quedado en el barco) aunque, a decir verdad, la vista era tan repugnante como para revolverle a uno el estómago.

Aparte de la caja grande en que yo solía viajar, la Reina encargó que me hicieran otra más pequeña, de unos doce pies de lado y diez de altura, para mayor comodidad en los viajes, pues aquella era demasiado grande para llevarla en el regazo de Glumdalclitch y un estorbo dentro del coche. La nueva fue construida por el mismo artesano, a quien yo di instrucciones durante la ejecución. Esta cabina de viaje era de base un cuadrado perfecto, y estaba dotada de una ventana en el centro de tres de los lados, la cual tenía por fuera, como celosía, una rejilla de hierro para evitar accidentes en los viajes largos. En el cuarto lado, que no tenía ventana, se habían fijado dos fuertes argollas, por las cuales la persona que me llevaba, cuando se me antojaba ir a caballo, hacía pasar un cinturón de cuero que luego sujetaba con hebillas a la cintura. Esta tarea se la encargaban siempre, cuando Glumdalclitch no podía, a algún sirviente serio y leal en quien yo pudiera confiar, tanto si acompañaba a los Reyes en sus viajes como si tenía ganas de ver los jardines o hacer una visita a alguna dama de importancia o ministro del gobierno en la corte, pues pronto empezaron a conocerme y estimarme los personajes de esta, supongo que más por el favor que me dispensaban Sus Majestades que por méritos propios. En viajes largos, cuando me cansaba de ir en coche, un criado a caballo ponía la caja ante sí sobre un cojín, sujeta con hebillas; gracias a ella, asomándome a las tres ventanas, podía gozar plenamente del paisaje por tres lados. La cabina que formaba esta caja disponía de una litera de campaña, una hamaca colgada del techo, dos sillas y una mesa, hábilmente atornilladas al suelo para evitar que los meneos del coche o del caballo las revolvieran. En cuanto a mí, habituado a los viajes en barco, todas estas sacudidas, aunque muy violentas a veces, no me causaban gran trastorno.

Siempre que se me antojaba recorrer la ciudad lo hacía dentro de la cabina de viaje, que Glumdalclitch sostenía en su regazo. Íbamos en una especie de silla de manos descubierta, a la usanza del país, conducidos por cuatro lacayos y acompañados por otros dos en librea con las armas de la Reina. Los transeúntes, que habían oído hablar mucho de mí, se agolpaban llenos de curiosidad en torno a la silla, y la niña, complaciente, hacía detenerse a los portadores y me levantaba en la mano para que pudieran verme con más comodidad.

Yo tenía grandes deseos de ver el templo principal y en especial su torre, que se considera la más alta del reino. Y así, un día mi niñera me llevó allí, pero a decir verdad, confieso que volví defraudado, pues la altura no pasaba de los tres mil pies, medidos desde el suelo hasta el extremo del pináculo más elevado, lo cual, si se tiene en cuenta la diferencia de estatura entre aquella gente y nosotros los europeos, no es nada especialmente digno de admiración, ni proporcionalmente comparable (si no recuerdo mal) a la aguja de la catedral de Salisbury. Pero para no quitar mérito a una nación a la que he de guardar gratitud toda mi vida, debo decir que lo que a esta famosa torre le falta en altura, está compensado de sobra por su belleza y solidez, pues los muros tienen casi cien pies de espesor, y están construidos de piedras labradas, midiendo cada sillar cuarenta pies en cuadro. Estos muros están adornados por todos los lados con estatuas de dioses y emperadores esculpidas en mármol a más del tamaño natural y colocadas en sus correspondientes nichos. Midiendo el dedo meñique que se había desprendido de una de estas estatuas y que descubrí abandonado entre algunos escombros, vi que tenía exactamente cuatro pies y una pulgada de largo. Glumdalclitch lo envolvió en un pañuelo y lo llevó a casa en un bolsillo para guardarlo con otras baratijas que le gustaba tener, como es corriente en chicas de su edad.

La cocina real es ciertamente un noble edificio, abovedado en el techo, que se alza seiscientos pies del suelo. Al horno mayor no le faltan diez pasos para ser tan ancho como la cúpula de San Pablo, pues yo medí esta ex profeso al regresar a Inglaterra. Pero si me pusiera a describir la parrilla, los enormes pucheros y cacerolas, los cuartos de reses en los asadores y otros pormenores, difícilmente me creerían, o por lo menos un crítico severo sería capaz de pensar que yo exageraba un poco, como es frecuente achaque de viajeros. Precisamente por evitar tales críticas temo haber caído en el extremo contrario, de suerte que si este libro se tradujera alguna vez a la lengua de Brobdingnag (nombre que abarca todo el reino) y lo leyeran allí el Rey y sus súbditos, se quejarían, y con razón, de que los he injuriado describiendo falsamente la nación en dimensiones reducidas.

Su Majestad rara vez mantiene en sus cuadras más de seiscientos caballos, los cuales tienen por lo regular de cincuenta y cuatro a sesenta pies de alzada, pero cuando emprende un viaje en ocasión solemne le acompaña una escolta militar de quinientos caballos que yo, al verla, tuve por el espectáculo más espléndido que podía contemplar jamás, hasta que vi después parte de su ejército en orden de batalla, de lo que hablaré más adelante.

CAPÍTULO 5

Varias aventuras vividas por el autor. Ejecución de un criminal. El autor muestra sus dotes de navegante

Yo habría vivido bien feliz en aquel país si por mi minúsculo tamaño no me hubiera visto expuesto a varios accidentes ridículos y molestos de los que me atrevo a mencionar algunos. Glumdalclitch solía llevarme a los jardines reales en mi caja pequeña, sacándome a veces de ella para sostenerme en la mano o dejarme en el suelo para que me paseara. Recuerdo que un día el enano, antes de dejar el servicio de la Reina, nos siguió cuando íbamos a estos jardines. Estando yo en el suelo y él cerca de mí, junto a unos manzanos enanos, no pude contenerme de mostrar mi ingenio con una necia alusión al hecho de que se aplicase la palabra *enano* tanto a los árboles como a él, cosa que ocurre igual en su lengua que en la nuestra. Entonces el malicioso bribón aprovechó la ocasión de que yo pasaba bajo uno de los árboles para sacudir las ramas sobre mi cabeza con lo cual se desprendió una docena de manzanas, cada una casi tan grande como un tonel de Bristol, que me pasaron rozando, menos una que me dio en la espalda cuando me agachaba y me derribó de bruces contra el suelo. Pero este fue todo el daño que recibí y al enano lo perdonaron a instancias mías, ya que era yo quien lo había provocado.

Otro día, Glumdalclitch me dejó sobre un trozo de fino césped para que me divirtiera solo, mientras ella se alejaba un poco con la institutriz. En esto cayó sobre el lugar un violento pedrisco cuyos golpes me tiraron al suelo, donde el granizo me daba tan atroces pedradas en todo el cuerpo como si tuviera el tamaño de pelotas de tenis. Me arreglé entonces para arrastrarme a cuatro patas hasta encontrar resguardo acurrucado boca abajo al borde de unos tomillos, pero quedé tan lleno de arañazos desde la cabeza a los pies que no pude salir de casa en diez días. Y en verdad que no debe asombrarnos este suceso, pues guardando la naturaleza la misma proporción en todas sus manifestaciones, un granizo es casi mil ochocientas veces mayor allí que en Europa, cosa que yo puedo atestiguar por experiencia, pues tuve la curiosidad de pesarlos y medirlos.

Pero más peligroso fue el accidente que me ocurrió, en el mismo lugar, una vez, cuando mi joven niñera, creyendo que me había puesto en sitio seguro, como yo siempre le encarecía que hiciera para poder dar rienda suelta a mis pensamientos, y habiendo dejado mi caja en casa para ahorrarse la molestia de llevarla, se fue a otra parte de los jardines con la institutriz y algunas damas conocidas suyas. Mientras ella estaba lejos y sin poder oírme, un pequeño sabueso blanco, propiedad de uno de los jardineros mayores, que acertó a meterse por casualidad en el parque, vino a parar donde yo estaba. Guiado por su olfato se acercó a mí, me levantó en sus fauces y corrió directo a su amo meneando el rabo para depositarme entonces suavemente en el suelo. Por fortuna, estaba tan bien amaestrado que me llevó entre los dientes sin sufrir yo el menor daño, ni rasgarme siquiera la ropa. Pero el pobre jardinero, que me conocía bien y me tenía mucho cariño, se llevó un terrible susto, me cogió delicadamente en sus manos y me preguntó cómo me sentía, mas yo estaba tan sobrecogido y jadeante que apenas podía decir palabra. Pasados unos minutos me recobré, y él me devolvió sano y salvo a mi joven aya, la cual, entretanto, había regresado al sitio donde me dejó y estaba toda angustiada al ver que yo no aparecía ni contestaba a sus llamadas: esto hizo que reprendiera con severidad al jardinero a cuenta del perro. Pero el incidente fue silenciado y nunca se supo de él en la corte, pues la niña temía el enojo de la Reina y, para ser sincero, yo pensaba que no iba a favorecer mi reputación que tal episodio se divulgase.

A causa de este suceso, tomó Glumdalclitch la decisión firme de no fiarse más de mí en el futuro dejándome solo y de no perderme de vista. Yo llevaba mucho tiempo temiendo esta medida y por eso le había ocultado varios percances ocurridos cuando me dejaban andar suelto. Así, una vez, cuando un milano que se cernía sobre el jardín se precipitó sobre mí, si no hubiese desenvainado el sable y hubiese corrido a esconderme bajo un seto espeso, me habría llevado en sus garras. Otra vez, cuando estaba en la cumbre de una topera me hundí hasta el pescuezo en el agujero hecho por el topo para sacar la tierra y tuve que inventar una mentira sin importancia para explicar el estropicio sufrido por mi ropa. Otro accidente me causó la fractura de la tibia derecha al tropezar con la concha de un caracol cuando me paseaba a solas pensando en la pobre Inglaterra.

No podría decir si, durante estos paseos solitarios, me causaba más alegría o más tristeza el observar que los pájaros pequeños no parecían asustarse de mi presencia, sino que saltaban aquí y allá a una yarda de mí en busca de gusanos y otros alimentos, tan descuidados y seguros como si no hubiera criatura alguna en su cercanía. Recuerdo que un tordo tuvo una vez el descaro de arrebatarme de la mano con el pico un trozo de pastel que acababa de darme Glumdalclitch con el desayuno. Cada vez que intentaba cazarlos, se volvían osadamente contra mí, tratando de darme picotazos en los dedos, que yo no me atrevía a poner a su alcance. Luego, sin hacerme mucho caso, se volvían en cortos vuelos a la busca de lombrices y caracoles, tarea en que habían estado ocupados. Pero un día agarré una buena estaca y la arrojé con todas mis fuerzas y con tanta suerte contra un pardillo que lo abatí del golpe, y cogiéndolo por el cuello con las dos manos corrí triunfalmente a enseñárselo a mi niñera. Pero el pájaro, que solo había quedado aturdido, se recobró y empezó a sacudirme aletazos por todo el cuerpo. Y aunque yo procuraba mantenerlo a distancia con los brazos extendidos y me encontraba fuera del alcance de sus garras, estuve tentado unas cuantas veces de dejarlo escapar. Pronto, sin embargo, quedé aliviado por la llegada de un criado que le retorció el pescuezo. Al día siguiente, por orden de la Reina me lo sirvieron de comida. Si no recuerdo mal, este pardillo parecía algo mayor que un cisne inglés.

Las damas de honor solían invitar a menudo a Glumdalclitch a sus aposentos, pidiéndole que me llevara a mí en su compañía, con la intención de tener así el gusto de verme y tocarme. Con frecuencia me despojaban de toda mi ropa de arriba abajo y me apretaban contra el pecho, lo cual me causaba gran repugnancia porque, para ser sincero, su piel desprendía un olor harto desagradable, hecho que menciono sin intención de menoscabo a aquellas excelentes damas, por quienes siento toda clase de respetos, pero me imagino que mi olfato resultaba más sensible en consonancia con mi pequeñez y que aquellas nobles señoras no producían más repugnancia a sus amantes, o unas a otras, que la gente de igual condición en Inglaterra. Por otra parte, observé que su olor natural era más soportable que cuando usaban perfumes, bajo cuyo efecto pronto me desmayaba. No puedo olvidar cómo un íntimo amigo mío de Liliput se había tomado la libertad cierto día caluroso, y después de haberme entregado a violentos ejercicios, de quejarse del intenso olor que yo desprendía, aunque no peco de este defecto más que la mayoría de los de mi sexo. Supongo, pues, que su finura de olfato hacia mí era tan extremada como la mía con respecto a este pueblo. Y con referencia a este punto no puedo menos de rendir tributo a la Reina mi señora y a Glumdalclitch, mi niñera, cuya fragancia era comparable a la de cualquier dama inglesa.

Lo que me inquietaba más entre estas damas de honor cuando mi aya me llevaba a visitarlas era la desenvoltura con que me trataban, como si no existiera. A veces se quedaban en cueros y se ponían los camisones en mi presencia, después de haberme situado sobre el tocador justo enfrente de sus cuerpos desnudos, lo cual puedo asegurar que no era ni remotamente una vista tentadora, ni despertaba en mí otras emociones que las de horror y asco. El cutis de ellas tenía un aspecto muy basto y desigual, abigarrado cuando lo veía de cerca, con lunares aquí y allá, tan grandes como una tabla de trinchar y de los que salían pelos más gruesos que cuerdas de embalar, por no citar otros pormenores referentes a sus personas. Tampoco sentían ellas escrúpulo alguno para eliminar, estando yo presente, lo que habían bebido, en cantidades que rebasaban dos barriles,[1] dentro de un gran tanque en que cabían más de tres toneles. La más hermosa de estas damas de honor, agradable y juguetona muchacha de dieciséis años, me colocaba a veces a caballo sobre uno de sus pezones o me usaba para otras muchas travesuras; en cuanto a estas ruego al lector me excuse por no ser más minucioso. Pero todo esto me disgustaba tanto que tuve que pedir encarecidamente a Glumdalclitch que inventara alguna disculpa para no volver a ver más a esta jovencita.

Cierto día un joven caballero, sobrino de la institutriz de mi niñera, vino apremiando a las dos a que presenciaran una ejecución. Se trataba de un hombre que había asesinado a un amigo íntimo de este caballero. Muy en contra de sus inclinaciones, Glumdalclitch, que era de naturaleza compasiva, se vio persuadida a asistir; en cuanto a mí, que aborrecía este género de espectáculos, me dejé tentar por la curiosidad de ver algo que, a mi juicio, tenía que ser extraordinario. Al malhechor lo sujetaron a una silla situada sobre el cadalso levantado para la ocasión, y la cabeza se la cortaron de un tajo con

1. Un barril equivale a 35 galones ingleses, aproximadamente 160 litros.

una espada de unos cuarenta pies. Brotó entonces de venas y arterias tan enorme cantidad de sangre y a tal altura por los aires que, mientras duró, no se podía comparar con aquellos chorros el gran *jet d'eau*[2] de Versalles. La cabeza, al caer sobre el piso del cadalso, dio un bote que me sobresaltó, a pesar de encontrarme por lo menos a una milla inglesa de distancia.

La Reina, que a menudo me oía hablar de mis viajes marítimos y aprovechaba cualquier ocasión para divertirme si me notaba triste, me preguntó si yo sabía manejar la vela y el remo y si acaso no sería bueno para mi salud hacer un poco de ejercicio bogando. Yo respondí que sabía hacer las dos cosas, pues aunque mis tareas propias en el barco eran las de médico o cirujano, muchas veces, en caso de apuro, estaba obligado a bregar como un marinero más; sin embargo, añadí, no veía cómo podía practicar aquellos deportes en su reino, donde la barquilla más pequeña correspondía a un navío de guerra de los mayores en mi patria, y un bote que yo pudiera gobernar era inconcebible en ríos como los de aquel país. A esto replicó Su Majestad que si yo era capaz de diseñar un bote, su carpintero personal lo construiría y ella facilitaría un lugar donde navegar. Este hombre era un artesano ingenioso y, siguiendo mis instrucciones, en diez días dio remate a su obra, una barca de recreo con todos sus aparejos, donde cabían holgadamente ocho europeos. Cuando estuvo acabada, fue tal el júbilo de la Reina, que corrió, llevándola en el regazo, a enseñársela al Rey, quien ordenó que, para probarla, la pusieran en una cisterna llena de agua, con-

2. Literalmente, «chorro de agua». Alude a los de las fuentes artísticas de los jardines reales de Versalles.

migo dentro, pero me fue imposible bogar con las dos espaldillas o pequeños remos, por falta de espacio. Sin embargo, la Reina había ya concebido antes otro proyecto. Mandó al carpintero que fabricara una artesa de madera de trescientos pies de longitud, por cincuenta de anchura y ocho de profundidad, que bien armada y embreada para evitar escapes de agua, colocaron en el suelo, pegada a la pared, en una de las dependencias exteriores del palacio. Estaba provista de una espita cerca del fondo para desagüe cuando el líquido empezara a enturbiarse; bastaban dos criados para llenarla en media hora. Aquí solía yo divertirme remando, y también la Reina y sus damas, que consideraban un agradable entretenimiento contemplar mi destreza y agilidad. A veces izaba la vela y solo me ocupaba de mantener un rumbo, al tiempo que las señoras me proporcionaban un vendaval con los abanicos; cuando se cansaban, eran los pajes quienes soplando me daban viento en popa y yo entretanto mostraba mi habilidad virando a babor o estribor a capricho. Terminada la diversión, Glumdalclitch recogía siempre la barca y la colgaba de un clavo en su aposento para que se oreara.

En este ejercicio me ocurrió una vez un percance que a punto estuvo de costarme la vida. En efecto, cuando uno de los pajes había puesto mi barca en la artesa, la institutriz que atendía a Glumdalclitch me levantó muy oficiosamente para colocarme en la embarcación, con la mala fortuna de resbalar yo en sus dedos, de los que hubiera caído infaliblemente cuarenta pies contra el suelo si por la mayor suerte del mundo no me hubiera detenido al caer en un alfiler, prendido en el peto de dicha dama, que me dejó colgado en el aire al penetrar la cabeza entre mi camisa y el cinturón que me sujetaba los calzones, hasta que Glumdalclitch acudió a sacarme del apuro.

Otra vez, uno de los criados, encargado de echar agua limpia a la artesa cada tres días, tuvo el descuido de dejar caer en ella una gran rana, sin darse cuenta, al vaciar el cubo. La rana quedó escondida hasta que me pusieron en la barca. Entonces, viendo algo en qué posarse, se subió a ella haciéndola escorar tanto por un costado que me obligó a contrarrestar el peso por el otro para no zozobrar. Una vez a bordo, de un salto se puso en mitad de la lancha y luego empezó a saltar por encima de mi cabeza, tan pronto hacia delante como hacia atrás, dejándome untadas la cara y la ropa con su repugnante viscosidad. Lo desmesurado de sus rasgos hacía que se me apareciera como el animal más deforme que concebir se puede. Sin embargo le pedí a Glumdalclitch que me dejara entendérmelas a solas con la rana y, tras golpearla un buen rato con uno de los remos, la obligué a saltar fuera de la embarcación.

Pero el mayor peligro que arrostré en aquel reino fue debido a un mono, propiedad de uno de los cocineros. Glumdalclitch me había dejado encerrado en su aposento mientras se ausentaba a alguna ocupación o visita. Como hacía calor, había quedado abierta la ventana de la estancia, así como la puerta y ventanas de mi caja grande, donde yo vivía habitualmente a causa de su amplitud y comodidad. Cuando yo estaba sentado tranquilamente a la mesa, meditando, oí que algo tropezaba con la ventana del aposento y se movía a saltos de un lado a otro. Aunque muy alarmado, me atreví a mirar fuera, pero sin abandonar mi asiento, y entonces vi a este juguetón animal retozando y brincando de aquí para allá hasta llegar a mi caja, que pareció contemplar muy contento y curioso, fisgando por la puerta y por todas las ventanas. Yo retrocedí al rincón más alejado de mi habitación o caja, pero el mono, que seguía mirando adentro sin dejar rincón, me tenía tan aterrorizado que me faltó presencia de ánimo para esconderme debajo de la cama, lo que me habría sido fácil de hacer. Al cabo de un rato de fisgoneo, muecas de satisfacción y cuchicheos, acabó por descubrirme y, metiendo una de sus zarpas por la puerta, como un gato atrapando a un ratón, aunque yo cambiaba de sitio para evitarla, me agarró por fin el faldón de la casaca (que, tejido con la seda del país, era de material grueso y fuerte) y me sacó a rastras.

Luego me levantó en la mano derecha teniéndome como una nodriza que va a amamantar al niño, igual que he podido observar en Europa a un mono con un gatito. Cuando traté de desasirme me apretó con tal fuerza que juzgué más prudente no ofrecer resistencia. Tengo mis motivos para suponer que me tomó por una cría de su propia especie, pues no dejaba de hacerme caricias con la mano libre. Entregado a esta diversión, le interrumpió un ruido que venía de la puerta del aposento, como si alguien quisiera abrirla. Entonces se plantó de un salto en la ventana por la que había entrado, y desde allí siguió por los emplomados y canalones, moviéndose a tres patas y sosteniéndome en la cuarta hasta trepar a un tejado vecino. Yo pude oír el grito penetrante de Glumdalclitch cuando me llevaban. La pobre niña casi enloqueció y aquella parte del palacio estaba toda alborotada; los criados corrían en busca de escaleras; cientos de personas contemplaban desde el patio cómo el mono, sentado en el caballete de un tejado, me tenía como un crío en un brazo y me daba de comer con el otro metiéndome a la fuerza algunos alimentos que había sacado de la bolsa que tenía en un lado de las quijadas, dándome palmaditas cuando me negaba a engullir. Viendo esto, la chusma de abajo no podía contener la risa, por lo que, en justicia, no se les debía censurar, pues sin duda alguna el espectáculo era de sobra divertido para cualquiera que no fuese yo. Algunos de los mirones tiraron piedras con la esperanza de hacer bajar así al mono, pero esto se prohibió terminantemente, pues si no, podrían haberme machacado los sesos.

Entretanto habían arrimado las escaleras, por las que trepaban varios hombres, pero el mono, observando esto, y viéndose casi rodeado e incapaz de correr bien solo a tres patas, me dejó caer sobre una teja del caballete y escapó corriendo. Allí estuve algún tiempo, a quinientas yardas del suelo, temiendo que un golpe de viento me lanzara volando abajo o que el vértigo me hiciera caer rodando por el tejado hasta el alero. Pero un buen rapaz, lacayo de mi aya, trepó hasta mí y, metiéndome en el bolsillo del calzón, me devolvió a tierra sano y salvo.

Yo estaba casi ahogado con la asquerosa bazofia con que el mono me había atragantado la garganta, pero mi cariñosa niñera la pudo sacar de la boca con ayuda de una pequeña aguja; entonces rompí a vomitar, lo que me dio gran alivio. Sin embargo, había quedado tan quebrantado y magullado en los costados por los estrujones del maldito animal que hube de guardar cama una quincena. Tanto los Reyes como la corte se interesaron a diario por mi salud y la Reina me hizo varias visitas durante mis dolencias. Al mono lo mataron y se prohibió que animales de esta especie anduvieran en palacio.

Cuando, ya repuesto, fui a presentar mis respetos al Rey para agradecerle sus favores, tuvo a bien gastarme muchas bromas a costa de esta aventura, preguntándome cuáles eran mis pensamientos y especulaciones cuando me hallaba en las manazas del mono, qué me habían parecido los manjares que me daba y la manera de alimentarme, y si el aire de los tejados había avivado mi apetito. Luego quiso saber qué habría hecho en un trance semejante en mi país. Le dije a Su Majestad que en Europa no teníamos monos, excepto los que se llevaban como cosa curiosa de otras tierras, pero tan pequeños, que yo era capaz de habérmelas con una docena de ellos a la vez, si pretendían atacarme. Y en cuanto al monstruoso animal con el que me había visto empeñado recientemente (y que, en verdad, era tan grande como un elefante), si el terror me hubiese dejado pensar en hacer uso de mi sable (dicho esto con fiero semblante y la mano en la empuñadura) cuando él metía la zarpa en mi habitación, acaso le hubiera causado una herida como para alegrarse de retirarla más presto que cuando la metió. Todo esto lo dije en tono firme, como el de alguien celoso de que su valor se ponga en tela de juicio. Pero mis palabras no produjeron nada más que una ruidosa carcajada que, con todo el respeto debido a Su Majestad, no pudieron reprimir los que le rodeaban. Esto me hizo meditar sobre la vanidad humana al pretender alguien adornarse de gloria entre quienes no pueden equipararse ni compararse remotamente con él. Aun así, desde mi regreso a Inglaterra he podido comprobar a menudo casos de comportamiento como el mío, cuando cualquier despreciable y ruin lacayo, sin el menor título de linaje, posición, inteligencia o sentido común, se permite darse importancia y ponerse a la misma altura que los personajes más ilustres del reino.

No pasaba día sin que yo proporcionara a la corte algún suceso ridículo para su distracción. Glumdalclitch, aunque me tenía un cariño exagerado, era también lo suficientemente traviesa para contar a la Reina todas las necedades mías que podían, a su parecer, divertir a Su Majestad. Un día, por sentirse indispuesta, la llevó su institutriz a tomar el aire a un lugar situado a una hora de camino, unas treinta millas, de la capital. Se apearon del coche junto a una vereda que entraba en un campo, y habiendo dejado Glumdalclitch en el suelo mi cabina de viaje, yo me alejé a dar un paseo. Había una boñiga en la vereda y no pude contener mis deseos de saltarla, así es que tomando carrerilla di un salto que por desgracia quedó corto y me dejó en medio del excremento, hundido hasta la rodilla. Salí con facilidad de aquella masa y uno de los criados me limpió lo mejor que pudo frotándome con su pañuelo, pues yo estaba asquerosamente emporcado y la niñera me dejó confinado a mi caja hasta que regresamos a casa, donde la Reina pronto quedó informada de lo que había sucedido y el criado lo divulgó por la corte, de suerte que por algún tiempo hubo gran regocijo a costa mía.

CAPÍTULO 6

Utensilios fabricados por el autor para agradar a los Reyes. Exhibición de sus dotes musicales. El Rey se interesa por las cosas de Europa y el autor le da cuenta de ellas. Comentarios del Rey

Solía yo asistir al besamanos matinal del Rey una o dos veces por semana y le había visto a menudo en manos del barbero, lo que constituía al principio un espectáculo terrible, pues la navaja era el doble de larga que una guadaña corriente. Su Majestad, de acuerdo con la costumbre del país, solo se afeitaba dos veces por semana. Una vez convencí al barbero de que me diera parte de la espuma que tenía después del rasurado y de ella extraje cuarenta o cincuenta de los cañones más fuertes. Luego tomé un trozo de madera fina y lo tallé como la base de un peine haciendo agujeros equidistantes por medio de una aguja, la más pequeña que pude conseguir de Glumdalclitch. Después hinqué los cañones en los agujeros tan mañosamente, raspándolos y afilándolos con mi cuchillo, que me salió un peine muy aceptable, lo que significó un repuesto muy oportuno, pues el mío tenía tan rotos los dientes que era casi inútil y, por otra parte, no conocía un solo artesano en el país tan minucioso y exacto que fuera capaz de hacerme otro igual.

Esto me recuerda un entretenimiento en el que pasé muchas horas de asueto. Pedí a la peinadora de la reina que me guardara los cabellos que se desprendían al peinar a Su Majestad, de los que con el tiempo tuve un buen acopio. Tras consultar con mi amigo el ebanista real, que tenía instrucciones para hacerme pequeños servicios, le indiqué que me preparase dos bastidores de silla, no mayores de los que yo tenía en mi habitación, y que me hiciese, con una lezna fina, pequeños agujeros en los espacios que yo destinaba a respaldos y asientos. Por estos agujeros hice pasar los cabellos más recios que encontré, entramándolos como en las sillas de mimbre inglesas. Cuando estuvieron acabadas se las ofrecí como regalo a la Reina, que las guardó en su armario y solía exhibirlas como objetos curiosos, pues ciertamente eran el asombro de quien las contemplaba. La Reina tuvo empeño en que me sentara en una de ellas pero yo me negué en redondo a obedecer, alegando que prefería morir mil veces antes de reposar una parte indecorosa de mi cuerpo sobre los preciados cabellos que otrora adornaron la cabeza de Su Majestad. De estos cabellos (como siempre he sido muy mañoso en la artesanía) hice también una bolsa primorosa de unos cinco pies de largo con el nombre de la Reina inscrito en letras de oro que, con su consentimiento, regalé a Glumdalclitch. A decir verdad, servía más de ornamento que de utilidad, pues no resistía el peso de las monedas grandes, así es que no guardó nada en ella, salvo algunos juguetes menudos a los que las niñas son aficionadas.

El Rey, a quien entusiasmaba la música, tenía frecuentes conciertos en la corte, a los que me llevaba a veces, colocando mi caja en una mesa para que pudiera oírlos, pero el estruendo era tan grande que apenas podía distinguir la melodía. Estoy seguro de que todos los tambores y trompetas de un ejército real, retumbando y resonando al tiempo junto a los oídos, no podrían igualarlo. Tomé la costumbre de hacer colocar la caja lo más lejos posible de los sitios donde se sentaban los ejecutantes, cerrando luego puertas y ventanas y corriendo las cortinas de estas. Hecho esto, pude observar que su música no era desagradable.

Cuando yo era joven había aprendido a tocar un poco la espineta. Glumdalclitch tenía una en su aposento, adonde acudía un maestro dos veces por semana a darle lecciones. La llamo espineta porque en cierto modo se parecía a este instrumento y se tocaba también como él. Se me metió entonces en la cabeza la idea de tocar una tonada inglesa en este instrumento para entretenimiento de los Reyes. Pero la idea resultó muy difícilmente practicable, pues la espineta tenía cerca de sesenta pies de longitud y cada tecla medía casi un pie de ancho, de suerte que con los brazos extendidos no podía alcanzar más de cinco teclas y para hacerlas sonar hubiese sido menester un buen golpe con el puño, lo que significaría demasiado esfuerzo para nada. Lo que se me ocurrió fue lo siguiente: preparé dos palos del tamaño aproximado de garrotes corrientes, más gruesos en un extremo que en el otro, cubriendo las partes gruesas con un trozo de piel de ratón, para que al golpear en ellas no se dañaran las teclas ni se interrumpiera el sonido. Delante de la espineta se colocó un banco, unos cuatro pies más bajo que el teclado, y a mí me subieron al banco. Ya encima, yo corría a derecha o izquierda, lo más deprisa posible, aporreando las teclas apropiadas con los dos garrotes, y me arreglé para tocar una giga con gran satisfacción de Sus Majestades, pero aquello constituyó el ejercicio más violento que jamás realicé, sin poder usar más de dieciséis notas ni poder tocar al tiempo las dos voces, como hacen otros intérpretes, lo que redundó en perjuicio de mi ejecución.

El Rey, quien, como queda dicho, era un príncipe de juicio excelente, daba con frecuencia órdenes de que me llevaran en la caja a su aposento y me pusieran encima de una mesa. Luego me mandaba sacar de la caja una de las sillas y sentar en ella a unas tres yardas de distancia, encima de un armario, y casi al mismo nivel que su cara. En esta posición sostuve con él varias conversaciones. Un día me tomé la libertad de decirle que todo el desprecio que en él se delataba hacia Europa y el resto del mundo mal se avenía con las excelentes cualidades de juicio que poseía. Añadí que la capacidad de razonar no aumentaba con la corpulencia física; antes al contrario, la primera, según observábamos en nuestro país, era la que solía faltar más entre las personas más altas. Entre los otros animales, las abejas y hormigas tenían fama de ser más industriosas y sagaces y de poseer mayor habilidad que muchas de las especies más grandes. Terminé diciendo que por insignificante que yo le pareciera, esperaba poder vivir para prestar a Su Majestad algún servicio señalado. El Rey me escuchó con atención y empezó a concebir mejor opinión de mí de la que antes tenía. Entonces me pidió que le diera cuenta, lo más exacta posible, de la forma de gobierno existente en Inglaterra, pues si bien los monarcas, por lo regular, están apegados a sus propios usos (como había podido inferir de lo que yo le había contado en otras ocasiones), le agradaría mucho oír cualquier cosa que mereciera ser imitada.

Puedes imaginarte, pues, discreto lector, cuántas veces hube de desear entonces poseer la elocuencia de Demóstenes o Cicerón, pues ello me hubiera permitido cantar las alabanzas de mi querida patria en un estilo digno de sus méritos y venturas.

Empecé mi parlamento informando a Su Majestad de que nuestro territorio constaba de dos islas que abarcaban tres poderosos reinos regidos por un solo soberano, aparte de nuestras plantaciones de América. Me extendí hablando de la fertilidad del suelo y de la templanza de nuestro clima, para luego referirme ampliamente a la ordenación de nuestro Parlamento, compuesto en parte por una ilustre corporación llamada la Cámara de los Lores, a la que pertenecían personas de la más noble cuna y de patrimonios linajudos y extensos. Describí después con qué exquisito esmero se los educaba en las armas y en las artes, a fin de capacitarlos para ser consejeros del Rey y la Corona, participar en la legislatura, ser miembros del Tribunal Supremo de Justicia, cuyos fallos no admiten apelación, y, finalmente, ser campeones siempre dispuestos a la defensa del Rey y de la patria por su valor, comportamiento y lealtad. Ellos eran gloria y baluarte del reino, dignos descendientes de sus antepasados más famosos, cuyo honor había sido premio de sus virtudes, y cuya descendencia nunca se había sabido que degenerase. A estos patricios había que añadir varios santos varones que a título de obispos integraban aquella asamblea y cuya misión especial era la custodia de la religión y de aquellos que instruyen al pueblo en su doctrina. A estos últimos los escogían por toda la nación el Rey y sus consejeros más prudentes, tratando de encontrar entre los sacerdotes aquellos que se distinguían más merecidamente por la santidad de sus vidas y la profundidad de su erudición, y eran, en verdad, los padres espirituales del clero y los fieles.

Conté luego que la otra parte del Parlamento la constituía una asamblea llamada Cámara de los Comunes, todos cuyos componentes eran caballeros importantes, buscados y elegidos libremente por el propio pueblo, en virtud de sus grandes aptitudes y amor a la patria, para representar el buen juicio de toda la nación. Estas dos cámaras forman la más augusta asamblea de Europa, a la cual, juntamente con el Soberano, está encomendada la elaboración de todas las leyes.

Descendí después a hablar de los tribunales de justicia, presididos por jueces, esos venerables sabios e intérpretes de la ley, y creados para decidir sobre los derechos y bienes disfrutados por los hombres, así como para castigar los vicios y proteger la inocencia. Mencioné también la prudente administración del Tesoro público y el valor y hazañas de nuestras tropas en tierra y mar. Calculé asimismo el número de habitantes, teniendo en cuenta cuántos millones pertenecerían a cada secta religiosa o partido político. No omití siquiera nuestros deportes y pasatiempos ni ningún otro pormenor que pudiera redundar en honor de nuestra patria. Y todo ello lo rematé con un sucinto relato histórico de los asuntos y acontecimientos de Inglaterra en los últimos cien años.

Pero esta exposición mía no duró menos de cinco audiencias de varias horas cada una. El Rey escuchó todo con gran atención, tomando nota a menudo de lo que yo decía, así como de las preguntas que pensaba hacerme.

Cuando di por concluida mi larga disertación, el Monarca, en una sexta audiencia y consultando sus notas, me expuso sus dudas y me hizo preguntas y objeciones sobre todos los puntos tratados. Me preguntó qué métodos se usaban para cultivar la inteligencia de los jóvenes nobles y en qué clase de ocupación transcurría la primera y más maleable parte de sus vidas. Quiso saber también qué procedimiento existía para cubrir vacante en la asamblea cuando se extinguía alguna familia noble, qué méritos se exigían a quienes iban a ser declarados nobles, y si por ventura ocurría alguna vez que tal condición se alcanzara, bien por el capricho de un soberano, bien comprando las voluntades de una dama de la corte o de un primer ministro, o bien con la intención de fortalecer un grupo contrario a los intereses públicos. Preguntó además qué conocimiento tenían los lores de las leyes del país, y cómo lo habían adquirido, para poder decidir en última instancia sobre las propiedades de los demás súbditos, y si estaban siempre tan libres de avaricia, parcialidad y necesidades que el soborno u otros procedimientos siniestros no tenían cabida en su conducta. Finalmente, si los santos varones de que yo hablaba ascendían en rango solo a causa de su autoridad en asuntos religiosos o por la santidad de sus vidas y no por haber contemporizado cuando eran simples pastores de almas o serviles capellanes, prostituidos, de algún noble, cuyas opiniones seguían defendiendo abyectamente después de admitidos en aquella cámara.

Se interesó después por el procedimiento electoral empleado para reunir la Cámara de los Comunes. ¿Podía un desconocido provisto de abultada bolsa influir acaso en el voto del vulgo para que este lo prefiriera a sus propios señores o al caballero más merecedor de la comarca? ¿Cómo era posible que la gente se afanara tan porfiadamente por entrar en aquella asamblea, meta que, como yo había admitido, suponía gran esfuerzo y dispendio capaz de arruinar la familia, sin luego percibir salario o pensión alguna? Parecía esto un rasgo tan noble de virtud y de espíritu público que Su Majestad abrigaba dudas de que tal afán no fuera siempre sincero y deseaba saber si aquellos celosos caballeros podrían tal vez buscar compensación de sus gastos y molestias sacrificando el bien público a los torpes designios de un monarca débil y depravado en complicidad con ministros corrompidos. De este modo fue multiplicando sus preguntas, sonsacándome concienzudamente todos los pormenores relativos al asunto y formulando un sinfín de cuestiones y objeciones que no juzgo prudente ni oportuno repetir.

En cuanto a lo que yo había dicho a propósito de los tribunales de justicia, Su Majestad pidió aclaraciones en varios puntos, lo que pude cumplir mejor, pues en otro tiempo había estado al borde de la ruina a causa de un largo pleito fallado en contra de mí con pago de costas. Preguntó cuánto tiempo se solía tardar en decidir entre lo justo y lo injusto y cuánto costaba hacerlo; si los abogados y suplicantes tenían libertad de defender causas manifiestamente injustas, vejatorias u opresivas; si el credo religioso o el partidismo político tenían algún peso en la balanza de la justicia; si los abogados defensores eran personas educadas en el conocimiento general de lo que es la equidad, o solo entendidos en usos nacionales, provinciales y locales; si ellos o los jueces tomaban parte en la redacción de aquellas leyes en que asumían la libertad de interpretación y glosa a capricho; si se había dado el caso de que, tratándose de la misma causa, estos abogados la defendieron una vez y la atacaron otra; si se apoyaban en precedentes para defender posiciones contradictorias; si constituían una corporación rica o pobre; si recibían compensación pecuniaria por aducir o exponer sus opiniones; y finalmente, si eran admitidos alguna vez como miembros de la Cámara Baja.

A continuación pasó a indagar sobre la administración de nuestras finanzas diciendo que mi memoria me había fallado, pues después de haber calculado los impuestos alrededor de cinco o seis millones al año, al mencionar yo los gastos él había advertido que importaban más del doble que aquellos. Y, según me contó, las notas que tenía eran muy exactas en este punto pues, al tomarlas, pensaba que el conocimiento de nuestra conducta económica podría serle de provecho y había tenido buen cuidado de no engañarse en sus cálculos. Pero si lo que yo decía era cierto, le desconcertaba ver cómo era posible que un reino se entrampase igual que las personas corrientes. Luego me preguntó quiénes eran nuestros acreedores y de dónde sacábamos el dinero para pagarles. Cuando me oía hablar de guerras tan largas y costosas, se quedaba asombrado y pensaba que debíamos de ser un pueblo belicoso o vivir entre vecinos muy malos, teniendo que ser nuestros generales más ricos que los propios reyes. También quiso saber qué asuntos nos llevaban fuera de nuestras islas, como no fueran los resultantes del comercio o de los traslados, o la defensa de las costas con nuestra flota. Pero lo que más le pasmaba era oírme hablar de un ejército permanente y mercenario en tiempo de paz y en una nación libre. Si estábamos gobernados, por común asentimiento, por nuestros representantes, no podía imaginar de quién teníamos miedo, ni a quiénes íbamos a combatir. Dijo luego que si en mi opinión no estaría mejor defendida la casa de un particular por él mismo, sus hijos y demás familia, antes que por media docena de bribones, reunidos al azar en las calles y mal pagados, que podían ganar cien veces más pasando a cuchillo a todos los defendidos.

Le hizo reír el curioso tipo de aritmética (como tuvo a bien llamarlo) que yo había usado al calcular los habitantes de mi nación basándome en datos extraídos de las distintas sectas religiosas y partidos políticos. No veía por qué aquellos que sostenían opiniones nocivas para la sociedad tenían que verse obligados a cambiarlas o por qué no eran forzados a ocultarlas. Del mismo modo que era tiránica la primera medida, la segunda era muestra de debilidad, pues a una persona se le puede permitir que guarde venenos en su armario pero no que los venda como bebidas tonificantes.

También me hizo notar que entre los esparcimientos de nuestros nobles y caballeros había mencionado el juego. A propósito de ello quiso saber a qué edad solía empezarse a practicar esta distracción y cuánto tiempo se le dedicaba; si las posturas eran tan altas como para repercutir en las fortunas de los jugadores; en fin, si gentes ruines y malvadas, duchas en estas artes, no acababan acumulando riquezas al tiempo que sometían a su voluntad incluso a nuestros nobles y los acostumbraban a las malas compañías, impidiendo así enteramente el perfeccionamiento de su espíritu, y obligándolos a aprender, y practicar sobre otros, tan infames artimañas.

El Rey quedó estupefacto cuando le di cuenta de nuestras vicisitudes históricas en el último siglo, declarando que no era más que una sarta de intrigas, rebeliones, asesinatos, matanzas, revoluciones y deportaciones, que son las peores secuelas a que pueden dar lugar la avaricia, la discordia, la hipocresía, la perfidia, la crueldad, la rabia, la locura, el odio, la envidia, la concupiscencia, la malevolencia y la codicia.

En otra audiencia Su Majestad pasó sus apuros al intentar resumir lo más esencial de lo referido por mí, comparando lo que me había preguntado con mis respuestas. Luego, tomándome en sus manos y dándome unos toques con suavidad, se expresó en estas palabras, que jamás olvidaré, ni el tono en que las pronunció: «Mi pequeño amigo Grildrig, has hecho un inmejorable panegírico de tu patria. Has demostrado palmariamente que los verdaderos requisitos para ser legislador son la ignorancia, la holganza y el vicio. Quienes explican, interpretan y aplican mejor las leyes son aquellos que tienen interés y competencia en tergiversarlas, confundirlas y eludirlas. En lo que has descrito observo trazos de una institución que, en su forma originaria, acaso fueran tolerables, pero de estos trazos la mitad están borrados y los demás totalmente empañados o manchados por la corrupción. No se infiere de todo lo que has dicho que se requiera una sola perfección para alcanzar una posición en vuestra sociedad, ni mucho menos que los hombres sean ennoblecidos a causa de sus virtudes ni que los sacerdotes asciendan por su piedad y sabiduría, los soldados por su conducta o bravura, los jueces por su integridad, los senadores por su amor a la patria ni los consejeros por su prudencia. En cuanto a ti —continuó el Rey—, por haber pasado la mayor parte de tu vida viajando, estoy bien dispuesto a esperar que te hayas librado hasta ahora de muchos de los vicios de tu nación. Pero, por lo que deduzco de tu relato y de las respuestas que con harto trabajo te he arrancado, no puedo menos de llegar a la conclusión de que la gran mayoría de tus compatriotas constituyen la especie más perniciosa de repugnantes alimañas que la naturaleza ha permitido arrastrarse sobre la faz de la tierra».

CAPÍTULO 7

Amor del autor a su patria. Hace una oferta muy ventajosa al Rey que le rechazan. Gran ignorancia del Rey en política. Imperfecciones y limitaciones de la cultura del país. Leyes, milicia y fuerzas en pugna

Nada, excepto un extremado amor a la verdad, me hubiera impedido silenciar esta parte de mi historia. Era inútil que yo le descubriera cuánto me dolían sus palabras, pues esto siempre se tornaba en ridículo para mí y yo no tenía más remedio que soportar pacientemente cómo mi noble y muy querida patria era tratada tan injuriosamente. Siento en el alma, como le pasará a cualquiera de mis lectores, que hubiera ocasión para ello, pero daba la casualidad de que este Monarca era tan curioso e inquisitivo en cualquier pormenor, que hubiera estado reñido con la gratitud y la cortesía el negarme a satisfacer sus deseos en lo que podía. Pero permítaseme decir en propio descargo que yo me las arreglé para eludir muchas de sus preguntas y en cada caso procuré presentar una imagen en varios grados más favorable de lo que la verdad estricta hubiera permitido. Pues siempre he sentido esa laudable parcialidad por mi patria que Dionisio de Halicarnaso justamente recomienda al historiador. Yo solía ocultar las flaquezas y defectos de mi nación y presentar sus virtudes y bellezas en la luz más ventajosa. Y este fue mi sincero empeño a lo largo de las muchas pláticas que tuve con aquel poderoso Monarca, aunque, por desgracia, no alcanzara el éxito deseado.

Pero hay que ser indulgente al juzgar a un Rey que vive totalmente aislado del resto del mundo y que, por tanto, es enteramente ajeno a los usos y costumbres imperantes en otras naciones. La falta de este conocimiento siempre dará lugar a muchos prejuicios y a una cierta cerrazón mental, de la que nosotros y los países más refinados de Europa estamos completamente libres. Y sería, sin duda, injusto que se presentaran como ejemplares para toda la humanidad las ideas que sobre la virtud y el vicio tiene un príncipe tan exótico.

Para confirmar lo que acabo de decir y para mostrar, además, los deplorables efectos de una educación limitada, incluiré aquí un suceso que difícilmente se creerá. Con la esperanza de situarme mejor en el favor de Su Majestad le hablé de un invento realizado trescientos o cuatrocientos años antes, consistente en fabricar un polvo especial que, puesto en un montón, se prende entero, aunque sea como una montaña, con la más ligera chispa, la cual lo hace volar por el aire con fragor y temblor mayores que los de un trueno. Añadí que una cantidad de este polvo, metida en un tubo de bronce o de hierro, adecuada al tamaño de este, impulsaría una bala de hierro o plomo con tal fuerza y velocidad que nada podría detenerla. Las balas más grandes, disparadas así, no solo eran capaces de destruir de una vez filas enteras de un ejército, sino de demoler las murallas más fuertes y mandar al fondo del mar navíos de mil hombres cada uno. Unidos entre sí mediante cadenas, estos proyectiles podían partir mástiles y aparejos, despanzurrar a cientos de hombres y arrasar cuanto se ponía delante. Metiendo este polvo en grandes balas huecas de hierro y disparando estas con un ingenio especial dentro de una ciudad sitiada, se puede reventar el pavimento y reducir las casas a escombros; el proyectil, al estallar, lanza esquirlas en todas las direcciones y machaca los sesos a quien se acerca. Le hice saber al Rey que conocía bien los ingredientes de esta sustancia, que eran baratos y abundantes, y que entendía el arte de mezclarlos. Asimismo, que podía dar instrucciones a sus artífices para hacer dichos tubos de un tamaño proporcionado a los demás objetos del reino, indicando que los mayores no era preciso que sobrepasaran los doscientos pies de longitud. Con veinte o treinta de semejantes tubos, cargados con pólvora y bala en debida proporción, se podrían demoler las murallas de la ciudad mejor fortificada de sus dominios en pocas horas o destruir toda la capital, si acaso esta le discutía alguna vez su absoluta soberanía. Estos eran los servicios que yo, humildemente, ofrecía a Su Majestad como pequeña muestra de gratitud, para devolver así las muchas pruebas de favor y protección reales recibidas.

Quedó el Rey horrorizado ante la descripción que había hecho yo de aquellas terribles máquinas y del proyecto que le proponía. Le dejaba pasmado ver cómo un insecto tan débil y rastrero como yo (esa fue su expresión) podía albergar ideas tan despiadadas y exponerlas con tal familiaridad, como si pareciese insensible a todas las escenas de sangre y desolación descritas como efectos normales de aquellos destructores ingenios, cuyo primer inventor tenía que ser algún genio del mal, enemigo del género humano. En cuanto a él, aseguró con firmeza, aunque pocas cosas le entusiasmaban tanto como nuevos descubrimientos en el mundo de la técnica o en la naturaleza, prefería perder la mitad de su reino antes que compartir aquel secreto que, si yo tenía en algo la vida, me prohibía volver a mencionar.

¡Qué extraños efectos de la estrechez de miras y de la miopía de pensamiento! ¡Que un soberano en posesión de todas las cualidades que proporcionan veneración, amor y estima, de valiosas prendas personales, gran sabiduría y profundos conocimientos, dotado de talento admirable para el gobierno y casi adorado por sus súbditos, dejara pasar, llevado por un escrúpulo nimio, del que en Europa no tenemos ni idea, una oportunidad servida en bandeja que le hubiera convertido en dueño absoluto de la vida, la libertad y la fortuna de su pueblo! Y no digo esto con la menor intención de menoscabar las muchas virtudes de aquel Rey excelente, cuya imagen siento que, por lo dicho, quedará muy degradada en la opinión del lector inglés; yo creo más bien que este defecto se debe en ellos a ignorancia, a no haber reducido todavía la política a una ciencia, como han hecho en Europa los ingenios más sagaces. Pues recuerdo muy bien que, conversando un día con él, al decirle yo que disponíamos de varios miles de libros escritos sobre el arte de gobernar, esto le hizo concebir, contra lo que yo esperaba, una idea muy pobre de nuestro buen juicio. Declaró que tanto aborrecía como despreciaba toda clase de misterios, sutilezas e intrigas lo mismo en príncipes que en ministros. No era capaz de entender qué quería decir yo al hablar de secretos de Estado, excepto cuando se referían a un enemigo o alguna potencia rival. Reducía este Rey el arte de gobernar a los límites muy estrechos del sentido común y la razón, de justicia y clemencia, y a la pronta resolución de causas civiles y penales, aparte de otras cuestiones obvias no dignas de mención. Y en su personal opinión pensaba que aquel que pudiera hacer crecer dos espigas o dos briznas de hierba en una superficie donde antes solo crecía una, merecía más gratitud del género humano y prestaba un servicio más esencial a su patria que toda la casta de políticos reunida.

La cultura de esta nación es muy deficiente, y consiste únicamente en ética, historia, poesía y matemáticas, donde hay que reconocer que descuellan. Pero esta última disciplina se aplica enteramente a cuanto es de utilidad en la vida, al mejoramiento de la agricultura y de todas las artes mecánicas, de suerte que entre nosotros no sería muy estimada. En cuanto a las ideas, entidades y abstracciones, y a los trascendentales, jamás pude lograr que tuvieran cabida en sus cabezas.

Ninguna ley del país puede exceder en palabras el número de letras de su alfabeto, que consta solo de veintidós. Pero de hecho pocas leyes alcanzan siquiera esa extensión. Están redactadas en la prosa más llana y sencilla, en la que aquel pueblo no tiene viveza suficiente para descubrir más de una sola interpretación. Y se castiga con la pena de muerte el escribir comentarios sobre cualquier ley. Por lo que atañe al fallo de causas civiles o a procedimientos en causas criminales, son tan escasos los precedentes que no existe motivo para ufanarse de pericia extraordinaria en ninguno de los dos.

Conocen, como los chinos, el arte de imprimir desde tiempo inmemorial. Pero sus bibliotecas no son muy grandes, pues la del Rey, considerada la más copiosa, no contiene más de mil volúmenes. Está instalada en una sala de mil doscientos pies de largo, de donde tenía permiso para llevarme prestados cuantos libros quisiera. El carpintero de la Reina había ideado, en una de las habitaciones de Glumdalclitch, una especie de artilugio de madera de veinticinco pies de altura, en forma de escalera de pie, cuyos peldaños medían cincuenta pies de largo. Se trataba en realidad de una pareja de escaleras, cuyo extremo inferior quedaba separado diez pies de la pared de la sala. Cuando yo quería leer un libro determinado lo colocaban apoyado en la pared y yo empezaba por trepar al peldaño más alto y mirando al libro comenzaba a leer por la primera línea de la página y así continuaba recorriendo el peldaño a derecha e izquierda ocho o diez pasos, según la longitud de las líneas, hasta llegar a las que estaban un poco más abajo del nivel de mis ojos. Entonces descendía peldaño a peldaño hasta llegar al final; después, volvía a trepar y comenzaba con la otra página de la misma manera. Terminada esta, pasaba la hoja, lo que me resultaba fácil con las dos manos, pues tenía el espesor y rigidez del cartón y en los folios mayores no pasaba de dieciocho o veinte pies de larga.

Su estilo literario es claro, varonil y ágil, pero no florido, pues nada evitan tanto como la profusión de palabras innecesarias y el uso de expresiones variadas. Examiné muchos de sus libros, en especial los de historia y moral. Entre los últimos me divirtió mucho un viejo manualito que andaba siempre por el dormitorio de Glumdalclitch y pertenecía a su institutriz, solemne dama de edad que se ocupaba en escritos morales y devotos. Este librito trata de las flaquezas humanas y goza de poca estimación excepto entre las mujeres y el vulgo. Pero yo sentía curiosidad por ver lo que un escritor de aquel país tenía que decir sobre el asunto. El autor tocaba todos los manoseados tópicos de los moralistas europeos, mostrando qué animal tan mezquino, despreciable y desamparado es el hombre por naturaleza; y cuán incapaz de defenderse de las inclemencias del tiempo y de la ferocidad de los animales salvajes. Destacaba también hasta qué punto unos seres le superaban en fortaleza, otros en velocidad, otros en previsión y otros en laboriosidad. Añadía que en las últimas épocas de decadencia del mundo la naturaleza mostraba degeneración y ahora solo podía producir pequeños engendros si se los comparaba con los de tiempos antiguos. Decía el autor que era razonable pensar no solo que la especie humana era originariamente mucho mayor, sino que en épocas pasadas tuvo que haber gigantes cuya existencia, aparte de estar atestiguada por la historia y la tradición, ha quedado corroborada por huesos y calaveras enormes excavados por casualidad en varias partes del reino, que excedían en mucho a la menguada raza de hombres conocida hoy. Razonaba que las propias leyes naturales presuponían inexorablemente que en un principio nos hubieran hecho de tamaño más grande y robusto, y no tan expuestos a ser víctimas de cualquier pequeño accidente, como la caída de una teja, una pedrada debida a un muchacho o el ahogarnos en un riachuelo. De estos razonamientos deducía el autor varios consejos morales útiles para la vida, pero que no es menester repetir aquí. Por mi parte no pude menos de reflexionar sobre lo extendida que está la facultad de extraer lecciones morales y causas de descontento y lamentación de los conflictos que suscitamos con la naturaleza. Y soy de la opinión de que, miradas las cosas con rigor, tales conflictos habrían de resultar tan infundados entre nosotros como entre aquellas gentes.

En cuanto a la milicia, ellos alardean de que el ejército del Rey cuenta con ciento cincuenta y seis mil infantes y treinta y dos mil caballos, si es que podemos llamar ejército al formado por tenderos y artesanos de las ciudades y por labradores en el campo, cuyos jefes son solo nobles e hidalgos sin sueldo y recompensas. En los ejercicios muestran, en verdad, un suficiente grado de perfección, y la disciplina es muy buena, en lo que no encuentro gran mérito, pues ¿cómo podía ser de otra manera, si cada labrador está bajo el mando del propio señor de sus tierras, y cada ciudadano ha de obedecer a las gentes principales de su propia ciudad, elegidas por votación, como es costumbre en Venecia?

Vi a menudo la milicia de Lorbrulgrud haciendo maniobras en un gran campo de las afueras de la capital que medía veinte millas en cuadro. En conjunto no pasaban de veinticinco mil los de infantería y de seis mil los de a caballo, pero me resultaba imposible calcular exactamente el número, dadas las dimensiones del terreno que ocupaban. Montado en su corcel, un jinete podía alcanzar los noventa pies de altura. Yo he podido contemplar cómo todo este cuerpo de caballería, a la voz de mando, desenvainaba las espadas al punto y las blandía en el aire. No es posible imaginarse nada tan magnífico, sorprendente y asombroso. Parecía como si diez mil relámpagos cayeran al mismo tiempo de todos los puntos del cielo.

Sentí curiosidad por saber cómo este Soberano,

cuyos dominios no tienen acceso desde ningún otro país, tuvo la ocurrencia de pensar en ejércitos. Pero pronto me enteré, tanto por conversaciones como por la lectura de su historia. Y es que a lo largo de muchos siglos ellos habían padecido la misma tribulación que aqueja a toda la raza humana, a saber, la pugna frecuente de la nobleza por el poder, del pueblo por la libertad y del Rey por el poder absoluto; todo ello, aunque afortunadamente atemperado por las leyes de aquel reino, había ocasionado abusos de cada una de las tres partes y originado más de una vez guerras civiles, la última de las cuales, por fortuna, y gracias al abuelo de este Monarca, concluyó en avenencia general, y la milicia establecida entonces, por acuerdo común, se había mantenido desde aquel momento en sus misiones estrictas.

CAPÍTULO 8

Los Reyes hacen un viaje a las fronteras. El autor los acompaña en el séquito. Relato puntual de su partida del país. Regreso a Inglaterra

Siempre había sentido un fuerte impulso de recobrar alguna vez la libertad, aunque me era imposible conjeturar cómo, o idear un plan con la mínima esperanza de éxito. El barco en que yo había navegado era el primero de que se tenía noticia que hubiera sido empujado a distancia visible desde la costa. El Rey tenía dada orden severa de que en cuanto apareciera otro lo apresaran, con tripulación y pasaje, y lo llevaran a la capital en una carreta. Tenía grandes deseos de procurarme una mujer de mi talla, para que yo pudiera propagar la especie, pero creo que antes me hubiera muerto que sufrir la desgracia de dejar unos descendientes guardados en jaulas como si se tratase de canarios, y con el tiempo, acaso vendidos por todo el reino como bichos raros. Ciertamente el trato que yo recibía era muy amable: era el favorito de unos nobles Reyes y el deleite de toda la corte, pero mi situación mal se avenía con la dignidad humana. Me era imposible olvidar aquellos seres queridos que había dejado en mi tierra y deseaba estar con gentes a las que pudiera tratar de igual a igual, pasearme por calles y campos sin el temor de que alguien me pisoteara como una rana o un cachorrillo. Pero mi liberación llegó antes de lo que yo esperaba y de modo inusitado. Contaré fielmente todo lo ocurrido y sus circunstancias.

Llevaba yo entonces dos años en aquel país. A comienzos del tercero, Glumdalclitch y yo acompañamos a los Reyes en un viaje que hacían a la costa sur del reino. Como de costumbre, a mí me llevaban dentro de mi cabina de viaje, que, como ya he referido, era un cómodo aposento de doce pies de ancho. Yo había pedido que instalaran una hamaca sujeta por cuatro cordones de seda a las cuatro esquinas superiores para amortiguar las sacudidas cuando me llevaba delante de sí un criado a caballo, como solía ser mi deseo, de modo que a veces dormía tendido en ella cuando estábamos en camino. En el techo de mi aposento, justo sobre el centro de la hamaca, encargué al carpintero que me hiciera un ventano de un pie cuadrado para ventilarme mientras dormía. Este ventano lo podía cerrar a discreción con una tabla que se empujaba hacia delante o atrás mediante una ranura.

Cuando llegamos al final del viaje, el Rey consideró oportuno pasar unos días en el palacio que poseía en Flanflasnic, ciudad situada a veinte millas inglesas del mar. Glumdalclitch y yo estábamos muy fatigados; yo sufría un ligero resfriado, pero la pobre muchacha se puso tan enferma que hubo de quedarse en su aposento. Yo estaba deseoso de ver el mar, único escenario posible de mi escapada, si esta llegaba a consumarse. Fingí estar peor de lo que estaba y pedí licencia para aprovechar las puras brisas marinas, acompañado de un paje al que tenía mucho afecto y al que me habían encomendado varias veces. Nunca olvidaré cuán a su pesar consintió Glumdalclitch, ni cómo encareció al paje vivamente que cuidase de mí, al tiempo que rompía en copioso llanto, como si tuviera un presagio de lo que iba a ocurrir. El muchacho me llevó en la caja a una media hora de camino del palacio, hacia las rocas de la costa. Le pedí entonces que me dejara en el suelo y, abriendo una de las ventanas, contemplé una y otra vez con mirada anhelante y melancólica el mar. No me sentía muy bien y le dije al paje que me gustaría dormir un rato en la hamaca, esperando que me sentara bien. Entré en la caja-cabina y el muchacho cerró la ventana para que no penetrara frío. Me dormí pronto y por lo que puedo conjeturar, mientras dormía, el paje, pensando que yo no corría peligro alguno, se alejó a buscar por entre las rocas huevos de ave, pues yo había podido ver antes, desde mi ventana, cómo los buscaba y recogía uno o dos en las grietas. Sea como fuere, el caso es que, cuando dormía, noté que me despertaba de repente un violento tirón de la argolla enganchada a la tapa de mi caja para facilitar el transporte. Sentí que la caja la levantaban a gran altura y luego la llevaban de allí con asombrosa rapidez. La primera sacudida estuvo a punto de hacerme caer de la hamaca, pero luego el movimiento se hizo llevadero y cómodo. Varias veces hube de gritar todo lo que permitía mi garganta, pero inútilmente. Miré hacia las ventanas pero no pude ver otra cosa que nubes y cielo. Luego oí por encima de mi cabeza un ruido parecido al batir de alas, y entonces empecé a darme cuenta de la angustiosa situación en que me hallaba, pensando que algún águila se había apoderado de la caja metiendo el pico por la argolla, con la intención de dejarla caer sobre una roca, como a una tortuga en su caparazón, para luego recoger mi cadáver y devorarlo. Pues la sagacidad y olfato de estas aves es tal que pueden descubrir sus presas a gran distancia, aunque estén más ocultas que yo podía estarlo dentro de tablas de dos pulgadas de espesor.

Poco después noté que el ruido y el aleteo crecían muy deprisa y que a mi cabina la zarandeaban como a un rótulo indicador azotado por ráfagas de viento. Oí luego ruidos de golpes y embates que, según creí, iban contra el águila (pues tal pienso que era lo que sostenía la argolla de mi cabina en el pico) y de repente sentí que caía en vertical durante más de un minuto, pero con tal rapidez que casi me quedé sin aliento. La caída terminó en una terrible zambullida que sonó en mis oídos con más fragor que las cataratas del Niágara, después de la cual quedé en tinieblas otro minuto hasta que la caja volvió a subir y pude ver la luz por la parte superior de las ventanas. Me di cuenta entonces de que había caído en el mar. Mi cabina, debido a mi propio peso, al de las cosas que había dentro y a las anchas planchas de hierro que la reforzaban en las cuatro esquinas del piso y del techo, flotaba sumergida unos cinco pies en el agua. Supuse entonces, y sigo suponiendo ahora, que el águila que arrebató mi caja por los aires iba perseguida por dos o tres más y se vio obligada a soltarme sobre las aguas al defenderse de las otras que esperaban compartir la presa. Las planchas clavadas al fondo de la caja, que eran las más fuertes, evitaron que esta cayera dando vueltas e impidieron también que se rompiera al estrellarse contra la superficie de las aguas. Como las tablas de la caja estaban bien ensambladas por muescas y ranuras y la puerta no se abría sobre goznes, sino de arriba abajo por estrías, la cabina quedaba tan herméticamente cerrada que era muy poca el agua que penetraba. Con muchos apuros conseguí bajar de la hamaca, después de haber empujado la tabla corredera del techo, ya mencionada, destinada precisamente a dejar entrar el aire, por falta del cual yo estaba casi asfixiado.

¡Cuánto deseé entonces la compañía de mi querida Glumdalclitch, de la que en solo una hora me había alejado tanto! Puedo asegurar sinceramente que en medio de mis desventuras no podía menos de afligirme por mi pobre niñera, por el dolor que sufriría a causa de mi desaparición, por el descontento de la Reina y el final de su buena posición en la corte. No creo que sean muchos los viajeros que hayan pasado por mayores apuros y tribulaciones que yo en aquel trance, cuando temía ver destrozada mi caja en cualquier momento o por lo menos verla zozobrar ante el primer embate violento, o arrollada por el fuerte oleaje. La rotura de un simple cristal habría supuesto la muerte inmediata para mí; nada podía haber protegido las ventanas a no ser el enrejado de fuertes alambres colocado en el exterior en previsión de accidentes cuando viajaba. Vi cómo rezumaba el agua por varias grietas, si bien estas filtraciones no eran importantes e intenté atajarlas lo mejor que pude. No me fue posible levantar el techo de la cabina para sentarme encima, y así librarme del peligro de quedar encerrado en la bodega, por llamarla así. Por otra parte, si conseguía sobrevivir a estos riesgos un día o dos, ¡qué otra cosa podía esperarse que no fuera una muerte miserable de frío y de hambre! Cuatro horas pasé en semejante trance, creyendo, e incluso deseando, que cualquier momento sería el último de mi vida.

Como ya he contado al lector, la pared de mi cabina que no tenía ventanas iba provista de dos argollas por las que el criado que me llevaba a caballo solía meter una correa de cuero que ceñía a su cintura. Estando ahora tan atribulado oí, o creí que oía, una especie de chirrido en el lado de las argollas y poco después me pareció notar que tiraban o remolcaban la cabina por el mar, pues de vez en cuando advertía algo así como tirones que hacían subir las olas hasta cubrir las ventanas, sumiéndome casi en la oscuridad. Esto me daba alguna leve esperanza de salvación, aunque no podía imaginar cómo esta podía llegar. Decidí soltar una de las sillas que estaban siempre atornilladas al piso, y, tras esforzarme en volverla a atornillar justo debajo de la tabla corredera que había abierto poco antes, me subí en la silla y, acercando la boca a la abertura cuanto pude, pedí auxilio a grandes voces y en todas las lenguas que conocía. Luego até mi pañuelo a un palo que solía llevar y sacándolo por el agujero lo hice ondear varias veces en el aire, para que si había cerca algún bote o navío pudieran los marineros imaginar que dentro de la caja había encerrado algún desdichado mortal.

Ningún efecto que yo notara surtieron mis esfuerzos, pero percibí claramente que mi cabina seguía siendo remolcada y al cabo de una hora, o antes, el lado de la caja provisto de argollas y sin ventanas chocó contra una cosa dura. Creí que se trataba de una roca y noté que las sacudidas arreciaban más que nunca. Luego oí claramente un ruido sobre el techo de mi cabina, como el de una maroma, así como el roce de esta al pasar por la argolla. Después me di cuenta de que me izaban poco a poco por lo menos tres pies más alto de lo que estaba antes. Entonces volví a sacar el palo y el pañuelo pidiendo socorro hasta quedarme casi ronco. Como respuesta oí un gran grito, repetido tres veces, que me produjo tales transportes de júbilo como no pueden concebir quienes no se sintieron así. Al poco rato oí pasos por encima de mi cabeza y una voz diciendo a gritos por el agujero, en inglés, que si había alguien dentro que hablara. Yo contesté que era un inglés arrastrado por la mala fortuna a la mayor calamidad que jamás padeció un ser humano y supliqué, por lo que más quisieran, que me liberasen de la prisión en que estaba. La voz replicó que estaba a salvo, pues la caja iba amarrada a su barco y que pronto vendría un carpintero con una sierra para hacer un agujero en la tapa lo suficientemente ancho para poderme sacar. Contesté que era innecesario y que se tardaría mucho en ello, pues solo bastaba que uno de la tripulación metiera un dedo por la argolla, levantara la caja del mar y la izara al barco dejándola en la cabina del capitán. Algunos de ellos, al oírme hablar tan desatinadamente, creían que estaba loco; otros se reían, pues a mí no se me ocurría ya pensar que estaba entre gente de mi misma estatura y fuerza. Vino el carpintero y en unos minutos hizo con la sierra una abertura de unos cuatro pies de lado, por la que metió una escalera. Trepé por ella y desde allí me llevaron al barco, agotado y desfallecido.

Los marineros estaban todos pasmados y me hicieron mil preguntas que no me sentía dispuesto a contestar. Yo estaba igualmente asombrado a la vista de tantos pigmeos, pues por tales los tomaba, tras haberse acostumbrado mis ojos a las monstruosas dimensiones del mundo que había abandonado. Pero el capitán, Thomas Wilcocks, hombre honrado y cabal natural de Shropshire, observando que yo estaba a punto de desmayarme, me llevó a su camarote, me dio un trago para reanimarme y me hizo tenderme en su propio lecho, aconsejándome que descansara un poco, de lo cual yo estaba muy necesitado. Antes de dormirme le hice saber que en mi caja tenía muebles muy valiosos, demasiado buenos para perderlos: una buena hamaca, una hermosa cama de campaña, dos sillas, una mesa y un armario; además, que mi aposento estaba tapizado, o más bien acolchado en sus cuatro paredes, con seda y guata. Finalmente le propuse que si mandaba a uno de la tripulación que trajera mi cabina a su camarote, la abriría en su presencia y le enseñaría mis posesiones. Oyéndome decir estos despropósitos, el capitán concluyó que yo deliraba, pero prometió, supongo que para tranquilizarme, mandar hacer lo que le pedía, y saliendo a cubierta dio órdenes a sus hombres de que fueran a mi cabina, de donde —como supe después— sacaron todas mis pertenencias y arrancaron el tapizado, pero las sillas, el armario y la cama, por estar atornillados al suelo sufrieron graves daños, debido a la torpeza de los marineros que los arrancaron violentamente. A golpes también hicieron saltar algunos tablones para aprovecharlos en el barco y cuando hubieron tomado lo que les interesaba, dejaron caer al mar los restos de la cabina, la cual, a causa de las muchas brechas producidas en el suelo y los lados, se fue derecha al fondo. Yo me alegré verdaderamente de no haber presenciado el destrozo que hicieron, pues estoy convencido de que ello me hubiera afligido, al recordarme cosas pasadas que prefería olvidar.

Pasé durmiendo algunas horas, pero turbado constantemente con sueños del país que había abandonado y de los peligros a que había escapado. Eran ya las ocho de la noche y el capitán encargó que sirvieran en seguida la cena, pensando que demasiado había ayunado. Me agasajó con gran cortesía, observando que mi aspecto no era el de un salvaje y que hablaba coherentemente, y así, cuando quedamos solos, me pidió un relato de mis viajes y que le explicara a qué accidente se debía que me encontrara a la deriva en aquella enorme arca de madera. Me contó que alrededor de mediodía, cuando miraba por el catalejo, la había divisado en la lejanía, y creyendo entonces que se trataba de un velero, había decidido acercarse con la esperanza de comprar algo de galleta, ya que en el propio barco andaban escasos de ella. Luego, cuando estuvieron más cerca, se percató de su error y despachó la lancha para ver qué era aquello. Los tripulantes de esta regresaron asustados, jurando que habían visto una casa flotante. Él se había burlado de su simpleza resolviendo ir en persona y ordenando a sus hombres que llevaran una fuerte maroma. Como la mar estaba en calma, bogaron a mi alrededor varias veces, observando las ventanas y los enrejados que las protegían. Luego advirtieron dos argollas en un lado que solo mostraba los tablones, sin abertura alguna. Ordenó a los marineros que remaran hacia ese lado y ataran la maroma a una de las argollas y luego les mandó remolcar el arca —como él la llamaba— hasta el barco. Llegados a este dio instrucciones para que ataran otra maroma a la anilla de la tapa y para que izaran el arca mediante poleas, empeño en que toda la tripulación a la vez no consiguió levantarla más de dos o tres pies. Fue entonces cuando me vieron sacar el palo y el pañuelo por uno de los agujeros y concluyeron que algún desdichado tenía que estar atrapado en el interior. Yo pregunté si él o alguno de la tripulación habían visto unas aves gigantescas volando en el momento de descubrirme. A esto contestó que, comentando el asunto con los marineros mientras yo dormía, uno de ellos declaró haber visto tres águilas volando hacia el norte, pero nada en ellas denotaba que fueran mayores de lo que es normal. Yo supongo que esto debe atribuirse a la gran altura a que volaban; él no podía adivinar el motivo de mi pregunta. Luego le pregunté al capitán también a qué distancia creía que estábamos de tierra y dijo que por el cálculo más aproximado deberíamos estar por lo menos a unas cien leguas. Entonces le hice notar que debía de equivocarse por lo menos en la mitad, pues desde que salí del país de donde venía hasta que caí en el mar no habían pasado dos horas. Al oír esto volvió a pensar que tenía perturbadas mis facultades, y dándomelo a entender, me aconsejó que me acostara en un camarote que había dispuesto para mí. Yo le aseguré que me encontraba bien recuperado gracias a su buen trato y compañía y tan en mis cabales como toda mi vida. Esto le hizo ponerse serio y pedirme que le respondiera sinceramente si acaso no estaba abrumado por la conciencia de algún crimen abominable, castigado por orden de algún príncipe con la pena de dejarme expuesto en el arca a los peligros del océano, tal como se hace en otros países con los criminales peligrosos, abandonándolos en el mar en una embarcación resquebrajada y sin provisiones. Aunque él lamentaría haber acogido en su barco un hombre de tal catadura moral, se comprometía, con palabra de honor, a depositarme en tierra sano y salvo en el primer puerto que tocáramos. Dijo además que sus sospechas habían aumentado con algunas frases muy desatinadas que yo había dirigido al principio a los marineros, y luego a él, respecto al arca o cabina, así como por mi extraño aspecto y comportamiento durante la cena.

Le rogué que tuviera paciencia para oírme referir mi historia, de la que le di fiel y cumplida cuenta desde la última vez que partí de Inglaterra hasta que él me descubrió. Y como la verdad siempre se impone en mentes racionales, este honrado y cabal caballero, dotado de alguna cultura y de gran sensatez, quedó pronto convencido de mi sinceridad y veracidad. Además, para confirmar todo mi relato, le supliqué que mandara traer mi armario, cuya llave yo guardaba en el bolsillo, pues él ya me había informado de cómo los marineros se habían deshecho de la cabina; lo abrí en su presencia y le mostré la pequeña colección de curiosidades que había reunido en el país del que acababa de liberarme de manera tan extraña. Allí estaba el peine fabricado con los cañones de la barba del Rey y otro de las mismas púas, pero embutidas en un recorte de uña del pulgar real, que servía de base para alinearlas. Había también una serie de agujas y alfileres de un pie a media yarda de largo, así como cuatro aguijones de avispa como clavos de carpintero, peinaduras de la reina, un anillo de oro que ella me regaló muy gentilmente un día quitándoselo del dedo meñique y pasándolo por mi cabeza como un collar. Supliqué al capitán que se dignara aceptar este anillo como muestra de gratitud por sus atenciones, pero él se negó rotundamente a tomarlo. Luego le enseñé un callo que yo mismo había cortado al dedo de una dama de honor y que tenía el tamaño de una manzana camuesa de Kent; se había endurecido tanto que al regresar a Inglaterra lo mandé ahuecar como una copa y engastar en plata. Finalmente le pedí que contemplara los calzones que llevaba puestos, hechos de la piel de un ratón.

No pude conseguir que aceptara más que la muela de un lacayo, que yo le había visto observar con gran curiosidad y notando que le gustaba. La aceptó con grandes muestras de agradecimiento, más de lo que merecía tal insignificancia. La había extraído un torpe cirujano por error a uno de los criados de Glumdalclitch aquejado de dolor de muelas, pero era tan sana como cualquier otra. Después de haberla dejado limpia yo la había guardado en mi armario. Tenía un pie de largo y cuatro pulgadas de diámetro.

El capitán quedó muy satisfecho del relato sin adornos que le había hecho y me dijo que cuando volviera a Inglaterra prestaría un servicio al mundo escribiéndolo y publicándolo. A esto repliqué que opinaba que ya todos estábamos muy sobrados de libros de viajes, y que nada podía interesar ahora que no fuera extraordinario, con lo que yo expresaba mi sospecha de que algunos autores se atenían menos a la verdad que a su propia vanidad e intereses o al entretenimiento de lectores ignorantes. Añadí que mi historia contenía pocas cosas que no fueran sucesos corrientes, faltándole esas descripciones pintorescas de plantas, aves, y otros animales extraños, o de las bárbaras costumbres e idolatrías de gentes salvajes que tan profusamente nos ofrecen la mayoría de los escritores. No obstante, le di las gracias por su buena opinión y le prometí no echar su consejo en saco roto.

Una cosa había, según dijo, que le asombraba, y era oírme hablar tan alto; y por eso me preguntaba si acaso el Rey o la Reina de aquel país eran duros de oído. Le expliqué que me había acostumbrado a ello durante más de dos años y que yo estaba igualmente admirado del tono de voz de él y sus hombres, que a mí me parecía un susurro, aunque los podía oír sin ningún esfuerzo, pero en cambio, cuando hablaba en aquel país, era como si un hombre desde la calle se dirigiera a otro subido en una torre, a menos que me pusieran a una mesa o me sostuvieran en una mano. Le dije también que había notado otra cosa, a saber, que cuando subí a bordo y me rodeaban los marineros, había pensado que eran los seres más insignificantes que jamás había contemplado. Y, en verdad, cuando estaba en el país de aquel Monarca no era capaz de mirarme en un espejo después de haberme habituado a aquellas cosas y gentes descomunales, porque, en comparación, yo me sentía un ser despreciable. Entonces dijo el capitán que mientras cenábamos había notado que yo miraba todo como asombrado, esforzándome a menudo por contener la risa, y que, no sabiendo él cómo tomarlo, lo atribuía a alguna perturbación de mi cerebro. A esto repliqué que todo ello era muy cierto y que yo sin duda me había asombrado al ver que sus platos eran del tamaño de una monedita de plata de tres peniques, que un pernil de cerdo era apenas un bocado y una copa, más pequeña que una cáscara de avellana, y así sucesivamente, describiéndole los enseres de su camarote al mismo tenor. Pues si bien la Reina había encargado un conjunto de cosas pequeñas adecuadas a mí mientras estuve a su servicio, mis ideas estaban dominadas por todo aquello que veía a mi alrededor y disimulaba mi pequeñez del mismo modo que la gente hace con sus propios defectos. El capitán fue comprensivo con mi inocente burla y replicó jovialmente con el viejo proverbio inglés de que sospechaba que yo tenía mayores los ojos que el estómago, pues él no había notado que este fuera tan grande, a pesar de mi largo ayuno. Luego, con el mismo buen humor, me aseguró que habría dado de buen grado cien libras por haber contemplado mi cabina en el pico del águila y en su caída al mar desde tan gran altura, pues en verdad tenía que haber sido una cosa extraordinaria, digna de describirse para la posteridad. La comparación con la fábula de Faetón[1] resultaba tan obvia que él no pudo menos de mencionarla, aunque no me pareció muy bien la pedantería.

El capitán, tras haber estado en Tonquín, se había visto empujado, al regresar a Inglaterra, hasta los 44 grados de latitud y 143 de longitud. Pero dos días después de subir yo a bordo encontramos un viento alisio que aprovechamos para navegar con viento sur largo tiempo; luego, costeando Nueva Holanda,[2] mantuvimos rumbo oeste-suroeste y después sur-suroeste hasta doblar el cabo de Buena Esperanza. La travesía fue feliz, pero no abusaré del lector refiriéndola día a día. El capitán tocó en un puerto o dos, mandando la lancha por provisiones y agua, pero yo no desembarqué hasta llegar a los Downs, lo que sucedió el 3 de junio de 1706, unos nueve meses después de ser liberado. Le ofrecí dejarle mis posesiones como garantía del pago de mi pasaje, pero él se negó a recibir un solo ochavo. Nos despedimos con expresiones de afecto y le hice

1. Faetón, hijo de Febo (el Sol), al conducir torpemente el carro del padre pone en peligro el mundo y es fulminado por Júpiter cayendo al río Po y muriendo abrasado.

2. Australia.

prometerme que me haría una visita en mi casa de Redriff. Con cinco chelines que él me prestó alquilé un caballo y guía.

Cuando me puse en camino, al observar la pequeñez de las casas, los árboles, el ganado y la gente, me imaginaba que estaba en Liliput. Temía aplastar a cuantos viajeros encontraba y a menudo les gritaba que se pusieran fuera de mi camino, de suerte que estuve al borde de que me rompieran la cabeza una o dos veces por mi impertinencia.

Al llegar a mi casa, por la cual hube de preguntar antes, después de abrirme la puerta uno de los criados, me agaché para pasar, como un ganso bajo la puerta del corral, temiendo tropezar con la cabeza. Mi mujer acudió a abrazarme pero yo me incliné por debajo de sus rodillas creyendo que, de otro modo, no podría alcanzar mis labios. Mi hija se arrodilló para que le diera la bendición, pero no la pude ver hasta que se incorporó, por lo acostumbrado que estaba a mirar con la cabeza y ojos levantados a rostros que se alzaban a más de sesenta pies; luego pretendí levantarla asiéndola por el talle con una sola mano. A los criados y unos amigos que andaban por la casa los contemplaba como si ellos fueran pigmeos y yo un gigante. A mi esposa le dije que había sido demasiado frugal, pues tanto ella como mi hija estaban consumidas de hambre. En resumen, me comporté de manera tan desconcertante que todos eran de la misma opinión que el capitán cuando me encontró y acabaron pensando que había perdido el juicio. Menciono estos hechos como prueba de la influencia que tienen las costumbres y los prejuicios.

Pero no pasó mucho tiempo sin que se disipara este mal entendimiento de mi familia y amigos conmigo. Mi esposa, sin embargo, insistió en que no volviera nunca más a la mar, aunque mi triste sino había dispuesto que ella no tuviera poder para disuadirme, como el lector comprobará más adelante. Por el momento doy aquí por concluida la segunda parte de mis desventurados viajes.

FIN DE LA SEGUNDA PARTE

TERCERA PARTE

Viaje a Laputa, Balnibarbi, Glubbdubdrib, Luggnagg y Japón

Plate III. Part III.
Page 190.
Parts Unknown
C Patience
LAND OF
St James Bay
Robbin I
IESSO
Salmon B
Canal
Companys
Land
Stats I
Straits of the Vries
Sea of Corea
Sanda I
Tou Pt
Red Pt
Bosho Pt
JAPUN
Tonsa I
Bungo I
I Tanaxima
South I
LUGN-AGG
Clumegnig
Maldonada
Glubdrubdrib
Lapuda
BALNIBARBI
Lagado
Dicovered A:D 1701

CAPÍTULO 1

El autor emprende su tercer viaje. Lo apresan los piratas. Maldad de un holandés. Arribada a una isla. Acogida en Laputa

No llevaba en casa más de diez días cuando el capitán William Robinson, natural de Cornualles y comandante del Hopewell, barco robusto de trescientas toneladas, vino a casa. En otro tiempo yo había sido médico cirujano de otro navío mandado por él y del cual era dueño en una cuarta parte, que hacía un viaje a Levante. Él siempre me había tratado más como un hermano que como un subordinado, y habiéndose enterado de mi regreso, me hizo una visita, por lo que deduje, puramente de cortesía, pues de nada tratamos que no fuera lo normal tras una larga ausencia. Pero al menudear sus visitas y expresar su alegría de encontrarme en tan buena salud, me preguntó si me había retirado ya de los viajes, añadiendo que proyectaba uno dos meses después a las Indias Orientales y, finalmente, invitándome sin rodeos, aunque con disculpas, a que fuera médico del barco. Dijo luego que tendría otro médico a mis órdenes, aparte de nuestros dos pilotos, que mi sueldo sería el doble de lo normal, y que, convencido de que mi conocimiento de las cosas del mar era por lo menos igual al suyo, se avendría a cualquier arreglo para aceptar mi consejo como si yo compartiera el mando de la nave.

Acabó con tantas palabras de elogio que yo, sabiendo que era un hombre cabal, no fui capaz de rechazar su ofrecimiento, pues, además, mi ansia de ver el mundo, a pesar de mis infortunios pasados, era tan imperiosa como siempre. El único obstáculo que quedaba era persuadir a mi mujer, pero al fin logré que consintiera, pensando en las ventajas que ello significaría para sus hijos.

Zarpamos el 5 de agosto de 1706 y llegarnos a Fort St. George[1] el 11 de abril de 1707. Paramos allí tres semanas para alivio de la tripulación, en gran parte enferma. De allí nos dirigimos a Tonquín, donde el capitán decidió permanecer algún tiempo, pues muchas de las mercancías que pensaba comprar no estaban dispuestas ni había esperanza de que las despacharan en varios meses. En vista de ello y para sufragar algunos de los gastos en que estaba incurriendo, compró una balandra, la cargó con diversas clases de productos con que los tonquineses suelen comerciar en las islas vecinas, y con catorce tripulantes, de los que tres eran nativos, me nombró capitán de la nave con facultad de traficar en tanto resolvía sus asuntos en Tonquín.

1. Fortaleza levantada por la East India Company, promotora del comercio con la India y posteriormente de la expansión británica en aquel país.

No llevábamos tres días de navegación cuando se levantó una tempestad que nos empujó durante cinco días con rumbo nordeste, y luego hacia el este. Después tuvimos buen tiempo, pero seguimos con un fuerte vendaval del oeste. El décimo día nos dieron caza dos barcos piratas, que pronto nos alcanzaron, pues la balandra iba tan sobrecargada que navegaba muy despacio y no estábamos en condiciones de defendernos.

Casi al tiempo nos abordaron las dos tripulaciones piratas furiosas y con sus capitanes a la cabeza, pero al hallarnos postrados sobre el rostro (pues yo había dado esta orden) nos maniataron con recias cuerdas y, poniéndonos guardia, se dedicaron a registrar nuestra nave.

Noté que había entre ellos un holandés que parecía gozar de cierta autoridad, aunque no mandaba ninguno de los dos barcos. Conoció por nuestro aspecto que éramos ingleses y dirigiéndose a nosotros farfulló en su lengua, con juramentos, que deberíamos ser arrojados al mar atados de dos en dos por la espalda. Yo sabía hablar neerlandés pasablemente, y le dije quiénes éramos y le rogué, considerando que éramos cristianos protestantes y de naciones vecinas y aliadas, que intercediera ante los capitanes para que tuvieran alguna clemencia con nosotros. Esto le puso más furioso y repitió sus amenazas, luego se volvió a sus compañeros, hablando con gran vehemencia, en japonés, a lo que imagino, y usando a menudo la palabra *cristianos*.

El mayor de los barcos piratas iba al mando de un capitán japonés que hablaba algo de holandés, aunque muy defectuosamente. Se dirigió a mí y tras algunas preguntas, que contesté muy sumiso, dijo que no íbamos a morir. Yo entonces le hice una gran reverencia y volviéndome al holandés le dije cuánto me dolía encontrar más compasión en un pagano que en un cristiano. Pero pronto tuve ocasión de arrepentirme de estas imprudentes palabras, pues aquel malvado empedernido, tras intentar repetidas veces, en vano, persuadir a los dos capitanes de que me arrojaran al mar (a lo que, tras haberme prometido que no moriría, no cedieron), los convenció, sin embargo, hasta tal punto que me impusieron un castigo más cruel a todas luces que la misma muerte. En efecto, a mis hombres se los repartió, mitad y mitad, en los dos barcos piratas, poniendo la nueva tripulación en la balandra. En cuanto a mí se decidió abandonarme a la deriva en una pequeña canoa, con palas y vela, así como provisiones para cuatro días, que el capitán japonés bondadosamente dobló a costa de su propia despensa, impidiendo luego que nadie me registrara. Por fin descendí a la canoa, mientras que el holandés, de pie en cubierta, me abrumaba con todos los denuestos e insultos de que disponía su lengua.

Una hora antes de avistar los piratas, yo acababa de anotar nuestra posición, que era 46 grados de latitud norte y 183 de longitud. Ahora, el encontrarme a alguna distancia de los piratas, divisé con ayuda de mi catalejo varias islas al sudeste. Entonces icé la vela, pues el viento era favorable, con la intención de alcanzar las más cercanas, lo cual pude lograr en unas tres horas. El terreno era rocoso, pero encontré muchos huevos de ave y, encendiendo fuego, hice arder algo de brezo y de algas secas, con lo que pude cocerlos. No tomé otra cena, pues quería que mis víveres durasen el mayor tiempo posible. Pasé la noche guarecido bajo una roca y, extendiendo en el suelo hojas y ramas secas, dormí tranquilamente.

Al día siguiente fui navegando a otra isla y de esta a otra y otra, aprovechando unos ratos la vela y bogando otros con ayuda de las palas. Para no aburrir al lector con más pormenores de mis apuros, baste decir que al quinto día alcancé el último islote visible, que estaba situado al sur-sudeste del primero.

Este último islote estaba más alejado de lo que creía y tardé en arribar a él no menos de cinco horas. Casi lo tuve que costear por entero para encontrar un sitio propicio donde desembarcar. Se trataba de una pequeña ensenada, donde podían atracar acaso tres canoas como la mía. El islote era todo rocoso, salpicado aquí y allá de algún matojo de hierba y de plantas aromáticas. Saqué mis escasas provisiones y, después de tomar unos bocados, guardé lo que quedaba en una de las cuevas que allí abundaban. Hice buen acopio de huevos buscando en las rocas y recogí también algas y hierbas secas con intención de hacer fuego al día siguiente para cocer los huevos, pues iba provisto de pedernal, eslabón, yesca y espejo ustorio para encenderlo. Pasé la noche en la cueva donde guardaba mis víveres, tendido sobre las hierbas y algas que destinaba a combustible. Dormí muy poco, pues la zozobra del espíritu se sobreponía al cansancio del cuerpo y me mantenía en vela. Pensaba en lo imposible que resultaría conservar la vida en un paraje tan desolado, y en el lastimoso fin que me esperaba. Pero me sentía tan indiferente y abatido, que me faltaban ánimos para levantarme, y antes de cobrar alientos suficientes para arrastrarme fuera de la cueva vi que el día estaba ya muy avanzado. Estuve caminando un rato entre las peñas: el cielo estaba completamente despejado y el sol era tan ardiente que me veía obligado a esconder el rostro de sus rayos. Pero de repente todo se oscureció y, a mi juicio, de manera distinta a cuando se interpone una nube a la luz solar. Entonces me di la vuelta y observé una enorme masa opaca que, ocultándome el sol, avanzaba hacia la isla. Parecía estar a unas dos millas de altura, y cubrió el astro durante seis o siete minutos, pero yo no noté que el aire fuera mucho más fresco ni que el cielo se oscureciera más que si me encontrara a la sombra de una montaña. Conforme se acercaba al lugar donde yo estaba, parecía tratarse de un cuerpo sólido cuya superficie inferior era lisa y llana y con brillo intenso debido al reflejo del mar sobre el que se cernía. Me encontraba yo en un montículo distante unas doscientas yardas de la orilla y veía cómo descendía este enorme objeto hasta ponerse en paralelo conmigo a menos de una milla inglesa de distancia. Saqué entonces mi catalejo del bolsillo y pude divisar gente que se movía en los bordes de aquel objeto, bordes que semejaban inclinados; no supe sin embargo distinguir lo que tales gentes estaban haciendo.

El natural deseo de vivir despertó dentro de mí cierto júbilo y asomo de esperanza de que este nuevo suceso pudiera de un modo u otro contribuir a liberarme del inhóspito lugar y del trance en que me encontraba. Pero al mismo tiempo imagine el lector mi asombro al contemplar una isla flotando en el aire habitada por hombres capaces, por las apariencias, de hacerla subir, bajar o avanzar gradualmente a capricho. No sintiéndome en aquel momento dispuesto a meditar sobre tal portento, me dediqué a observar qué rumbo iba a tomar la isla, pues por un momento pareció quedarse inmóvil. Mas poco después empezó a acercarse y pude ver sus lados, formados por varios niveles de galerías comunicadas entre sí, a intervalos, por escaleras. En el nivel más bajo distinguí a algunos pescando con cañas y a otros contemplando a los pescadores. Les hice señas agitando hacia la isla un pañuelo y el gorro, pues el sombrero lo tenía destrozado hacía tiempo. Cuando se acercaron más los llamé a gritos hasta desgañitarme. Luego, mirando con cuidado, descubrí un grupo reunido en la parte más visible para mí. Al ver que hacían señas en mi dirección y entre sí, deduje que se habían dado cuenta de mi presencia, aunque no hubo respuesta a mis gritos. Pero pude advertir cómo cuatro o cinco de ellos subían precipitadamente las escaleras hasta la superficie más alta de la isla y luego desaparecían. Supuse entonces, y no me equivoqué, que estos habían sido despachados a recibir órdenes de alguna persona de autoridad.

El número de espectadores fue aumentando y antes de media hora la isla se movió y elevó de tal modo que la galería inferior quedó al nivel del montículo en que yo estaba y a menos de cien yardas de distancia. Entonces me puse en las posturas más suplicantes y les hablé en el tono más humilde, pero no recibí contestación alguna. Los que estaban asomados más cerca de mí parecían ser gente principal, a juzgar por su vestimenta. Gravemente se consultaban unos a otros, mirando de vez en cuando hacia mí. Finalmente uno de ellos me habló en un dialecto claro, cortés y suave, no muy distinto en el sonido a la lengua italiana, por lo que yo repliqué en esta lengua, confiando en que su entonación fuera más agradable a su oído. Y así, aunque ninguno entendimos a nuestro interlocutor, el sentido de mis palabras quedó patente, pues aquella gente vio el apuro en que me hallaba.

Me hicieron señas de que bajara de mi observatorio

y me acercara a la costa, indicaciones que seguí. Luego, haciendo que la isla quedara a una altura conveniente, con el borde inmediatamente sobre mí, descolgaron una cadena desde la galería inferior, provista de un asiento en su extremo al que me sujeté. Sentado en él me levantaron por medio de poleas.

CAPÍTULO 2

Se describe el carácter y cualidades de los laputanos. Idea de su cultura. El Rey y la corte. Acogida dispensada al autor. Temores e inquietudes de los habitantes. Datos sobre las mujeres

Al dejar mi asiento y ponerme en pie me rodeó una gran muchedumbre entre la que destacaban los más próximos a mí como gente de condición. Me contemplaban con vivas muestras y gestos de asombro, y en cuanto a mí, no estaba menos maravillado, pues jamás había visto seres vivos tan singulares por su figura, vestimenta y semblante. Tenían todos la cabeza inclinada; unos hacia la derecha, otros a la izquierda. De los ojos, uno estaba vuelto hacia dentro, el otro mirando directamente al cenit. La ropa exterior tenía como adorno figuras de soles, lunas y estrellas entremezcladas con otras de violines, flautas, arpas, trompetas, guitarras y clavicordios, así como otros muchos instrumentos musicales que desconocemos en Europa. Pude observar entre esta gente a muchos en ropa de siervos, provistos de una vejiga hinchada, sujeta como un mayal al extremo de un palo corto que llevaban en la mano. Dentro de cada vejiga iban unos cuantos guisantes o chinitas, según pude averiguar más tarde. Con estas vejigas golpeaban de vez en cuando la boca y orejas de los que tenían al lado, práctica cuyo significado no pude imaginar entonces, pero que al parecer se debe a que el pensamiento de aquellas gentes está tan sumido en profundas especulaciones que no son capaces de hablar y de prestar atención a lo que otros dicen, a menos que se los despierte con algún contacto exterior sobre los órganos del oído o de la palabra. Para ello, todos aquellos que pueden pagarlo, disponen siempre de un espabilador de estos (lo llaman *climenole*) en la familia, como parte de la servidumbre, y jamás salen a la calle o van de visita sin su compañía. Y es tarea de este empleado, cuando se reúnen dos o más personas, golpear suavemente la boca del que ha de hablar y la oreja derecha de aquel o aquellos a quienes se dirige el que habla. Es también tarea de este espabilador atender con diligencia a su amo cuando va de paseo y, si llega el caso, darle un golpe suave en los ojos, pues, absorto siempre en sus meditaciones, corre grave peligro de caer por cualquier precipicio o de golpearse la cabeza contra cualquier poste, y si va por las calles, de ir dando empellones a los demás o de que se los den a él tirándolo al albañal.

Era menester dar cuenta de esto al lector, pues de otro modo quedaría tan desconcertado como yo para entender el comportamiento de esta gente cuando me conducían escaleras arriba a la superficie de la isla y, llegados a ella, al palacio real. Según íbamos subiendo, olvidaron varias veces lo que estaban haciendo, desentendidos de mí, hasta que les reavivaban la memoria los espabiladores, pues al parecer mi aspecto y ropas no les causaban impresión, ni los gritos del populacho, menos absorto en meditaciones que los distraídos cogitantes.

Por fin llegamos al palacio y entramos en el salón de audiencia donde vi al Rey en su trono acompañado a ambos lados de gentes principales. Delante del trono había una mesa ocupada por globos, esferas e instrumentos matemáticos de toda índole. Su Majestad no se percató en absoluto de nuestra presencia, aunque nuestra entrada había sido suficientemente ruidosa, por haberse congregado allí todas las personas que pertenecían a la corte. Pero él se hallaba inmerso en un problema y hubimos de esperar una hora por lo menos hasta que lo resolvió. Había en pie dos jóvenes pajes, uno a cada lado suyo, provistos de las mencionadas vejigas, los cuales, al ver que el Rey había terminado, le golpearon suavemente, uno la boca y el otro la oreja derecha, lo que le sobresaltó como si despertara de repente. Luego, mirándome a mí y a los que me acompañaban, recordó el motivo de mi presencia, del cual había sido previamente informado. Dijo unas palabras, lo que provocó que un joven espabilador se pusiera inmediatamente a mi lado para darme unos toques en la oreja derecha. Yo les di a entender, lo mejor que pude, que no tenía necesidad de semejante instrumento, circunstancia que, como supe después, les hizo concebir, al Rey y a toda la corte, una opinión muy pobre de mis entendederas. Por lo que pude colegir, el Rey me hizo diversas preguntas y yo me dirigí a él en todas las lenguas que conocía. Cuando quedó patente que no nos podíamos entender, mandó que me llevaran a un aposento de palacio —pues este Monarca se distinguía de sus predecesores por su hospitalidad— donde se asignaron dos sirvientes a mi servicio. Trajeron luego la cena, en la que me honraron con su compañía cuatro personas de calidad que recordaba haber visto cerca del Rey. La cena constaba de dos partes, con tres platos cada una. En la primera tomamos una paletilla de cordero cortada en forma de triángulo equilátero y un trozo de carne de vaca servido en trozos de sección romboidal, además de un pudín cuyo molde era una cicloide. La segunda consistía en dos patos aderezados y espetados en forma de violines, salchichas y repostería que imitaban flautas y oboes, y un pecho de ternera en forma de arpa. Los criados cortaban el pan en conos, cilindros, paralelogramos y otras figuras geométricas.

Mientras cenábamos me permití preguntarles los nombres de varias cosas en su lengua, y estos nobles señores, asistidos por sus espabiladores, me respondieron con agrado, confiando en despertar mi admiración por sus grandes facultades, si llegaba alguna vez a ser capaz de conversar con ellos. Pude así estar pronto en condiciones de pedir pan y bebidas y otras cosas que se me ocurrieron.

Concluida la cena, mis comensales se retiraron y por orden del Rey me enviaron un hombre acompañado de su espabilador, provisto de recado de escribir y de tres o cuatro libros, quien me dio a entender por señas que le enviaban para instruirme en la lengua de aquella nación. Estuvimos sentados cuatro horas, durante las cuales apunté, en columnas, numerosas palabras, indicando en otra columna, junto a cada una, la traducción correspondiente. Me las arreglé también para aprender unas cuantas frases cortas, pues mi tutor se prestó a ordenar a uno de mis criados que trajera algo, que diera una vuelta, que hiciera una reverencia, que se sentara, se levantara o diera unos pasos. Estas frases las iba escribiendo yo en un papel. Luego me mostró en uno de los libros las figuras del sol, la luna y las estrellas, el zodíaco, los trópicos y los círculos polares, además de los nombres de muchas figuras planas y sólidas. También me dio los nombres y descripciones de todos los instrumentos musicales, así como los términos más comunes usados al tocar cada uno. Cuando me dejó solo me puse a ordenar alfabéticamente las palabras apuntadas, indicando su significado. Y de esta manera, en pocos días, con ayuda de mi excelente y fiel memoria, alcancé una somera idea de su lengua.

La palabra que yo traduzco como «isla volante o flotante» es en su lengua *Laputa*, cuya verdadera etimología nunca pude saber. *Lap* es una forma arcaica que significa «alto» y *untuh*, «gobernador»; de ambas palabras, por desgaste, dicen ellos que procede *Laputa*, a través del compuesto *Lapuntuh*. Pero no estoy de acuerdo con esta etimología, que juzgo un poco forzada. Me permití ofrecerles a los entendidos de aquella nación una hipótesis mía, según la cual *Laputa* sería algo así como *Lapouted*, donde *lap* significa «el rielar de los rayos solares sobre el mar» y *outed*, «un ala», opinión que, sin embargo, no trataré de imponer, sino de someter a la consideración del discreto lector.

Las personas a quienes el Rey me había encomendado, al ver lo mal vestido que yo estaba, mandaron venir a un sastre a la mañana siguiente a que me tomara medida para un traje. Este artesano procedió de manera distinta a la de los de su gremio en Europa. Me midió primero la talla por medio de un cuadrante y luego, con una regla y compases, determinó las dimensiones y contorno de todo mi cuerpo, que apuntó en un papel. Pasados seis días volvió con mis ropas, de muy mala hechura y completamente desajustadas, debido a un error numérico en los cálculos. Pero me consolé al observar que estos accidentes eran allí frecuentes y no se les daba importancia.

Mientras duró, por falta de vestimenta y por una indisposición que me retuvo algunos días más, mi forzado retiro, hice muchos progresos en mi vocabulario. Así, la primera vez que me presenté en la corte pude entender muchas de las cosas que decía el Rey y contestar en cierto modo a sus preguntas. Su Majestad había ordenado que la isla se desplazara con rumbo nordeste cuarta al este hasta alcanzar la vertical sobre Lagado, capital del reino situada en tierra firme. Distaba la ciudad unas noventa leguas y tardamos en el viaje cuatro días y medio, pero fui incapaz de percibir en lo más mínimo el avance gradual de la isla por el aire. La segunda mañana, a eso de las once, el Rey en persona, acompañado por sus nobles cortesanos y dignatarios, afinaron sus instrumentos musicales y estuvieron tocándolos sin pausa durante tres horas, de suerte que me dejaron aturdido con el ruido. No pude explicarme la razón de todo ello hasta que me informó el tutor, diciendo que las gentes de la isla tenían adaptado el oído para oír la música de las esferas,[1] que siempre so-

1. Según los antiguos astrónomos, la Tierra estaba rodeada de varias esferas concéntricas, huecas y transparentes cuyo movimiento producía esta música armoniosa. Se alude aquí, como antes en el error de cálculo al tomar el sastre medidas, a la ciencia coetánea, sin salvar a Newton.

naba en ciertos períodos, y que en aquel momento la corte estaba preparada para participar concertadamente tocando cada uno el instrumento en que más se distinguía.

Durante nuestro viaje a Lagado, la capital, Su Majestad mandó detener la isla cuando esta se cernía sobre ciertas ciudades y aldeas para así recibir las peticiones de sus súbditos. Con este objeto se dejaban colgar varias cuerdas provistas al extremo de unas pequeñas pesas; a estas cuerdas el pueblo ataba sus solicitudes, que luego subían directamente como los trozos de papel que los niños atan a las colas de sus cometas. A veces recibíamos también vino y víveres de abajo, izados por medio de poleas.

Mis conocimientos matemáticos me servían de gran ayuda para aprender los términos y frases que usaban, tomados en gran parte de aquellas ciencias y de la música, en la que yo no era profano. Sus ideas aluden constantemente a líneas y figuras geométricas. Si han de alabar la belleza de una mujer o de un animal, la describen en términos de rombos, círculos, paralelogramos, elipses, etc., o, si no, acudiendo a vocablos del arte musical, que no es menester repetir aquí. Pude ver en la cocina real toda clase de instrumentos matemáticos y musicales, que servían de modelo para dar figura a los trozos de carne que se servían en la mesa del Rey.

Las casas están muy mal construidas, con las paredes inclinadas y sin un solo ángulo recto en aposento alguno, deficiencia debida al desdén que sienten por la geometría aplicada, que desprecian por vulgar y mecánica. Así, las instrucciones que dan, por ser demasiado sutiles para el intelecto de los obreros, ocasionan continuos errores. Y aunque tienen destreza sobrada en el manejo de la regla ante una hoja de papel, lo mismo que en el lápiz y el compás, jamás he visto en los actos y comportamientos de la vida corriente una gente más torpe y desmañada, ni tan lerda y titubeante para entender otras materias que no sean las matemáticas y la música. Son poco aptos para el raciocinio y muy dados a llevar la contraria, excepto cuando aciertan a ser de la opinión aceptada, lo que rara vez les ocurre. Imaginación, fantasía e inventiva son nociones totalmente extrañas para ellos, que no disponen de palabras en su lengua para expresarlas. El alcance de sus ideas y pensamiento queda así circunscrito a las dos susodichas disciplinas.

La mayoría, en particular los que se ocupan de la astronomía, tienen gran fe en la astrología, aunque se avergüenzan de reconocerlo públicamente. Pero lo que me asombró principalmente y consideré absolutamente inexplicable fue la enorme propensión que observé en ellos a ocuparse de noticias y política, pues se interesan constantemente por los asuntos públicos, emitiendo juicio en materias de Estado y discutiendo apasionadamente cada minucia de las declaraciones de un partido. A decir verdad, he notado la misma propensión entre los matemáticos que he conocido en Europa, si bien nunca pude descubrir la menor semejanza entre las dos ciencias, a menos que esta gente suponga que, puesto que el círculo más pequeño tiene tantos grados como el más grande, la ordenación y gobierno del mundo no requerirían más facultades que las necesarias para manejar y dar vueltas a una esfera. Pero me inclino a pensar que este defecto se deba a un achaque muy común de la naturaleza humana que nos empuja a ser curiosos y fatuos en los asuntos que menos nos conciernen y para los que no estamos dotados ni por estudios ni por naturaleza.

Estas gentes padecen continua desazón, sin poder gozar un solo minuto de sosiego, y su inquietud nace de causas que afectan muy poco al resto de los mortales. Brotan sus temores de diversos cambios que recelan en los cuerpos celestes. Temen, por ejemplo, que la Tierra, al acercarse continuamente el Sol a ella, acabará por ser atraída y tragada por él; que la superficie solar quedará cubierta gradualmente por una costra de las emanaciones del astro[2] que impedirá a este dar luz al mundo. Temen también que la Tierra, que por muy poco se libró de quedar reducida a cenizas al rozar la cola del último cometa, quedará destruida probablemente por el próximo, que según sus cálculos se acercará en treinta y un años, pues si en su perihelio se acercara a cierta distancia del Sol, alcanzaría una temperatura diez mil veces mayor que la del hierro al rojo —cosa que según sus cálculos se puede temer con razón— y al alejarse del Sol arrastrará una cola llameante de un millón catorce millas de longitud. Si en su camino pasara el núcleo del cometa a cien mil millas de la Tierra, la cola, a su paso, incendiaría nuestro planeta reduciéndolo a cenizas. Les asusta finalmente que el Sol, al gastar diariamente sus rayos sin alimento que los sustituya, acabará consumido y aniquilado, lo que significaría el fin de la Tierra y de todos los planetas que reciben luz de él.

Es tan constante la alarma en que viven, por temor de estos y otros peligros inminentes parecidos, que no

2. Alusión a polémicas coetáneas sobre las manchas solares.

encuentran reposo en el sueño ni solaz en los placeres y diversiones de la vida. Si se encuentran por la mañana con un conocido, lo primero que hacen es preguntar por la salud del Sol, qué aspecto tenía al ponerse la víspera y al salir y qué esperanzas hay de evitar la colisión con el cometa que se acerca. Y no es insólito que participen en estas conversaciones con la misma fruición con que se deleitan los chicos al oír contar horribles historias de fantasmas y duendes que escuchan con avidez, aunque luego no se atrevan, de miedo, a ir a la cama.

Las mujeres de la isla son de gran vivacidad. Menosprecian a sus maridos y tienen suma afición a los forasteros, que en gran número suben del continente para visitar la corte, bien por asuntos de interés municipal o corporativo, bien por motivos particulares, pero los hombres los desprecian, porque les faltan las dotes que ellos poseen. Entre estos visitantes escogen las damas sus galanes, pero lo más vejatorio es la comodidad y seguridad con que actúan, ya que el marido está siempre tan absorto en sus especulaciones, que la mujer y el amante se permiten las mayores familiaridades ante sus ojos, pues basta que le dejen provisto de papel y otros útiles y alejado el espabilador de su lado.

Esposas e hijos se quejan de estar confinados en la isla, pero yo opino que es el rincón más delicioso de este mundo. Aunque ellas viven allí en la mayor abundancia y magnificencia y se les permite hacer cuanto gusten, suspiran por ver mundo y disfrutar de las diversiones de la capital, lo que no pueden hacer sin permiso especial del Rey, cosa difícil de obtener, pues la gente sensata ha comprobado por frecuente experiencia lo difícil que es convencer a sus esposas de que regresen de abajo. A mí me contaron que una gran dama de la corte —madre de varios hijos y esposa del primer ministro, el súbdito más rico del reino, persona afabilísima y muy amante de su mujer, que vive en el palacio más suntuoso de la isla volante— bajó una vez a Lagado, aduciendo motivos de salud, y allí estuvo escondida varios meses, hasta que el Rey dio orden de buscarla y la encontraron en una sórdida posada, cubierta de harapos, después de haber empeñado sus vestidos para mantener a un viejo lacayo deforme que la golpeaba a diario y de cuya compañía la arrancaron muy a su pesar. Y aunque su esposo la acogió con el mayor afecto posible y sin el menor reproche, ella pronto se arregló para fugarse con todas sus joyas y volver al mismo amante. Después no se ha vuelto a saber más de ella.

Acaso el lector se incline a pensar que semejante suceso bien podía pasar por algo ocurrido en Europa o en Inglaterra y no en un país tan remoto. Pero yo le rogaría que no olvidara que las veleidades femeninas no quedan limitadas a un determinado clima o nación y que son más generales y uniformes de lo que pudiera imaginarse.

Al cabo de un mes yo había alcanzado un dominio suficiente de aquella lengua para poder contestar la mayor parte de las preguntas que me hacía el Rey cuando tenía el honor de acompañarle. Su Majestad no mostró la menor curiosidad por conocer las leyes, el gobierno, la historia o costumbres de los países que yo había visitado, limitándose a preguntar por el estado de la ciencia matemática, pero los informes que le di los recibió con gran desdén e indiferencia, a pesar de los frecuentes toques de atención que un espabilador le daba a cada lado.

CAPÍTULO 3

Una cuestión física resuelta por la filosofía y la astronomía modernas. Grandes progresos de los laputanos en esta última ciencia. Fórmula del Rey para sofocar insurrecciones

Solicité permiso de este soberano para ver las curiosidades de la isla, y él tuvo a bien concedérmelo, ordenando a mi tutor que me acompañara. Lo que a mí me interesaba especialmente saber era a qué causas naturales o artificiales se debían los distintos movimientos y de ello voy a dar cuenta razonada al lector.

La Isla Volante o Flotante forma un círculo exacto, con un diámetro de 7.837 yardas, es decir, unas cuatro millas y media, lo que le da un área de diez mil acres. Tiene de espesor trescientas yardas. La base o superficie inferior, visible a quienes miran desde abajo, la forma una plancha lisa y regular de la dureza del diamante, cuyo espesor es de unas doscientas yardas, sobre la que hay distintos minerales superpuestos en su orden habitual y cubiertos por una espesa capa de fértil mantillo que alcanza diez o doce pies. Hay un declive desde los bordes del círculo hasta la parte interior, lo que permite que toda la lluvia y rocío que caen sobre la isla se vayan vaciando, a lo largo de pequeños regatos, en cuatro grandes albercas, de media milla de contorno, situadas a unas doscientas yardas del centro. La evaporación producida por el calor solar durante las horas del día impide que estos estanques rebosen. Por otra parte, como al Rey le es posible elevar la isla por encima de la zona de nubes y brumas, puede impedir los efectos de la lluvia y el rocío siempre que así lo desee, pues las nubes más altas —y en ello coinciden los naturalistas— no pasan de las dos millas de altitud: al menos no se ha sabido en este país que pasaran jamás.

En el centro de la isla hay una sima de unas cincuenta yardas de diámetro, usada por los astrónomos para descender a una gran caverna abovedada llamada por eso Flandona Gagnole o «Cueva de los Astrónomos», situada a unas cien yardas de la cara superior de la plancha diamantina. Arden sin cesar en esta cueva veinte lámparas que al reflejarse en la piedra diamantina difunden por todas partes un intenso resplandor. Este lugar está copiosamente dotado de sextantes, cuadrantes, telescopios y astrolabios variados, así como de otros instrumentos astronómicos. Pero la pieza más curiosa, de la que depende la suerte de la isla, es un imán de tamaño descomunal y de forma semejante a la lanzadera de un telar. Tiene de longitud seis yardas y de espesor, en la parte más ancha, tres por lo menos. El imán está sostenido por un eje muy fuerte de diamante que lo atraviesa en el medio y en torno al cual gira, estando equilibrado de tal manera que la mano más leve puede darle la vuelta. Está rodeado el imán de un cilindro hueco de diamante que mide cuatro pies de altura y otros tantos de espesor; su diámetro es de doce yardas y está colocado horizontalmente y sostenido por ocho soportes diamantinos de seis yardas de altura. El centro de la parte interior del cilindro está surcado por una estría de doce pulgadas de profundidad en la que encajan los dos extremos del eje permitiéndoles girar cuanto hace falta.

Resulta imposible desplazar el imán de su sitio porque tanto el aro cilíndrico que lo rodea como sus soportes forman cuerpo con la sustancia diamantina que constituye la base de la isla.

Gracias a este imán se puede hacer subir y bajar la isla, así como trasladarla de un lugar a otro, pues con relación a la parte de la Tierra en que el Monarca es Soberano, está dotada la piedra imán, por un lado, de una fuerza de atracción y, por el opuesto, de otra de repulsión. Si se coloca el imán verticalmente, con el extremo atrayente hacia la tierra, la isla desciende, pero si el extremo repelente apunta hacia abajo, entonces la isla asciende en línea recta. Si la posición del imán es oblicua, también lo es el movimiento de la isla, pues en este imán las fuerzas actúan en líneas paralelas a la dirección del mismo.

Mediante este movimiento oblicuo la isla es trasladada a las distintas partes de los dominios del Rey. Para darnos una idea de su avance, sea la línea AB la que representa la extensión máxima del área que abarcan los dominios de Balnibarbi y representemos con la línea *dc* la piedra imán, siendo *c* el polo de atracción y *d* el de rechazo. Supongamos ahora la isla en la posición C y coloquemos el imán en la posición *cd* con su polo repelente abajo; así la isla será impulsada hacia arriba y

Plate 4. Part 3. *Page 218.*

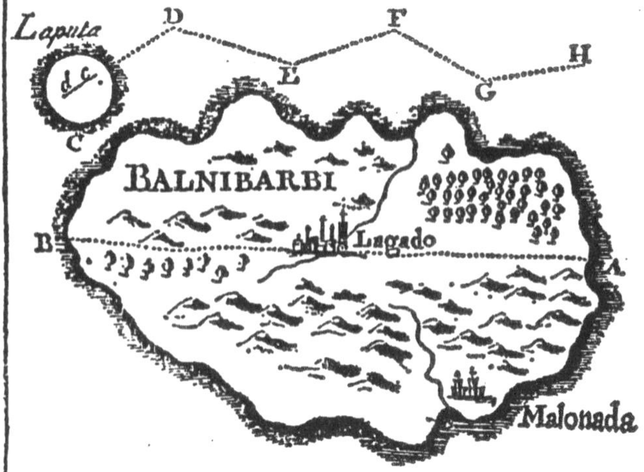

oblicuamente hacia la posición D. Alcanzada esta, supongamos que hacemos girar el eje del imán en la ranura hasta que el polo de atracción apunte a E, adonde, también oblicuamente, será transportada; aquí, si giramos el eje en la dirección EF con el polo repelente abajo, la isla ascenderá hasta la posición F, donde, dirigiendo el polo de atracción hacia G, la isla puede alcanzar esta posición G, y desde G la de H haciendo girar el imán para que el polo de rechazo apunte hacia abajo.[1] De esta suerte, cambiando la posición del imán cuantas veces sea necesario, la isla sube y baja sucesivamente en dirección oblicua; y mediante esta alternancia de ascensiones y descensos en que la oblicuidad no es muy apreciable, se mueve de una parte a otra de los dominios del Rey.

Sin embargo, debemos advertir que esta isla no puede rebasar en su desplazamiento los límites del territorio real ni tampoco puede remontarse a más de cuatro millas. Para explicar esto, los astrónomos, que han dedicado extensos tratados a la piedra imán, razonan así: el poder magnético no se extiende a más de cuatro millas, y la masa de mineral que actúa sobre la piedra en las entrañas de la Tierra y en el mar hasta unas seis leguas de la costa no está presente en todos los puntos del globo terráqueo, sino que termina en los límites territoriales del Rey, pues sería fácil para un príncipe, dadas las grandes ventajas de esta situación privilegiada, someter a su hegemonía cualquier país que cayera bajo el campo de atracción del imán.

1. Como se ve, esta descripción parodia un poco el estilo exacto y reiterativo de los matemáticos, a los que Swift frecuentemente hizo objeto de críticas.

Cuando la piedra imán se coloca paralela al plano del horizonte, la isla se mantiene inmóvil, pues entonces, los dos polos, al estar a la misma distancia de la tierra, actúan con fuerza igual, uno hacia abajo y otro hacia arriba y, por tanto, impiden todo movimiento.

Se hallan a cargo del imán unos astrónomos que de vez en cuando lo cambian de posición siguiendo las instrucciones del Monarca. Pasan la mayor parte de sus vidas observando los cuerpos celestes con ayuda de lentes que superan con creces, en calidad, a las nuestras. Pues si bien los telescopios más grandes que poseen no pasan de los tres pies, su poder de aumento sobrepasa en mucho a los nuestros de cien pies, a la par que muestran las estrellas con mayor nitidez. Esta superioridad les ha permitido extender sus descubrimientos más que los astrónomos de Europa. Tienen catalogadas diez mil estrellas fijas, mientras que el más copioso de nuestros inventarios no incluye más de una tercera parte de esa cifra. Han descubierto igualmente dos astros menores o «satélites» que giran en torno a Marte; de los dos, el más próximo dista del centro de este exactamente tres veces el diámetro del planeta y el más lejano, cinco; aquel tarda en su rotación diez horas, este veintiuna y media, de suerte que los cuadrados de la duración de sus giros guardan muy estrecha proporción con los cubos de su distancia al centro de Marte, lo que evidentemente prueba que están sometidos a la misma ley de la gravedad que rige los demás cuerpos celestes.

También han observado noventa y tres cometas diferentes, estableciendo sus respectivos períodos con gran exactitud. Si esto es cierto (y ellos lo afirman muy convencidos) sería muy de desear que se difundieran sus observaciones, lo que permitiría que la teoría de los cometas, hoy muy endeble y defectuosa, alcanzara la misma perfección que otras partes de la astronomía.

Sería este Rey el monarca más absoluto del universo si lograra persuadir a los miembros de su gabinete de que unieran fuerzas con él, pero estos, al tener sus haciendas en tierra firme y pensar que el puesto de valido es de duración muy incierta, no se prestarían nunca a esclavizar su país.

Si se diera el caso de rebelión o motín en alguna ciudad o se produjeran disensiones violentas o se negaran a pagar los tributos acostumbrados, el Rey dispone de dos medios para someterlas. El primero y más blando es hacer que la isla se cierna sobre la ciudad rebelde y su comarca, privando a sus habitantes de los beneficios del sol y la lluvia y provocando así carestía y enfermedades entre ellos. Pero si el delito lo merece, reciben además desde arriba los efectos de una gruesa pedrea contra la que no tienen más defensa que agazaparse en bodegas y cuevas, al tiempo que quedan destrozadas las techumbres de sus casas. Ahora bien, si se obstinan en su rebeldía o amenazan con sublevarse, el Rey acude al último recurso, dejando caer la isla justo encima de sus cabezas, lo que causa estragos generales tanto en casas como en hombres. Pero a estos extremos rara vez tiene que llegar, ni quiere, el Monarca.

Tampoco sus propios ministros se atreverían a aconsejarle una medida así, que no solo los haría odiosos ante el pueblo, sino que ocasionaría graves daños a sus haciendas, situadas todas abajo, pues la isla es heredad del Rey.

Pero hay además otra razón más grave que impide a los reyes de este país llevar a cabo una acción tan violenta, excepto en extrema necesidad, y es que si la ciudad condenada a la destrucción tiene, como ocurre generalmente en las que son grandes —acaso para prevenir semejante catástrofe—, peñones de altura o torres y columnas altas de piedra, un descenso repentino de la isla puede poner en peligro la base o cara inferior de la misma que, aunque formada, como he dicho, de una masa diamantina de doscientas yardas de espesor, pudiera resquebrajarse con un choque tan violento, o reventar al acercarse demasiado al fuego de las viviendas, como le ocurre a menudo al revestimiento de piedra y hierro expuesto al fuego en nuestras chimeneas. Todo esto lo sabe muy bien el pueblo y lo tiene en cuenta a la hora de forcejear en lo que toca a su libertad y haciendas. El Rey, por su parte, cuando se siente provocado en grado sumo y ha decidido reducir una ciudad a escombros, ordena que la isla descienda muy suavemente, aparentando delicadeza con su pueblo, pero en realidad por miedo a quebrar la base diamantina de la isla, ya que en opinión de todos los sabios, en tal caso la piedra imán ya no podría sostenerla y toda se vendría abajo.

Unos tres años antes de mi llegada a este país, cuando el Rey estaba visitando sus dominios, como solía, ocurrió un extraordinario suceso que estuvo a punto de poner fin a la vida de aquella monarquía, al menos tal como estaba establecida. Lindalino, la segunda ciudad del reino, fue la primera que visitó en su recorrido. Tres días después de su partida, los habitantes, que con frecuencia se habían quejado de vivir oprimidos, cerraron las puertas de la ciudad, apresaron al gobernador, y con increíble rapidez y empeño levantaron cuatro grandes torres, una en cada esquina de la ciudad, que está trazada formando un cuadrado perfecto, las cuales igualaban en altura a un firme peñón puntiagudo que se alza en el mismo centro de la ciudad. Encima de cada torre, así como sobre el peñón, colocaron sendos imanes y, en previsión de fallos, hicieron provisión abundante de los materiales más combustibles, con la esperanza de hacer saltar con ellos la base diamantina de la isla si la idea de los imanes no tenía éxito.

Pasaron ocho meses antes de que el Rey tuviera noticia de la insurrección de los lindalinenses. Dio orden entonces de que la isla se situara sobre la ciudad. Sus habitantes se mostraban firmes y habían hecho acopio de víveres. Había un gran río que atravesaba la ciudad por el medio. La isla, por orden del Rey, se estuvo cerniendo sobre ellos varios días para privarlos del sol y de la lluvia. También ordenó que se dejaran colgando muchos cordeles, pero no hubo nadie que solicitara un favor, sino al contrario, le pidieron, audaces, reparación de sus agravios, grandes reivindicaciones, el derecho a elegir su propio gobernador y otras concesiones igualmente exorbitantes. Al saber esto, Su Majestad mandó a todos los habitantes de la isla que arrojaran grandes piedras desde la galería inferior sobre la ciudad, pero los vecinos de esta se habían anticipado a tal calamidad guarneciéndose con sus enseres en las cuatro torres y otros edificios sólidos, así como en refugios subterráneos.

Decidido ya el Rey a doblegar a este arrogante pueblo, dio orden de que descendiera lentamente la isla hasta quedar a unas cuarenta yardas de la cima del peñón y de las torres. Pero al ejecutarse la orden, los funcionarios encargados de aquella tarea advirtieron que el descenso era más rápido que de costumbre y que, aun haciendo girar el imán, no sin esfuerzo podían mantener la isla en posición firme, pues tendía a caer. Sin demora dieron cuenta al Rey del asombroso acontecimiento pidiendo a la vez permiso para remontar la isla. El Rey lo concedió y se convocó un Consejo General al que hicieron comparecer a los encargados de la piedra imán. Uno de los más veteranos y expertos de ellos fue autorizado para llevar a cabo un experimento. Para realizarlo tomó una fuerte cuerda de cien yardas y cuando la isla se hubo remontado saliendo del campo de atracción que habían sentido, ató al extremo un trozo de sustancia diamantina, mezclada con mineral de hierro, de igual composición que la base o cara inferior de la isla. Luego lo dejó caer despacio, desde la galería inferior, por encima de una torre. Pero esta plomada diamantina no había descendido cuatro yardas cuando el funcionario sintió un tirón tan fuerte hacia abajo que a duras penas pudo volverla a izar. Entonces lanzó otros fragmentos más pequeños de la misma sustancia y observó cómo era atraídos bruscamente por el extremo de la torre. Realizado el mismo experimento en las otras tres torres y en el peñón, se comprobó que el efecto era el mismo.

Este suceso hizo fracasar enteramente los planes del Rey y, para no extenderme más en pormenores, diré que se vio obligado a acceder a las condiciones estipuladas por la ciudad.

Un ministro importante me aseguró después que si la isla hubiera descendido hasta el punto en que ya no podía remontarse, los vecinos de la ciudad habían decidido apresarla para siempre, matar al Rey y a todos sus servidores y cambiar por completo el gobierno.

En virtud de una de las leyes fundamentales del reino se establece que ni el Rey ni ninguno de sus dos hijos mayores están autorizados para salir de la isla. La misma ley rige para la Reina mientras pueda tener hijos.

CAPÍTULO 4

El autor abandona Laputa, toma tierra en Balnibarbi y llega a la capital. Descripción de esta y su comarca. Un gran señor brinda hospitalidad al autor: conversación entre los dos

Aunque no pueda decir que me trataran mal en la isla, debo confesar que me sentí allí muy desatendido y en cierta medida menospreciado, pues ni el Rey ni la gente parecían mostrar la menor curiosidad por ninguna parcela del saber que no fueran las matemáticas o la música, terrenos en que yo estaba en manifiesta inferioridad y por tanto era estimado en poco.

Por otra parte, después de haber visto todas las curiosidades de la isla, estaba ya deseando abandonarla, pues me sentía profundamente hastiado de sus habitantes, que destacaban, ciertamente, en dos ciencias por las que siento gran estima, y en que estoy algo versado, pero a la vez están tan absortos y entregados a especulaciones que jamás he tratado con gente tan desagradable. En los dos meses que pasé allí solo pude conversar con mujeres, menestrales, espabiladores y pajes, con lo cual acabé haciéndome despreciable en grado sumo, pero estas eran las únicas personas de quienes pude recibir una respuesta sensata.

A fuerza de perseverancia había alcanzado yo un buen nivel de conocimientos de aquella lengua, y aburrido de estar confinado en una isla donde tan poco caso me hacían, decidí abandonarla en la primera ocasión.

Vivía un gran señor en la corte, pariente cercano del Rey y tratado por ello con respeto, pero considerado públicamente como la persona más necia y estúpida entre los cortesanos. Había prestado muchos y relevantes servicios a la Corona, poseía grandes virtudes, naturales y adquiridas, a las que su integridad y honradez servían de ornamento adecuado. Pero su sentido musical era tan deplorable que a menudo no sabía ni llevar el compás, defecto que sus enemigos no dejaban de divulgar. En cuanto a las matemáticas, solo a duras penas habían logrado sus tutores enseñarle a demostrar los teoremas más sencillos. Pero a mí me había dado muchas muestras de atención, honrándome a menudo con su visita, y pidiéndome que le informara sobre las cosas de Europa, leyes, usos y costumbres, así como de la cultura de los países por mí visitados. Solía escucharme con vivo interés, haciendo muy atinadas observaciones a todo lo que yo contaba. Por su alta condición le acompañaban dos espabiladores, pero nunca le eran necesarios, excepto en la corte o en visitas de cortesía, y cuando estábamos los dos a solas los despedía.

Yo encarecí a este ilustre personaje que intercediera en mi favor ante Su Majestad para que autorizara mi partida, ruego que cumplió, según me dijo amablemente, con pesar, pues aunque él me había hecho ventajosas ofertas para que permaneciera, yo hube de rechazarlas con muestras de la mayor gratitud.

El 16 de febrero me despedí de Su Majestad y la corte. El Rey me obsequió con un regalo que valía unas doscientas libras esterlinas, mientras que su pariente, y protector mío, me regalaba otro tanto, añadiendo una carta de recomendación para un amigo suyo de Lagado, la capital de tierra firme. Se cernía entonces la isla sobre una montaña situada a unas dos millas de aquella ciudad y, tal como había subido a ella, me dejaron descender desde la galería inferior.

El territorio sometido a soberanía del Rey de la Isla Volante recibe el nombre genérico de Balnibarbi, y su capital, como he dicho, se llama Lagado. No pude reprimir mi satisfacción al poner pie en terreno firme. Fui caminando hasta la ciudad sin cuidado, ya que iba vestido como los nativos y además lo bastante instruido para conversar con ellos. Pronto di con la casa del personaje a quien me habían recomendado, entregándole la carta de su amigo el noble de la isla, y siendo acogido con mucha cortesía. Este señor, cuyo nombre era Munodi, me asignó un aposento en su propia casa, donde permanecí durante mi estancia y me trataron con suma hospitalidad.

A la mañana siguiente de mi llegada, este señor me invitó a visitar la ciudad, que tiene aproximadamente la mitad de extensión que Londres, pero con edificaciones muy extrañas y en su mayoría víctimas de la desidia. Los transeúntes iban deprisa, tenían aspecto alocado, la mirada fija y la ropa en andrajos. Salimos por una de las puertas de la ciudad y recorrimos unas tres millas por el campo, donde vi trabajando la tierra a muchos labriegos con diversos utensilios, pero no pude imaginar qué era lo que estaban haciendo, ni advertí señal alguna de que cultivaran cereales o hierba, aunque la tierra parecía fértil. No pude menos de asombrarme ante aquellos extraños comportamientos, tanto en la ciudad como en el campo, y me decidí a pedir a mi guía que hiciera el favor de explicarme qué significaba aquella profusión de caras y brazos concentrados y ocupados por calles y campos, cuando no era capaz de descubrir efecto provechoso alguno, sino que, muy al contrario, jamás había visto tierras tan desdichadamente labradas, ni casas tan mal construidas y tan ruinosas, ni gente cuyo aspecto y vestimenta delatara tanta miseria e indigencia.

Este señor de Munodi era persona principal y había sido algunos años gobernador de Lagado, pero a causa de una intriga ministerial lo habían destituido por incompetencia. Sin embargo, el Rey lo seguía tratando con el afecto que merece un hombre bien intencionado pero de cortos alcances.

Cuando le dije sin rodeos lo que pensaba del país y sus habitantes, se limitó a replicarme que no llevaba suficiente tiempo entre ellos para formar un juicio y que cada país tiene sus costumbres, añadiendo otras razones de circunstancias. Pero cuando regresamos a su palacio, me pidió opinión sobre el edificio, preguntando qué rarezas notaba y qué tenía que objetar a la vestimenta y aspecto de sus servidores. Y ciertamente él podía preguntar sin reservas, pues todo lo que le rodeaba era magnífico, decoroso y noble. Le respondí diciendo que la prudencia, alcurnia y fortuna de Su Excelencia le habían librado de aquellas tachas que la necedad y la indigencia habían producido en otros.

Dijo entonces que si yo estaba dispuesto a acompañarle a su casa de campo, situada a unas veinte millas, donde estaban sus posesiones, habría más ocasión para conversar sobre estas cosas. Respondí a Su Excelencia que estaba enteramente a su disposición y, en consecuencia, partimos a la mañana siguiente.

Durante el viaje me hizo notar los distintos métodos de cultivo usados por los labriegos en sus tierras, totalmente inexplicables para mí, pues salvo en algunos sitios, poquísimos, no pude descubrir ni una espiga de cereal ni una brizna de hierba. Pero a las tres horas de recorrido el escenario cambió por completo: habíamos llegado a una hermosa campiña con casas de labranza esmeradamente construidas a corta distancia unas de otras, viñas cercadas, campos de mies y prados. No recuerdo haber visto un paisaje más grato a la vista. Advirtiendo entonces Su Excelencia cómo se me alegraba el semblante, me dijo, con gesto de resignación, que allí era donde empezaban sus propiedades y que así continuaban hasta que llegáramos a su casa. Por esto, por ser un ejemplo tan malo para el reino, por no administrar mejor sus negocios, era el hazmerreír y la deshonra de sus conciudadanos. Su conducta la imitaban muy pocos, sin embargo, solo aquellos que eran viejos, testarudos y mentecatos como él.

Llegamos por fin a la casa, que era ciertamente una noble mansión, construida según las normas mejores de la arquitectura antigua. Las fuentes, jardines, paseos, avenidas y arboledas que la rodeaban estaban distribuidas con sensatez y buen gusto. Elogié, como lo merecía, todo cuanto vi, sin que Su Excelencia me prestara la menor atención hasta después de cenar, momento en que, por estar a solas los dos, me expresó, en tono melancólico, su temor de verse obligado a demoler todas sus casas, tanto urbanas como campestres, para construirlas luego según el uso imperante, y a arrasar todos los cultivos, sustituyéndolos por los que exigía la moda actual, dando las mismas instrucciones a todos sus arrendatarios, so pena de que, si no lo hacía, le acusaran de soberbio, raro, afectado, ignorante y caprichoso; o de incurrir aún más en el desagrado de Su Majestad. Luego añadió que la admiración que parecía dominarme desaparecería, o sería menor, cuando me enterara de algunos pormenores que no habría oído mencionar en la corte, donde todos estaban demasiado absortos en sus especulaciones para prestar atención a lo que pasaba aquí abajo.

Resumiendo sus palabras, diré que unos cuarenta años antes, bien por negocios o por divertirse, subieron a la isla de Laputa ciertos personajes que al regresar cinco meses después poseían un ligero barniz de matemáticas, pero con la cabeza llena de ideas volátiles adquiridas en aquellas altas regiones. Ya de vuelta, estos personajes empezaron a aborrecer cuanto se hacía aquí abajo y dieron en imaginar remedios para cambiar de raíz todas las artes y ciencias, la lengua y la mecánica. Para lograr el cambio obtuvieron una patente real que les permitía erigir en Lagado una Academia de Proyectistas. Esta fantasía prendió tan hondamente entre la gente, que no existe una sola población de importancia en el reino donde falte una academia así. En estas escuelas los profesores idean nuevos métodos de cultivo y de edificación, inventan nuevos instrumentos y utensilios para todos los oficios y manufacturas, mediante los cuales, según se proponen, un hombre puede hacer el trabajo de diez y se puede construir un palacio en una semana con materiales tan resistentes que pueden durar eternamente sin reparaciones. De acuerdo con los mismos planes, todos los frutos de la tierra habrán de madurar en la estación que se nos antoje, multiplicándose por cien sobre los recolectados ahora. Hay otros proyectos, innumerables, tan beneficiosos como estos. El único inconveniente es que hasta la fecha ninguno de estos proyectos es todavía perfecto y, entretanto, todo el campo está yermo, las casas en ruina y el pueblo sin ropa ni alimento. Pero todo ello, en vez de desanimarlos, los hace empecinarse mucho más en la continuación de sus planes, empujados a la par por la esperanza y la desesperación. Por su parte, el señor de Munodi, que no tenía espíritu emprendedor, seguía contento, apegado a las viejas costumbres, viviendo en las moradas construidas por sus antepasados y comportándose, como ellos, en todos los aspectos de la vida, sin innovaciones. Otras personas de calidad y linaje habían hecho lo mismo que él, pero eran objeto de desprecio y malevolencia y considerados enemigos del arte, ignorantes y malos ciudadanos que preferían la propia comodidad y la pereza al progreso general de su patria.

Dicho lo que queda resumido, Su Señoría añadió que no quería, añadiendo pormenores, privarme del placer que sin duda me iba a proporcionar una visita a la Gran Academia, adonde había decidido que yo debía ir. Pero antes quiso que fuera a contemplar un edificio en ruinas situado en la falda de una montaña, a unas tres millas, y sobre el cual me explicó que, habiendo poseído un molino construido convenientemente a media milla de su casa, movido por las aguas de un caudaloso río y que cubría las necesidades de su propia familia y numerosos arrendatarios suyos, se presentó a él hacía unos siete años una comisión de estos planificadores con propuestas para demolerlo y construir otro en la falda de la montaña, en cuya cima había que excavar un largo canal que sirviera a un depósito de las aguas que, mediante tuberías y máquinas, iban a mover el molino. Se alegaba que el aire y los vientos de las alturas, al agitar estas aguas, las hacían más aptas para el movimiento y que aprovechando el declive bastaría para hacer girar las ruedas la mitad del agua que se necesitaba en una corriente que avanza en terreno llano. No gozando de gran favor en la corte y apremiado por muchos de sus amigos, se sometió al proyecto, y después de tener empleados cien hombres durante dos años vio malograda la obra y cómo los planificadores la abandonaban, echándole a él toda la culpa, y vilipendiándolo desde entonces, al tiempo que seguían sometiendo a otros a experimentos iguales, con las mismas seguridades de éxito, pero también con idéntico y decepcionante resultado.

Al cabo de unos días regresamos a la ciudad, donde Su Excelencia, considerando la pobre opinión que tenían de él en la Academia, y no queriendo aparecer allí, me recomendó a un amigo suyo para que me acompañase a visitarla. El señor de Munodi tuvo a bien presentarme como un gran admirador de los inventos y como persona aficionada al saber y propicia a la credulidad, en lo que no andaba errado, pues en mis años mozos yo había sido una especie de inventor.

CAPÍTULO 5

El autor recibe permiso para visitar la Gran Academia de Lagado. Descripción general de la Academia. Artes a que se entregan los profesores

No es la Academia un solo edificio compacto, sino una serie de casas contiguas a los dos lados de una calle, las cuales, según iban quedando abandonadas, se compraron y dedicaron a sede de la institución.

El director me acogió muy amablemente y repetí la visita durante muchos días. Había en cada habitación uno o dos inventores y calculo que debí de entrar en cerca de quinientas.

El primer hombre que vi tenía aspecto demacrado, las manos y la cara tiznadas, y el cabello y la barba largos, desgreñados y chamuscados. Su vestido y camisa eran del mismo color que la propia piel. Llevaba ya ocho años en el empeño de extraer rayos de sol de los pepinos, que luego quedaban herméticamente cerrados dentro de ampollas para que calentaran el aire cuando los veranos fueran crudos e inclementes. Según me dijo, estaba seguro de que con ocho años más sería capaz de procurar a los jardines del gobernador rayos de sol a coste módico, pero se quejaba de que el producto obtenido era exiguo y me rogó que le diera algo a manera de incentivo a su ingenio, ya que los pepinos habían sido muy caros aquella estación. Le hice un pequeño regalo, pues mi señor me había provisto de fondos para el caso, conociendo la costumbre que tenían de mendigar de quien acudía a visitarlos.

Pasé luego a otro aposento, pero en el acto me vi obligado a retroceder, casi vencido por un hedor insoportable. Mi guía me empujó hacia delante, pidiéndome encarecidamente al oído que evitara ofenderlos, pues lo tomarían muy a mal, así es que no me atreví siquiera a taparme la nariz. El inventor que ocupaba esta celda era el investigador más antiguo de la Academia. Tenía el rostro y la barba amarillentos y las manos y la ropa cubiertos de mugre. Cuando me presentaron a él, me dio un fuerte abrazo, gesto al que yo hubiera renunciado gustoso. Desde que se incorporó a la Academia su ocupación había consistido en restituir los excrementos humanos al estado primitivo de alimentos, separando sus componentes diversos, quitándoles el pigmento que reciben de la bilis, eliminando el olor y retirando las partes viscosas. Para esta empresa recibía un cupo semanal de deyecciones humanas que llenaban un recipiente del tamaño de una barrica de Bristol.

Luego vi a otro trabajando en la calcinación del hielo para convertirlo en pólvora, el cual me mostró un tratado escrito por él sobre la maleabilidad del fuego y que pensaba publicar.

Había también un ingenioso arquitecto que había

concebido un nuevo procedimiento de construir casas empezando por el tejado para acabarlas en los cimientos, método que justificaba ante mí citando el ejemplo semejante observado en dos precavidos insectos, la abeja y la araña.

Un ciego de nacimiento tenía varios aprendices con el mismo defecto. Su ocupación era la de mezclar colores para pintores; el maestro les enseñaba a distinguirlos por el tacto y el olfato. Fue una verdadera mala suerte que durante mi visita no mostraran un aprovechamiento muy perfecto y que el propio profesor, en general, se equivocara, pues a este artista lo apoyaba y estimaba toda la hermandad.

En otro aposento me sentí sumamente satisfecho al conocer un inventor que había descubierto un procedimiento de labrar la tierra por medio de puercos, para ahorrar así el coste de arados, yuntas y jornales. Consiste este método en enterrar, en un acre de tierra, cierta cantidad de bellotas, dátiles, castañas y otros piensos preferidos por estos animales, de seis en seis pulgadas y a unas ocho de profundidad. Luego se lleva allí una piara de seiscientos cerdos que hozando por todo el terreno en busca de comida lo dejarán en unos días listo para la sembradura y bien estercolado. Pero a decir verdad, puesto en práctica este método, resultó que el coste y la molestia eran muy grandes y además la cosecha, escasa o nula. Sin embargo, no existe duda de que este invento es susceptible de grandes mejoras.

Pasé luego a otra estancia cuyo techo y paredes estaban totalmente cubiertos de telarañas, salvo el estrecho pasaje por donde entraba y salía el artista ocupante. Al entrar yo me dijo a voces que procurara no tocar las telarañas. Hizo un lamento del fatal error en que había incurrido tanto tiempo el mundo utilizando gusanos de seda, cuando tenía a mano multitud de insectos domésticos que los aventajaban, pues eran capaces además de hilar y tejer. Alegaba también que haciendo uso de las arañas se podía ahorrar enteramente el coste de teñir la seda, de lo cual quedé plenamente convencido cuando él me mostró gran número de moscas de bellos colores con las que alimentaba las arañas, asegurándonos que sus telas cobrarían el tinte de las moscas y que, teniéndolas de todos los tonos, confiaba en complacer el capricho de todos, en cuanto lograra alimentos adecuados para las moscas, tales como gomas, aceites y otras sustancias viscosas que hicieran recias y resistentes las hebras.

También había un astrónomo, empeñado en colocar un reloj de sol sobre la gran veleta del Ayuntamiento, pretendiendo que se ajustase a los movimientos diurnos y anuales de la Tierra y el Sol y respondiese y se acoplara al viento, en todos los cambios accidentales de este.

Mi guía, como yo me quejaba de unos leves dolores de intestino, me llevó también al aposento en que residía un gran médico famoso porque curaba esta dolencia usando al revés sus instrumentos. Disponía de un gran fuelle dotado de una delgada cánula de marfil que introducía por el ano unas ocho pulgadas. Afirmaba que sacando el aire podía dejar las tripas tan limpias como una vejiga desecada. Sin embargo, cuando la dolencia era más grave y persistente, introducía la cánula a fuelle lleno y lo vaciaba de aire en el vientre del paciente; luego sacaba el instrumento para rellenarlo otra vez, manteniendo firmemente el pulgar en el orificio del trasero. Repetido esto tres o cuatro veces, el aire adventicio escapaba hacia fuera llevando consigo la causa del mal (como sale el agua de una bomba) y restableciéndose el enfermo. Yo pude ver cómo aplicaba los dos experimentos en un perro, pero no logré descubrir ningún efecto en el primero. Después del segundo, sin embargo, el animal llegó al extremo de reventar y su descarga fue tan violenta que mis acompañantes y yo quedamos asqueados. El perro murió en el acto y nosotros dejamos al médico tratando de resucitarlo por el mismo procedimiento.

Como aspiro a la brevedad no aburriré al lector contándole todas las cosas curiosas que vi al visitar otros muchos aposentos.

Hasta aquel momento no había visto más que una parte de la Academia, pues había otra destinada a los promotores del pensamiento especulativo, de los que hablaré cuando me haya ocupado de un ilustre personaje, llamado entre ellos «el artista universal». Este me contó a mí que llevaba treinta años ocupado en pensar cómo mejorar la vida humana. Disponía de dos amplias habitaciones llenas de maravillosos y curiosos objetos y de cincuenta hombres atareados. Unos estaban condensando el aire en una sustancia seca y tangible, extrayendo el nitrógeno y filtrando sus partículas acuosas y fluidas; otros se dedicaban a ablandar el mármol para utilizarlo en forma de almohadas y acericos; otros petrificaban los cascos de un caballo vivo para evitar que se desgastaran. El propio artista universal se entregaba entonces a dos grandes empeños: el primero consistía en sembrar las tierras con paja, donde residían, según él, las verdaderas virtudes germinativas, como él demostraba mediante varios experimentos que mi entendimiento no alcanzaba a comprender; el segundo aspiraba a impedir el crecimiento de la lana en dos tiernos corderos aplicando exteriormente una cierta mixtura de materias viscosas, minerales y plantas; el artista confiaba en poder, dentro de un tiempo prudencial, propagar la raza de ovejas sin lana por todo el reino.

Un paseo nos llevó a la otra parte de la Academia, donde, como he dicho, residen los cultivadores del pensamiento especulativo.

El primer profesor que visité estaba en una vasta estancia en la que le acompañaban cuarenta discípulos. Después de saludarnos, al verme contemplar muy interesado un bastidor que ocupaba —a lo largo y a lo ancho— la mayor parte de la estancia, me dijo que acaso me sorprendería verle entregado a un proyecto cuyo fin era mejorar el pensamiento especulativo valiéndose de operaciones de índole práctica y mecánica. Pero, añadió, el mundo pronto se daría cuenta de su utilidad; él, por su parte, se jactaba de que jamás había germinado en cabeza humana una idea más noble y excelsa. Todos sabemos, argumentaba, lo arduo que resulta el método tradicional de ascender a las alturas de las ciencias y las artes; en cambio, utilizando su artilugio, la persona más ignorante, a coste módico y con poco esfuerzo corporal, sería capaz de escribir libros de filosofía, poesía, jurisprudencia, matemáticas y teología, sin la menor ayuda del genio ni del estudio. Luego me hizo acercarme al bastidor, a cuyo alrededor se alineaban en pie todos sus discípulos. Se trataba de un cuadrado de veinte pies de lado, colocado en el centro de la estancia. La superficie la formaban cubos de madera del tamaño aproximado de un dado, unos mayores que otros, unidos entre sí por finos alambres y cubiertos en sus caras con papel pegado; en estos cuadrados de papel estaban escritas todas las palabras de su lengua, en sus distintos modos, tiempos y declinaciones, pero sin orden alguno. El profesor me pidió entonces que prestara atención, pues iba a hacer funcionar aquella máquina. Cada uno de discípulos a sus órdenes tomó en la mano una manivela de las cuarenta que se habían adaptado a los cuatro bordes del bastidor y dándole un giro repentino cambiaron enteramente el orden y las palabras visibles. Ordenó ahora a treinta y seis de aquellos mozos que leyeran en voz baja las líneas de palabras tal como aparecían en la cuadrícula y si encontraban tres o cuatro palabras juntas que pudieran formar parte de una oración se las dictaran a los otros cuatro muchachos, que eran los escribas. Esta operación se repitió tres o cuatro veces y a cada vuelta de la manivela —tal era el mecanismo del aparato— cambiaban las palabras de posición, según los cubos de madera se volcaban de arriba abajo.

Seis horas diarias se dedicaban estos jóvenes a semejante tarea y el profesor me enseñó varios volúmenes donde estaban recogidas en grandes folios frases truncadas que él pensaba articular para, luego de estos copiosos datos, ofrecer al mundo una suma total de todas las artes y ciencias que, sin embargo, podría aún mejorarse y recibir gran impulso si el público aportaba fondos suficientes para fabricar y utilizar quinientos aparatos así en Lagado y se obligara a los encargados de los mismos a formar un fondo común con sus respectivas colecciones de frases articuladas.

Me aseguró el profesor que su invento le había absorbido desde sus años mozos, que aquel tablero abarcaba todo el vocabulario de la lengua y que había establecido, analizando libros, un cálculo riguroso de la proporción general en que se presentaban en aquellos

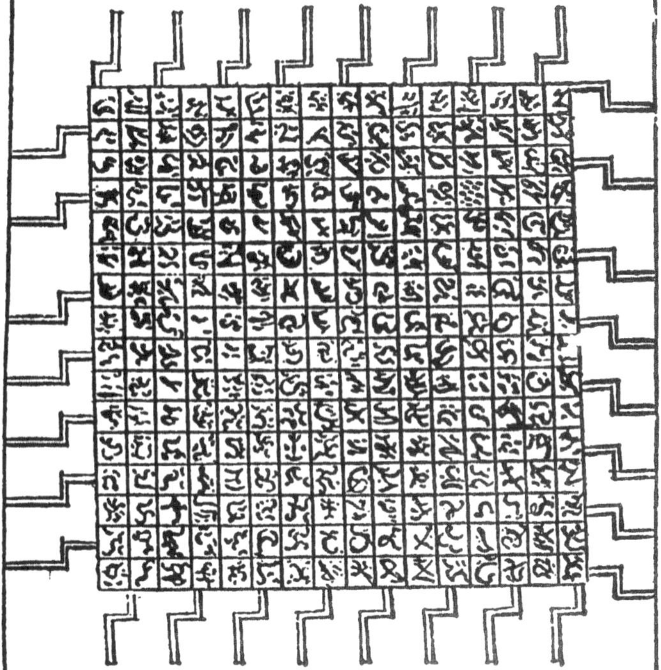

los nombres, verbos, partículas y demás partes de la oración.

Con los más humildes testimonios de gratitud a tan ilustre personaje por haberse mostrado tan comunicativo conmigo, le prometí que si alguna vez tenía la buena fortuna de regresar a mi patria no me olvidaría de proclamarle, como era justo, inventor de tan maravilloso ingenio, cuya forma y disposición pedí licencia para dibujar tal como aparece en la figura adjunta. Añadí que aunque entre los sabios de Europa había costumbre de robarse la paternidad de los inventos unos a otros, costumbre que tenía como única ventaja la controversia que originaba sobre quién era el auténtico descubridor, yo me encargaría sin embargo de que nadie le disputara todos los honores a él.

Pasamos luego a la Escuela de Lenguas, donde tres profesores deliberaban sentados sobre la manera de perfeccionar la de su propio país.

La primera iniciativa consistía en abreviar la comunicación humana reduciendo los polisílabos a monosílabos y eliminando verbos y participios, pues en realidad todas las cosas imaginables no son otra cosa que nombres.

Otro proyecto aspiraba a prescindir enteramente de todas las palabras, y se propugnaba tal idea como algo muy ventajoso por razones de salud y de brevedad. Pues es evidente que cada palabra que pronunciamos constituye una merma de nuestros pulmones por corrosión y contribuye, por tanto, a acortar nuestras vidas. Para remediar esta situación se proponía que, puesto que las palabras solo son nombres para designar *cosas*, sería más conveniente que todos los hombres llevaran consigo aquellas cosas que fueran necesarias para expresar el asunto concreto de que querían hablar. Y este proyecto se habría, sin duda, realizado, para mayor alivio y salud del hombre, si las mujeres, aliadas con plebeyos e ignorantes, no hubieran amenazado con la rebelión a menos que se las dejara hablar con la lengua, como hicieron sus antepasados; tan empedernidas e implacables enemigas de la ciencia son las gentes vulgares. Sin embargo, son muchos, entre los más prudentes y sesudos, los partidarios de la idea de expresarse mediante *cosas*, idea tarada de un solo inconveniente, a saber, que si el asunto que ha de tratar una persona es muy complejo o toca varios puntos, tiene que llevar encima, proporcionalmente, un fardo mayor de objetos, a menos que disponga de uno o dos criados fornidos para ayudarle. Tuve ocasión de contemplar a menudo a dos de estos sabios abrumados por el peso de los fardos, como los buhoneros entre nosotros, que al encontrarse en la calle se aligeraban de su carga, abrían los fardos y conversaban una hora entre sí, y luego volvían a cargar la impedimenta, ayudándose mutuamente a ello, y se despedían.

Para conversaciones breves, sin embargo, a un hombre le bastaba con llevar en los bolsillos o bajo el brazo los objetos que iba a necesitar. Y estando en su propia casa no había problemas; por eso en las habitaciones en que los practicantes de este arte se reúnen, ellos tienen a su alcance todas las cosas requeridas para facilitar este tipo de conversación artificial.

Otro gran beneficio que se pretende derivar de esta invención es el de que podría servir de lengua universal susceptible de entenderse en todas las naciones civilizadas, cuyos bienes y utensilios suelen ser iguales o muy semejantes, de suerte que sus usos pueden comprenderse fácilmente. Sería posible de esta manera que los embajadores estuvieran en condiciones de tratar con soberanos o ministros de Estado extranjeros, aunque desconocieran totalmente la lengua de estos.

Estuve también en la Escuela de Matemáticas, donde el maestro enseñaba a sus alumnos siguiendo un método difícilmente imaginable entre nosotros los europeos. Teorema y demostración se escribían limpiamente en una delgada oblea utilizando una tinta compuesta de un colorante cefálico. El estudiante, con el estómago en ayunas, la tragaba y durante tres días no ingería otra cosa que pan y agua. Al ser digerida la oblea, la tintura cefálica ascendía al cerebro, llevando consigo el teorema. Pero hasta aquella fecha no se había podido probar la eficacia del método, en parte por algún error en la dosis de los ingredientes y en parte por la perversidad de los muchachos, a quienes resulta tan nauseabunda la tal oblea que por lo regular logran vomitarla a hurtadillas antes de que pueda surtir efecto; por otra parte no se los ha podido convencer de que guarden ayuno todo el tiempo requerido por el método.

CAPÍTULO 6

Se continúa la descripción de la Academia. El autor sugiere algunas mejoras que se acogen cortésmente

En la Escuela de Planificadores Políticos no se excedieron en atenciones conmigo, pues sus profesores, a mi parecer, estaban enteramente desquiciados y este es un espectáculo que infaliblemente me sume en la melancolía. Estos desventurados elaboraban planes para persuadir a los monarcas de que escogieran a sus favoritos por su sabiduría, dotes personales e integridad; para enseñar a los ministros a tener en cuenta el bien común; para recompensar los méritos, la gran capacidad y los servicios eminentes; para hacer ver a los príncipes que los propios intereses deberían apoyarse en la misma base que los de su pueblo, y para confiar el desempeño de cargos públicos a personas capacitadas para ello. A estos se añadían otras descabelladas quimeras jamás concebidas por cabeza humana y que me confirmaron en la vieja idea de que no existe nada, por extravagante e insensato que parezca, que algún filósofo no lo haya tenido por verdadero.

Sin embargo, yo quisiera ser justo con esta escuela de la Academia reconociendo que no todos sus miembros eran tan visionarios. Había entre ellos un doctor de gran ingenio que parecía estar muy versado en cuanto atañía a la naturaleza y sistemas de gobierno. Este ilustre personaje había dedicado sus estudios, con mucho provecho, a indagar cuáles eran los remedios más eficaces contra todos los males e inmoralidades que aquejaban a los diversos tipos de administración pública a causa de los vicios y achaques de quienes gobiernan y del libertinaje de los que deben obedecer. Por ejemplo, mientras que todos los autores están de acuerdo en que hay un riguroso parecido universal entre el organismo humano y el organismo político, ¿puede existir la menor duda de que debe protegerse la salud de ambos y curar sus males mediante las mismas recetas? Se admite que un Senado o Gran Consejo padecen a menudo de humores superfluos o bullentes y de otras afecciones malsanas, acompañadas de muchas dolencias de cabeza y muchas más del corazón, con fuertes convulsiones y dolorosos calambres de nervios y fibras de ambas manos, pero singularmente de la derecha, con irritabilidad, flatulencia, vértigo y delirio, así como tumores escrofulosos llenos de purulencias fétidas, aparte de agrios eructos seguidos de espumarajos, de hambre canina y digestión imperfecta, sin contar otras alteraciones que no hace falta mencionar. Este doctor, por tanto, propuso que cuando se reuniera el Senado en asamblea, ciertos médicos deberían asistir a las tres primeras sesiones diarias y, al concluir el debate de cada día, tomar el pulso de cada senador, hecho lo cual, y tras considerar seriamente y consultar la naturaleza de las distintas dolencias y sus posibles remedios, habrían de volver al cuarto día al Senado, acompañados de sus respectivos boticarios, provistos a su vez de las medicinas apropiadas, para administrar a cada uno de sus miembros, antes de que se sentaran, los medios lenitivos, aperitivos, abstergentes, corrosivos, restringentes, paliativos, laxantes, acústicos y curativos del dolor de cabeza, de la ictericia y de la apoflema que cada caso requiriese; y según el curso que siguiera la enfermedad al aplicar estos remedios, repetirlos, cambiarlos o suspenderlos a la mañana siguiente.

Un proyecto semejante no habría de significar gran dispendio público y podría, en mi modesta opinión, beneficiar la tramitación de los asuntos en aquellos países donde el Senado participa en el poder legislativo, pues facilitaría la unanimidad, abreviaría los debates, abriría muchas bocas hoy cerradas y cerraría muchas más que hoy no se cierran. También pondría coto a la petulancia juvenil y corregiría la inflexible suficiencia de los viejos, siendo acicate para el simple y sordina para el descarado.

Además, debido a las quejas generales de que los favoritos de los príncipes adolecen de memoria olvidadiza, el mismo doctor sugería que todo el que visitara a un primer ministro, tras exponer su caso con la mayor concisión y en las palabras más claras, debía despedirse del susodicho personaje torciéndole la nariz, o con un puntapié en la barriga o un pisotón en los callos o tres tirones de orejas, o bien metiéndole un alfiler en los calzones o cubriéndole el brazo de cardenales para evitar que se olvidase, repitiendo la operación cada día de audiencia hasta que su petición quedara despachada, o denegada terminantemente.

En el mismo tenor aconsejaba que a todo miembro del Gran Senado de una nación, después de manifestar su opinión y de defenderla con argumentos, se le obligara a votar todo lo contrario, pues si así se hiciera, el resultado había de redundar en beneficio del pueblo.

Para los partidos que se enconaran en una nación, ofrecía un maravilloso remedio que los había de reconciliar, a saber, que se escogieran cien dirigentes de cada partido, emparejándolos luego por el tamaño de sus cabezas; entonces se encargaba a dos cirujanos cuidadosos que separasen con una sierra los occipucios de cada pareja al mismo tiempo, de forma que, trasplantándolos, el cerebro de cada uno pudiera quedar dividido en partes iguales. Logrado esto, deberían intercambiarse dos occipucios, trasplantándolos al otro miembro de la pareja. Parece ser este un trabajo que requiere cierta precisión, pero el profesor nos aseguró que si se ejecutaba con destreza la cura sería infalible, razonando así: si a dos medios cerebros les dejaba debatir un asunto entre sí dentro de un solo cráneo, llegarían a un buen acuerdo y alcanzarían esa moderación y esa mesura de pensamiento que tan deseables son en la cabeza de quienes se imaginan que han venido a este mundo solo a contemplar y dirigir sus movimientos. En cuanto a las disparidades de cerebros, tanto en cantidad como en calidad, el doctor nos aseguró, basado en su propio conocimiento, que eran absolutamente triviales.

Presencié también una acalorada discusión entre dos profesores sobre los medios más cómodos y eficaces de allegar fondos sin afligir a los ciudadanos. El primero era partidario de establecer un impuesto sobre el vicio y la necedad, asignando a cada contribuyente un tributo que fijaría de la manera más justa un consejo de vecinos. El segundo era de opinión totalmente opuesta, propugnando una contribución que gravara aquellas cualidades corporales e intelectuales por las que el hombre se valora principalmente a sí mismo, variando la cuantía del impuesto según el grado de excelencia, y quedando la estimación de esta excelencia al juicio personal de cada uno. El impuesto más elevado se les asignaría a las personas más favorecidas por el sexo contrario, con cuotas estimadas por el número y naturaleza de los favores recibidos, cuya autenticidad eran libres de demostrar los beneficiarios. De esta suerte se pretendía que el ingenio, la valentía y la cortesía tuvieran un gravamen considerable, que se recaudaría de manera semejante pidiendo a cada contribuyente, bajo palabra de honor, que declarara en qué grado poseía dichas cualidades. Pero en cuanto al honor, justicia, prudencia y sabiduría, son virtudes que no deben ser gravadas, pues pertenecen a una especie tan singular, que ningún hombre admitirá que las posee el prójimo ni las estimará en sí mismo.

Por lo que respecta a las mujeres, se proponía que pagaran tributo según su belleza y elegancia en el vestir, compartiendo aquí con los hombres el privilegio de fijar la cuota del impuesto según su propio juicio. Las virtudes de la constancia, la castidad, la discreción y la bondad natural no se gravarían, pues no compensaría el impuesto los gastos producidos al recaudarlo.

Otra idea se refería a los senadores. Para que fueran afectos a los intereses de la Corona se proponía que los cargos se sorteasen entre ellos y que cada uno prestara juramento comprometiéndose a votar a favor de la corte, tanto si ganaba como si perdía, y entonces los perdedores quedarían en libertad de rifarse el primer puesto vacante. De esta manera se mantendrían vivas la esperanza y la expectación y nadie se quejaría de incumplimiento de promesa, sino que achacaría enteramente a la fortuna sus decepciones, pues esta tiene las espaldas más anchas y fornidas que un ministerio.

Otro profesor me mostró un extenso pliego con instrucciones para descubrir un complot o una conspiración contra el Gobierno. Aconsejaba a los grandes estadistas que averiguaran la dieta de toda persona sospechosa y su horario de comidas, así como de qué costado dormían y con qué mano se limpiaban el trasero, y que analizasen sus excrementos para formarse, por el color, olor, sabor, consistencia de ellos y por la insuficiencia o perfección de la digestión, un juicio cabal de sus pensamientos y designios. En efecto, los hombres nunca están tan serios, pensativos y concentrados como cuando vacían el intestino, como había podido descubrir el sabio mediante frecuentes experimentos, pues en tal coyuntura, si la intención —incluso como simple experimento— era la de matar al Rey, la deyección solía tener un tinte verdoso, mientras que era totalmente distinta cuando el pensamiento solo tramaba una insurrección o el incendio de la capital del reino.

Todo este pliego estaba escrito con gran agudeza y contenía muchas observaciones no solo curiosas sino útiles para un político, pero a mi juicio insuficientes, lo que me atreví a declarar al autor, al tiempo que le ofrecía algunas adiciones mías. Él recibió mi ofrecimiento con mejor disposición de la que es normal entre escritores, en particular entre los de la especie planificadora, y me aseguró que aceptaría gustoso nuevas ideas.

Le dije entonces que en el reino de Tribnia, cuyos naturales llamaban Langden,[1] donde yo había residido, la mayoría de la población la formaban delatores, testigos, confidentes, acusadores, fiscales, declarantes y perjuros, amén de sus esbirros y subalternos, todos ellos sometidos a los colores, órdenes y sueldo de los ministros y sus secuaces. Si hay una conspiración en el reino, es generalmente obra de aquellas personas que aspiran a enaltecer su papel de políticos sagaces, a conferir nuevo vigor a una administración desquiciada, a sofocar o desviar el descontento general, a llenar sus arcas de bienes confiscados, y a acrecentar o menguar la confianza en el crédito del Estado, según convenga a su interés particular. Primero se ponen de acuerdo y deciden quiénes son los sospechosos que van a ser acusados de conspiración y entonces se procuran por todos los medios su correspondencia y otros escritos, metiendo en el calabozo con cadenas a sus poseedores. Luego se entregan estos papeles a un equipo de expertos, duchos en el arte de descubrir significados misteriosos en palabras, sílabas y letras. Por ejemplo, son capaces de averiguar que una silla-retrete significa el Consejo Privado; una manada de gansos, el Senado; un perro cojo, un invasor; una cabeza de bacalao... [algo vergonzoso]; la peste, un ejército permanente; un buitre, un primer ministro; la gota, un sumo sacerdote; la horca, un secretario de Estado; un orinal, una comisión de nobles; una criba, una dama de la corte; una escoba, una revolución; una ratonera, un cargo; un pozo sin fondo, el Tesoro; un sumidero, la corte; un bufón, un favorito; una

1. *Tribnia* es el anagrama de *Britain*, «Gran Bretaña», y *Langden*, de *England*, «Inglaterra».

vara rota, un tribunal de justicia; un tonel vacío, un general; y una llaga supurante, la Administración.

Cuando este método no da resultado, disponen de otros dos más eficaces, que los sabios del país llaman acrósticos y anagramas. El primero consiste en adjudicar a las iniciales significados políticos, por ejemplo: la N representa una conjuración; la B, un regimiento de caballería; y la L, una flota. El segundo estriba en permutar las letras de cualquier escrito sospechoso para así revelar los más ocultos designios de un grupo descontento. Si por ventura escribo una carta a un amigo diciendo: «De nuestro amigo Tom sí sé que tiene cubierto el riñón», un experto en estas artes es capaz de revelar cómo de las letras que forman esta frase se puede componer el mensaje siguiente: «Que no se descubran. Este otoño, sí». Y este es el método anagramático.

El profesor me manifestó con grandes muestras su gratitud por mis observaciones y prometió hacer mención honrosa de mi nombre cuando publicase su tratado.

No vi otra cosa en aquel país que aconsejara alargar mi visita, y así, empecé a pensar en mi regreso a Inglaterra.

CAPÍTULO 7

El autor parte de Lagado y llega a Maldonada. No encuentra barco listo para zarpar y emprende una corta travesía a Glubbdubdrib, donde le recibe el gobernador

El continente a que pertenece este reino se extiende, creo yo con fundamento, en dirección este hacia esa zona desconocida de América, al occidente de California y al norte del océano Pacífico, zona que no dista más de ciento cincuenta millas de Lagado, donde hay un buen puerto y comercio activo con la gran isla de Luggnagg, situada al noroeste, a unos 29 grados de latitud norte y 140 de longitud. Esta isla, con respecto al Japón, está a unas cien leguas al sureste. Existe una firme alianza entre el Emperador del Japón y el Rey de Luggnagg, gracias a lo cual hay frecuentes ocasiones de navegar de una a otra isla. En vista de ello decidí orientar mis pasos en esta dirección para poder regresar a Europa, así es que alquilé dos mulas, con un guía que me enseñara el camino, para transportar mi impedimenta, no muy grande. Me despedí, pues, de mi noble protector, que tantos favores me había dispensado y que todavía me hizo un generoso obsequio al partir.

No hubo accidentes ni aventuras dignos de mención en el viaje. Cuando llegué al puerto de Maldonada, pues tal es el nombre, no había ningún navío en el puerto que zarpara para Luggnagg ni indicios de que lo hubiera en algún tiempo. La ciudad es, más o menos, como Portsmouth. Pronto hice algunas amistades y me trataron con gran hospitalidad. Un caballero notable me dijo que, puesto que no habría barcos listos para zarpar hacia Luggnagg en menos de un mes, acaso no fuese desacertado, como recreo, hacer un corto viaje a la pequeña isla de Glubbdubdrib, distante unas cinco leguas en dirección suroeste. Él y un amigo suyo se brindaron a acompañarme y a facilitarme una pequeña lancha que sirviera para la travesía.

Glubbdubdrib, a lo que se me alcanza, es una palabra que significa «la isla de los hechiceros y magos». Su área es aproximadamente un tercio de la isla de Wight,[1] y la tierra es sumamente fecunda; la rige el cacique de cierta tribu compuesta toda de hechiceros. Los miembros de la tribu se casan solo dentro de ella, siendo príncipe o gobernador el más anciano, que dispone de una noble mansión con un parque de unos tres mil acres, cercado por una muralla, de piedra labrada, que se alza veinte pies del suelo. Dentro del parque existen varios recintos menores destinados al ganado, al cultivo de cereales o a huertos y jardines.

1. La isla de Wight, situada frente a la costa inglesa del canal de la Mancha, a corta distancia de Portsmouth, tiene 380 kilómetros cuadrados de superficie.

Sirven y atienden al gobernador y su familia varios domésticos de una especie desusada, pues dada su habilidad en las artes de la nigromancia, tienen el poder de conjurar de entre los muertos a quien se les antoje, asignándolos a su servicio por veinticuatro horas, pero ni una hora más. No pueden tampoco volver a llamar a la misma persona hasta transcurridos tres meses, a menos que se trate de un trance verdaderamente extraordinario.

Al llegar nosotros a la isla, a eso de las once de la mañana, uno de los caballeros que me acompañaban se presentó al gobernador a pedirle audiencia para un forastero que venía con el propósito de cumplimentar a Su Alteza. Se accedió al punto a esta petición y cruzamos los tres las puertas de palacio flanqueados por dos filas de guardias, armados y uniformados en muy anticuada usanza, con algo en sus semblantes que me hizo estremecerme con horror indescriptible. Pasamos luego por varios aposentos entre filas de criados de especie semejante, hasta llegar al salón de audiencia, donde, después de tres profundas reverencias y algunas preguntas de tipo general, se nos permitió tomar asiento en tres taburetes próximos al peldaño inferior de la escalinata del trono. Su Alteza entendía la lengua de Balnibarbi, aunque era distinta de la de su isla. Me pidió a mí que le diera alguna relación de mis viajes y, para que yo viera que me iba a tratar sin ceremonias, despidió a todo su séquito con un simple movimiento de dedos, ante el cual, con gran asombro mío, se esfumaron instantáneamente, como las visiones de un sueño cuando despertamos de repente. Tardé en reponerme del pasmo, hasta que el gobernador me aseguró que yo no sufriría daño alguno; y observando ya que mis dos acompañantes, duchos en este tipo de recepción, no mostraban inquietud alguna, empecé a cobrar ánimos y a contarle a Su Alteza una breve historia de mis diversas aventuras, aunque no sin cierto recelo y mirando a menudo detrás de mí al sitio donde antes había visto aquellos espectros domésticos. Tuve luego el honor de comer con el gobernador, ocasión en que nos atendió, sirviendo los manjares a la mesa, un nuevo grupo de fantasmas. Me di cuenta entonces de que me sentía menos aterrado que por la mañana. Permanecí allí hasta la puesta del sol, pero rogué humildemente a Su Alteza que me excusara de no poder aceptar su invitación a que me alojase en palacio. Mis dos amigos y yo pernoctamos en una casa particular de la ciudad vecina, que es la capital de esta pequeña isla, y a la mañana siguiente volvimos a palacio a presentar nuestros respetos al gobernador, tal como había tenido a bien pedirnos que hiciéramos.

En este tenor seguimos en la isla diez días, pasando con el gobernador la mayor parte de cada día y la noche en nuestra posada. La vista de fantasmas se me hizo tan familiar que pasados tres o cuatro días ya no me producían emoción alguna, o si me quedaban indicios de temor, se desvanecían ante mi curiosidad. Y es que Su Excelencia el gobernador me invitó a que conjurase de entre todos los muertos a cualquier persona que se me antojara y sin límite en el número, desde el principio del mundo hasta la actualidad, urgiéndome a que les mandara responder a cuantas preguntas considerase yo oportunas. Solo había una condición, a saber, que las preguntas se ciñeran al marco de la época en que cada difunto había vivido. También se me dio la certeza de que los interrogados me iban a decir la verdad, pues la mentira es una cualidad que no tiene cabida en el otro mundo.

Ante un favor tan especial, expresé al gobernador mi gratitud en términos respetuosos. Nos encontrábamos en un aposento desde el que se dominaba una hermosa vista del parque. Como mi primer antojo fue el de solazarme con escenas de pompas y magnificencia, quise ver a Alejandro Magno a la cabeza de su ejército tras la batalla de Arbela, y sin más, a una señal de dedo del gobernador, se presentaron en el campo que se extendía bajo nuestra ventana. Se hizo acudir a Alejandro a nuestro aposento. El griego que hablaba lo entendía yo con gran dificultad, pues mis conocimientos eran escasos. Me aseguró bajo palabra de honor que no había muerto envenenado, sino de resultas de unas fiebres debidas al abuso de la bebida.

Luego vi a Aníbal cruzando los Alpes, quien me dijo que no tenía una gota de vinagre en su campamento.[2]

Vi también a César y a Pompeyo a la cabeza de sus tropas, prestos a la lucha, y vi además a aquel en su último gran triunfo. Pedí luego que apareciera el Senado romano dentro de su gran cámara y en otra, en contraste, su moderno equivalente. El primero semejaba una asamblea de héroes y semidioses; el segundo, una caterva de buhoneros, rateros, salteadores y matones.

A petición mía, el gobernador, mediante una señal, hizo que César y Bruto se nos acercaran. A la vista de Bruto quedé sobrecogido de profunda veneración, y

2. Con estas declaraciones pone Swift en tela de juicio la leyenda según la cual Aníbal se abrió paso a través de los Alpes ablandando las peñas con fuego y vinagre. Las de Alejandro desmienten la leyenda de su muerte prematura, atribuida por algunos a envenenamiento.

pude fácilmente descubrir en él en grado sumo integridad excelsa, intrepidez y entereza de carácter, genuino patriotismo y benevolencia hacia la humanidad en general, patente todo en cada línea de su semblante. Noté con agrado que estos dos hombres se entendían bien entre sí, y César me confesó sin rodeos que las proezas más grandes de su vida no eran comparables, ni con mucho, a la gloria de quien se la arrebató. Tuve el honor de departir largamente con Bruto, quien me dijo que su antepasado Junio, así como Sócrates, Epaminondas, Catón el Joven y Tomás Moro estaban perpetuamente en su compañía formando un sextunvirato al que la historia no puede añadir un séptimo comparable.

Sería ocioso aburrir al lector con la relación de todos los personajes ilustres que comparecieron al conjuro para satisfacer mi insaciable deseo de ver delante de mí a la humanidad en todos los períodos de su historia. Lo que más agradaba a mi vista era contemplar a todos los exterminadores de tiranos y usurpadores y a los que devolvieron la libertad a naciones ultrajadas y oprimidas. Pero resulta imposible expresar la satisfacción íntima que recibí en términos que sirvieran al lector de solaz adecuado.

CAPÍTULO 8

Continúa la descripción de Glubbdubdrib y se rectifica la historia antigua y moderna

Deseando ver a aquellos hombres de la Antigüedad más afamados por su ingenio y sabiduría, dediqué un día a ello y solicité que Homero y Aristóteles aparecieran seguidos de todos sus comentaristas, pero estos últimos eran tan numerosos que hubo que recibirlos en el patio y habitaciones exteriores de palacio. Pude distinguir a estos grandes hombres al punto, no solo en la muchedumbre, sino entre sí. Homero era el más alto y apuesto de ambos, caminaba muy erguido para sus años y tenía los ojos más vivos y penetrantes que jamás he conocido. Pero Aristóteles andaba muy encorvado y tenía que usar bastón. Su semblante era demacrado, el pelo lacio y ralo y la voz hueca. Pronto descubrí que los dos eran totalmente desconocidos para el resto de la multitud de comentaristas, que no habían visto a ninguno ni oído hablar de ellos. Uno de aquellos espíritus, cuyo nombre callo, me dijo al oído que estos comentaristas se mantienen siempre muy distanciados en el otro mundo de los autores que comentan, por un sentimiento de vergüenza y culpabilidad que nace de haber interpretado tan falsamente para la posteridad el significado de estos autores. Presenté a Homero a Dídimo y Eustacio, pidiéndole que los tratara quizá mejor de lo que acaso merecían, pero él pronto descubrió que necesitaban un genio especial para penetrar en la mente de un poeta. Aristóteles perdió los estribos cuando le di cuenta de lo que habían dicho sobre él Duns Scoto y Ramus[1] al tiempo que se los presentaba. Luego les preguntó si el resto de aquella turba eran tan zopencos como ellos.[2]

Entonces rogué al gobernador que hiciera comparecer a Descartes y a Gassendi[3] pidiéndoles que explicaran sus sistemas a Aristóteles, quien sin rebozo reconoció sus propios errores en cuanto a la filosofía de la naturaleza, puesto que en muchos terrenos él había operado por conjetura, como tienen que hacer todos los hombres, pero vio que Gassendi, quien se había esforzado en hacer plausibles las doctrinas de Epicuro, así como los *vórtices* de Descartes,[4] estaban desacreditados

1. Comentarista medieval y crítico francés del siglo XVI, respectivamente. El primero, de los escolásticos más famosos; el segundo, Pierre de la Ramée, conocido como Petrus Ramus, precedió a Bacon en sus ataques a Aristóteles.

2. *Dunce* (= Duns), que traducimos «zopenco», alude a la torpeza de los seguidores del propio Duns, ridiculizados por los humanistas del siglo XVI.

3. Pierre Gassendi, filósofo francés (1592-1655), era, como Ramus, adversario del escolasticismo y el aristotelismo y defensor de la física de Epicuro, frente a la de Aristóteles y Descartes.

4. La teoría de los vórtices o torbellinos es fundamental en la física cartesiana y fue muy criticada en Inglaterra a fines del XVII y comienzos del XVIII.

por igual. Predijo la misma suerte al concepto de *atracción*,[5] tan celosamente defendido por los sabios modernos. Dijo que una nueva teoría de los fenómenos naturales no era más que una moda nueva destinada a cambiar con cada época y que incluso aquellos que pretenden demostrarlos a partir de principios matemáticos solo suelen gozar de fama un breve espacio de tiempo para pasar de moda en cuanto este transcurre.[6]

Estuve de plática otros cinco días con otros muchos sabios antiguos. Vi a la mayoría de los primeros emperadores romanos. Persuadí al gobernador de que conjurase a los cocineros de Heliogábalo para que preparasen una cena, pero no pudieron lucir sus artes por falta de elementos. Un ilota del rey Agesilao nos preparó un plato de caldo espartano, pero cuanto tomé una cucharada no fui capaz de repetir.

Los dos caballeros que me habían acompañado a la isla, apremiados por sus negocios, tuvieron que volver a sus residencias por tres días, tiempo que yo aproveché viendo algunos de los hombres más insignes fallecidos en Inglaterra y otros países europeos en los doscientos o trescientos últimos años. Siendo perpetuo admirador de las familias linajudas, le pedí al gobernador que hiciera aparecer una o dos docenas de reyes con sus antepasados sucesivos en las ocho o nueve generaciones anteriores. Pero mi desengaño fue doloroso e inesperado, pues en lugar de contemplar un largo cortejo de gentes que exhibían diadema real, vi en una

5. Se refiere a la ley de la gravedad, formulada por Newton, sabio que es a menudo blanco de las ironías de Swift.

6. En la disputa entre la filosofía de la naturaleza o científica y la humanística (moral), Swift toma el partido de los defensores de esta y expresa así su escepticismo ante aquella.

familia dos vihuelistas, tres petimetres y un prelado italiano; en otra un barbero, un abad y dos cardenales. Tengo demasiado respeto a las testas coronadas para detenerme en punto tan delicado. En cuanto a los condes, marqueses y duques, y gente así, no tengo tales escrúpulos. Y he de confesar que sentí algún placer al poder rastrear los rasgos que distinguen a ciertas familias hasta sus orígenes. Pude así ver claramente de dónde viene el mentón alargado de una familia; por qué en otra abundan los bellacos durante dos generaciones y los necios durante cuatro y por qué en una tercera aparecen los mentecatos y en una cuarta los tahúres. También pude explicarme por qué Polidoro Virgilio[7] pudo decir de cierta casa ilustre: *Nec vir fortis, nec femina casta* (ni varones fuertes, ni mujeres honestas), y cómo la crueldad, la perfidia y la cobardía se pueden convertir en características que retratan a una familia tanto como sus armas. Supe además quién fue el primero en contagiar de chancros a una noble familia, que luego se habían propagado en tumores escrofulosos a sus descendientes. Y en verdad que no pude sorprenderme de esto cuando vi la frecuente interrupción de linajes por pajes, lacayos, criados, cocheros, tahúres, vihuelistas, cómicos, jefecillos y rateros.

Me produjo sobre todo repugnancia la historia moderna, pues después de examinar con rigor lo que eran todos los personajes de mayor fama en las cortes de los soberanos en los últimos cien años, descubrí hasta qué punto el mundo había sido inducido por escritores sobornados a atribuir las mayores proezas de la guerra a cobardes, los consejos más prudentes a necios, sinceri-

7. Sacerdote italiano residente en Inglaterra en el siglo XVI.

dad a los aduladores, integridad a los traidores de su patria, devoción a los ateos, castidad a los sodomitas y veracidad a los soplones. Vi también cuántos inocentes de valía habían sido condenados a muerte o destierro por la influencia de grandes ministros sobre jueces venales y por la mala voluntad de las camarillas, cuántos malvados habían sido exaltados a los puestos de mayor confianza, poder, dignidad y provecho. Pude ver qué papel tan importante desempeñaban en las acciones y asuntos de las cortes, consejos y Senado las alcahuetas, las rameras, los rufianes, los parásitos y los bufones. ¡Qué pobre opinión saqué de la cordura e integridad humanas cuando me enteré cabalmente de los resortes y causas que mueven las grandes empresas y revoluciones del mundo y de los accidentes a que deben su éxito!

Entonces descubrí la picardía e ignorancia de quienes pretenden relatar *anécdotas* o historia secreta y que mandan a tantos reyes a la tumba con una copa de veneno, que son capaces de reproducir la conversación entre un príncipe y su primer ministro cuando no había testigos presenciales, que desvelan el pensamiento y los secretos de embajadores y ministros de Estado y tienen la perpetua desgracia de equivocarse. Entonces descubrí también las verdaderas causas de muchos grandes sucesos que han sorprendido a los hombres, cómo una cortesana puede manipular las camarillas secretas y estas un Consejo y este un Senado. Un general admitió delante de mí que había logrado una victoria a fuerza de cobardía y torpeza, y un almirante, que, por falta de adecuada información, había derrotado a un enemigo a quien pensaba entregar su flota. Tres reyes me aseguraron que a todo lo largo de sus reinados ni una sola vez habían favorecido a una persona de mérito salvo por equivocación o engaño de algún ministro en el que confiaron, añadiendo que, de volver a vivir, no harían otra cosa, demostrándome, con razones de gran peso, que el trono de un rey no puede mantenerse si no es con la corrupción, pues esas cualidades positivas, ese aplomo y esa obstinación que la virtud infunde al hombre constituyen obstáculo continuo para los negocios públicos.

Sentí también la curiosidad de averiguar singularmente por qué medios muchas personas se habían procurado importantes títulos de nobleza y cuantiosas fortunas, limitando mi indagación a un período reciente; sin embargo, aun sin escarbar en la época actual, porque quería estar seguro de no dar motivo de ofensa, ni siquiera a los extranjeros —pues espero que no haya que advertir al lector de que no hay la menor alusión a mi patria en lo que ahora estoy contando—, debo decir que, tras haber sido convocado un gran número de personajes, me bastó un examen muy ligero para descubrir tal espectáculo de infamia que no puedo considerarlo sin cierta preocupación. El perjurio, la opresión, el soborno, el fraude, la alcahuetería y otros males semejantes quedaban entre las artes más disculpables que tenían que mencionar, y yo, como es natural, las disculpaba. Pero cuando algunos de ellos confesaron que debían su alta posición y riqueza a la sodomía o al incesto, otros a haber prostituido sus esposas e hijas; otros a haber traicionado a su patria o a su soberano; otros a envenenamientos y algunos más a haber pervertido la justicia con objeto de eliminar inocentes, entonces espero que se me perdone si tales descubrimientos hicieron mermar aquella profunda veneración que siento por naturaleza hacia las personas de elevada condición, a quienes los inferiores debemos tratar con el máximo respeto a que es acreedora su sublime dignidad.

Yo había leído a menudo sobre los grandes servicios prestados a príncipes y Estados, y quise ver a las personas que los habían realizado. Al indagar esto me dijeron que los nombres no aparecían en documento alguno, excepto algunos a quienes la historia había descrito como los más infames bellacos y traidores. En cuanto a los demás, yo jamás había oído hablar de ellos. Presentaban todos aspecto abatido, vestían las ropas más miserables y la mayoría me contaban cómo habían muerto en desgracia y pobreza mientras que los otros habían acabado en la horca o el cadalso.

Había un caso, entre otros, que me pareció singular. Se trataba de un hombre acompañado de un muchacho de dieciocho años. Me dijo que había mandado muchos años una nave y que en la batalla naval de Actium había tenido la suerte de hacer brecha en el grueso de la armada enemiga hundiendo tres de sus navíos y apresando un cuarto, lo cual bastó para poner en fuga a Antonio[8] y para la victoria resultante, y que el joven a su lado, su único hijo, había muerto en la batalla. Añadió luego que, acabada la guerra y confiando en alguna recompensa, había ido a Roma y solicitado en la corte de Augusto[9] que le confiaran el mando de una nave mayor, cuyo capitán había muerto; pero sin hacer caso a sus deseos, se lo encomendaron a un mozalbete, hijo de una liberta que atendía a una concubina

8. Marco Antonio el triunviro, que unió sus fuerzas navales a las de Cleopatra.

9. Octavio Augusto, vencedor de la batalla, por la defección de Cleopatra.

del Emperador, y que jamás había visto el mar. Al regresar a su nave se le acusó de negligencia en sus deberes y aquella fue confiada al paje del vicealmirante Publícola.[10] Esto le hizo retirarse a una granja modesta, muy lejos de Roma, donde acabó sus días. Era tal mi curiosidad por saber la verdad de los hechos que pedí ver a Agripa,[11] quien había sido almirante en aquella batalla. Apareció este y confirmó la versión del capitán, pero ensalzándolo más, pues en su modestia aquel había atenuado o callado una gran parte de sus méritos.

Quedé sorprendido al ver en qué grado y con qué rapidez se había propagado la inmoralidad en aquel imperio como consecuencia del lujo y desenfreno tan recientemente difundidos, lo cual hizo que no me extrañasen tantos casos semejantes de otros países, donde ha imperado el vicio en todas sus formas mucho más tiempo, y donde toda la gloria y todo el botín los ha acaparado el jefe supremo, que era acaso quien menos derecho tenía a ambos.

Como cada personaje de los que aparecían se presentaba tal como era en vida, hube de reflexionar con melancolía al advertir cuánto había degenerado la raza humana entre nosotros durante los últimos cien años, cómo los chancros, con todas sus secuelas y variedades, habían alterado los rasgos de un semblante inglés, mermando la estatura física, aflojando los nervios, debilitando los tendones y los músculos, provocando la palidez de la piel, y cómo la carne había perdido tersura y lozanía.

10. No Publio Valerio (siglo III a. C.), que lleva justamente este apodo por su gran popularidad.

11. Marco Vipsanio Agripa es considerado el más grande organizador militar del Imperio romano y creador de la primera flota permanente romana.

En mi curiosidad me rebajé incluso a pedir que apareciera algún hidalgo inglés de los antiguos, antaño famosos por la sencillez de modales, mesa y vestido, por su integridad en los negocios, por su verdadero espíritu de libertad, y por su valentía y amor a la patria. Y no pude menos de conmoverme tras comparar los vivos con los muertos al considerar cómo todas aquellas virtudes nacionales puras las habían prostituido por unas monedas sus propios nietos, quienes al vender los votos y manipular las elecciones habían adquirido todos los vicios y corruptelas que se puedan aprender en una corte.

CAPÍTULO 9

Regreso del autor a Maldonada. Zarpa para el reino de Luggnagg. Lo detienen a la llegada. Lo llaman a la corte. Protocolo de admisión en esta. Clemencia del Rey hacia sus súbditos

Llegado el día de nuestra partida, fui a despedirme de Su Excelencia el gobernador de Glubbdubdrib y regresé con mis dos acompañantes a Maldonada, donde tras dos semanas de espera hubo un barco listo para zarpar hacia Luggnagg. Estos dos caballeros y algunos otros tuvieron la gentileza de proveerme de víveres y de acompañarme hasta que embarqué. En el viaje tardé un mes. Padecimos una violenta tempestad y nos vimos forzados a virar con rumbo oeste para aprovechar los alisios que suelen soplar por más de sesenta leguas. El 21 de abril entramos en la ría de Clumegnig, ciudad portuaria situada en la punta sureste de Luggnagg. Fondeamos a menos de una legua de la ciudad y pedimos por señales un piloto. Antes de media hora se presentaron a bordo dos prácticos, quienes nos condujeron, entre arrecifes y bajíos muy peligrosos, hasta una gran dársena, donde una flota puede acercarse sin riesgo a las murallas hasta la distancia de un cable.[1]

Algunos de nuestros marineros, fuera por perfidia o por descuido, habían dicho a los pilotos que yo era un importante viajero extranjero, de lo que estos informaron a un funcionario de la aduana que me hizo objeto de minuciosa indagación al desembarcar. Me habló el aduanero en la lengua de Balnibarbi, que, a causa del comercio con este país, comprenden en aquella ciudad especialmente los marineros y empleados de la aduana. Yo le hice un relato sucinto, con algunos pormenores, procurando darle verosimilitud y coherencia, pero juzgué necesario ocultar mi patria verdadera, y dije que era Holanda, pues siendo mi intención dirigirme al Japón, yo sabía que los holandeses eran los únicos europeos a quienes se permitía la entrada en aquel país. Así pues, le conté a aquel funcionario que habiendo naufragado en la costa de Balnibarbi me habían lanzado las olas sobre un arrecife y de allí me habían izado a Laputa, la Isla Volante (de la que él tenía frecuentes noticias), donde me habían recogido. Añadí que mi propósito ahora era llegar al Japón, pues allí podría encontrar algún medio de regresar a mi patria. El aduanero me replicó entonces que tendría que quedar detenido hasta que recibiera instrucciones de la corte, a la que pensaba escribir inmediatamente, confiando en recibir respuesta al cabo de dos semanas.

1. Un cable es aproximadamente la décima parte de una milla náutica, es decir, cerca de 200 metros.

Me llevaron a un alojamiento adecuado y situaron un centinela a la puerta; pude, sin embargo, moverme en un espacioso jardín con libertad y me trataron bastante humanamente; los gastos corrían a cargo de la Corona. Vinieron a visitarme varias personas, especialmente curiosos, pues se divulgó la voz de que yo venía de países muy remotos de los que jamás habían oído hablar.

A un joven que había llegado en el mismo barco lo contraté como intérprete. Era natural de Luggnagg, pero había vivido algunos años en Maldonada, de suerte que dominaba bien ambas lenguas. Gracias a su ayuda me fue posible mantener una conversación con quienes acudían a verme, pero el diálogo se reducía a sus preguntas y mis respuestas.

A su debido tiempo llegó un despacho de la corte que contenía una orden para que a mí y a mi séquito nos trasladaran a Traldragdubb o Trildrogdrib (pues según recuerdo se puede pronunciar de las dos maneras) en una comitiva de diez caballos. Como todo mi séquito consistía en aquel pobre mozo que me servía de intérprete, a quien persuadí de que siguiera a mi servicio, pedí humildemente que nos dejasen una mula a cada uno. Un emisario, con media jornada de adelanto, nos precedió en el viaje para anunciar al Rey nuestra llegada y pedirle que se fijara día y hora en que se sintiera dispuesto a concederme el honor de «lamer el polvo delante de su escabel». Esta es la expresión que se estila en aquella corte y hube de descubrir que era algo más que pura etiqueta. En efecto, cuando a los dos días de mi llegada iba a ser admitido a la presencia del Rey, me ordenaron arrastrarme de barriga lamiendo el suelo conforme avanzaba, pero, por ser yo extranjero, se tuvo especial cuidado en dejarlo lo más limpio posible para que el polvo no resultara desagradable. Sin embargo, este es un favor especial solo dispensado a personas del más alto rango que desean ser recibidas en audiencia. Porque puede incluso ocurrir a veces que echen polvo adrede, si la persona que quiere ser recibida tiene enemigos poderosos en la corte. Tuve ocasión de ver a un gran señor con la boca tan atiborrada que cuando había llegado, a rastras, a la distancia del trono prescrita, fue incapaz de pronunciar una palabra. Y no hay manera de evitarlo, pues se castiga con la pena capital a quienes, admitidos, escupen o se frotan los labios en presencia de Su Majestad. Hay, es verdad, otra costumbre que no puedo aceptar y es que, cuando el Rey desea la muerte a uno de sus nobles y quiere mostrarse benévolo e indulgente, ordena esparcir por el suelo ciertos polvos parduzcos con ingredientes mortíferos que matan infaliblemente a quien los lame en veinticuatro horas. Pues para ser justos en cuanto a la gran clemencia de este monarca y el cuidado que presta a la vida de sus súbditos (en lo que sería muy de desear que lo imitaran los soberanos europeos), se debe hacer constar en su honor que hay orden tajante de que se laven bien, tras cada ejecución, las partes infectadas del suelo, so pena de incurrir en el enojo real los criados que descuiden tal encargo. Yo mismo presencié cómo el Rey ordenaba que azotasen a uno de sus pajes a quien correspondía avisar de que lavaran el suelo después de una de estas ejecuciones y que por mala intención no lo había hecho; esta negligencia acarreó el desgraciado envenenamiento de un joven noble de gran porvenir que esperaba audiencia, aunque el Rey, a la sazón, no tramaba nada contra su vida. Pero este buen monarca tuvo a bien perdonar indulgentemente los azotes bajo promesa de que la falta no volviera a repetirse sin orden especial.

Para no perderme en digresiones diré que cuando me había arrastrado hasta unas cuatro yardas del trono, me incorporé suavemente sobre las rodillas y tras golpear siete veces la cabeza contra el suelo pronuncié las siguientes palabras, tal como me las habían enseñado la noche antes:

Ickpling gloffthrobb squutserumm blhiop mlashnalt zwin tnodbalkguffh slhiophad gurdlubh asht.

Esta es la fórmula de cortesía establecida por las leyes del país para quienes acceden a la presencia del Rey y que podría traducirse así: «Que Vuestra Majestad Celestial sobreviva al sol once lunas y media». A esto contestó el Rey con unas palabras a las que, aunque no las pude entender, repliqué, como me habían indicado, con las siguientes: *Fluft drin yalerick dwuldom prastrad mirpush*, lo que literalmente significa: «Mi lengua está en la boca de mi amigo», pero que quería decir que yo pedía licencia para llevar un intérprete. En consecuencia trajeron al punto al joven ya mencionado y merced a él respondí a cuantas preguntas pudo hacerme el Rey en más de una hora. Yo hablaba en la lengua de Balnibarbi, que mi intérprete traducía a la de Luggnagg.

El Rey quedó muy complacido de mi visita y ordenó a su *Bliffmarklub* o gran chambelán que asignara un aposento en la corte para mí y mi intérprete, aparte de una pensión diaria para alimentos y una buena bolsa de oro para mis gastos corrientes.

Pasé tres meses en aquel país en obediencia de los deseos de Su Majestad, que se mostraba sumamente gustoso en favorecerme y que me hizo honrosos ofrecimientos. Pero me pareció más acorde con la justicia y la prudencia pasar el resto de mis días con mi mujer y familia.

CAPÍTULO 10

Alabanza de los luggnaggienses. Descripción detallada de los inmortales, donde se incluyen varias conversaciones entre el autor y personas eminentes sobre el asunto

Son los luggnaggienses un pueblo discreto y generoso, y aunque no carecen de ese orgullo que caracteriza a todos los orientales, se muestran corteses ante los extranjeros, singularmente ante aquellos que ven protegidos por la corte. Trabé amistad con personas de la mejor sociedad y, con la ayuda constante de mi intérprete, las conversaciones no resultaron molestas.

Rodeado un día de selecta compañía, me preguntó una persona importante si había visto alguno de los *struldbruggs* o «inmortales» del país. Le respondí que no, pidiéndole que me explicara qué significaba tal nombre aplicado a seres humanos. Me dijo que algunas veces, aunque raras, ocurría que en una familia nacía un niño marcado con una mancha roja circular en la frente, justo sobre la ceja izquierda, lo cual era indicio infalible de que nunca iba a morir. Esta marca, tal como la describía, tenía el perímetro de una moneda de plata de tres peniques, pero con el tiempo crecía y cambiaba de color; así, a los doce años se había puesto verde, color que conservaba hasta los veinticinco, en que se tornaba azul oscuro; a los cuarenta y cinco se volvía negro azabache y tenía el diámetro de un chelín inglés. Después permanecía inalterable. Añadió que siendo tan insólitos estos nacimientos no pasarían de mil cien los *struldbruggs* de uno y otro sexo en todo el reino, de los cuales calculaba que vivirían unos cincuenta en la capital. Entre los restantes había una niña nacida unos tres años antes. Aclaró luego que estos nacimientos no eran típicos de familias determinadas, sino mero producto del azar, y que los propios hijos de los *struldbruggs* eran tan mortales como la demás gente.

Debo admitir que me quedé atónito y presa de indescriptible gozo al oír esta revelación. Como resulta que mi informante conocía la lengua de Balnibarbi, que yo hablaba muy bien, no pude menos de prorrumpir en expresiones acaso un poco exageradas. Arrebatado por la emoción, exclamé: «¡Feliz nación aquella donde, al nacer, los niños pueden contar con la inmortalidad! ¡Feliz el pueblo que disfruta de tantos ejemplos vivos de antiguas virtudes y que posee maestros prestos a instruirle en toda la sabiduría de tiempos pasados! Pero los más dichosos, sin parangón posible, son esos excelentes *struldbruggs* que, libres al nacer de esa calamidad universal del género humano, viven despreocupados y desenvueltos, sin la pesadumbre y la congoja que causa el perpetuo temor a la muerte». No pude ocultar mi asombro al no observar en la corte a ninguno de estos notables personajes, pues siendo la mancha negra de la frente un rasgo tan llamativo, no podía haber dejado de notarlo y me parecía imposible que Su Majestad, monarca de suma cordura, no se hubiera provisto de un buen número de tan prudentes consejeros. Pero acaso la integridad de estos venerables sabios era demasiado rígida para las depravadas y licenciosas costumbres cortesanas, pues a menudo nos enseña la experiencia que los jóvenes son demasiado tercos y volubles para dejarse guiar por los serenos consejos de sus mayores. Ahora bien, puesto que el Rey se había dignado dejarme acceder a su real persona, tomé la decisión de hacerle saber mi parecer sobre este punto en la primera ocasión, sin reservas y por extenso, con ayuda de mi intérprete. Pero, aceptara o no mis consejos, a una cosa sí estaba decidido, y era a establecerme en aquel país, que tantas veces me había ofrecido Su Majestad, favor que yo aceptaría sumamente agradecido, para así pasar la vida en aquel reino conversando con aquellos seres superiores, los *struldbruggs*, si estos me lo permitían.

El caballero a quien expuse estas razones porque hablaba, como ya he señalado, la lengua de Balnibarbi, me dijo con la sonrisa conmiserativa que suele aparecer hablando a los ignorantes, que se alegraría de facilitarme mi deseo y que si se lo permitía yo, contaría a los presentes lo que yo había dicho. Así lo hizo y estuvo un rato hablando con ellos en su propia lengua, de la que yo no entendía nada. Tampoco pude inferir de sus semblantes qué impresión les hacían mis palabras. Tras un breve silencio mi interlocutor me informó de que sus amigos, y míos (pues así consideró que debía expresarse), habían quedado sumamente complacidos por las sensatas observaciones que hice sobre la felicidad y ventajas de una vida inmortal y que desearían singularmente conocer qué plan de vida hubiera adoptado yo de haberme caído en suerte el nacer *struldbrugg.*

Contesté en primer lugar que era fácil mostrarse elocuente en un tema tan denso y agradable, en particular para quien, como yo, había tendido con harta frecuencia a solazarse pensando en lo que haría si fuera rey, general o gran señor. En esta misma disposición también había ideado yo enteramente lo que haría de mí mismo y del tiempo, si estuviera seguro de vivir eternamente.

Así, de haber decretado la suerte que yo viniera al mundo como *struldbrugg*, tan pronto me hubiese percatado de mi buena fortuna al ver la diferencia entre vida y muerte, lo primero que decidiría sería procurarme riquezas por cualquier medio o arte; perseverando en esta idea, con frugalidad y buena administración, no era desatinado suponer que me haría en unos doscientos años el hombre más rico del reino. En segundo lugar, y desde la más temprana mocedad, me entregaría al estudio de las artes y las ciencias, lo que me permitiría con el tiempo aventajar a los demás en sabiduría. Finalmente, anotaría con cuidado todos los actos y sucesos que acontecieran en la vida pública, trazando imparcialmente las semblanzas de las distintas dinastías reales y de los ministros sucesivos, y añadiendo mis comentarios personales en cada caso. Anotaría también los diferentes cambios que se produjeran en las costumbres, usos idiomáticos, modas de vestir, comidas y diversiones. Gracias a estos conocimientos adquiridos me convertiría en un vivo tesoro de ciencia y sabiduría y, sin duda, en el oráculo de la nación.

Cumplidos los sesenta años no se me ocurriría casarme, sino que viviría practicando la hospitalidad, pero sin despilfarro. Me ocuparía en formar y orientar la mente de los jóvenes que prometen, convenciéndolos, mediante mis recuerdos, experiencias y observaciones, reforzados con copiosos ejemplos, de la eficacia de la virtud tanto en la vida pública como en la privada. Pero mis compañeros constantes preferidos habían de ser un grupo de mi cofradía de inmortales entre los cuales escogería una docena, desde los más ancianos hasta mis contemporáneos. Si alguno de ellos careciera de fortuna, yo le facilitaría posada cerca de mis propiedades, para poder sentar siempre a mi mesa a algunos de ellos mezclados solo con unos cuantos de los más insignes entre los que sois mortales, de quienes con el tiempo, que endurece el ánimo, prescindiría con poco pesar o ninguno, lo mismo que de vuestra descendencia, de igual manera que uno se deleita cada año con la sucesión de las clavellinas y tulipanes en su jardín, sin lamentar la pérdida de las que se marchitaron el año anterior.

Estos *struldbruggs* y yo nos comunicaríamos mutuamente a lo largo del tiempo nuestras observaciones y recuerdos, señalando los diversos grados de penetración de la maldad en este mundo para hacerle frente a cada paso; lo cual, sumado a la eficaz influencia de nuestro ejemplar comportamiento, había de impedir probablemente la continua degeneración de la condición humana, tan justamente lamentada en todos los tiempos.

Añádase a todo esto el gozo de poder presenciar las distintas revoluciones de Estados e imperios, los cambios que se producen en el alto y en el bajo mundo, la ruina de antiguas ciudades y la ascensión de oscuras ideas a sedes de reyes, sin olvidar los ríos famosos cuyos caudales menguan y se quedan en someros riachuelos, las costas desecadas por el retroceso del océano y las inundadas por la invasión de las aguas, los descubrimientos de tierras incógnitas, la barbarie adueñándose de las naciones más refinadas y la civilización extendiéndose a los pueblos más atrasados. Entonces podría yo contemplar el descubrimiento de las distancias terrestres y celestes, del movimiento continuo, de la panacea universal y el perfeccionamiento absoluto de otros grandes inventos.

¡Qué maravillosos descubrimientos presenciaríamos en la astronomía al poder sobrevivir a nuestras predicciones y confirmarlas, al observar el avance y reaparición de los cometas, así como los cambios de movimiento en el sol, la luna y las estrellas!

A este tenor me fui extendiendo en otros temas que mi natural deseo de inmortalidad y de felicidad en la tierra me proporcionaba sin esfuerzo. Cuando hube concluido y se había traducido, como antes, un resumen de mis razonamientos al resto de la concurrencia, hubo abundantes comentarios entre ellos en la lengua del país, sin que faltara alguna risa a costa mía. Por último, el caballero que había hecho de intérprete me anunció que los demás le pedían que disipara algunos de los errores en que yo había incurrido a causa de la común estupidez del ser humano, lo cual los hacía disculpables. Me aclaró que esta estirpe de los *struldbruggs* era peculiar de aquel país y no se daba ni en el Japón ni en Balnibarbi, donde, por haber tenido el honor de ser embajador de Su Majestad, había descubierto que los nativos de ambos reinos se resistían tenazmente a creer que tal cosa fuera posible, y que por el estupor que yo había manifestado al darme la primera noticia parecía que la recibía como algo totalmente insólito y difícilmente creíble. Había notado en los dos países citados, donde durante su estancia trató a muchas personas, que el deseo y aspiración de toda la gente era la longevidad, que el que ya tenía un pie en la tumba se esforzaba como podía por mantener el otro fuera, y que los más ancianos nunca perdían la esperanza de vivir un día más y tenían a la muerte por la mayor desgracia, ante la cual, por propio instinto, siempre retrocedían; solo en esta isla de Luggnagg el ansia de vivir no era tan vehemente, debido al ejemplo que ofrecía la presencia constante de los *struldbruggs*.

Estimaban ellos, añadió, que el modo de vida concebido por mí era irracional e injusto, porque presuponía juventud, salud y vigor perpetuos, lo cual es una quimérica esperanza que ningún hombre puede albergar, por muy desorbitados que sean sus deseos. La cuestión, por tanto, no era si un hombre aceptaría vivir siempre en la flor de la edad, sano y próspero, sino saber cómo aguantaría una vida inacabable con todos los achaques que la vejez trae consigo. Pues si bien pocos admitirían el deseo de ser inmortales en tan adversas condiciones, sin embargo, él había observado en los susodichos reinos del Japón y Balnibarbi que todos los mortales ansiaban que la muerte se retrasara algo más y que siempre llegara muy tarde, pero que rara vez oyó de alguien que muriera de buen grado, a menos que le obligaran dolor o tortura en grado extremo, apelando a mí para que le dijera si en los países por mí visitados y en el mío no había advertido la misma disposición general.

Tras este preámbulo me dio cuenta detallada de lo que hacían en aquel país los *struldbruggs*. Dijo que, por lo regular, se comportaban como los simples mortales hasta alcanzar, aproximadamente, los treinta años, edad en que se tornaban gradualmente cada vez más melancólicos y abatidos hasta llegar a los ochenta años. Y esto lo había averiguado por propia confesión de ellos, pues de otro modo, al no existir más de dos o tres de esta especie humana con la misma edad, era difícil hacer observaciones generales con tan escaso número. Llegados a los ochenta, que en aquella tierra se considera el límite de la vida, adolecían no solo de todos los males y manías de los otros ancianos, sino de muchos más debidos a la espantosa perspectiva de no morir nunca. No solo eran tercos, malhumorados, avarientos, huraños, vanidosos y charlatanes, sino también incapaces de tener amigos e insensibles a todo afecto natural, que nunca se extiende más allá de sus nietos. La envidia y la frustración son sus sentimientos dominantes. Aquella tiene principalmente como objeto los vicios de los jóvenes y la muerte de los ancianos; pues pensando en los primeros, se sienten privados de toda posibilidad de placer, y en cuanto a los segundos, cada vez que ven un funeral se lamentan y acongojan de que otros hayan partido para el puerto de reposo, al que ellos nunca esperan arribar. No recuerdan cosa alguna que no hayan aprendido u observado en su mocedad o en su edad madura, e incluso estos recuerdos son borrosos. Y en cuanto a la veracidad o los pormenores de cualquier acontecimiento, es más seguro fiarse de las tradiciones comunes que de sus mejores reminiscencias. Los menos desgraciados de ellos parecen ser aquellos que, víctimas de debilidad senil, pierden la memoria enteramente, pues se los trata con mayor compasión y se los ayuda más, ya que carecen de muchas malas cualidades que en otros abundan.

Si uno de estos inmortales contrae matrimonio con otro de la misma especie, el vínculo queda disuelto cuando el más joven de los cónyuges alcanza los ochenta años, por concesión graciosa de la ley, la cual prevé con sensata indulgencia que quienes, sin falta por su parte, están condenados a vivir perpetuamente en este mundo, no deben sufrir doble desgracia teniendo que soportar esposa.

Al cumplir los ochenta años, estos seres se consideran legalmente muertos, sus sucesores heredan sus bienes y solo se les reserva una exigua pensión para sustento; los que son pobres se mantienen a cargo del erario público. Pasada esa edad no se los considera aptos para desempeñar un empleo de confianza o de lucro, ni pueden comprar tierras ni arrendar propiedades, ni se les permite comparecer como testigos en causa alguna, sea civil o criminal, aunque se trate de pleitos de mojones o linderos.

A los noventa pierden dentadura y pelo y son incapaces de distinguir sabores, por lo cual comen y beben cuanto les llega, sin fruición ni apetito. En cuanto a enfermedades, siguen siendo víctimas de las que sufrían, sin mejora ni empeoramiento. Cuando hablan, olvidan los nombres comunes de las cosas, así como los de las personas, incluso tratándose de los parientes y allegados más cercanos. Esta falta de memoria les impide siempre deleitarse en la lectura, pues no son capaces de recordar el comienzo de una frase cuando llegan al final, quedando así privados por este defecto del único entretenimiento que, de otro modo, estaría a su alcance.

Como la lengua de esta nación se halla en mutación constante, los inmortales de una generación no entienden a los de otra y, pasados doscientos años, son incapaces de sostener una conversación —fuera de unas cuantas frases formularias— con sus vecinos los mortales, de suerte que viven en la situación precaria de extranjeros en su propia patria.

Esta es, por lo que puedo recordar, la descripción que me dieron de los *struldbruggs*. Luego tuve ocasión de ver a cinco o seis de edades diferentes, el más joven de los cuales no pasaba de los doscientos años, que algunos de mis amigos me fueron presentando. Sin embargo, aunque les habían contado que yo era un gran viajero y había recorrido todo el mundo, no mostraron la menor curiosidad ni me hicieron una sola pregunta. Lo único que me pedían es que les diera *slumskudask*, es decir, un recuerdo, lo cual es una manera discreta de mendigar, para burlar así la ley que lo prohíbe terminantemente, ya que su retiro, aunque ciertamente muy exiguo, corre a cargo del Estado.

Todas las gentes los desprecian y aborrecen. Cuando nace uno, se interpreta como un mal augurio, y el nacimiento queda registrado de manera especial, para así poder saber su edad solo con consultar el registro, que por otra parte no abarca más de los últimos mil años, bien porque no se hicieron asientos o porque los documentos hayan sucumbido al tiempo o a las revoluciones. Pero la manera corriente de averiguar su edad es preguntándoles los nombres de reyes o grandes personajes que recuerden y acudiendo a la Historia, pues infaliblemente el último soberano que recuerden no comenzó a reinar después de que ellos cumplieran los ochenta años.

Aquel fue el espectáculo más humillante que jamás presencié. Y las mujeres eran todavía más horripilantes que los hombres. Aparte de las deformidades normales debidas a la decrepitud de su edad avanzada, cobraban además una horrible palidez que iba creciendo con los años y no es para ser descrita. Por ello, entre la media docena que conocí, pronto pude distinguir cuál era el más anciano, aunque la diferencia de edad de unos a otros no pasara de un siglo o dos.

Fácilmente puede imaginarse el lector que, a juzgar por lo que pude ver y oír, mi entusiasmo por una vida perpetua había decaído mucho. Sentí profunda vergüenza de las agradables ilusiones que me había forjado y pensé que ningún tirano podría tramar una muerte que yo no aceptase con gusto para escapar de una vida así. Llegó a oídos del Rey lo que mis amigos y yo habíamos discutido en aquella ocasión y bromeó afablemente conmigo, diciendo que yo debería mandar un par de *struldbruggs* a mi patria para fortalecer a nuestra nación contra el miedo a la muerte. Sin embargo, tal acción sería contraria a las leyes fundamentales de aquel reino; de otro modo hubiera aceptado de buen grado las molestias y los gastos ocasionados al transportarlos.

No pude menos de admitir que las leyes de aquel país, por lo que respecta a los *struldbruggs*, estaban plenamente justificadas, como lo estarían en cualquier otro que tuviera que ponerlas en vigor por razones semejantes. De no ser así, como la avaricia es consecuencia inevitable de la vejez, aquellos inmortales se convertirían con el tiempo en propietarios de todos los bienes del país, y se adueñarían también del poder, lo cual, por faltarles capacidad política, habría de desembocar en la ruina de la nación.

CAPÍTULO 11

El autor zarpa de Luggnagg rumbo al Japón, de donde regresa en un barco holandés a Ámsterdam y de aquí a Inglaterra

Me pareció que la precedente descripción de los *struldbruggs* podía servir de entretenimiento al lector, pues resulta un poco fuera de lo común. Por lo menos no recuerdo haber encontrado jamás algo parecido en un libro de viajes que cayera en mis manos. Si estoy equivocado, valga como disculpa que es inevitable que los viajeros que describen un mismo país coincidan en destacar los mismos pormenores, sin que por ello merezcan que se les achaque el haber plagiado o copiado a quienes dieron cuenta antes de lo mismo.

Existe un activo comercio entre este país y el Gran Imperio del Japón y es muy probable que algunos autores japoneses hayan contado algo de los *struldbruggs*, pero mi estancia en el Japón fue tan breve y mi ignorancia de su lengua tan grande, que no me fue posible hacer averiguación alguna. Confío, sin embargo, en que los holandeses, al leer esto, sientan curiosidad y sean capaces de suplir mis deficiencias.

Aunque Su Majestad había mostrado repetidas veces empeño en que yo aceptara algún empleo en la corte, al verme tan decididamente resuelto a regresar a mi tierra natal, se dignó concederme licencia para partir y me honró con una carta de recomendación de su puño y letra para el Emperador del Japón. Me obsequió asimismo con cuatrocientas cuarenta y cuatro piezas grandes de oro (a este pueblo le gustan los números pares y las cifras iguales), y con un rubí que luego vendí en Inglaterra por mil cien libras esterlinas.

El 6 de mayo de 1709 me despedí solemnemente de Su Majestad y de todos mis amigos. Este Soberano tuvo la gentileza de ordenar que me acompañase una escolta a Glanguenstald, puerto real situado en el suroeste de la isla. A los seis días encontré un barco listo para zarpar y llevarme al Japón, viaje en el que tardamos quince días. Desembarcamos en un puertecito llamado Xamoschi, en la parte sureste del país; la población se extiende en el lado oeste, donde existe un estrecho angosto que desemboca al norte en un gran brazo de mar en cuya parte noroeste se asienta la capital, Yedo.[1] Al desembarcar mostré a los funcionarios de la aduana la carta de recomendación del Rey de Luggnagg a Su Majestad Imperial provista de un sello, que conocían muy bien, tan ancho como la palma de mi mano, y en el que figuraba un rey levantando del suelo a un mendigo lisiado. Los magistrados de la villa, al oír de mi carta, me recibieron como si fuera un ministro, me facilitaron carruajes y

1. Así llamada hasta el siglo XX, en que se impuso el nombre de Tokio.

criados y se hicieron cargo de mis gastos hasta Yedo, donde fui recibido en audiencia y entregué mi carta, que fue abierta con gran ceremonia y traducida al Emperador por medio de un intérprete, quien me informó de que el Emperador le encargaba que yo manifestase cuáles eran mis deseos, pues fueran los que fueran, serían satisfechos en atención a su primo el Rey de Luggnagg. Este intérprete era un hombre encargado de tratar asuntos con los holandeses y pronto se percató por mi aspecto de que yo era europeo, por lo que me transmitió las órdenes de Su Majestad en neerlandés, lengua que hablaba perfectamente. Yo respondí, como había decidido ya, que era un mercader holandés, víctima de naufragio en un remoto país, de donde había llegado por mar y tierra a Luggnagg y de aquí había venido navegando hasta el Japón, país con el que sabía que mis compatriotas tenían comercio frecuente, esperando tener ocasión de regresar con alguno de ellos a Europa. Por ello solicitaba humildemente que se me otorgara el favor real de ser conducido sin riesgo a Nagasaki, añadiendo que en atención a mi protector el Rey de Luggnagg pedía a Su Majestad Imperial que condescendiera en eximirme de la ceremonia impuesta a mis compatriotas de pisotear el crucifijo, ya que yo había ido a parar a este imperio por mi mala fortuna pero sin intención alguna de ejercer el comercio. Cuando le tradujeron al Emperador este último deseo mío, pareció un poco sorprendido, diciendo que yo debía de ser el primer holandés que jamás mostrara escrúpulos en este punto, por lo que empezaba a dudar de si yo era verdaderamente holandés, inclinándose a sospechar que tenía que ser cristiano. Sin embargo, teniendo en cuenta las razones que yo aducía, pero especialmente en consideración al Rey de Luggnagg y como testimonio desusado de favor hacia mí, iba a acceder a mi capricho, pero el asunto había que llevarlo con habilidad, para lo cual había que dar órdenes a sus funcionarios de que me dejaran pasar como por negligencia. Porque, según me aseguró, si mis compatriotas los holandeses llegaban a enterarse de este secreto, me iban a cortar la cabeza en el viaje. Expresé, a través del intérprete, mi gratitud por tan señalado favor, y encontrándose entonces algunas tropas en marcha hacia Nagasaki, su comandante recibió órdenes de conducirme sano y salvo a esta ciudad, con instrucciones concretas en cuanto al asunto del crucifijo.

El 9 de junio de 1709 llegué a Nagasaki, tras un largo y penoso viaje. Pronto trabé conocimiento con algunos tripulantes holandeses del Amboyna, de Ámsterdam, barco robusto de 450 toneladas. Como había vivido mucho en Holanda, cuando estudiaba en Leyden, hablaba bien el neerlandés. Estos marineros supieron en seguida de dónde acababa de llegar y quisieron tener noticia, por curiosidad, de mis viajes y vida pasada. Hilvané una historia lo más concisa y plausible que pude, pero omitiendo la mayor parte. Como conocía muchas personas en Holanda, me fue fácil inventar nombres para mis padres, a quienes hice pasar por gente humilde de la provincia de Gelderland. Hubiera pagado lo que pidiese el capitán (un tal Theodorus Vangrult) por mi pasaje, pero al saber que era médico, se conformó con pedirme la mitad del coste normal, a condición de disponer de mis servicios profesionales. Antes de zarpar me habían preguntado a menudo algunos de la tripulación si había realizado la ceremonia antes mencionada. Yo esquivé la pregunta con respuestas vagas de que tanto el Emperador como la corte habían quedado satisfechos de mí en todo. Sin embargo, un marinero malicioso y bellaco se fue a un funcionario japonés y, apuntándome, le dijo que yo aún no había pisoteado el crucifijo, pero el japonés, que había recibido instrucciones de dejarme pasar, le dio al bribón veinte golpes en la espalda con una caña de bambú y desde entonces no volvieron a importunarme con semejantes preguntas.

Nada digno de mención nos ocurrió en el viaje. Navegamos con viento favorable hasta el cabo de Buena Esperanza, donde fondeamos solo para proveernos de agua potable. El 16 de abril arribamos sanos y salvos a Ámsterdam, sin haber perdido más que tres hombres por enfermedad y un cuarto que cayó al mar desde el trinquete, no lejos de la costa de Guinea. Desde Ámsterdam, en un barco de esta ciudad, me trasladé pronto a Inglaterra.

El 20 de abril de 1710 arribamos a los Downs. Desembarqué a la mañana siguiente y volví a contemplar mi patria tras una ausencia de cinco años y seis meses completos. Me fui derecho a Redriff, adonde llegué el mismo día a las dos de la tarde, encontrando a mi esposa y familia con buena salud.

FIN DE LA TERCERA PARTE

CUARTA PARTE

Viaje al país de los houyhnhnms

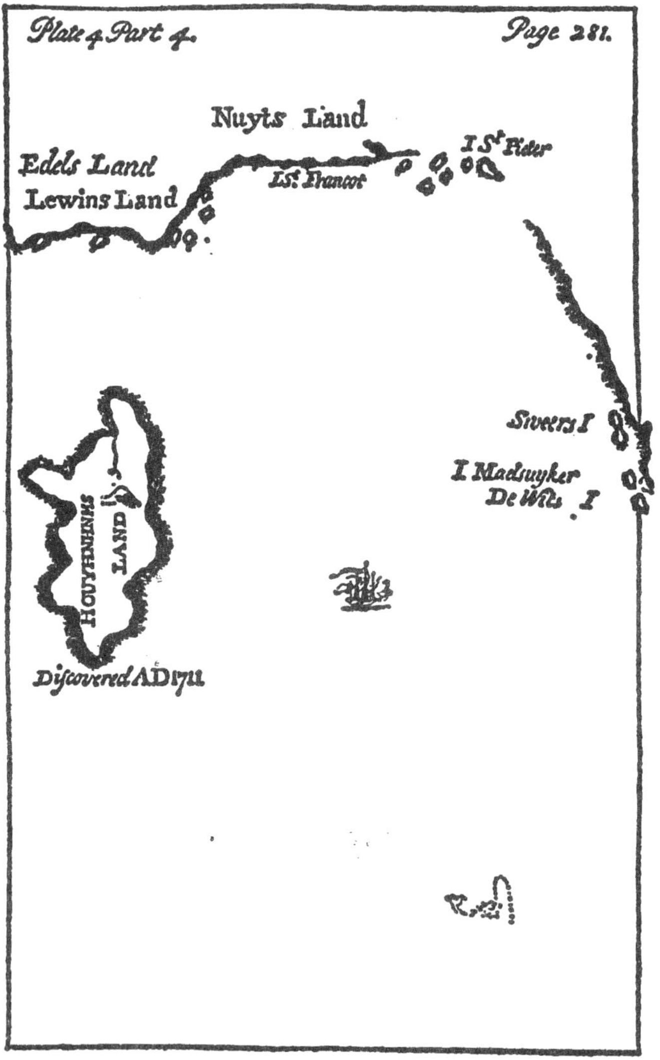
Plate 4 Part 4.
Page 281.
Nuyts Land
Edels Land
Lewins Land
I St Pieter
Sweers I
I Madsuyker
De Wits I
HOUYHNHNMS LAND
Discovered A.D. 1711

CAPÍTULO 1

El autor zarpa como capitán de un barco. La tripulación se amotina encerrándole en su camarote; luego le abandonan en la costa de un país desconocido. Se adentra en el país y describe a los yahoos, extraños animales. Encuentro del autor con dos houyhnhnms[1]

Seguí en casa con los míos unos cinco meses y me habría considerado muy dichoso si hubiera aprendido la lección de saber cuándo lo era. Dejé a mi pobre mujer embarazada y acepté un ventajoso ofrecimiento de encargarme del mando del Adventure, sólido barco mercante de 350 toneladas, pues entendía bien el arte de navegar y me había cansado de ser médico en el mar, y aunque, llegado el caso, estaba dispuesto a serlo, tomé a bordo a un joven experto de aquella profesión llamado Robert Purefoy. Nos hicimos a la mar el 7 de septiembre de 1710 en Portsmouth y el 14 encontramos en

1. Se interpreta como una onomatopeya del relincho.

Tenerife al capitán Pocock, de Bristol, que se dirigía a la bahía de Campeche a buscar madera. El 16 nos separó una tempestad que, según me enteré a mi regreso, hizo zozobrar el barco sin que se salvase nadie más que un grumete. Este capitán era hombre cabal y buen marino, pero demasiado obstinado en sus opiniones, lo que fue causa de su perdición, como les sucedió a tantos otros. De haber seguido mis consejos, ahora habría estado en casa con su familia tan a salvo como yo mismo.

A mí se me murieron a bordo varios hombres de calenturas y me vi obligado a reponer las bajas en las islas de Barbados y de Sotavento, donde hice escala por encargo de los armadores. Pronto hube de arrepentirme de ello, pues acabé descubriendo que la mayor parte de los nuevos tripulantes habían sido bucaneros. Yo disponía de cincuenta hombres a bordo y las instrucciones recibidas eran comerciar con los indios del mar del Sur y hacer cuantos descubrimientos pudiera. Pero estos bribones que había recogido soliviantaron al resto de la tripulación y entre todos tramaron un motín para apoderarse del barco y prenderme a mí, lo que consiguieron una mañana, precipitándose en mi camarote, atándome de pies y manos y amenazándome con arrojarme por la borda si no me estaba quieto. Les dije que era prisionero suyo y que me entregaba, pero me obligaron a jurarlo y entonces me desataron, sujetándome solo una pierna a una cadena cerca de mi litera. Luego pusieron un centinela a la puerta con el arma cargada y órdenes de tirar a matar si yo intentaba liberarme. Los víveres y la bebida me los enviaban al camarote y el gobierno de la nave pasó a sus manos. Era su propósito dedicarse a la piratería y saquear a los españoles, pero para esto necesitaban más hombres, así que resolvieron primero vender las mercancías del barco y dirigirse a Madagascar a reclutar más gente, pues algunos de ellos habían muerto desde que me recluyeron. Navegaron durante varias semanas traficando con los indios, pero yo no sabía el rumbo que tomaban, pues seguía prisionero en mi camarote sin otra esperanza que la de ver cumplirse su amenaza de matarme, que a menudo proferían.

El 9 de mayo de 1711 un tal James Welch vino al camarote diciendo que tenía órdenes del capitán de desembarcarme. Yo le manifesté mi protesta, pero en vano; ni siquiera llegó a decirme quién era el nuevo capitán. Luego me obligaron a meterme en la lancha, permitiéndome vestirme con el mejor traje, que estaba casi sin estrenar. Me dejaron llevar un lío de ropa interior, pero armas, ninguna, salvo el sable; tuvieron la atención de no registrarme los bolsillos, donde guardaba el dinero que poseía, aparte de otras cosas necesarias. Bogaron conmigo aproximadamente una legua y finalmente me dejaron en una playa. Les pedí que me dijeran qué país era aquel, pero todos me juraron que no sabían más que yo. Lo que sí dijeron es que el capitán, como le llamaban, había decidido, después de vender el cargamento, deshacerse de mí en la primera ocasión que divisaran tierra. Con esto se alejaron rápidamente, aconsejándome que me fuese aprisa de allí, antes de que me alcanzara la marea y deseándome buena suerte.

En esta desolada situación me puse en marcha y pronto estuve pisando terreno firme, donde me senté junto a un talud a descansar y a discurrir lo que convenía hacer. Cuando me recobré un poco avancé tierra adentro, decidido a entregarme a los primeros salvajes con que tropezara y a salvar la vida a cambio de algunas pulseras, sortijas de vidrio y otras menudencias de que por lo regular van provistos los marinos en estos viajes y que yo también llevaba encima. El terreno estaba dividido por largas hileras de árboles, no plantados con orden, sino dejados crecer así espontáneamente. La hierba era abundante y se veían diversos campos de avena. Avancé cautelosamente por miedo a que me sorprendieran o me lanzaran una flecha por detrás o cualquiera de los lados. Fui a parar a un camino frecuentado donde se veían muchas huellas de pies humanos y algunas de vacas, pero la mayoría de caballos. Finalmente divisé unos cuantos animales en un campo y luego uno o dos de la misma especie sentados en los árboles. Su aspecto era muy singular y deforme, lo que me desconcertó un poco, de suerte que me tendí detrás de un matorral para observarlos mejor. Al acercarse algunos de ellos al sitio donde estaba, tuve ocasión de distinguir con claridad sus rasgos. Tenían la cabeza y el pecho poblado de espesa pelambre, unos encrespada y otros lacia; las barbas eran como las de un chivo; una mata de pelo crecía como cresta a lo largo de sus espaldas y en la parte delantera de piernas y pies, pero el resto del cuerpo era lampiño, de manera que yo podía verles la piel, que tenía un color parduzco claro. No tenían rabo ni vello alguno en las nalgas, excepto alrededor del ano, lo cual supongo había sido así dispuesto por la naturaleza como protección cuando se sentaban, pues esta era postura habitual, tanto como la de estar tumbados, aunque a menudo se erguían sobre las patas traseras. Trepaban a los árboles con igual agilidad que las ardillas, pues estaban dotados de recias garras alargadas, puntiagudas y curvadas, en todas las extremidades. Solían saltar, brincar y hacer piruetas con pasmosa agilidad. No eran las hembras tan grandes como los machos y les cubrían la cabeza largos y lacios cabellos, pero el resto del cuerpo solo mostraba una especie de pelusa, salvo en torno al ano y las partes pudendas. Las ubres les colgaban entre las patas delanteras y a veces casi llegaban al suelo al andar. El pelo, tanto en machos como en hembras, era de diversos colores: castaño, rojo, negro y rubio. En conjunto puedo decir que nunca en mis viajes había contemplado un animal tan repulsivo ni contra el que sintiera espontáneamente tan violenta repugnancia. Así es que, pensando que había visto de sobra, lleno de asco y aversión, me puse en pie y seguí por el mismo camino, confiando en que me condujera a la choza de algún indio. No había avanzado mucho cuando me tropecé de frente con una de estas criaturas que venía a mi encuentro. Este horrible monstruo, al verme, hizo toda clase de muecas con las facciones de su rostro, abriendo grandes ojos como ante algo nunca visto; luego, acercándose más, levantó una de sus patas delanteras, no sé si por curiosidad o con mala intención. Pero yo desenvainé el sable y le propiné un buen golpe con la hoja, pues no me atreví a darle con el filo, temiendo que los habitantes se pudieran sentir provocados si llegaban a saber que había matado o lisiado una cabeza de ganado suya. Al percibir la bestia el dolor, retrocedió y dio tan fuertes alaridos que acudieron por lo menos una manada de cuarenta del campo vecino, aullando y haciendo muecas horribles, pero yo corrí al tronco de un árbol y apoyando la espalda en él los mantuve a distancia blandiendo el arma. Sin embargo, algunos miembros de esta condenada ralea, agarrándose a las ramas de detrás de mí, treparon al árbol, desde donde empezaron a vaciar sus excrementos sobre mi cabeza; pese a todo, pude escapar bastante ileso, arrimándome bien al tronco, pero quedé casi asfixiado por la porquería que caía a todo mi alrededor.

En medio de estos apuros observé que de pronto echaban todos a correr lo más que podían, con lo que me aventuré a dejar el árbol y proseguir mi camino preguntándome qué sería lo que los había hecho huir.

Pero al dirigir la mirada a mi izquierda, vi cómo avanzaba lentamente un caballo por el campo, el cual, visto por mis atacantes algo antes, los había puesto en fuga. El caballo se asustó un poco al acercarse a mí, pero, recobrándose pronto, se me quedó mirando a la cara con patentes muestras de asombro y luego examinó mis manos y pies, dando varias vueltas en torno a mí. Yo hubiera continuado mi viaje de no haberse interpuesto él en pleno camino cortándome el paso, pero mostrando un talante pacífico y sin el menor asomo de violencia. Quedamos un rato enfrentados mirándonos fijamente, pero luego, en un arranque de audacia, levanté la mano hacia su pescuezo intentando acariciarlo, imitando los ademanes y silbidos de los jinetes cuando se las van a haber con un caballo extraño. Pero este animal, desdeñando al parecer mi gesto pacífico, sacudió la testa, arrugó la frente y levantó suavemente su mano izquierda para apartar la mía. Luego relinchó tres o cuatro veces, pero con cadencias tan diferentes que estuve tentado a pensar que hablaba consigo en una lengua de su propio uso.

Estando así ocupados, apareció un segundo caballo, y al acercarse al primero con gran formalidad, ambos se tocaron mutuamente las pezuñas derechas mansamente, relinchando por turno uno y otro con sonidos variados que parecían casi articulados. Luego se apartaron los dos de mí unos cuantos pasos, como si fueran a deliberar, caminando pegados de un lado a otro como personas que discuten un asunto de importancia, pero sin perderme de vista, como pendientes de que no escapara. Ver tales acciones y comportamiento en bestias me dejaba pasmado, y llegué a la conclusión de que si los habitantes de aquel país estaban dotados de una inteligencia proporcional a la de estos animales, tenían que ser necesariamente la nación más sabia de la tierra. Este pensamiento me tranquilizaba tanto que decidí proseguir mi camino hasta encontrar alguna vivienda o aldea, o conocer a alguno de los nativos, dejando a los dos caballos que discutieran cuanto les gustase. Pero el primero, que era un tordo moteado, notando que me escabullía, me lanzó un relincho tan expresivo, que tuve la impresión de entender lo que quería decir y en el acto retrocedí dirigiéndome a él, en espera de otras órdenes. Disimulé mis temores lo mejor que pude, pues empezaba a abrigar recelos de cómo acabaría aquella aventura, ya que, como el lector fácilmente se puede figurar, tal situación no me agradaba en demasía.

Los dos caballos se me acercaron entonces, examinando muy gravemente mi rostro y mis manos. El corcel tordo se puso a tocar con el casco derecho mi sombrero por un lado y otro y me lo desarregló tanto que me obligó a quitármelo, para componerlo y volverme a cubrir, a la vista de lo cual tanto él como su compañero, que era un bayo castaño, parecieron quedar muy sorprendidos; este palpó el faldón de mi casaca y al descubrir que colgaba suelto en torno a mí los dos volvieron a mirar con nuevas señales de asombro. Luego me acarició la mano derecha, como si admirase la suavidad y el color, pero apretándola tan fuertemente entre el casco y los menudillos que me hizo gritar de dolor, y en lo sucesivo ambos me tocaron con la mayor delicadeza. Los zapatos y medias les causaban enorme perplejidad; los palpaban una y otra vez, cambiando relinchos, acompañados de varios gestos no distintos de los habituales en un filósofo cuando intenta explicarse algún fenómeno nuevo y enrevesado.

En conjunto, el comportamiento de estos animales era tan ordenado y racional, tan sagaz y juicioso, que acabé llegando a la conclusión de que tenían que ser necesariamente hechiceros que, habiéndose metamorfoseado con algún fin, al ver un extraño en su camino, habían decidido divertirse a su costa, o que acaso estaban verdaderamente asombrados de contemplar a un hombre tan diferente en ropaje, facciones y color de los que probablemente habitaban en aquellas tierras tan remotas. Apoyado en este razonamiento, se me ocurrió interpelarlos de la manera siguiente: «Caballeros, si por ventura sois magos, como tengo motivos sobrados para creer, podréis entender cualquier lengua; por tanto, me atrevo a hacer saber a Vuestras Señorías que soy un pobre inglés en apuros, arrojado a vuestras costas por su mala fortuna y ruego a uno cualquiera de los dos que me deje cabalgar sobre su lomo, como si fuese un caballo de verdad, hasta alguna casa o aldea donde pueda descansar. A cambio de este favor, os regalaré esta navaja y esta pulsera» (y al decir esto, las sacaba del bolsillo). Mientras hablaba, los dos animales quedaron callados, al parecer escuchando con viva atención, y cuando hube acabado, intercambiaron repetidos relinchos entre sí, como ocupados en grave conversación. Pude entonces observar claramente que su lengua podía expresar muy bien los estados de ánimo y que con poco esfuerzo sus palabras eran susceptibles de reproducirse en un alfabeto más fácilmente que si fueran del chino.

Cada uno de ellos repitió varias veces la palabra *yahoo*, que a menudo fui capaz de identificar, y, aunque me era imposible imaginar lo que significaba, mientras los dos caballos estaban enfrascados en su plática, probé a articularla con mi lengua, de suerte que en cuanto se callaron, la pronuncié en alta voz, imitando a la vez el relincho de ellos. Quedaron ambos visiblemente sorprendidos y el tordo repitió dos veces dicha palabra, como si quisiera enseñarme la entonación correcta. Mi respuesta fue repetir tras él la palabra lo mejor posible, y pude notar que mi pronunciación mejoraba perceptiblemente cada vez que lo hacía, aunque sin alcanzar remotamente un grado de perfección. Luego el bayo me puso a prueba con una segunda palabra mucho más difícil de pronunciar y que reducida a la ortografía inglesa podría escribirse *houyhnhnm*. No tuve con esta la misma suerte que con la primera, pero tras dos o tres intentos más, tuve mejor fortuna y los dos animales parecieron asombrados de mis dotes.

Después de cruzar algunas palabras más, que supuse debían de referirse a mí, los dos amigos se despidieron con la misma fórmula de chocar los cascos mutuamente y el tordo me dio a entender por señas que yo debía caminar delante de él, a lo que yo juzgué prudente obedecer, a falta de mejor guía. Cada vez que yo pretendía aminorar el paso él relinchaba *hhuun*, *hhuun* y yo adivinaba lo que quería decir pero le hacía saber lo mejor que podía que me sentía fatigado e incapaz de andar más deprisa, ante lo cual él se detenía un rato para dejarme descansar.

CAPÍTULO 2

El autor es conducido por un houyhnhnm a su casa. Descripción de esta. Acogida del autor. Alimentos de los houyhnhnms. Los temores del autor por la falta de comida quedan disipados. Su régimen alimenticio en aquel país

Después de recorrer unas tres millas, llegamos a una especie de edificio alargado, levantado con troncos hincados en el suelo y un entramado que lo cruzaba; el tejado era bajo y cubierto de paja. Entonces me sentí algo aliviado y saqué unas cuantas baratijas de las que los viajeros llevan como regalo para los indios salvajes de América, abrigando la esperanza de que la gente de la casa se mostrara así propicia a recibirme con amabilidad. El caballo me hizo señas de que entrara primero; dentro había una espaciosa habitación de suelo liso de arcilla provista de un pesebre que ocupaba todo lo largo de una pared. Había allí tres rocines y dos yeguas. Ninguno comía, pero algunos estaban sentados sobre las ancas, lo que me sorprendió mucho, pero todavía más el ver el resto ocupado en quehaceres caseros. Parecían ganado corriente, pero esto me confirmaba la primera impresión de que una nación capaz de civilizar así a las bestias tenía por fuerza que aventajar en sabiduría a todas las del mundo. El caballo tordo entró detrás de mí impidiendo así cualquier mal trato que los otros hubieran podido darme. Con cierto tono de autoridad relinchó varias veces ante los otros, que a su vez respondieron.

Pasada esta habitación había otras tres que ocupaban a lo largo el resto del edificio y a las que daban acceso tres puertas abiertas una enfrente de otra, lo que permitía dominar todo el interior. Cruzamos luego la segunda estancia camino de la tercera, pero aquí entró primero el caballo indicándome que esperase en la segunda, donde preparé mis regalos para el amo y el ama de la casa; se trataba de dos cuchillos, tres pulseras de perlas falsas, un espejito y un collar de cuentas. El rocín relinchó tres o cuatro veces y yo quedé esperando a oír responder alguna voz humana, pero no oí más respuesta que otros relinchos en la misma jerga, solo que más agudos que los de él. Empecé entonces a pensar que acaso aquella casa perteneciera a algún personaje notable entre ellos, puesto que era menester tanta ceremonia antes de que lo recibieran a uno. Pero que un hombre de importancia tuviera que ser atendido solo por caballos era algo que rebasaba los límites de mi entendimiento y temí que los sufrimientos y calamidades me hubieran trastornado el seso. Me sobrepuse entonces y miré alrededor en la estancia donde me habían dejado solo, la cual estaba equipada igual que la primera, si bien con mayor elegancia. Me froté una y otra vez los ojos, pero siempre veía los mismos objetos; luego me pellizqué los brazos y los costados para despertarme, en la esperanza de que aquello fuese un sueño, quedando así absolutamente convencido de que aquellas apariencias no podían ser más que obra de nigromancia y magia. No tuve, sin embargo, tiempo de proseguir estas reflexiones, pues el caballo tordo asomó en la puerta y me hizo señas de que lo siguiera a la tercera habitación, donde pude ver una lucida yegua, acompañada de un potro y una potra, todos sentados sobre las ancas en esteras de paja, hechas con cierta habilidad y perfectamente cuidadas y limpias.

La yegua, después de entrar yo, se levantó de la estera y, tras acercarse a mí y observarme las manos y la cara, me lanzó una mirada de sumo desprecio; luego, dirigiéndose al caballo oí que repetían varias veces entre ellos la palabra *yahoo*, cuyo significado no podía comprender yo a la sazón aunque fuese la primera que había aprendido a pronunciar, pero pronto había de enterarme mejor, para eterna humillación mía, pues el caballo, indicándome con la cabeza que le siguiera y repitiendo la palabra *hhuun*, *hhuun* —que interpreté como que le obedeciera— me condujo a una especie de corral, donde se alzaba otro edificio a poca distancia de la casa. En él entramos y pude ver tres de aquellas repugnantes criaturas que había encontrado a mi arribada, ahora ocupadas en devorar raíces y carne de animales, que luego supe eran burros y perros, con alguna vaca muerta por accidente o enfermedad. Todos estaban atados por el pescuezo con fuertes mimbres y sujetos a una viga, y sosteniendo la comida entre las garras de las patas delanteras la devoraban a dentelladas.

El caballo amo ordenó a un jamelgo alazán, criado

suyo, que desatara al más corpulento de estos animales y lo sacara al corral. Después de ponernos juntos a la bestia y a mí, y comparar diligentemente nuestro aspecto, tanto el amo como el criado repitieron varias veces la palabra *yahoo*. No son para describir el horror y asombro que sentí al darme cuenta de que este abominable animal tenía enteramente figura humana, si bien el rostro era aplastado y ancho, la nariz achatada, los labios carnosos y la boca ancha. Pero estas diferencias son comunes a todos los pueblos salvajes, donde los rasgos del semblante quedan desfigurados al consentir los nativos que su prole ande arrastrándose por el suelo o al llevarlos a espaldas con la cara apretada contra los hombros de la madre. Las patas delanteras de un yahoo no se diferenciaban de mis manos más que en la longitud de las uñas, la aspereza y color tostado de la palma y el vello abundante del dorso. Igual semejanza y diferencias había en nuestros pies, como yo bien sabía, aunque no los caballos, a causa de los zapatos y medias que yo llevaba, excepto en cuanto a la pelambre y color de la piel, como ya queda dicho.

El hecho que más parecía intrigar a los dos caballos era verme el resto del cuerpo tan diferente del de un yahoo, por lo cual yo debía estar agradecido a mi vestimenta, de la que ellos no tenían idea alguna. El alazán me ofreció una raíz que él sostenía (a su manera, como describiremos en su lugar) entre el casco y los menudillos; yo la tomé en la mano y tras olerla, se la devolví lo más cortésmente que pude. Trajo luego del cobertizo de los yahoos un trozo de carne de burro, pero su olor era tan repugnante que tuve que apartarme asqueado; se la arrojó entonces al yahoo, que la engulló vorazmente. Luego me mostró unas briznas de heno y un puñado de avena, pero sacudiendo la cabeza le di a entender que estos no eran alimentos para mí. Y ahora es cuando me percaté con temor de que me iba a morir de hambre irremisiblemente si no conseguía encontrar algún miembro de la especie humana, pues en cuanto a aquellos inmundos yahoos, aunque por entonces había pocos hombres más amantes de sus semejantes que yo, debo confesar que jamás vi una especie más repugnante que aquella en todos los sentidos y, mientras permanecí en aquella tierra, cuanto más de cerca los conocía más odiosos se me hacían. Esto pudo advertirlo el caballoamo en mi talante, por lo que mandó al yahoo que volviera a su cobertizo. Luego levantó el casco delantero a la boca, cosa que me sorprendió mucho, a pesar de hacerlo con soltura y con un ademán que parecía muy natural, acompañado de otros para indicar que quería saber qué podía comer yo. A esto no fui capaz de dar una respuesta que él pudiera entender, y si me hubiera entendido, tampoco me imaginaba cómo se iba a arbitrar un medio de encontrar alimentos para mí. Entretenidos en esto, vi que pasaba cerca una vaca y en el acto, y apuntando a ella, di a entender mi deseo de que me dejaran ir a donde estaba y ordeñarla. Esto dio resultado, pues guiándome a la casa, ordenó a una sirviente, yegua, que abriera un cuarto donde había una buena provisión de leche en vasijas de barro y de madera, colocadas con mucho orden y limpieza. Me dio entonces un gran cuenco bien colmado, del cual bebí con muchas ganas y pronto me sentí bien reconfortado.

Hacia el mediodía vi llegar a la casa una especie de vehículo arrastrado, como si fuera un trineo, por cuatro yahoos. Venía en él un viejo corcel que parecía ser de buena casta y que se apeó por la grupa, pues tenía lastimada, por un accidente, la mano izquierda. Venía a comer con nuestro caballo, que lo recibió con grandes muestras de cortesía. Comieron en la mejor habitación, tomando avena hervida en leche como segundo plato, que el viejo corcel comió caliente; pero el resto de la comida era frío. Los comederos estaban colocados en forma circular en medio de la estancia y divididos en varios compartimentos, en torno a los cuales, y con las ancas sobre montones de paja, se sentaban ellos. En el centro se alzaba una pesebrera con ángulos que correspondían a cada una de las particiones del comedero, de suerte que cada caballo y yegua comía de su propia paja y heno, y de su propio amasijo de leche y avena con mucho decoro y orden. El potrillo y la potrilla se comportaron muy discretamente y el amo y el ama se mostraron animados y complacientes con su huésped. El tordo me ordenó que me pusiera a su lado, de pie, mientras sostenía una larga conversación con su amigo cuyo tema era yo, como deduje de las frecuentes miradas que me dirigía el forastero y de la repetida mención de la palabra *yahoo*.

Pero resulta que yo llevaba entonces los guantes puestos, lo cual, observado por el amo de la casa, pareció desconcertarle, y con gestos manifestó su perplejidad ante lo que había hecho con mis manos; luego puso tres o cuatro veces el casco sobre ellas como dando a entender que les devolviera su forma anterior, lo que yo hice en seguida, quitándome los guantes y metiéndolos en el bolsillo. Esto fue motivo de más conversación y vi que los presentes quedaban complacidos con mi conducta, como pronto pude advertir por los buenos resultados. Me dijeron que pronunciara las pocas palabras que conocía y, mientras seguían yantando, el amo me enseñó los nombres de la avena, la leche, el fuego, el agua y otros, palabras que, imitándole, supe repetir sin vacilar, pues poseía desde joven dotes a aprender lenguas con facilidad.

Acabada la cena, el caballo-amo me llevó aparte y por señas y palabras me hizo saber lo preocupado que estaba por no haber podido yo comer nada. La avena, en su lengua, se llama *hlunnh* y esta palabra la pronuncié un par de veces, pues aunque este cereal lo había rechazado al principio, luego, pensándolo mejor, pensé que me las arreglaría para hacer con el grano una especie de pan que, mezclado con leche, bastaría para mantenerme vivo hasta que pudiese escapar a algún otro país con seres humanos. Inmediatamente el caballo ordenó a una yegua blanca de la familia que me trajera una buena porción de avena, servida en una especie de bandeja de madera. Entonces calenté el cereal delante de la lumbre lo mejor que pude hasta despegar la cáscara que, luego, soplando, conseguí separar del grano. Después lo trituré y molí entre dos piedras, añadí agua y lo convertí en una especie de masa o pasta que tosté luego al fuego y que comí caliente con leche. Al principio esta dieta resultó muy insípida, aunque es corriente en muchas partes de Europa, pero con el tiempo se me hizo tolerable. Acostumbrado como estaba a sufrir privaciones en mi vida, no era esta mi primera experiencia de lo fácil que es contentar a la naturaleza. Y no puedo menos de anotar que en todo el tiempo que permanecí en aquel país jamás me aquejó enfermedad alguna. Cierto es que a veces me ingeniaba para atrapar un conejo o un ave mediante cepos fabricados con cerdas de yahoo y que a menudo recogía hierbas saludables que luego cocía o comía en ensalada con mi pan; también, de vez en cuando, hacía mantequilla y me bebía el suero sobrante. Los primeros días eché mucho de menos la sal, pero pronto, por la costumbre, pude prescindir de ella y estoy seguro de que el consumo frecuente de sal entre nosotros es una costumbre nociva, introducida primero como estímulo de la bebida, si exceptuamos su utilización para conservar la carne durante los viajes largos o en lugares alejados de los mercados. La verdad es que no hay más animal que el hombre aficionado a ella; en cuanto a mí, al abandonar aquel país, tardé mucho en soportar el gusto de la sal en cualquier cosa que tuviera que comer.

Y creo que con esto basta para referirse al tema de mi dieta, con el que otros viajeros llenan sus libros, como si los lectores tuvieran interés personal en saber si comíamos bien o mal. Sin embargo era menester que mencionara el asunto, no fuera que la gente juzgara imposible que yo encontrara sustento durante tres años en semejante país y con semejantes habitantes.

Aquel día, cuando iba anocheciendo, el caballo-amo mandó disponer un sitio para alojarme, situado a solo seis yardas de la casa y aislado del cobertizo de los yahoos. Me dieron un poco de paja y cubierto con mis propias ropas dormí profundamente. Pero tardé poco tiempo en estar mejor acomodado, como sabrá el lector más adelante, cuando refiera en más pormenor mi modo de vida.

CAPÍTULO 3

El autor, deseoso de aprender el lenguaje de los houyhnhnms, recibe ayuda de su amo. Descripción de esta lengua. Varios houyhnhnms importantes, movidos por la curiosidad, acuden a ver al autor, quien da breve relación de su viaje al amo

Mi empeño principal ahora era aprender la lengua y mi amo (como he de llamarlo en lo sucesivo), lo mismo que sus hijos y todos los criados de la casa, estaban deseando enseñarme, pues tenían por cosa prodigiosa que una bestia bruta delatase tales indicios de racionalidad. Yo iba señalando todos los objetos y preguntando todos sus nombres, que luego, cuando me quedaba a solas, anotaba en mi cuaderno diario, y procuraba corregir mi acento haciendo que los miembros de la familia repitieran cada nombre varias veces. Para esta tarea se mostró muy dispuesto a ayudarme un alazán de la baja servidumbre.

Al hablar utilizan principalmente la garganta y la

nariz, lo que hace que su lenguaje suene muy aproximadamente como el alemán, entre los idiomas europeos que conozco, pero resulta más suave y significativo. El emperador Carlos V casi vino a decir lo mismo cuando afirmó que si tuviera que dirigirse a su caballo lo haría en alemán.

La curiosidad e impaciencia de mi amo eran tan grandes que dedicó muchas de sus horas libres a instruirme. Estaba convencido, como más adelante me declaró, de que yo tenía que ser un yahoo. Sin embargo, mi capacidad de aprender, mis buenos modales y la pulcritud le maravillaron, por ser cualidades tan opuestas a las de aquellos animales. Causa de suma perplejidad para él era mi vestimenta, que le hacía pensar a veces si acaso era parte del cuerpo, ya que jamás me quitaba la ropa hasta que toda la familia dormía y me la volvía a poner de mañana antes de que ellos se despertasen. Mi amo estaba deseando saber de dónde había llegado y cómo había adquirido aquella apariencia de juicio que mostraba en todos mis actos, y quería oírlo de mis propios labios, deseo que esperaba ver pronto cumplido dados los grandes progresos que yo hacía en el aprendizaje y pronunciación de sus palabras y frases. Para ayudar a mi memoria ordené todo lo que iba aprendiendo de acuerdo con el alfabeto inglés y fui anotando las palabras con el significado correspondiente. Esta última labor, pasado algún tiempo, se me ocurrió hacerla en presencia de mi amo y me costó mucho trabajo explicarle lo que hacía, pues aquellos seres no tienen la menor idea de lo que son los libros o la literatura.

Al cabo de unas diez semanas ya era capaz de entender la mayor parte de sus preguntas y a los tres meses me era posible darle algunas respuestas aceptables.

Tenía sumo interés en saber mi procedencia y cómo me habían enseñado a imitar a las criaturas racionales, pues a los yahoos (a quienes veía que yo parecía igual en cuanto a la cabeza, rostro y manos, que eran las partes visibles de mi cuerpo), en los cuales se advertían ciertos destellos de astucia y que eran extremadamente propensos a la maldad, se los consideraba como los animales más reacios a aprender nada. Yo respondí que había venido del otro lado del mar, de un lugar muy remoto donde vivían otros muchos de mi especie, dentro de un gran recipiente hueco fabricado con los troncos de los árboles, y que mis compañeros me habían obligado a desembarcar en la costa de este país, abandonándome a mis recursos. No sin esfuerzo y con ayuda de muchos gestos conseguí hacer que me comprendiera. Él replicó que por fuerza yo debía de estar equivocado o bien le había «dicho lo que no era», pues en su lengua carecen de palabra para expresar la mentira o la falsedad. Sabía él que era imposible que existiera algún país al otro lado del mar o que un grupo de seres brutos fuera capaz de hacer mover a su gusto una artesa de madera en el mar, y estaba seguro de que ningún houyhnhnm vivo podría construir una embarcación semejante ni confiaría a los yahoos que la gobernaran.

La palabra *houyhnhnm*, en su lengua, significa «caballo», pero originalmente quería decir «la perfección de la naturaleza». Le dije a mi amo que no acertaba a expresarme bien, pero que me aplicaría a aprender lo antes posible y no tardaría en contarle cosas maravillosas. Entonces tuvo la atención de ordenar a su yegua, al potro y a la potranca y a toda la servidumbre que aprovecharan cualquier ocasión de enseñarme, y él mismo se tomó cada día la misma molestia durante dos o tres horas. Por otra parte varios caballos y yeguas importantes de la vecindad visitaron con frecuencia nuestra casa al divulgarse la noticia del extraordinario yahoo que sabía hablar como un houyhnhnm y que parecía revelar en sus palabras y actos algunos destellos de inteligencia. Estos visitantes se mostraban muy contentos de conversar conmigo y me hacían muchas preguntas que yo contestaba lo mejor que podía. Gracias a esta situación ventajosa, hice tales progresos en mi aprendizaje que a los cinco meses de mi llegada era capaz de entender cuanto se hablaba y de expresarme bastante bien.

Los houyhnhnms que visitaban a mi amo con intención de verme y hablar conmigo apenas podían creer que yo fuera un auténtico yahoo, debido a que yo tenía el cuerpo cubierto de manera distinta a otros de mi especie. Estaban pasmados de verme sin la acostumbrada pelambre o piel, excepto en la cabeza, manos y rostro, pero yo hube de desvelar este misterio a mi amo a causa de un accidente ocurrido unos quince días antes.

Como ya he contado al lector, todas las noches, cuando la familia se había acostado, tenía la costumbre de despojarme de mi ropa y cubrirme con ella. Y así, una mañana temprano mi amo mandó por mí al jamelgo alazán, que era su criado personal. Cuando vino este yo estaba profundamente dormido, la ropa se me había caído a un lado y la camisa no me llegaba a la cintura. Me desperté con el ruido que hizo y pude notar que me daba el recado un tanto desconcertado; hecho esto, volvió a mi amo y presa de terror le dio cuenta, confusamente, de lo que había visto, como yo pude descubrir poco después, ya que al comparecer, tan pronto me vestí, a presentar mis respetos a Su Señoría, me preguntó el significado de lo que su criado le había referido, a saber, que yo no era lo mismo cuando dormía que lo que parecía ser en las demás ocasiones y que, según afirmaba su criado, algunas partes de mi cuerpo eran blancas, otras amarillas —o por lo menos no tan blancas— y otras morenas.

Hasta entonces había podido ocultar el secreto de mi vestimenta a fin de distinguirme lo más posible de aquella abominable raza de los yahoos, pero ahora me percataba de que era inútil continuar así. Además, me daba cuenta de que ropa y calzado acabarían pronto por quedar inservibles, pues ya estaban deteriorados y tendrían que sustituirse echando mano de la piel de los yahoos u otras bestias, con lo que todo el secreto dejaría de serlo. Así pues, le dije a mi amo que en el país de donde yo procedía los de mi especie llevaban siempre cubierto el cuerpo con el pelo de ciertos animales preparado artificialmente y que esto lo hacían tanto por pudor como para evitar las inclemencias del tiempo, frío o caluroso. Todo ello, si él me lo permitía, estaba dispuesto a demostrárselo inmediatamente; solo le rogaba que me disculpara si no le mostraba las partes que la naturaleza nos ha enseñado a ocultar. Replicó que todo mi discurso le resultaba muy extraño, sobre todo el final, pues no acertaba a comprender por qué la naturaleza nos enseñaba a ocultar lo que ella misma nos había dado; tanto él como su familia no sentían vergüenza de ninguna parte del cuerpo, pero que, no obstante, yo podía hacer como gustara. Después de oír esto, me desabroché la casaca y me la quité, luego hice lo mismo con el chaleco y finalmente me despojé de zapatos, medias y calzones. La camisa la hice bajar a la altura de la cintura y recogiendo los faldones los até formando una faja para cubrir mi desnudez.

Mi amo estuvo contemplando todos estos movimientos con gran curiosidad y asombro. Luego tomó todas las prendas en sus cascos, una tras otra, y las examinó con atención y a continuación me acarició con suavidad y miró a mi alrededor varias veces, hecho lo cual declaró que era evidente que yo era un perfecto yahoo, aunque me diferenciaba del resto de mi especie en la blancura y suavidad de la piel y la escasez de vello en varias partes del cuerpo, así como en la forma y pequeñez de mis zarpas y en la tendencia a andar continuamente sobre los remos traseros. No quiso ver más y me dio licencia para volverme a vestir, pues yo estaba tiritando de frío.

No pude ocultarle mi inquietud al ver que se me daba tan a menudo el nombre de *yahoo*, animal repugnante por el que yo sentía aborrecimiento y desprecio absolutos. Le supliqué que no me aplicara tal denominación y extendiera este ruego a sus familiares, así como a los amigos suyos que venían a verme. Le pedí igualmente que no divulgara el secreto de la cobertura de mi cuerpo, por lo menos mientras resistiera la ropa que llevaba entonces, y en cuanto a lo que su criado, el alazán, había visto, Su Señoría podía ordenarle que lo tuviera callado.

A todo esto accedió muy amablemente mi amo, de suerte que el secreto se mantuvo hasta que mis ropas se desgastaron y me vi obligado a sustituirlas por varios procedimientos de los que hablaré más adelante. Entretanto, me pidió que me aplicara con diligencia al aprendizaje de su lengua, pues le asombraba más mi capacidad de hablar y razonar que la forma de mi cuerpo, tanto si estaba cubierta como si no lo estaba. Añadió, finalmente, que esperaba con impaciencia oír las maravillas que yo había prometido contarle.

Desde este momento redobló los esfuerzos que hacía para instruirme, y me presentó a todos los que conocía, haciendo que me trataran con cortesía, ya que, como les decía en privado, esto me pondría de buen humor y me haría más divertido.

Todos los días, mientras le acompañaba, aparte de la molestia que se tomaba en enseñarme, solía hacerme preguntas sobre mi persona, que yo contestaba lo mejor que podía. Gracias a esto él había adquirido algunas ideas generales, aunque muy imperfectas. Sería prolijo enumerar todos los pasos que hube de dar hasta llegar a una conversación más regular, pero la primera descripción que pude hacer de mí mismo con cierto orden y extensión venía a ser como sigue:

Que yo había llegado con otros cincuenta de mi misma especie, de un país muy remoto, como ya había tratado de contarle, después de haber recorrido los mares en una gran artesa de madera, mayor que la casa de Su Señoría. Hice lo posible por describirle el barco en términos adecuados y le expliqué, ayudándome con el pañuelo desplegado, cómo lo empujaba el viento. Añadí que, como consecuencia de una reyerta entre nosotros, me habían abandonado en la orilla del mar, desde donde yo había caminado sin saber adónde hasta que él me libró de los ataques de esos execrables yahoos. Entonces me preguntó que quién había fabricado el barco y cómo era posible que los houyhnhnms de mi país dejaran el gobierno de semejante objeto en manos de irracionales. Mi respuesta fue que me atrevía a proseguir mi relato a menos que me diera palabra de honor de que no iba a ofenderse, y en tal caso le contaría las maravillas tantas veces prometidas. Accedió a mi petición, y yo le seguí refiriendo que la nave estaba construida por seres como yo, los cuales, en todos los países por mí visitados, eran los únicos animales racionales que gobernaban; por ello, al llegar a este país me había causado tanto asombro ver a los houyhnhnms actuando igual que seres racionales como el que a él y a sus amigos les causaba observar indicios de inteligencia en una criatura a la que él designaba, sin más, como *yahoo*, especie con la que yo reconocía mi semejanza exterior, sin poder explicar lo degenerado y bestial de su naturaleza. Añadí luego que si la buena fortuna me devolvía alguna vez a mi patria, y podía referir este viaje, como era mi propósito, todo el mundo iba a pensar que yo «decía lo que no es» y que me había inventado esta historia. Así pues, con todo el respeto debido a él, a su familia y a sus amigos y sabiendo que me había prometido no ofenderse, tenía que decirle que mis compatriotas difícilmente iban a juzgar probable que un houyhnhnm fuese la criatura que rigiera una nación y que los yahoos fueran los irracionales.

CAPÍTULO 4

Idea de lo verdadero y lo falso entre los houyhnhnms. Los razonamientos del autor son rechazados por su amo. El autor cuenta más pormenores de su vida y de las vicisitudes del viaje

Escuchó mi amo mis palabras con grandes muestras de inquietud en el semblante, pues las sensaciones de dudar o no creer son tan desconocidas entre ellos que no saben cómo conducirse en tales circunstancias. Recuerdo que en frecuentes pláticas con él a propósito de la naturaleza humana en otras partes del mundo, al tener que hablar de la *mentira* o de la *falsedad* le costaba un gran esfuerzo entender lo que yo quería decir, aunque en todo lo demás demostraba gran agudeza y sensatez. Sus argumentos eran que el lenguaje se había hecho con el fin de que nos entendiéramos unos a otros y para recibir información de los hechos; ahora bien, si alguno decía *lo que no era*, aquel fin queda malogrado y en tal caso no se puede decir, en rigor, que uno entienda, ni mucho menos que reciba información, sino más bien que uno queda peor que en la ignorancia pues le inducen a creer que es negro lo blanco y corto lo largo. Y estas eran las únicas ideas que tenía en cuanto a la facultad de mentir, tan bien entendida y tan universalmente practicada entre los seres humanos.

Pero dejándonos de digresiones, cuando mi amo me oyó decir que los yahoos eran los únicos animales que gobiernan mi país, exclamó que esto era totalmente inconcebible y quiso saber si entre nosotros existían houyhnhnms y a qué estaban dedicados. Le contesté que los teníamos en gran número y que en verano pastaban en los prados, mientras que en invierno vivían alimentados de heno y avena en casas donde criados yahoos les frotaban la piel para que estuviera lisa, les peinaban las crines, les limpiaban los cascos, les daban de comer y les preparaban la cama. «Bien os comprendo —dijo mi amo—, está ahora perfectamente claro que por mucho que pretendan tener los yahoos algo de inteligencia, los houyhnhnms son vuestros amos, ¡cuánto me gustaría que nuestros yahoos fueran así de tratables!» Rogué entonces a Su Señoría que tuviera a bien excusarme de proseguir mi relación, pues estaba seguro de que las noticias que de mí esperaba iban a serle sumamente desagradables. Pero él porfió ordenándome que le hiciera saber tanto lo mejor como lo peor. A esto repliqué que cumpliría su mandato. Reconocí que los houyhnhnms que vivían entre nosotros, a los que llamábamos *caballos*, eran los animales más nobles y briosos que conocíamos, y que se distinguían por su fortaleza y velocidad. Cuando pertenecían a personas importantes y se los utilizaba en viajes, carreras o en el tiro de carruajes recibían un trato cariñoso y esmerado hasta que eran víctimas de enfermedades o les renqueaban las patas, momento en que eran vendidos para ser dedicados a toda clase de faenas penosas hasta su muerte. Llegada esta, se los despojaba del pellejo, que se vendía por lo que quisieran pagar, y la carne y los huesos quedaban para alimento de perros y aves de rapiña. Pero los caballos corrientes, en cambio, no tenían tan buena fortuna, pues estaban a cargo de labriegos, arrieros y otras gentes inferiores que los obligaban a trabajos muy duros y los alimentaban peor. Le describí también, lo mejor que pude, nuestra manera de montar a caballo, la forma y el uso de las bridas, de la silla, la espuela, el látigo, el arnés y las ruedas. Dije además que sujetábamos unas planchas de cierta materia dura llamada *hierro* a la planta de sus pies para evitar que los cascos se rompieran en los pedregosos caminos por donde a menudo viajábamos.

Mi amo, tras algunas expresiones de gran indignación, preguntó cómo nos atrevíamos a arriesgarnos sobre el lomo de un houyhnhnm, pues estaba seguro de que el más flojo de los que le servían sería capaz de sacudirse de encima al yahoo más fuerte o, tumbándose y revolcándose en el suelo, de causar su muerte por aplastamiento. Respondí que nuestros caballos estaban adiestrados desde los tres o cuatro años para realizar las tareas que les encomendábamos, y si alguno de ellos resultaba intolerablemente resabiado, se le dedicaba al tiro; que cuando eran jóvenes recibían severas palizas cada vez que se desmandaban, y que a los machos, destinados corrientemente para montura o para tiro, se los solía castrar a los dos años, para así calmar sus bríos y hacerlos más dóciles y mansos; y que, en verdad, respondían bien tanto al castigo como a la recompensa.

Finalmente rogué a Su Señoría que tuviera en cuenta que nuestros caballos no mostraban el menor destello de razón, tal como sucedía con los yahoos de este país.

Con ayuda de muchos circunloquios me había esforzado en dar a mi amo una idea exacta de lo que estaba contando, pues su lengua no abunda en palabras matizadas, ya que entre ellos los deseos y las pasiones son menos que entre nosotros. Pero resulta imposible expresar su noble indignación ante el trato salvaje que dábamos a la raza de los houyhnhnms, en particular después de explicarle nuestra manera y costumbre de castrar caballos impidiendo así la propagación de la especie y haciéndolos más serviles. Dijo entonces que si existiera un país donde solo los yahoos estuvieran dotados de inteligencia, sin duda deberían ser ellos los animales que gobernasen, pues la inteligencia tiene que triunfar, a la larga, sobre la fuerza bruta. Pero que considerando la armazón de nuestros cuerpos y, en especial, del mío, pensaba que ninguna criatura de igual tamaño estaba tan mal dotada para usar aquella inteligencia en las tareas corrientes de la vida; por ello deseaba saber si aquellos entre los que yo vivía se parecían a mí o a los yahoos de su país. Yo le aseguré que estaba tan bien formado como casi todos los de mi edad, pero que los más jóvenes y las hembras eran más blandos y suaves y que la piel de estas últimas, por lo general, era tan blanca como la leche. A esto replicó que, en efecto, yo difería de los demás yahoos por mi mayor pulcritud y por no ser enteramente tan deforme como ellos, pero en cuanto a ventajas reales, él creía que yo me diferenciaba, sí, pero en peor, y así, que las uñas no me servían para nada ni en los pies delanteros ni en los traseros y, en cuanto a aquellos, no se podían, en rigor, llamar pies, pues nunca me había visto caminar sobre ellos y eran demasiado delicados para las asperezas del suelo; que generalmente los llevaba descubiertos y si alguna vez usaba alguna cobertura, esta era diferente y menos fuerte que la que me ponía en los pies traseros. De esta manera yo no podía caminar con ninguna seguridad, pues si cualquiera de mis dos pies traseros resbalaba, tenía inevitablemente que caerme. Luego se puso a descubrir defectos en otras partes de mi cuerpo, indicando que tenía la cara aplastada, la nariz prominente y los ojos orientados hacia delante, de modo que no podía mirar a los lados sin torcer la cabeza, y señalando también que no era capaz de alimentarme sin llevar a la boca una de mis patas delanteras, razón por la cual la naturaleza me había provisto de las articulaciones apropiadas. No podía explicarle para qué servían las hendiduras y divisiones que mostraban los pies traseros, los cuales eran demasiado delicados para tolerar la dureza y las aristas de las piedras, a menos de cubrirlos con cuero procedente de algún otro animal. Notaba también que el cuerpo requería una protección contra el frío y el calor que yo me veía obligado a ponerme y quitarme a diario, tarea fastidiosa y molesta. Finalmente, dijo que en aquel país tenía la experiencia de haber visto cómo todos los animales aborrecían de manera espontánea a los yahoos, a quienes los más débiles evitaban y los más fuertes apartaban de su presencia. Así pues, suponiendo que nosotros estuviéramos dotados de inteligencia, no veía cómo podía borrarse aquella antipatía natural que todas las criaturas mostraban hacia nosotros, ni tampoco cómo podíamos adiestrarlas ni ponerlas a nuestro servicio. Sin embargo, añadió, no quería seguir tratando el asunto, pues estaba más interesado en que le hablara de mí, del país donde había nacido y de las diversas vicisitudes de mi vida hasta llegar a aquellas tierras.

Le hice saber lo muy deseoso que estaba de satisfacer su curiosidad, en todo pormenor, pero que dudaba seriamente que fuese posible explicar algunas cosas que Su Señoría no podría concebir, pues yo no veía nada en aquella tierra en que encontrar parecido, pero que, no obstante, trataría lo mejor que pudiera de expresarme mediante semejanzas, rogando humildemente su ayuda cuando me faltaran palabras adecuadas, ruego que tuvo a bien concederme.

Le referí entonces que era hijo de padres honrados, nacido en una isla llamada Inglaterra, tan remota, que el más fuerte de los siervos de Su Señoría necesitaría para hacer el viaje todos los días que tarda el sol en su recorrido anual; que me había educado como cirujano, ocupación que tiene como fin curar las heridas y daños corporales producidas por accidente o violencia; que mi patria estaba gobernada por una hembra de la especie humana a la que llamábamos Reina.[1] Añadí que había abandonado mi tierra en busca de riquezas con que mantenerme a mí y a mi familia cuando regresara y que en el último viaje había sido el patrón de un barco, con unos cincuenta yahoos a mis órdenes, algunos de los cuales murieron en alta mar y hube de sustituir por otros de distintas naciones. Dos veces había corrido nuestro barco el riesgo de hundirse, la primera a consecuencia de una tempestad y la segunda al chocar con una roca. Aquí me interrumpió mi amo para preguntarme cómo era posible que persuadiera a aquellos

1. La reina Ana (1702-1714), viuda de Guillermo III de Orange.

extranjeros de diversos países a correr riesgos conmigo, después de haber sufrido tantas pérdidas y afrontado tantos peligros. Le contesté que se trataba de individuos desventurados que se habían visto obligados a huir de su patria, ya a causa de su pobreza, ya por razón de sus delitos: unos arruinados por recurrir a la justicia; otros por haber disipado sus bienes en la bebida, las mujeres y el juego; otros por traidores, y muchos por ser culpables de asesinatos, robos, envenenamientos, asaltos, perjurios, falsificación de documentos, acuñación de moneda falsa, violaciones y sodomía, y por ser prófugos o desertores ante el enemigo. La mayoría de ellos eran presidiarios escapados y no se atrevían a volver a su patria por temor a la horca o a morir de hambre en un calabozo; esto los obligaba a ganarse la vida en el extranjero.

A lo largo de este relato mi amo tuvo a bien interrumpirme muchas veces, aunque yo había hecho uso de toda clase de rodeos para describirle la naturaleza de los diversos delitos que habían forzado a la mayor parte de mis tripulantes a huir de su patria. Pero este esfuerzo me llevó varios días de conversación antes de que me pudiera comprender, pues le costaba trabajo saber qué utilidad o necesidad había de practicar semejantes maldades. Para aclararle esto procuré darle una idea de lo que es la ambición de poder y riqueza, de los terribles efectos de la concupiscencia, el desenfreno, la mala voluntad y la envidia, vicios que me vi obligado a definir y describir poniendo ejemplos reales o supuestos, tras los cuales, como alguien abrumado por tener que imaginar algo nunca visto u oído, levantaba una y otra vez los ojos con pasmo e indignación. Nociones como las de poder, gobierno, guerra, justicia, castigo y mil otras no tenían términos en aquella lengua capaces de expresarlas, lo cual hacía casi insuperable la dificultad con que me enfrentaba para darle a mi amo una idea de lo que yo quería decir. Sin embargo, como estaba dotado de excelente juicio, muy cultivado por la contemplación y el diálogo, pudo por fin alcanzar un conocimiento suficiente de lo que es capaz de realizar la naturaleza humana entre nosotros y me pidió que le refiriera en pormenor lo que era esa tierra que llamamos Europa y en especial mi patria.

CAPÍTULO 5

A petición de su amo, el autor describe la situación de Inglaterra y las causas de guerra entre los soberanos europeos y comienza a explicar lo que es la Constitución inglesa

Ruego al lector que tenga presente que el siguiente extracto de muchas conversaciones que tuve con mi amo es un resumen de los temas más interesantes tratados en muchas ocasiones a lo largo de más de dos años, pues Su Señoría me pedía más pormenores conforme yo avanzaba en el dominio de la lengua de los houyhnhnms. Le expuse, lo mejor que pude, la entera situación de Europa, mencionando el comercio y manufacturas, las artes y las ciencias. Al hilo de mi relato, surgieron muchas preguntas cuya respuesta era para mí una reserva inagotable de conversación. Sin embargo, aquí anotaré solo lo más esencial de lo tratado entre los dos con respecto a mi patria, procurando en lo posible darle un orden, sin atenerme al tiempo ni a las circunstancias, pero sí estrictamente a la verdad. Solo me preocupa el que difícilmente podré reproducir con fidelidad los argumentos y expresiones de mi amo, que han de sufrir necesariamente por incompetencia mía y por tener que traducirlos a nuestra bárbara lengua.

Así pues, atendiendo los deseos de Su Señoría, le di cuenta de lo que había sido la revolución bajo el príncipe de Orange,[1] la larga guerra con Francia iniciada por dicho príncipe y continuada por su sucesora la Reina actual, guerra en que tomaron parte las grandes potencias de la Cristiandad y que todavía duraba.[2] A petición suya hice el cálculo de que a lo largo de toda la contienda acaso hubiera muerto un millón de yahoos, se hubiera capturado más de un centenar de ciudades y se hubieran hundido o incendiado unos quinientos barcos.

Me preguntó cuáles solían ser las causas o motivos que hacían a una nación entrar en guerra con otra. Le respondí que eran innumerables y que me limitaría a mencionar algunos de los principales. Unas veces se debía a la ambición de los soberanos, que nunca creen tener tierras y súbditos suficientes para gobernar; otras, la causa es la inmoralidad de los ministros, que arrastran a sus señores a una guerra para ahogar o distraer el malestar del pueblo contra su funesta administración. Las diferencias de opinión han costado ya millones de vidas, por ejemplo, cuando se discute si la carne es pan

1. El holandés Guillermo de Orange, protestante y antifrancés, sube al trono de Inglaterra ante la posición insostenible de Jacobo II, católico, que gobernó brevemente frente al Parlamento y la Iglesia Anglicana y tuvo que huir a Escocia. Guillermo III reina de 1689 a 1702.

2. Recuérdese que este viaje comienza en 1710; termina, como se verá, en diciembre de 1715. La guerra mencionada es la de Sucesión, concluida con el Tratado de Utrecht (1713), por tanto durante el viaje.

o el pan es carne, si el jugo de cierta fruta es sangre o vino, si el silbar es un vicio o una virtud, si es mejor besar un madero o arrojarlo al fuego, o si el mejor color para una casaca es el negro, el blanco, el rojo o el gris y si esta ha de ser larga o corta, estrecha o ancha, sucia o limpia, y otras muchas cosas por el estilo. Le dije además que no hay guerras tan feroces y sangrientas, ni de tan larga duración, como las ocasionadas por diferencias de opinión, particularmente cuando se trata de cuestiones triviales.

En otros casos la causa de la disensión entre dos monarcas reside en decidir quién de ambos ha de despojar a un tercero de sus posesiones, sin que ni uno ni otro alegue derecho alguno. A veces un soberano solo se querella contra otro por temor a que este se querelle contra él. Unas veces se declara una guerra porque el enemigo es demasiado fuerte y otras porque es demasiado débil. En ocasiones nuestros vecinos desean las cosas que poseemos o poseen las que deseamos y luchamos hasta que ellos se apoderan de las nuestras o nos entregan las suyas. Se considera motivo justificado de guerra y se invade un país cuando sus habitantes han sufrido los estragos del hambre o la peste o andan enredados en luchas intestinas. También se encuentra justificación para entrar en guerra contra nuestro aliado más adicto, si una de sus ciudades nos conviene por su situación o uno de sus territorios nos sirve para redondear nuestros dominios o hacerlos más compactos. Si un monarca envía sus tropas a un país habitado por gentes pobres e ignorantes, es legítimo que mate a la mitad de la población y esclavice a la otra mitad para civilizarla y sacarla de la barbarie. Se considera honorable y digna de reyes la costumbre frecuente de que, si un soberano pide ayuda a otro en caso de posible invasión, este, después de expulsado el invasor, se apodere de los territorios defendidos y mate, haga prisionero o destierre al que vino a ayudar. Las alianzas por parentesco o matrimonio son causa suficiente de guerra entre reyes, y cuanto más estrecho es el parentesco, tanto mayor el riesgo de disputa. Las naciones pobres pasan hambre y las ricas se sienten orgullosas; el orgullo y el hambre siempre estarán reñidos entre sí. Por todas estas razones la profesión de soldado se tiene por la más honorable de todas, pues un soldado es un yahoo contratado para matar a sangre fría a cuantos miembros de su especie, que nunca le ofendieron, le sea posible.

Existe igualmente un tipo de príncipes mendigos en Europa, incapaces de hacer la guerra por sí mismos, que arriendan sus propios soldados a Estados más ricos, a tanto el día cada hombre, salario del que descuentan tres cuartas partes para sí, lo que constituye la porción más sustancial de los ingresos de estos soberanos. Tal ocurre con los de Alemania y otras partes del norte de Europa.[3]

«Lo que me contáis —dijo mi amo— acerca de la guerra revela bien a las claras los efectos de esa inteligencia que pretendéis tener; sin embargo, por fortuna, el oprobio es mayor que el peligro, pues la naturaleza os ha incapacitado para hacer mucho daño, ya que teniendo como tenéis la boca aplanada, difícilmente podréis morderos unos a otros sin consentimiento de la otra parte. Y en cuanto a las pezuñas de vuestros pies traseros o delanteros, son tan cortas y endebles que uno

3. Jorge I, antes de ser rey de Inglaterra, tenía tropas mercenarias como elector de Hannover.

solo de nuestros yahoos sería capaz de ahuyentar a una docena de vosotros. Por ello, al hacer recuento del número de los muertos en batalla, no puedo menos de deciros que *habéis dicho lo que no es.*»

No pude evitar el sacudir la cabeza y sonreír ante su ignorancia. Y como no me era desconocido el arte de la guerra, le di una descripción de lo que eran los cañones, culebrinas, mosquetes, carabinas, pistolas, pólvora, espadas, bayonetas, batallas, asedios, retiradas, ataques, minas y contraminas, bombardeos y combates navales; le hablé de navíos hundidos con mil hombres; de veinte mil muertos por cada bando, de quejidos de agonía, de miembros despedidos por el aire, del humo, el fragor y la confusión, de hombres muertos y pisoteados por los cascos de los caballos, de huidas, persecuciones y victorias; de campos sembrados de cadáveres abandonados al diente de perros y lobos y a las aves de rapiña; de saqueos, despojos, violaciones, incendios y destrucciones. Y para destacar la valentía de mis queridos compatriotas, le aseguré que los había visto hacer saltar de una vez a cien enemigos en un asedio y a otros tantos en un barco, y que había contemplado cómo caían los muertos destrozados desde las nubes, con gran algazara de los espectadores.

Iba yo a pasar a mayores pormenores cuando mi amo me mandó callar. Dijo que todo aquel que comprendiera la naturaleza de los yahoos no tendría dificultad en concebir que un animal tan vil fuese capaz de todas las acciones que yo había enumerado si su fuerza y astucia igualaban su maldad. Pero que, al tiempo que mis palabras enconaban su repugnancia por toda la especie, se había percatado de que sentía una inquietud totalmente desconocida hasta entonces y era esta que, conforme se acostumbraban sus oídos a lo que decían mis palabras, acaso con el tiempo acabaran admitiéndolo, cada vez con menor repulsión. Luego añadió que aunque él aborrecía a los yahoos de su país, no los culpaba, sin embargo, de sus odiosas cualidades en mayor grado que a un *gnnayh* (ave de rapiña) por su crueldad o a una piedra cortante por dañar sus cascos. Pero si una criatura que se jacta de inteligente era capaz de tales atrocidades, temía que la perversión de la facultad de pensar acaso fuera peor que la propia bestialidad. Por todo ello le parecía que, en lugar de inteligencia, lo que teníamos era una cierta cualidad destinada a desarrollar nuestros vicios de nacimiento, de manera parecida a cómo un río revuelto refleja la imagen de un cuerpo deforme, no solo mayor, sino más desfigurada.

Me dijo, además, que tanto en esta como en anteriores conversaciones me había oído hablar demasiado del tema de la guerra y que había otra cuestión que en aquel momento le tenía perplejo, pues yo había dicho que algunos de nuestros tripulantes habían abandonado su patria al haber quedado arruinados por la Justicia y que, si bien yo ya le había aclarado el significado de esta palabra, le desconcertaba pensar cómo era posible que la Justicia, hecha como garantía de vida para todos los hombres, pudiera convertirse en la ruina de algunos. Por ello me rogaba una mayor explicación de lo que yo entendía por Justicia y sobre quienes la solían administrar ahora en mi patria, pues él entendía que la naturaleza y la razón eran suficientes para orientar a animales racionales, como pretendíamos ser nosotros, en lo que debíamos hacer o evitar.

Le aseguré a Su Señoría que el Derecho era una

ciencia en la que no estaba yo muy versado, fuera de haber tenido que acudir, en vano, a abogados para reparar algunas injusticias de que había sido víctima. Sin embargo, iba a tratar de satisfacer su curiosidad en todo lo que me fuera posible.

Dije entonces que existía entre nosotros un grupo de gentes adiestrados desde la mocedad en el arte de demostrar, mediante palabras que se multiplicaban para este fin, que lo blanco es negro y lo negro blanco, según les pagaran. Para este grupo todas las demás gentes son esclavos. Y así, por ejemplo, si a un vecino mío se le antoja mi vaca, contrata un abogado para demostrar que debo entregársela. En tal caso yo me veo obligado a contratar otro para defender mis derechos, pues va contra las reglas del Derecho que se le permita a un hombre hablar en su propio favor. Pues bien, en un caso como este, yo, que soy el verdadero dueño de la vaca, sufro dos graves desventajas. La primera, que mi abogado, ducho casi desde la cuna en defender falsedades, se encuentra fuera de su elemento al tener que ponerse de parte de lo que es justo, tarea que, siendo contraria a su profesión, acomete siempre con gran torpeza, si no con malevolencia. La segunda es que mi abogado debe conducirse con cautela, so pena de ser amonestado por los jueces y aborrecido por sus colegas como alguien que menoscaba el ejercicio del Derecho. En consecuencia solo me quedan dos salidas si quiero conservar la vaca. La primera consiste en ganarme al abogado de mi adversario pagándole dobles honorarios y consiguiendo así que traicione a su cliente insinuando que la justicia le asistía. La segunda consiste en que mi abogado haga lo posible por presentar mi causa como injusta, concediendo que la vaca pertenece a mi antagonista y si esto lo consigue hacer con habilidad, indudablemente se asegurará la buena voluntad del tribunal.

«Ahora bien —continué—, Vuestra Señoría debe conocer que estos jueces son personas designadas para dirimir todas las disputas que atañen a la propiedad y para juzgar a los delincuentes. Están escogidos entre los abogados más expertos, cuando se han hecho viejos u holgazanes, mas, por haberse acostumbrado a lo largo de sus vidas a atentar contra la verdad y la equidad, se sienten tan fatalmente obligados a favorecer el fraude, la falsedad y las vejaciones que yo he sabido de algunos que rechazaron un fuerte soborno del lado de la justicia antes que agraviar a los compañeros haciendo algo impropio de su naturaleza y profesión.

»Rige entre estos abogados la máxima de que todo lo que se ha hecho antes puede volverse a hacer legalmente otra vez y, por tanto, tienen buen cuidado de archivar todas las sentencias dictadas antes contra el derecho natural y el sentido común de la humanidad. Las decisiones así archivadas, llamadas *precedentes*, se presentan luego como jurisprudencia para justificar las mayores iniquidades, y los jueces jamás dejan de fallar en consecuencia. Cuando defienden una causa evitan tenazmente entrar en el fondo, pero se muestran vocingleros, violentos y prolijos al examinar todo aquello que es ajeno al asunto. Así, en el ejemplo antes mencionado jamás intentan averiguar qué título o derecho a mi vaca alega el demandante, sino si la citada vaca era negra o colorada, si los cuernos eran largos o cortos, si el prado en que la hago pastar es redondo o cuadrado, si la ordeñaban en el establo o fuera, a qué dolencias es propensa, y cosas parecidas. Averiguado esto, estudian la jurisprudencia, suspenden la sesión una y otra vez, y al cabo de diez, veinte o treinta años alcanzan una resolución.

»Debe advertirse aquí también que estos juristas tienen una jerga propia, incomprensible para los demás mortales, y en ella están redactadas sus leyes, que tienen mucho cuidado en multiplicar, y en las que han embrollado enteramente las mismas esencias de lo verdadero y lo falso, de lo justo y lo injusto, por lo cual habrán de pasar treinta años hasta que se decida si el terreno que seis generaciones de antepasados me dejaron en herencia me pertenece a mí o a algún extraño que vive a trescientas millas del lugar.

»Cuando se juzga a personas acusadas de delitos contra el Estado el procedimiento es mucho más breve y encomiable; el juez sondea como primera medida la disposición de quienes ejercen el poder y, después, ya puede tranquilamente mandar a la horca al delincuente o salvarlo guardando al mismo tiempo todas las debidas formas legales.»

Aquí mi amo me interrumpió para decir cuán de lamentar era que a personas dotadas de tan prodigiosa inteligencia como estos abogados —tal como yo los describía— debían de ser no se las incitara, lo que sería preferible, a instruir a los demás en prudencia y sabiduría. En respuesta a esto aseguré a Su Señoría que, fuera de su oficio, estos hombres constituían la casta más ignorante y estúpida de nuestra sociedad, y eran los más despreciables en la plática ordinaria; eran, además, enemigos declarados de todo conocimiento y cultura, y estaban tan dispuestos a falsear todas las razones aceptadas por la humanidad en cualquier terreno como lo hacen en el de su propia profesión.

CAPÍTULO 6

Continúa la descripción del estado de Inglaterra bajo la Reina Ana. Semblanza del primer ministro en una corte europea

Mi amo seguía enteramente perplejo tratando de comprender qué móviles podían empujar a esta casta de los abogados a embrollarse, acongojarse y agobiarse en un contubernio de injusticias solo con el fin de perjudicar a sus congéneres. Y tampoco podía concebir lo que yo quería decir cuando afirmaba que se los contrataba para ello. Ante esto tuve que esforzarme en explicarle el uso del dinero y las materias de que se fabricaba, así como el valor de los metales, y cómo, cuando un yahoo tenía gran acopio de esta valiosa materia, estaba en condiciones de comprar cuanto se le antojara —los vestidos más primorosos, las mansiones más señoriales, grandes extensiones de tierras, los manjares y bebidas más costosos—, además de escoger entre las mujeres más hermosas. Así pues, como solo con dinero se podían realizar tales proezas, nuestros yahoos pensaban que nunca tenían suficiente caudal para gastar o ahorrar, pues tenían una propensión natural a una de las dos cosas, la prodigalidad o la avaricia. También le conté que los ricos disfrutaban a costa del trabajo de los pobres y que estos se contaban en la proporción de mil por cada uno de aquellos; y que la mayoría de la gente se veía obligada a vivir en la miseria, trabajando a diario por un jornal escaso a fin de que unos pocos vivieran en la abundancia. Me extendí en estos y otros pormenores tocantes al mismo asunto, pero Su Señoría no se sentía convencido, pues partía del supuesto de que todos los animales tenían derecho a participar en los frutos de la tierra, en especial aquellos que presiden a los demás, y así, me rogaba que le explicara en qué consistían esos manjares y qué pasaba para que se nos antojaran. A esto respondí enumerando todos los que se me ocurrieron, indicando las diversas maneras de aderezarlos, lo que no se podía hacer sin enviar barcos a todos los mares del mundo, lo mismo que en busca de bebidas, salsas y un sinfín de cosas para regalo de su vida. Le hice también saber que había que dar la vuelta al globo terráqueo lo menos tres veces para que una de nuestras hembras acomodadas tuviera el desayuno o una taza donde servirlo. Entonces él replicó que debía de ser un país mísero aquel que no pudiera proveer de alimentos a sus moradores, pero que lo que más le extrañaba era cómo aquellas vastas extensiones de terreno que yo describía estaban tan privadas de agua potable que era menester enviar gentes en busca de bebida por los mares. Yo repliqué que Inglaterra, mi querida patria, podía producir, según cálculos, tres veces más alimentos de los que puede consumir su población, así como licores extraídos de cereales, o exprimidos de ciertas frutas que dan una bebida excelente; sin embargo, para mantener el boato y saciar los apetitos de los hombres, así como la vanidad de las mujeres, mandábamos a otros países la mayor parte de lo que necesitábamos, a cambio de productos causantes de enfermedades, desvaríos y vicios. Esto, a su vez, exige que gran cantidad de gente se vea forzada a buscar el sustento mendigando, robando, hurtando, engañando, alcahueteando, perjurando, adulando, sobornando, falsificando, peleando, mintiendo, halagando, fanfarroneando, votando, garabateando, fantaseando, envenenando, putañeando, hablando jerigonzas, difamando, practicando el librepensamiento y entregada a otras ocupaciones semejantes, cuya naturaleza me costó gran trabajo hacerle comprender.

Le dije que el vino no lo importábamos de otros países por falta de agua u otras bebidas, sino porque era un líquido que nos ponía contentos embotando los sentidos y distrayéndonos de todo pensamiento melancólico, y que además, engendraba en nuestro cerebro extravagantes fantasías, nos levantaba el ánimo y ahuyentaba nuestros temores, suspendía temporalmente el ejercicio de la facultad de pensar y nos privaba del uso de los miembros corporales hasta que caíamos en un sueño profundo, aunque hay que confesar que siempre nos despertábamos con náuseas y deprimidos, y que el consumo de esta bebida era causa de muchas enfermedades que acongojaban y acortaban nuestras vidas.

Por otra parte, añadí, la mayoría de nuestra gente se ganaba la vida satisfaciendo las necesidades y los gustos de los ricos, o haciendo lo mismo entre sí. Así, por ejemplo, cuando yo vivo en mi patria y visto como es debido, llevo encima el producto del trabajo de cien artesanos, tantos como se han necesitado para construir y amueblar la casa que habito, pero solo la quinta parte de los requeridos para adorno de mi esposa.

Me dispuse luego a hablarle de otra especie de hombres que viven de asistir a los enfermos, pues ya había informado antes a Su Señoría de que muchos de mi tripulación habían muerto víctimas de enfermedad. Pero aquí tuve suma dificultad en hacerle entender lo que le decía. Él sí podía comprender que un houyhnhnm estuviera débil y agobiado pocos días antes de morir, o que, por accidente, se lesionara una de las patas. Pero que la naturaleza, que obra a la perfección, tolerase semejantes dolencias a nuestros cuerpos, le parecía imposible y deseaba saber la razón de un mal tan inexplicable. Le respondí que nos alimentábamos de un sinfín de cosas de efectos contrarios entre sí, que comíamos sin tener hambre y bebíamos sin que la sed nos obligase, que pasábamos noches enteras bebiendo licores fuertes sin probar un bocado, lo que nos inclinaba a la pereza, nos encendía la sangre y precipitaba o impedía la digestión. Díjele asimismo que las prostitutas yahoos padecían cierta enfermedad que causaba degeneración en los huesos de quienes caían en sus brazos, que tanto esta como otras enfermedades se propagaban de padres a hijos, de suerte que eran innumerables los que venían al mundo tarados ya con males complejos; sería interminable el inventario de todas las dolencias que aquejan al cuerpo humano, pero no bajarían de quinientas o seiscientas, distribuidas por todas las extremidades y articulaciones; en fin, que todas las partes del cuerpo, internas o externas, tenían sus enfermedades peculiares. Para remediar esto, existía entre nosotros un grupo de gentes, instruidas en la profesión, o simulación, de curar a los enfermos. Y como yo tenía cierta destreza en este oficio, estaba dispuesto, en gratitud a Su Señoría, a explicarle todo el misterio y métodos con que actuaban.

El principio fundamental de esta profesión, le aclaré, es que todas las enfermedades se deben a hartazgos, de donde los médicos concluyen que se hace necesario un buen vaciado del cuerpo, bien por sus salidas naturales, o bien hacia arriba, por la boca. Partiendo de esta base se dedican luego a preparar una mixtura extraída de hierbas, minerales, resinas, aceites, conchas, sales, jugos, algas, excrementos, cortezas de árbol, culebras, sapos, ranas, arañas, carroña y huesos humanos, aves, bestias y peces. Esta mixtura se la dan a oler y gustar al paciente y es lo más repugnante, nauseabundo y repulsivo que pueden inventar, tanto que el estómago lo rechaza inmediatamente con asco, y a esto lo llaman vómito. La otra alternativa, con los mismos ingredientes y algunos añadidos ponzoñosos, consiste en que nos dejemos introducir, por el orificio superior o el inferior —según el capricho del médico—, una medicina igualmente fastidiosa y repugnante para los intestinos, la cual, al relajar el vientre, arrastra ante sí todo. A esto lo llaman un purgante o, en su caso, un clíster o lavativa. Porque los médicos argumentan que habiendo destinado la naturaleza el orificio anterosuperior para la ingestión de sólidos y líquidos y el inferoposterior para la expulsión, y considerando estos ingeniosos artistas que en toda enfermedad la naturaleza está desplazada de su función, a fin de restaurarla en su lugar, hay que tratar al cuerpo por procedimientos absolutamente contrarios, permutando la misión de cada orificio, forzando sólidos y líquidos por el ano y haciendo las expulsiones por la boca.

Pero aparte de las enfermedades reales, añadí, padecíamos otras que eran solo imaginarias, para las cuales los médicos habían inventado remedios también imaginarios; para estos había nombres diversos, como también para los medicamentos utilizados en cada caso, de los cuales están siempre plagadas nuestras hembras yahoos.

Una de las excelencias de esta casta es el acierto en el pronóstico, en el que rara vez fallan; cuando lo hacen en enfermedades genuinas que han alcanzado cierto grado de gravedad y, por lo regular, anuncian muerte —la cual siempre tienen en su mano, como no pasa con la curación—, entonces, ante cualquier inesperado indicio de mejoría que aparezca después de pronunciada su sentencia, antes que ser acusados de falsos profetas saben cómo demostrar su sagacidad al mundo mediante una dosificación oportuna. Igualmente resultan de uso conveniente a maridos y esposas hartos de su cónyuge, a los primogénitos, a los grandes ministros de Estado y, con frecuencia, a los monarcas.

En ocasiones anteriores había ya conversado en general con mi amo sobre la naturaleza de nuestro gobierno, y en particular sobre nuestra excelente Constitución, admirada y envidiada merecidamente por el mundo entero,[1] pero al mencionar en esta ocasión, por casualidad, a los ministros del Estado, me

1. Inglaterra, curiosamente, no tiene un estatuto coherente y único al que se le pueda llamar *Constitución* en el sentido moderno, sino un conjunto de leyes diversas y tradiciones que forman el fundamento jurídico y político del país.

instó poco después a que le informase qué clase de yahoo designaba yo con tal nombre.

Le expliqué entonces que un primer ministro o principal ministro de Estado, como era la criatura que iba a describirle, era un ser totalmente privado de alegrías y pesares, de amor y odio, de piedad y cólera; por lo menos que no se deja llevar de otra pasión que un inmoderado afán de riqueza, poder y honores; que hace uso de las palabras para todo, excepto para revelar su pensamiento; que nunca dice la verdad, menos cuando pretende que se tome por mentira, ni tampoco dice una mentira que no desee que pase por verdad; que aquellos de quienes peor habla a sus espaldas son los que tienen carrera y ascensos más seguros, pero cuando empieza a alabar a uno ante otros o ante él mismo, debe uno considerarse desde ese momento en desgracia. La peor muestra de aprecio que se puede recibir es una promesa, en particular si va reforzada por juramento solemne. Si esto acontece, el hombre avisado se aparta y abandona toda esperanza.

Hay tres procedimientos por los que un hombre puede encumbrarse al cargo de ministro principal: primero, sabiendo cómo disponer prudentemente de esposa, hija o hermana; segundo, traicionando o socavando la posición de su predecesores; y tercero, mostrando un furioso ardor en toda asamblea pública contra la corrupción de la corte. Pero un monarca discreto prefiere, por lo general, escoger a los que siguen el tercer procedimiento, porque estos fanáticos resultan siempre los más obsequiosos y serviles ante la voluntad y las manías de su amo. Tales «ministros» —le aclaré—, al tener la facultad de disponer de todos los cargos, se mantienen en el poder sobornando a la mayoría del

Senado o Gran Consejo; para remate, mediante un precepto llamado «Ley de Inmunidad» (cuya naturaleza le describí) se protegen contra eventuales rendiciones de cuentas y pueden retirarse de la vida pública enriquecidos tras despojar la nación.

El palacio del primer ministro es un vivero donde se educan otros en el oficio, y así, los pajes, lacayos y porteros, imitando a su amo, se convierten en ministros de Estado de sus propias jurisdicciones y aprenden a destacarse en las tres cualidades principales, que son la insolencia, la mentira y el soborno. En consecuencia, se hallan rodeados de una corte subalterna compuesta de personas de alto rango y, a veces, en virtud de su maña y desvergüenza, consiguen gradualmente convertirse en sucesores de su señor. Este, a su vez, es juguete de una mujerzuela decrépita o de un lacayo favorito, que constituyen los conductos por los que se reparten todos los favores y que pueden llamarse, apropiadamente, en última instancia, los gobernantes del reino.

Un día, mi amo, después de oírme mencionar la nobleza de mi patria, tuvo a bien hacerme un cumplido que yo no pretendía merecer, a saber, que yo debía de haber nacido en el seno de una familia noble, pues aventajaba en figura, color y pulcritud a todos los yahoos de su país, si bien parecía inferior a ellos en fortaleza y agilidad, lo que habría que atribuir a que mi género de vida era diferente del de aquellos brutos; además, yo estaba no solo dotado de la facultad de hablar, sino que poseía también algunos rudimentos de razón, en grado tal que ante sus amistades pasaba por un prodigio.

Me hizo notar que entre los houyhnhnms, los blancos, los alazanes y los grises no estaban exactamente formados como los bayos, los tordos moteados y los negros, ni habían nacido con igual inteligencia ni la misma capacidad de desarrollarla, por lo cual seguían permanentemente en su condición de siervos, sin aspirar jamás a destacarse de los de su propia raza, lo que en aquel país se consideraría monstruoso y contra natura.

Le di humildemente las gracias a Su Señoría por la buena opinión que se había dignado formar de mí, pero le hice saber al mismo tiempo que mi cuna había sido humilde, pues mis padres eran gente honrada y corriente, con medios justos para darme una educación discreta. Luego le expliqué que entre nosotros la nobleza era algo enteramente distinto de lo que él creía, que los jóvenes pertenecientes a ella se educan desde la niñez en el ocio y la molicie; que tan pronto se lo tolera la edad consumen sus energías y contraen repugnantes enfermedades en su trato con hembras libidinosas; y que cuando casi han disipado su fortuna, se casan tan solo a causa de su dinero con alguna mujer de baja estofa, desagradable y enfermiza, a la que odian y desprecian. Fruto de tales matrimonios son por lo general niños escrofulosos, raquíticos y deformes, y a este tenor rara vez continúa la descendencia más allá de la tercera generación, a menos que la esposa se preocupe de buscar un padre sano entre sus vecinos o criados con objeto de mejorar y continuar la estirpe. Un cuerpo débil y enfermo, un semblante macilento y una tez cetrina son signos inequívocos de sangre noble; en cambio, un aspecto sano y robusto resulta tan ignominioso en hombre importante que la gente llega a la conclusión de que su auténtico padre tiene que haber sido un mozo de cuadra o un cochero. Sus deficiencias mentales son paralelas a las corporales y constituyen una mezcla de mal humor, embotamiento, ignorancia, inconstancia, sensualidad y arrogancia.

Pero sin el consentimiento de esta ilustre casta de la nobleza no se puede promulgar una ley, ni derogarla ni modificarla;[2] estos nobles tienen asimismo poder decisivo e inapelable sobre todos nuestros bienes.

2. Alusión a la Cámara de los Lores, que puede refrendar o rechazar las leyes redactadas y aprobadas por los Comunes.

CAPÍTULO 7

Patriotismo del autor. Observaciones de su amo sobre la Constitución y administración de Inglaterra, según la describe el autor, con mención y comparación de casos paralelos. Consideraciones del amo sobre la naturaleza humana

El lector se preguntará, y con razón, cómo pude inducirme a mí mismo para hacer una semblanza tan desenvuelta de mi propia especie ante una raza de mortales que estaban ya demasiado predispuestos a concebir la más deplorable opinión del género humano a causa de la entera coincidencia que veían entre mí y los yahoos. Pero debo reconocer con franqueza que las muchas virtudes de aquellos excelentes cuadrúpedos, contrapuestas a los vicios humanos, me habían abierto de tal modo los ojos y el entendimiento que empecé a contemplar los actos y pasiones del hombre con criterios muy diferentes y a pensar que el honor de mi especie no merecía que me ocupara en defenderlo, lo cual, además, resultaba imposible para mí ante persona tan sagaz como mi amo, quien a diario me hacía ver mil defectos en mí mismo de los que antes no tenía la menor idea y que nosotros jamás contaríamos entre las flaquezas humanas. Del mismo modo yo, con su ejemplo, había cobrado una total aversión a toda falsedad o engaño y la verdad me parecía tan atrayente que decidí sacrificar todas las cosas a ella.

Pero permítame el lector que le confiese sinceramente que había otra razón de más peso para la franqueza con que yo había expuesto mi versión de los hechos, y es que no había cumplido un año en aquel país cuando llegué a sentir tal afecto y respeto por sus habitantes, que tomé la firme resolución de no volver jamás entre los humanos, sino pasar el resto de mis días con estos admirables houyhnhnms en la contemplación y práctica de todas las virtudes y sin un mal ejemplo ni incitación al vicio. Pero el destino, mi perpetuo enemigo, había dispuesto que no me fuera otorgada semejante dicha. Siento ahora, sin embargo, algún consuelo al reflexionar que en lo que yo contaba de mis compatriotas procuraba paliar sus defectos hasta donde me atrevía ante un censor tan riguroso, y en todos los hechos presentaba el aspecto más favorable que cada uno permitía, pues, a decir verdad, ¿quién entre los vivos no se deja llevar por sus prejuicios y parcialidad al juzgar a su patria?

He narrado ya lo esencial de las múltiples conversaciones que sostuve con mi amo durante la mayor parte del tiempo que me honré en su servicio, pero debo decir que, en aras de la brevedad, he omitido mucho más de lo que llevo apuntado.

Cuando hube contestado todas sus preguntas y su

curiosidad parecía plenamente satisfecha, mandó a buscarme una mañana temprano y ordenándome que me sentara a cierta distancia —honor que hasta entonces no me había concedido— me dijo que había estado considerando seriamente toda mi historia, en lo que se refería a mí y a mi patria, y nos tenía por una especie de animales a los que, por algún accidente que no podía imaginar, nos había tocado en suerte una partícula de inteligencia que solo nos servía para agravar nuestra maldad innata y para adquirir nuevos vicios que la naturaleza no nos había otorgado, al tiempo que nos desprendíamos de las pocas virtudes que ella nos había conferido y habíamos logrado multiplicar nuestras necesidades naturales; parecía, así, que nos pasábamos la vida entera tratando en vano de satisfacerlas mediante nuestras propias invenciones. En cuanto a mí, era patente que no poseía ni la fortaleza ni la agilidad de un yahoo corriente y que caminaba inseguro sobre las patas traseras, tras haber inventado un medio de cubrir mis pezuñas, que así resultaban inútiles e inofensivas, y otro para librar la cara del pelo que había de protegerla del sol y las inclemencias. Y finalmente, que yo era incapaz de correr velozmente y de trepar a los árboles como lo hacían mis hermanos —así los llamaba—, los yahoos de aquel país.

Añadió que nuestras instituciones políticas y legales eran sin duda resultado de nuestras graves deficiencias mentales y, por consiguiente, de defectos en la virtud, pues la razón, por sí sola, bastaría para gobernar un ser racional, condición esta que no podíamos recabar, ni siquiera por la descripción que yo había hecho de mi pueblo, aunque él había percibido claramente que para favorecerlos yo había ocultado algunos pormenores y había dicho a menudo *lo que no es*.

Confirmaba todavía más esta opinión suya el observar que yo coincidía en todos los rasgos del cuerpo con otros yahoos, excepto en lo que, con merma para mí, se refería a fuerza, rapidez y agilidad, lo menguado de mis pezuñas y otros rasgos de que no tenía culpa la naturaleza. Y por la descripción que yo le había dado de nuestras vidas, costumbres y actos, observaba una semejanza parecida en la disposición de nuestra mente. Dijo que a los yahoos se los conocía por tener más odio entre sí que hacia las demás especies animales, lo que se solía atribuir a la fealdad de su propia figura, que eran capaces de advertir en sus congéneres, pero no en sí mismos. Por ello él había empezado a pensar que no era desatinado el que nos cubriéramos el cuerpo y, así, ocultásemos a los ojos de los demás muchas de nuestras deformidades, las cuales, de otro modo, resultarían difícilmente soportables. Pero ahora descubría que se había equivocado y que las disensiones entre los brutos de su país se debían a la misma causa que las nuestras, tal como se desprendía de mi descripción. Pues, según él decía, si se les echaba a cinco yahoos comida suficiente para cincuenta, en vez de consumirla en paz, armaban una verdadera trifulca en la que cada uno estaba deseoso de apoderarse de todo, por lo cual había que encargar generalmente a un criado que los vigilase cuando comían fuera, mientras que a los que vivían en casa se los ataba guardando la distancia para mantenerlos separados. Si una vaca se moría de vieja o por accidente, antes de que un houyhnhnm la pudiera reservar para sus yahoos, solía ocurrir que otros que estaban cerca acudían en manadas y se originaba una reyerta como la mencionada, en la que todos los contendientes sufrían terribles heridas causadas por las garras, si bien era poco frecuente que se mataran, por faltarles instrumentos tan adecuados para la muerte como los que nosotros habíamos inventado. En otras ocasiones se habían librado también combates entre yahoos de varios distritos vecinos sin causa aparente; en estas batallas los de una comarca acechaban la ocasión de sorprender a los de la vecina antes de que pudieran prepararse. Pero si sus planes fracasaban, regresaban a su territorio, donde, a falta de enemigos, entablaban entre sí lo que yo llamaría una guerra civil.

También me dijo mi amo que en algunas partes de su país existían ciertas piedras brillantes de diversos colores, por las que los yahoos sentían una pasión desmedida, y si, como ocurría a veces, estas piedras estaban medio enterradas, eran capaces de pasarse días enteros escarbando con las garras hasta sacarlas, para luego llevárselas y esconderlas a montones en sus cubiles, pero mirando alrededor con cuidado, por miedo a que otros animales descubrieran el escondite del tesoro. Nunca, añadió mi amo, había podido averiguar la causa de esta pasión tan poco natural, ni qué utilidad tenían semejantes piedras para un yahoo, pero ahora creía que se debía al mismo principio de avaricia que yo había atribuido a los humanos. Recordó que una vez, a modo de experimento, se había llevado en secreto un montón de estas piedras del lugar en que las había enterrado uno de sus yahoos, con lo que este mezquino animal, al percatarse de la desaparición, rompió en tan ruidosos quejidos, que todo el rebaño acudió al lugar y allí, aullando tristemente, se puso a morder y arañar a los demás, empezó a languidecer, negándose a comer, dormir y trabajar hasta que el amo ordenó a un criado que, sin ser visto, restituyera las piedras a su escondite y las dejara ocultas como antes, de modo que cuando el yahoo las volvió a ver recobró los ánimos y la alegría, si bien procuró trasladarlas a un escondite mejor. Desde entonces ha sido una bestia muy aprovechable.

Confirmando esto, mi amo me aseguró, y yo tuve ocasión de cerciorarme, que en los terrenos en que abundan estas piedras relucientes es donde se libran más batallas y estas son más feroces debido a las constantes incursiones de los yahoos vecinos. Añadió que era cosa corriente observar que cuando dos yahoos encontraban en el campo una piedra de estas y se disputaban la propiedad del hallazgo, un tercero aprovechaba para quitársela a los dos, en lo cual, como sostenía mi amo, tenía que existir alguna semejanza con nuestros litigios. Yo no creí conveniente desengañarle, para salvar nuestra reputación, pues el desenlace que él mencionaba era mucho más equitativo que muchas sentencias de nuestros jueces, ya que, entre ellos, tanto el demandante como el acusado solo perdían la piedra en disputa, mientras que nuestros tribunales no darían por cerrado el caso en tanto tuviera algo que perder uno de los dos litigantes.

Continuando en el uso de la palabra, dijo mi amo que no había nada que diera más repugnancia en los yahoos que su afán indiscriminado de devorar cuanto se ponía a su alcance, fueran hierbas, raíces, bayas o carroña, todo revuelto, y era un rasgo de su carácter el preferir aquello que podían hurtar o robar lejos a los alimentos, mucho mejores, que les facilitaban en casa; si la presa duraba, eran capaces de seguir devorándola hasta que estaban a punto de reventar, y llegado este punto acudían a una raíz que la naturaleza había provisto para hacer una purga total.

Existía además otra raíz muy jugosa, pero rara y difícil de hallar, que los yahoos buscaban afanosamente y chupaban con gran deleite. Este jugo producía en ellos los mismos efectos que el vino en nosotros. Unas veces hacía que se abrazasen, otras que se arañasen; bajo su influencia aullaban y reían, parloteaban, daban vueltas y se tambaleaban para caer luego dormidos en el barro.

Y realmente pude observar que los yahoos eran los únicos habitantes de aquel país sujetos a alguna enfermedad. Las que padecían eran menos que las que tienen los caballos en nuestra sociedad, y se deben, no a malos tratos recibidos, sino a la suciedad y voracidad de estas viles bestias. La lengua de esta nación no tiene otro nombre para estas dolencias que el basado en el nombre del animal, a saber, *hnea yahoo*, que significa «el mal del yahoo», y el remedio recetado para curarlo es una mixtura hecha de sus propios excrementos y orina que tienen que meter a la fuerza por la garganta del yahoo. Luego he podido saber que es eficaz y desde ahora se lo recomiendo a mis compatriotas, para bien de la sociedad, como específico excelente contra todas las enfermedades debidas a hartazgo.

En cuanto a la cultura, las artes y las manufacturas, confesó mi amo que no hallaba parecido, o este era pequeño, entre los yahoos de su país y los nuestros, pues solo le interesaba advertir lo que en nuestras dos naturalezas era igual. Ciertamente, él había oído decir a algún houyhnhnm curioso que en casi todos los rebaños de yahoos existía una especie de jefe —al igual que en nuestro país hay generalmente dentro de las reservas de caza un ciervo dominante— que siempre se destacaba por tener el cuerpo más deforme e intenciones más aviesas que los demás. Este cabecilla solía tener un favorito lo más semejante posible a él, cuya tarea consistía en lamer los pies y el trasero del amo y llevarle a su cubil las hembras. Este trabajo quedaba de vez en cuando recompensado con un trozo de carne de asno. Al favorito lo aborrece todo el rebaño, por lo cual busca amparo constantemente a la sombra del cabecilla. Por lo general conserva el empleo en tanto no se encuentra alguno peor, pero tan pronto lo desechan, su sucesor, en cabeza, y todos los yahoos de la comarca, jóvenes y viejos, machos y hembras, acuden en tropel y cubren al depuesto de excrementos de la cabeza a los pies. Pero en qué grado puede haber semejanza entre esto y la conducta de nuestros cortesanos, favoritos y ministros de Estado, era yo, según mi amo, quien podía decirlo.

No me atreví a replicar a esta maliciosa insinuación, que situaba al entendimiento humano por debajo de la sagacidad de un sabueso común, dotado de juicio suficiente para discernir y seguir el aullido del perro más inteligente de la jauría sin jamás equivocarse.

Había otros notables rasgos en los yahoos —continuó mi amo— que no me había oído mencionar (o si lo hice, solo de pasada) en las descripciones que yo le había dado del género humano; entre ellos, que estos animales, como otras bestias, tenían a las hembras en común, pero se diferenciaban en que cuando la hembra yahoo estaba preñada sí admitía al varón, y en que los machos reñían y luchaban con las hembras lo mismo que lo hacían entre sí. Estas dos costumbres denotaban tan infame bestialidad que ninguna otra criatura sensible jamás la había alcanzado.

Otra cosa que le llamaba la atención en los yahoos era su extraña propensión a la sordidez y a la mugre, que contrasta con lo que parece ser innata afición a la pulcritud en todos los demás animales. En cuanto a las dos primeras acusaciones, me alegré de dejarlas pasar sin réplica, pues no tenía nada que decir en defensa de mi especie, lo que de otro modo hubiera hecho por inclinación personal. Pero con respecto a su última observación, fácil me hubiera sido vindicar al género humano de la imputación de singularidad que se le hacía, si hubieran existido puercos en aquel país —y desgraciadamente para mí no los había—, los cuales, aunque acaso sean cuadrúpedos más agradables que los yahoos, no pueden, a mi entender, competir con estos en limpieza, como habría tenido que admitir Su Señoría si hubiera visto su repugnante manera de comer y considerado su costumbre de revolcarse y dormir en el lodo.

Mencionó también mi amo otra característica que sus criados habían advertido en algunos yahoos y que a él le resultaba inexplicable. Dijo que a veces le daba a un yahoo la manía de retirarse a un rincón, donde se tumbaba, aullaba y gemía, rechazando a coces a cuantos se acercaban. Y esto ocurría aunque fuera joven y robusto y no tuviese hambre ni sed; los criados, en tal caso, no sabían qué le podría aquejar y el único remedio que conocían era imponerle un trabajo difícil, hecho el cual se recobraba infaliblemente, pero pude ver claramente en ello las verdaderas causas del esplín[1] que solo ataca a los holgazanes, los sibaritas y los ricos,

1. Serie de enfermedades reales o imaginarias, entre las que sobresale la melancolía o depresión, que parecían aquejar a las clases acomodadas inglesas en la primera mitad del siglo XVIII. Contra ellas va la sátira de Swift.

quienes, si fuesen sometidos al mismo tratamiento, garantizo que se curarían.

Su Señoría había además advertido que las hembras de los yahoos se situaban a menudo detrás de una ladera o de un matorral viendo pasar a los machos jóvenes, para luego aparecer y desaparecer con muchas cabriolas y contoneos; se había observado que cuando hacían esto desprendían un olor harto desagradable, y si uno de los machos se les acercaba, solían retroceder lentamente mirando repetidas veces atrás para luego, con fingidos gestos de temor, correr hacia algún lugar conveniente donde sabían que las seguiría el macho.

Otras veces, si una hembra extraña se les acerca, suelen rodearla tres o cuatro del mismo sexo, fisgando, parloteando y riendo, husmeando de arriba abajo para luego darle la espalda con gestos que parecen expresar desaprobación y desprecio.

Acaso mi amo podía haber suavizado un poco estas observaciones, basadas en su propia experiencia y en la de otros, pero no pude menos de pensar, con cierto asombro y mucha tristeza, que parecían instintivos en el sexo femenino los gérmenes de la lascivia, la coquetería, la reprobación y el escándalo.

De un momento a otro esperaba que mi amo también acusara a los yahoos de esos apetitos contra natura, en los miembros de uno y otro sexo, que suelen darse entre nosotros. Pero, al parecer, la naturaleza no ha sido en aquel país tan competente maestra, y esos placeres refinados son enteramente producto del artificio y de la razón, y propios de nuestra parte del globo.

CAPÍTULO 8

El autor describe algunas características de los yahoos. Grandes virtudes de los houyhnhnms. Educación y ejercicios de los jóvenes. La asamblea general

Como, ciertamente, yo debía comprender la naturaleza humana mucho mejor de lo que, según yo suponía, pudiera hacerlo mi amo, me resultaba fácil aplicarme a mí y a mis compatriotas la semblanza que él hacía de los yahoos, y creía poder descubrir más cosas por mi cuenta. En vista de ello le rogué más de una vez a Su Señoría que me dejara visitar los rebaños de yahoos de la vecindad, lo que me concedía de buen grado, convencido como estaba de que el aborrecimiento que sentía por estas bestias no permitiría que me corrompieran, asignándome como guardián a uno de sus sirvientes, robusto alazán, muy honrado y de buen carácter, sin cuya protección yo no me hubiera arriesgado a tales aventuras. El lector ya sabe cómo estos asquerosos animales me habían vejado al llegar al país. Pero también después me había librado por muy poco de caer en sus garras tres o cuatro veces en que tuve la mala suerte de extraviarme sin llevar el sable. Y tengo motivos para creer que ellos se imaginaban que yo era de su misma especie, a lo que yo contribuía a menudo arremangándome y mostrándome ante ellos con brazos y pecho desnudos, si mi guardián estaba conmigo. En estos casos, se solían acercar a mí tanto como se atrevían imitando lo que hacía como si fueran monos, pero siempre con visibles gestos de odio, del mismo modo que los grajos salvajes asedian al manso y vestido de caperuza y calzas, si por desventura cae entre ellos.

Desde su más tierna edad muestran una prodigiosa agilidad. Yo le eché mano a un joven macho de tres años y traté con las mayores muestras de ternura de mantenerlo tranquilo, pero el diablillo se puso a berrear, arañar y morder con tal furia que me vi obligado a soltarlo, y en buen momento, pues todo un tropel de los mayores acudió al ruido, pero al ver que el cachorro estaba sano y salvo, pues había echado a correr, y que mi alazán me acompañaba, no se atrevieron a acercarse. Pude notar que el cuerpo de la cría desprendía un olor fétido, una cosa intermedia entre la comadreja y el zorro, pero mucho más repelente. Tampoco he mencionado otra circunstancia —y acaso el lector me perdonaría si la omitiera enteramente— y es que mientras tenía la repugnante alimaña en los brazos derramó sus asquerosos excrementos —una sustancia líquida y amarillenta— por toda mi ropa; pero afortunadamente había muy cerca un arroyuelo en el que pude lavarme y limpiarme lo mejor que supe, aunque no me atreví a presentarme a mi amo hasta que estuve suficientemente oreado.

Por lo que pude averiguar, los yahoos son, de todos los animales, los menos dotados para aprender algo y su capacidad no pasa más allá de llevar cargas, a rastras o encima. Opino, sin embargo, que este defecto es debido principalmente a una predisposición perversa e indócil, pues son astutos, malignos, alevosos y vengativos. También son fuertes y audaces, pero de espíritu mezquino y, en consecuencia, insolentes, abyectos y crueles. Se ha observado que los pelirrojos de uno y otro sexo son más lujuriosos y malévolos que los demás, a los que sin embargo aventajan en fortaleza y agilidad.

Los houyhnhnms albergan a los yahoos, cuando se sirven de ellos, en cabañas no alejadas de su propia vivienda; a los demás los envían fuera a ciertas tierras donde arrancan raíces, comen diversas especies de hierbas y van en busca de carroña; a veces encuentran comadrejas y *luhimuhs* (especie de ratas monteses), que devoran con avidez. La naturaleza les ha enseñado a escarbar con las garras hondos cubiles en las laderas del terreno, donde se acuestan solos; las madrigueras de las hembras son mayores, capaces de albergar además dos o tres crías.

Desde muy pequeños saben nadar como ranas y mantenerse mucho tiempo en el agua, donde atrapan peces que las hembras llevan a su guarida para los retoños. Y hablando de esto, permítame el lector que le relate una extraña ocurrencia.

Había salido un día con mi guardián el alazán y el tiempo era extremadamente caluroso, por lo que le pedí que me dejara bañarme en un río cercano, a lo que accedió. Rápidamente me desnudé y enteramente en cueros me metí poco a poco en la corriente. Pero sucedió que una hembra, oculta en una orilla, había contemplado mis movimientos, e inflamada por el deseo —como conjeturamos el alazán y yo— vino hacia mí corriendo a toda velocidad y saltó al agua a unas cinco yardas de donde yo me bañaba. En mi vida había estado tan terriblemente asustado; el alazán, entretanto, pastaba a alguna distancia, sin sospechar peligro alguno. Ella me abrazó de la manera más soez; yo rompí en los más fuertes alaridos y entonces el alazán acudió al galope, lo que la obligó a soltarme de muy mala gana y a saltar a la orilla opuesta, donde se quedó mirando y aullando sin cesar mientras me volvía a vestir.

Fue este lance motivo de diversión para mi amo y su familia y de humillación para mí, pues ahora ya no podía negar que yo era un verdadero yahoo en todos los miembros y rasgos de mi cuerpo, ya que las hembras sentían las mismas inclinaciones naturales hacia mí que hacia uno de su propia especie. Y no es que tuviera esta hembra el pelo rojo —lo que habría explicado en parte un apetito poco normal—, sino negro como la endrina, y su apariencia no era en absoluto tan repulsiva como la del resto de su especie, pues, a mi juicio, no debía de pasar de los once años.

Como ya llevaba tres años en el país, supongo que el lector esperará que le dé, igual que otros viajeros, una descripción de los usos y costumbres de sus pobladores, cosas en que tuve singular afán de enterarme.

Estos nobles houyhnhnms están dotados por la naturaleza de una inclinación general a la virtud y no conciben ni tienen idea de lo que pueda ser el mal en seres racionales, por lo cual se rigen por la máxima de que se tiene que cultivar la razón, a la que hay que atenerse enteramente. Pero la razón, entre ellos, no es materia que suscite problemas, como entre nosotros, que podemos presentar argumentos plausibles a las dos caras de una cuestión, sino que se presenta inmediata y convincente, como es forzoso que ocurra cuando no está desvirtuada, oscurecida o desvaída a causa de pasiones o intereses. Recuerdo lo extremadamente difícil que me resultó hacer comprender a mi amo el significado de la palabra *opinión* y cómo una cosa podía ser debatible, pues él sostenía que la razón nos ha enseñado a afirmar o negar una cosa cuando tenemos certeza de ella, pero en lo que está más allá de nuestro entendimiento, no podemos hacer ni lo uno ni lo otro. Así pues, todas esas controversias, debates, disputas y empecinamientos que surgen en torno a proposiciones falsas o dudosas son calamidades desconocidas entre los houyhnhnms. De igual manera, cuando yo me dedicaba a explicarle los distintos sistemas de filosofía natural que teníamos, se reía al ver que seres que presumían de racionales se jactaran de conocer lo que en otros era conjetura, y ello en cosas en que tal conocimiento, si fuese cierto, no serviría para nada. Y en esto coincidía enteramente con el sentir de Sócrates, tal como nos lo transmite Platón, y que yo menciono aquí como el mayor tributo que puedo rendir a aquel príncipe de los filósofos. Muchas veces, desde entonces, he tenido que considerar los efectos destructivos de semejante doctrina en las bibliotecas de Europa y cuántos caminos hacia la fama quedarían cerrados por ella en el mundo de nuestros sabios.

La amistad y la benevolencia son las dos virtudes principales de los houyhnhnms, y no están limitadas a individuos concretos, sino que se extienden universalmente a toda la especie. Y así, un extraño procedente de la parte más remota recibe el mismo trato que el vecino más próximo, y dondequiera que se encuentre se siente igual que en su propia casa. Practican en grado sumo las virtudes de la decencia y la urbanidad, pero desconocen totalmente las ceremonias. No tienen especial chifladura por sus potros o potrancas y el cuidado que dedican a su educación obedece enteramente a los dictados de la razón. Pude observar que mi amo mostraba el mismo afecto a las crías de su vecino que a su propia descendencia. Esto lo atribuyen a que la naturaleza les enseña a querer a toda la especie, siendo solo la razón la que puede distinguir entre unos individuos y otros cuando existe un mayor grado de virtud en ellos.

Cuando las madres houyhnhnms han parido una cría de cada sexo, ya no se vuelven a aparear con sus consortes, a menos que pierdan por accidente uno de su prole, lo cual es raro; en tal caso, sí se aparean de nuevo. Del mismo modo, si un accidente parecido le ocurre a una pareja cuya hembra ya no puede concebir, otra pareja les hace donación de una de sus crías y vuelve a aparearse hasta que la madre conciba otra vez. Estas precauciones son necesarias para evitar que se sobrecargue de pobladores el país. Sin embargo, esta limitación no es tan severa en cuanto a la casta inferior de houyhnhnms destinados al servicio, a los cuales se les permite tener tres crías de cada sexo para desempeñar los trabajos domésticos de las familias nobles.

Al contraer matrimonio tienen extremo cuidado en elegir el color del pelaje para que no aparezcan mezclas impuras en la casta. Se valora principalmente la fortaleza en el macho y la gracia en las hembras, pero no por motivos de afecto, sino para evitar que degenere la estirpe, pues cuando acontece que una hembra sobresale por su fortaleza, se le busca una pareja que destaque por la gracia. Nociones como cortejar, amor, regalos, viudedades y dotes no caben en su manera de pensar, ni poseen en su lengua palabras adecuadas para expresarlas. Cuando una joven pareja se conoce y se junta, ello ocurre porque así lo han decidido sus padres y amigos; esto es lo que ven hacer a diario y lo consideran uno de los actos necesarios en una criatura sensata. Nunca se ha oído hablar de quebrantamiento conyugal ni de otra falta contra la castidad, y la pareja así unida pasa el resto de la vida en la misma amistad y benevolencia mutua que muestran a todos los demás de su especie cuando los tratan, es decir, sin celos, ternura, riñas ni descontento.

Tienen un método admirable para educar a los jóvenes, de uno y otro sexo, muy merecedor de que lo imitemos. No se les permite a estos que prueben un solo grano de avena, salvo en ciertos días, hasta que no cumplan los dieciocho años; ni leche, excepto muy raramente. Durante el verano, pastan dos horas por la mañana y otras dos por la tarde, regla que también observan sus padres; los criados, en cambio, solo disponen de la mitad de tiempo y una gran parte de la hierba se lleva a sus casas para que la coman en las horas más convenientes, cuando no se los necesita para el trabajo.

A estos mismos jóvenes se les infunde pronto, sin diferencia de sexo, el cultivo de la templanza, la laboriosidad, el ejercicio y la pulcritud. Mi amo consideraba monstruoso que nosotros les diéramos a las hembras un género de educación distinto del de los varones, a no ser en algunos aspectos de orden doméstico. Ello era causa —como observaba acertadamente— de que la mitad de nuestra población no valiera para otra cosa que no fuera traer niños al mundo; confiar a estos seres inútiles el cuidado de los hijos era un caso todavía más grave de irracionalidad.

En lo físico, los houyhnhnms educan a los jóvenes para que sean fuertes, rápidos y duros, haciéndoles competir en carreras cuesta arriba y cuesta abajo, o sobre terrenos pedregosos, y cuando están todos cubiertos de sudor les mandan zambullirse de cabeza en una charca o en un río. Cuatro veces al año se reúne la juventud de ciertas comarcas para demostrar su aptitud en la carrera y el salto, realizando otras proezas de fortaleza y agilidad, en que el vencedor o vencedora reciben como galardón un himno de alabanza compuesto para la ocasión. Durante este concurso los siervos conducen al lugar del festejo una manada de yahoos cargados de heno, avena y leche como refrigerio para los houyhnhnms, tras lo cual estas bestias son retiradas en seguida por temor a que estorben o dañen a los asistentes.

Cada cuatro años, en el equinoccio de primavera, hay una asamblea de representantes de toda la nación que se reúne en una llanura situada a unas veinte millas de nuestra casa y continúa durante cinco o seis días. En ella se informan de la situación y condiciones de los diferentes distritos, en cuanto a la abundancia o escasez de heno, avena, vacas o yahoos. Y dondequiera que existe escasez de algo —lo que rara vez sucede— se envía, por consenso y participación unánime, lo necesario para suplir la deficiencia. En estas ocasiones se regula también la cuestión de los hijos; por ejemplo, si un houyhnhnm tiene dos varones, puede cambiar uno a otro que tenga dos hembras, y cuando un hijo ha muerto por accidente y su madre ya no puede tener más, se decide cuál es la familia del distrito que ha de procrear otro para suplir la pérdida.

CAPÍTULO 9

Un gran debate en la asamblea general de los houyhnhnms. De cómo quedó zanjado. Cultura de los houyhnhnms. Edificaciones. Entierros. Deficiencias de su lengua

Durante mi permanencia en el país tuvo lugar una de estas grandes asambleas, tres meses antes de mi partida, y mi amo asistió a ella como representante de nuestro distrito. En esta reunión volvió a reanudarse el viejo debate, mejor dicho, el único debate jamás planteado en aquel país, del cual me dio cuenta pormenorizada mi amo cuando regresó.

La cuestión que se debatía era si los yahoos debían o no ser exterminados de la faz de la tierra. Uno de los miembros que estaban a favor del exterminio esgrimía varios argumentos de gran fuerza y peso alegando que, así como los yahoos eran los animales más inmundos, perniciosos y deformes producidos por la naturaleza, igualmente eran los más rebeldes, cerriles, dañinos y maliciosos, capaces de mamar de las ubres de las vacas de los houyhnhnms, de matarles y devorarles los gatos y pisotearles la avena y la hierba, si no estaban constantemente vigilados, y de cometer un sinfín de otros desmanes. Llamó también la atención sobre una tradición muy extendida, según la cual los yahoos no habían vivido siempre en el país, sino que muchos siglos antes habían aparecido juntas dos de estas bestias en un monte, no se sabe si producidas por el calor del sol sobre el cieno o limo en descomposición o por la humedad y la espuma del mar. Luego estos yahoos procrearon y en poco tiempo se multiplicaron tanto que invadieron e infestaron toda la nación. Recordó que los houyhnhnms, para librarse de esta calamidad, hicieron una batida general consiguiendo por fin encerrar a toda la manada; luego, exterminando a los más viejos, cada houyhnhnm se quedó con dos de los jóvenes y, guardándolos en un cubil, logró domesticarlos hasta donde es posible en animales tan salvajes por naturaleza, y finalmente los utilizó para tiro y carga. Estimaba el orador que parecía haber mucho de verdad en esta tradición y que estas criaturas no podían ser *ylnhniamshy* (aborígenes) en el país a juzgar por el odio rabioso que los houyhnhnms y todos los animales sentían hacia ellos, odio que, si bien era merecido por sus perversas inclinaciones, nunca habría llegado a tal extremo si hubieran sido aborígenes, o se habrían extinguido hace mucho tiempo. Señalaba, finalmente, que al haberse aficionado los habitantes a tener los yahoos a su servicio, habían descuidado imprudentemente la cría de asnos, que son animales graciosos, fáciles de mantener, más dóciles y ordenados, sin olores repelentes y suficientemente fuertes para el trabajo, aunque sean inferiores a los otros en agilidad física, y si bien los rebuznos no son sonidos agradables, son preferibles, sin duda, a los horribles aullidos de los yahoos.

Otros representantes expresaron sus sentimientos en el mismo sentido, pero mi amo propuso una solución a la asamblea que se debía en realidad a su experiencia conmigo. Aceptaba la tradición —dijo— mencionada por el «honorable miembro»[1] que había hablado antes y afirmó que los dos primeros yahoos vistos entre ellos habían sido llevados allí a través del mar, y que tras haber pisado tierra y quedar abandonados por sus compañeros se habían retirado a las montañas, y, degenerando gradualmente, se hicieron en el curso de los años más salvajes que los de su especie en el país de procedencia. El fundamento de este aserto era que él tenía en su casa un yahoo prodigioso (se refería a mí) del cual habrían oído hablar la mayoría de los presentes, y que muchos habían visto. Luego les contó cómo me había encontrado la primera vez y cómo yo tenía el cuerpo cubierto con un material artificial compuesto de la piel y el pelaje de otros animales; les dijo también que yo hablaba una lengua especial y había aprendido a fondo la de ellos, y que cuando me había visto sin mi cobertura, yo resultaba ser un yahoo completo, solo que de un color más claro, menos velludo y de pezuñas más cortas. Añadió que yo había intentado persuadirlo de que, en mi país y en otros, los yahoos eran animales racionales que gobernaban y tenían en servidumbre a los houyhnhnms y, además, que había notado en mí las características de los yahoos, aunque algo más refinadas por algunos destellos de inteligencia, la cual era tan

1. Igual que en el Parlamento británico, fórmula con la que los miembros de la Cámara se dirigen a los demás miembros.

inferior a la de la raza de los houyhnhnms como lo era la de los yahoos de su país con respecto a la mía. Dijo también que, entre otras cosas, yo había mencionado la costumbre que teníamos de castrar de jóvenes a los houyhnhnms para amansarlos, operación fácil y sin riesgo, y que no había nada vergonzoso en aprender algo de los irracionales, pues las hormigas nos enseñan la laboriosidad y las golondrinas el arte de construir (traduzco «golondrina», pero la voz *lyhannh* designa un ave mayor). Por eso, este invento nuestro podría practicarse en los yahoos jóvenes del país, lo cual, aparte de hacerlos más tratables y aprovechables, acabaría a la larga con la especie sin sacrificar vidas. Mientras tanto, los houyhnhnms deberían ser aleccionados a fomentar la cría de asnos, los cuales, además de ser bestias más valiosas en cualquier respecto, tienen la ventaja de ser aptos para el servicio a los cinco años, en tanto que los otros no lo son hasta los doce.

Y esto es todo lo que mi amo juzgó oportuno relatarme entonces sobre lo ocurrido en la asamblea general. Pero tuvo a bien ocultarme un hecho que me atañía personalmente y cuyos efectos adversos pronto hube de sentir, como el lector sabrá en el momento oportuno, y del cual derivan todas las subsiguientes desventuras de mi vida.

Los houyhnhnms no conocen la escritura, y por tanto todos sus conocimientos se deben a la tradición oral. Pero como son pocos los acontecimientos de importancia que acaecen en un pueblo tan unido y tan inclinado por naturaleza a la virtud, regido por las leyes de la razón y aislado del trato con otras naciones, les resulta fácil conservar el legado histórico sin sobrecargar la memoria. Ya he señalado que no están sujetos a enfermedades y que, por tanto, no tienen necesidad de médicos. Sin embargo, disponen de excelentes medicinas elaboradas a partir de hierbas, que sirven para curar las contusiones y cortes que sufren de vez en cuando en el trabadero o la horquilla de la pata a causa de alguna piedra con aristas, así como otras lesiones o daños de las demás partes del cuerpo.

El cómputo del año lo hacen observando los giros del sol y la luna, pero no utilizan la subdivisión de semanas. Están bien versados en los movimientos de estos dos astros y conocen la causa de los eclipses. Y esto es lo más que han avanzado en astronomía.

Pero en poesía hay que admitir que aventajan a los demás mortales, pues el acierto en los símiles, el pormenor y exactitud de sus descripciones resultan verdaderamente inimitables. Estas cualidades se dan muy abundantemente en sus versos, en los cuales o bien se exalta la amistad y la benevolencia en diversos aspectos o bien se ensalza a quienes quedan vencedores en las carreras u otros ejercicios corporales. En cuanto a los edificios, aunque toscos y sencillos, no son incómodos, sino bien concebidos para defenderse de las inclemencias del tiempo. Crece allí una especie arbórea a la cual a los cuarenta años se le desprenden las raíces y los árboles caen a la primera tormenta; como crecen muy derechos y les afilan la punta con una piedra cortante —los houyhnhnms desconocen el hierro— los hincan en el suelo muy erectos y separados diez pulgadas entre sí, y luego entretejen en las estacas paja de avena, y a veces entramados de mimbre o junco. Para hacer el techado y las puertas se utiliza el mismo procedimiento.

Los houyhnhnms emplean el hueco y articulación que tienen entre el casco y el trabadero de las patas delanteras de la misma manera que nosotros las manos, y lo hacen con más destreza de lo que pude imaginar al principio. Yo he visto a una yegua blanca de la familia enhebrar una aguja —que le presté para el caso— usando dicha coyuntura de la pata. Y es así como ordeñan a las vacas, cosechan la avena y hacen todas las faenas que requieren manos. Disponen de una especie de duro pedernal que, afilado contra otras piedras, convierten en utensilios que emplean como cuñas, hachas o martillos. Igualmente utilizan instrumentos fabricados de la misma piedra para aguadañar la hierba y segar la avena, que crece allí espontáneamente en varios terrenos. Los yahoos transportan las gavillas a casa en carros y los criados las pisotean en ciertos cobertizos para desprender el grano, que luego guardan en trojes. Fabrican también ciertas vasijas de barro y madera; aquellas las endurecen al sol.

Si se libran de accidentes, solo se mueren de viejos y son enterrados en los lugares más escondidos. Parientes y amigos no muestran pesar ni alegría por la pérdida, pero tampoco el moribundo siente la menor pena por dejar este mundo, igual que si regresara a casa después de visitar a uno de sus vecinos. Recuerdo que una vez mi amo había quedado con un amigo y su familia en que vendrían a verle a casa por un asunto de importancia; el día fijado se presentó la vecina y sus dos hijos con mucho retraso y solo tuvo dos disculpas: una por su marido al que, según dijo, aquella misma mañana le había llegado la hora de *lhnuwnh*. Esta palabra es de gran vigor expresivo en su lengua y difícilmente traducible. Significa «retirarse a la primera madre». La disculpa segunda, por no haber venido antes, era que, por morir el marido al final de la mañana, había tenido que ocuparse un buen rato en consultar a la servidumbre sobre el sitio más apropiado para enterrar el cadáver. Pude observar que la esposa se conducía en nuestra casa tan animadamente como los demás. Murió tres meses después.

Suelen vivir hasta los setenta y cinco años y rara vez alcanzan los ochenta. Unas semanas antes de la muerte sienten un decaimiento gradual, pero sin dolores. Durante este período reciben frecuentes visitas de sus amigos, ya que no pueden salir de casa con la misma soltura y satisfacción que antes. Sin embargo, diez días antes de morir —momento que rara vez falla en sus cálculos— devuelven las visitas que les han hecho los que viven más cerca de la vecindad y lo hacen tendidos en una cómoda narria tirada por yahoos. Este es el vehículo que utilizan no solo en esta ocasión, sino cuando han envejecido, para largos viajes o cuando están tullidos por algún accidente. Y así, cuando los houyhnhnms moribundos devuelven estas visitas, cumplen realmente el rito de despedirse de sus amigos como si fueran a algún lugar remoto del país donde pensaran pasar el resto de sus días.

No sé si merece la pena advertir que los houyhnhnms no poseen palabras en su lengua que expresen aquello que es malo, excepto las que han tomado de la lengua de los yahoos para indicar las deformaciones y malas cualidades de estos. Y así, la insensatez de un criado, la falta cometida por un retoño, la piedra cortante que hiere sus patas, la persistencia del mal tiempo y cosas semejantes las designan añadiendo a cada término el epíteto *yahoo*; por ejemplo, *hhnm yahoo*, *whnaholm yahoo*, *ynlhmndwihlma yahoo*. Una casa mal proyectada la denominan *ynholmhnmrohlnw yahoo.*

Me agradaría mucho poderme extender más sobre las costumbres y virtudes de esta excelente nación, pero como pienso publicar en breve un volumen dedicado expresamente al tema, remito al lector al mencionado libro. Mientras tanto, paso a relatar el triste desenlace de mi aventura.

CAPÍTULO 10

Instalación del autor entre los houyhnhnms y vida dichosa entre ellos. Su perfeccionamiento espiritual gracias al trato y la conversación. El amo le notifica al autor que debe abandonar el país. Lleno de pesar, sufre un desmayo, pero acepta su suerte. Proyecta y construye una canoa, ayudado por un criado, con la que, a la ventura, se hace a la mar

Tenía yo organizada mi vida cotidiana a la medida de mis deseos. Mi amo había dispuesto que me construyeran un aposento al estilo de los suyos, a unas seis yardas de la casa, cuyas paredes y suelo revoqué con arcilla y recubrí luego con esteras de junco fabricadas por mí. Conseguí macerar esparto, que crece silvestre en aquellos campos, y tejí con él una especie de terliz que como un colchón rellené de plumas de pájaros, cazados mediante cepos hechos de cerdas de yahoo y que también me sirvieron de excelente alimento. Hice también dos sillas con mi cuchillo, ayudándome el alazán en lo más rudo y laborioso del trabajo. Cuando mis ropas acabaron convertidas en andrajos, confeccioné otras con pieles de conejo y de cierto hermoso animal de tamaño parecido llamado *nnuhnoh*, cuya piel está cubierta de suave pelusa, que también me sirvió para hacerme unas medias muy aceptables. La suela de los zapatos la sustituí con madera de un árbol, que sujeté luego a las palas hasta que estas se gastaron y tuve que reemplazar también por piel de yahoo secada al sol. Solía hacerme con miel de troncos huecos de árbol que luego desleía en agua o comía con pan. Nadie como yo podía cerciorarse de la verdad de las máximas que rezan: *Es fácil satisfacer a la naturaleza* y *La necesidad es madre de la invención*. Gocé de perfecta salud corporal y de tranquilidad de espíritu. No tuve que sufrir la deslealtad ni la inconstancia de un amigo ni las ofensas de un enemigo declarado o secreto. No me vi obligado a sobornar, adular o alcahuetear para procurarme el favor de un personaje o de sus esbirros. Tampoco hube de defenderme del fraude o de la opresión. Y no había allí médicos que acabaran con mi cuerpo, ni abogados que me arruinaran, ni delatores pendientes de mis palabras o actos, capaces de urdir, si les pagaban, acusaciones en contra de mí. No existían allí tampoco burlones, criticones, respondones, rateros, salteadores, escaladores de casas, procuradores, alcahuetas, bufones, tahúres, políticos, sabiondos, atrabiliarios, habladores tediosos, polemistas, estupradores, asesinos, bandidos, estilistas relamidos, jefes y seguidores de partidos o facciones, ni incitadores del vicio, ya por la seducción, ya por el mal ejemplo. Y no se conocen las mazmorras, ni el hacha, ni la horca, ni los azotes, ni la picota, ni la estafa de comerciantes o artesanos, ni el orgullo, la vanidad y la afectación. Tampoco hay lechuguinos, matones, borrachos o rameras, ni sífilis; no hay esposas vociferantes, lascivas y caras de mantener, ni pedantes estúpidos y engreídos, ni compinches inoportunos, dominantes, pendencieros, ruidosos y alborotadores, vanos, presumidos y blasfemos, ni bribones encumbrados desde el barro en mérito a sus vicios, ni nobles caídos en él a causa de sus virtudes. No hay, en fin, grandes señores ni ministriles, ni jueces, ni maestros de baile.

Tuve el honor de que me presentaran a varios houyhnhnms que acudieron a visitar a mi amo o a comer con él; este me hizo el favor de dejarme estar en su presencia y oír sus conversaciones, y tanto él como sus invitados se dignaron hacerme preguntas a menudo y escuchar mis respuestas. También me hizo mi amo algunas veces el favor de dejarme acompañarle en sus visitas a otros. En estos casos yo procuraba no hablar, a menos que me preguntasen, y si lo hacía, era con hondo pesar, pues perdía así la ocasión de perfeccionarme escuchando; en cambio, sentía inmensa alegría en el papel de humilde oyente de sus pláticas, en las que no se decía nada que no fuera valioso, expresado siempre en parcas y enjundiosas palabras; donde —como he dicho ya— se observaba el mayor decoro sin el menor atisbo de ceremonia; donde nadie hablaba sin sentirse contento y sin contentar a los demás; donde no había interrupciones, tedio, vehemencia ni discrepancias en el sentir. Tienen la idea de que cuando la gente se reúne, la conversación mejora si se guardan breves silencios, lo que me pareció acertado, pues durante estos intervalos surgen nuevas ideas en la mente que animan mucho el diálogo. Los asuntos tratados versan generalmente sobre la amistad y la benevolencia, el orden y la economía, y a veces sobre las manifestaciones visibles de la naturaleza o las viejas tradiciones, sobre los confines y limitaciones de la virtud, las inequívocas exigencias de la razón, o sobre decisiones que hayan de tomarse en la próxima asamblea; a veces, también razonan sobre las varias excelencias de la poesía. Puedo añadir sin vanidad que mi presencia les dio a menudo materia suficiente de conversación, porque servía de pretexto a mi amo para describirles mi historia y la de mi patria y a ellos para solazarse en comentarios no muy favorables para el género humano, por lo cual no voy a repetir lo que decían; solo me permito señalar que Su Señoría —con gran admiración por mi parte— parecía entender la naturaleza de los yahoos mucho mejor que yo. Examinaba todos nuestros vicios y flaquezas y descubría muchas que yo jamás le había mencionado. Le bastaba imaginarse las cualidades que podría poseer un yahoo de su país dotado de una pequeña porción de inteligencia para llegar a la conclusión —muy probable— de lo vil y desdichada que tenía que ser una criatura así.

Debo reconocer con franqueza que todos los conocimientos —pocos— que poseo de algún valor los adquirí por las lecciones recibidas de mi amo y oyendo las conversaciones que sostenía con sus amigos, a los que siempre escucharía con más orgullo que sentiría dirigiendo la palabra a las más importantes y sabias asambleas de Europa. Admiraba yo la fortaleza, gracia y rapidez de este pueblo y sentía la mayor veneración ante un conjunto de virtudes semejantes derramado en gentes tan bondadosas. Al principio, a decir verdad, no sentí ese temeroso respeto innato que les tienen los yahoos y todos los demás animales, pero gradualmente se lo fui cobrando, mucho antes de lo que imaginara, y creció mezclado con reverencia, cariño y gratitud por haber condescendido a distinguirme, en el trato, de las demás criaturas de mi especie.

Siempre que pensaba en mi familia, amigos y compatriotas, o en la raza humana en general, los tenía a todos por lo que realmente eran, es decir, yahoos por la figura e inclinaciones, aunque algo más civilizados y dotados de la facultad de hablar, pero sin hacer otro uso de la inteligencia que el de desarrollar y multiplicar aquellos malos instintos que sus congéneres de este país solo poseían en la medida y parte que les había otorgado la naturaleza. Si se me ocurría contemplar mi figura reflejada en un lago o en una fuente, le volvía la espalda, lleno de horror y repulsión de mí mismo. Me resultaba más tolerable la vista de un yahoo que la de mi propia persona. Debido a mi trato con los houyhnhnms y a la complacencia con que los miraba, acabé por imitar su andadura y gestos, que luego se han convertido en un hábito, por lo que mis amigos suelen decirme sin rodeos que «troto como un caballo», expresión que yo acepto como un gran elogio. Y no puedo negar que ahora, cuando hablo, puede ocurrir que adopte la voz y estilo de los houyhnhnms y se burlen de mí por ello, sin sentirme humillado en absoluto.

En medio de toda esta dicha, cuando yo me consideraba enteramente asentado para el resto de mi vida, mandó a buscarme mi amo una mañana a hora más temprana que de costumbre. Noté en su semblante cierta turbación y perplejidad por no saber cómo empezar lo que tenía que decirme. Tras un breve silencio me dijo que no sabía cómo iba yo a tomar lo que iba a comunicarme, a saber, que en la última asamblea general, cuando se abordó la cuestión de los yahoos, los demás representantes se habían sentido ofendidos de que él albergase un yahoo (refiriéndose a mí) en la familia, tratado más como un houyhnhnm que como una bruta bestia. También dijeron saber que frecuentaba mi trato, como si obtuviera algún beneficio o placer de mi compañía, y que tal conducta no era conforme a la razón ni a la naturaleza e inaudita hasta entonces entre ellos. Por eso, la asamblea le había exhortado a que, o bien me empleaba como al resto de mi especie, o bien me ordenaba volver nadando a mi país de procedencia. Añadió que la primera de esas soluciones había sido rechazada unánimemente por todos los houyhnhnms que me habían visto en mi residencia habitual o en la de ellos, pues alegaban que teniendo yo algunos indicios de inteligencia, si se añadían a la depravación innata de aquellos animales, era de temer que me los llevara, por persuasión, a las zonas de bosques y montañas, para conducirlos en manadas por la noche y hacer estragos en el ganado de los houyhnhnms, ya que eran por naturaleza voraces y reacios al trabajo.

Luego dijo mi amo que a diario le urgían los houyhnhnms de las cercanías a que cumpliera el exhorto de la asamblea y que este cumplimiento ya no lo podía demorar más. Dudaba, por su parte, de que me fuera posible ir nadando a otro país y por ello desearía que yo construyese una especie de vehículo parecido a los descritos por mí, capaz de llevarme por el mar, para lo cual podría contar con la ayuda de su servidumbre, así como con la de sus vecinos. En cuanto a él, concluyó, le hubiese agradado tenerme a su servicio hasta el fin de mis días, pues había visto que me había curado de algunos hábitos e inclinaciones malas tratando de imitar, en cuanto lo permitía mi inferior naturaleza, a los houyhnhnms.

Debo aquí advertir al lector de que una decisión de la asamblea general de aquella nación se denomina *hnhloayn*, y la traducción más aproximada que se me ha ocurrido es «exhorto», pues no conciben cómo se puede obligar a un ser racional, sino solo aconsejarle o exhortarle, ya que nadie puede desobedecer los imperativos de la razón a menos que renuncie a mantener su condición de criatura racional.

Las palabras de mi amo me dejaron abrumado de pesar y desolación. Incapaz de soportar la atroz congoja que me agobiaba, caí desmayado a sus pies. Cuando recobré el conocimiento me dijo que me había dado por muerto, ya que este pueblo no está sujeto a tales flaquezas de la naturaleza. Repliqué, con voz desfallecida, que la muerte hubiera sido demasiada dicha, y que aunque no podía censurar el exhorto de la asamblea ni que sus vecinos le apremiaran a cumplirlo, sin embargo, mi flaco y viciado juicio me hacía pensar que habrían sido más coherentes con la razón si hubiesen mostrado menos severidad. Dije también que yo no podría cubrir nadando una legua y que probablemente la tierra más próxima a la suya distaba más de cien. Además, que faltaban enteramente en su país muchos materiales indispensables para construir una pequeña embarcación que me llevara de allí, pero que, no obstante, en obediencia y gratitud a Su Señoría, lo intentaría, si bien estaba convencido de que la empresa era irrealizable y me consideraba por tanto irremisiblemente perdido. Añadí que la perspectiva segura de una muerte violenta era el menor de los males, pues, suponiendo que salvara la vida por algún extraño azar, ¿cómo podía imaginar con sosiego una vida entre los yahoos, donde iba a reincidir en mis antiguos vicios, falto de ejemplo que me guiara y mantuviera en la senda de la virtud? Admití que conocía de sobra las razones de peso en que se fundaban todas las decisiones de los prudentes houyhnhnms, en las que mis argumentos, los de un miserable yahoo, no podían hacer mella. Por ello, tras expresarle humildemente mi agradecimiento por ofrecerme la ayuda de sus criados en la construcción de una embarcación, y pidiendo que me concediera un plazo prudencial para llevar a cabo un empeño tan arduo, le dije que trataría de conservar la vida de la desventurada criatura que era yo, y que si alguna vez regresaba a Inglaterra tenía alguna esperanza de ser útil a mi especie cantando alabanzas de los renombrados houyhnhnms y exaltando sus virtudes para ejemplo del género humano.

La respuesta de mi amo fue breve y muy benévola. Me concedió dos meses de plazo para construir la embarcación y ordenó al alazán, mi compañero en el servicio —pues así creo que puedo llamarle a mi distancia actual— que siguiera mis instrucciones, pues yo le había dicho a mi amo que me bastaba con solo su ayuda y sabía además que me tenía afecto.

Acompañado, pues, del alazán, mi primer paso fue dirigirme a la parte de la costa donde mi tripulación amotinada me había mandado desembarcar. Subí a una colina y mirando al mar en todas las direcciones me pareció ver un islote hacia el nordeste. Entonces, sacando mi catalejo, pude distinguirlo claramente a unas cinco leguas, según mis cálculos, pues para el alazán solo se trataba de una nube azulada, ya que no imaginando otro país que el propio, no podía estar tan ducho en divisar objetos remotos en el mar como los que estamos acostumbrados a este elemento.

Después de descubrir el islote, no hice más reflexiones, sino que resolví que, si me era posible, sería el primer lugar de mi destierro, dejando a la buena ventura lo que después pudiera sucederme.

Volví a casa y, tras consultar con el alazán, nos dirigimos a una arboleda, donde yo con el cuchillo y él con un pedernal muy cortante, sujeto muy hábilmente a un mango de madera, cortamos varias varas de roble del grosor de un bastón y otros palos mayores. Pero no voy a fatigar al lector describiendo en pormenor mi trabajo de artesanía; baste decir que en seis semanas, ayudado por el alazán, que realizaba el trabajo más pesado, acabé por construir una especie de canoa india, solo que mucho más grande, que luego recubrí con pieles de yahoo bien cosidas mediante cuerdas de cáñamo hiladas por mí mismo. La vela estaba también fabricada con pieles del mismo animal, pero solo utilicé las de los más jóvenes, pues las de los viejos eran demasiado gruesas y recias. Igualmente me pude hacer con cuatro palas para remar. Puse dentro una buena provisión de carne cocida, conejos y aves de corral, y añadí dos vasijas, una llena de leche y otra de agua.

Probé la canoa en una gran charca próxima a la casa de mi amo y corregí sus defectos, tapando los resquicios con sebo de yahoo hasta que la encontré sin vías de agua y capaz de llevarme a mí con la carga. Y cuando hube rematado la obra lo mejor que pude, la hice transportar, muy despacio, en un vehículo tirado por yahoos hasta la orilla del mar, bajo la dirección del alazán y otro criado.

Terminados los preparativos y llegado el día de mi

partida, me despedí de mis amos y de toda la familia, con los ojos derramando lágrimas y el corazón abatido por la pesadumbre. Pero Su Señoría, llevado por la curiosidad y acaso —si se me permite decirlo sin vanidad— en parte por afecto, decidió acercarse a verme en la canoa e hizo que le acompañaran algunos amigos de la vecindad. Tuve que esperar más de una hora hasta la marea y entonces, advirtiendo que soplaba un viento propicio en dirección al islote al que pensaba poner rumbo, volví a despedirme de mi amo y, cuando iba a hincarme de rodillas para besarle el casco, me hizo el honor de levantarlo delicadamente hasta mis labios. Sé bien cuánto me han censurado por mencionar este último punto. Mis detractores se complacen en considerar improbable que un personaje tan ilustre se rebajara a distinguir con una muestra tan importante de favor a una criatura tan inferior como yo. Y tampoco olvido lo propensos que son algunos viajeros a alardear de las distinciones extraordinarias que les han dispensado. Pero si quienes me censuran estuvieran más familiarizados con el carácter noble y cortés de los houyhnhnms, pronto cambiarían de parecer.

Presenté luego mis respetos a los demás houyhnhnms que acompañaban a Su Señoría y entonces, embarcado en mi canoa, me alejé de la orilla.

CAPÍTULO 11

Arriesgado viaje del autor. Llegada a Nueva Holanda, donde confía quedarse. Herido por un flechazo de los indígenas, lo prenden y embarcan por la fuerza en un barco portugués. Gran cortesía del capitán. Regreso a Inglaterra

Empecé este temerario viaje el 15 de febrero de 1715 a las 9 de la mañana. El viento era muy propicio, pero al principio solo utilicé los remos; luego, temiendo que no tardaría en cansarme y que el viento se calmara, me arriesgué a izar la pequeña vela y así, con la ayuda de la marea, navegué, según mis cálculos, a la velocidad de legua y media por hora. Mi amo y sus amigos siguieron en la orilla hasta casi perderme de vista y yo pude oír repetidas veces al alazán, que siempre me tuvo afecto, gritarme *Hnuy illa nyha maiah yahoo*, es decir, «Cuídate, gentil yahoo».

Mi intención era descubrir, si era posible, algún islote deshabitado, pero que me bastara para ganar el sustento mediante mi trabajo, lo que hubiera considerado mayor fortuna que ser primer ministro en la corte más refinada de Europa, pues así de horrible se me antojaba la idea de tener que volver a convivir en una sociedad de yahoos y gobernado por estos. En la soledad a que yo aspiraba podría al menos entregarme a mis pensamientos y deleitarme recordando las virtudes de aquellos houyhnhnms sin par, lejos del peligro de envilecerme al caer en los vicios y perversiones de mi especie.

Probablemente recuerda el lector lo que le conté cuando mi tripulación se amotinó contra mí y me recluyó en mi camarote, y cómo permanecí en este varias semanas sin saber con qué rumbo navegábamos. Luego, cuando los marineros me llevaron a tierra en lancha y me abandonaron, juraron —no sé con qué fundamento— que no sabían en qué parte del mundo estábamos. Sin embargo, yo creí entonces que nos hallábamos a unos diez grados al sur del cabo de Buena Esperanza, es decir, a unos 45 grados de latitud sur, como deduje de algunas palabras que les oí, por tanto al sureste de Madagascar, adonde pretendían dirigirse. Y aunque todo esto fuera poco más que pura conjetura, decidí poner rumbo hacia el este, confiando en alcanzar la costa suroeste de Nueva Holanda o alguna isla como la que yo buscaba situada al oeste de dicha costa. El viento soplaba fuerte del oeste y a las seis de la tarde, cuando calculaba que había recorrido hacia el este por lo menos dieciocho leguas, divisé a media milla de distancia un islote al que pronto arribé. Resultó ser solo un peñón con una ensenada formada por la erosión de las tempestades. En ella fondeé la canoa y, trepando por las rocas, pude distinguir claramente tierra al oeste, cuya costa se extendía de sur a norte. Pasé la noche tendido en la canoa y reanudando mi viaje al amanecer alcancé en siete horas el extremo sureste de Nueva Holanda, lo que confirmó mi vieja creencia de que tanto los mapas como las cartas marinas sitúan este país por lo menos tres grados más al este de donde está realmente. Pero aunque hace varios años que comuniqué esta conclusión a mi estimado amigo míster Herman Moll,[1] exponiendo mis razones, él ha preferido seguir a otros autores.

No vi habitantes en el lugar donde pisé tierra, pero, no llevando arma alguna, no me atreví a adentrarme en el país. Encontré algunos moluscos en la orilla y los comí crudos, pues temía que si encendía un fuego podrían descubrirme los indígenas. Seguí tres días más alimentándome de ostras y lapas, para hacer durar las provisiones, y además tuve la suerte de hallar un riachuelo de agua excelente que me sirvió de gran alivio.

Al cuarto día, cuando me había aventurado de mañana un poco lejos, divisé unos veinte o treinta indígenas sobre una colina, a unas quinientas yardas de distancia. Se hallaban enteramente en cueros —hombres, mujeres y niños— alrededor de un fuego, a juzgar por el humo que subía. Uno de ellos me descubrió y avisó a los demás. Entonces cinco de ellos se dirigieron a mí, dejando mujeres y niños junto a la lumbre. Yo corrí a toda prisa hacia la orilla y, metiéndome en la canoa, empecé a bogar, pero los salvajes, viendo que huía, corrieron en pos de mí y antes de que me hubiera alejado lo suficiente mar adentro, dispararon una flecha que me alcanzó profundamente la rodilla izquierda y cuya cicatriz llevaré a mi tumba. Temí que la flecha estuviera

1. Famoso cartógrafo de la época.

envenenada y, remando hasta estar a salvo de sus disparos, pues el mar estaba en calma, me arreglé para chupar la herida y vendarla lo mejor que pude.

Desconcertado y sin saber qué hacer, pues no osaba volver a desembarcar en el mismo sitio, puse rumbo al norte, pero me vi obligado a remar, pues la brisa, aunque suave, la tenía en contra, ya que venía del noroeste. Cuando buscaba un lugar protegido de desembarco, divisé una vela al nornordeste que, al hacerse cada vez más visible, me hizo dudar si debía esperar o no a que llegara el barco; pero, en último término, se impuso mi repugnancia hacia la raza yahoo y virando en redondo, utilizando remos y vela, puse rumbo al sur para acabar en la misma ensenada de donde había partido por la mañana, prefiriendo confiar en aquellos salvajes a vivir con los yahoos de Europa. Atraqué, pues, la canoa lo más cerca que pude a la orilla y me escondí detrás de una peña cercana al riachuelo, que, como he dicho antes, era de agua excelente.

El barco se acercó hasta una media legua de la ensenada y destacó una lancha con vasijas para proveerse de agua potable —pues este lugar parece ser bastante conocido—, pero yo no me percaté de ello hasta que casi había alcanzado la orilla y ya era demasiado tarde para buscar otro escondite. Al desembarcar, los marineros advirtieron mi canoa y dándole vueltas concluyeron sin esfuerzo que su dueño no podía andar lejos. Entonces cuatro de ellos bien armados se pusieron a escudriñar por todas las grietas y escondrijos hasta dar conmigo, por fin, tendido de bruces detrás de la peña. Admirados, se quedaron contemplando un rato mi desaliñado atuendo, la casaca de pieles, los zapatos con suela de madera y las medias de cuero; ello los indujo a pensar que yo no podía ser indígena, pues estos van todos desnudos. Uno de los marineros me pidió en portugués que me levantara y me preguntó quién era. Como yo entendía muy bien esta lengua me puse en pie y le dije que era un pobre yahoo, desterrado del país de los houyhnhnms, y le pedí que tuvieran a bien dejarme ir en paz. Se asombraron de oírme hablar de yahoos y houyhnhnms a la vez que rompían a carcajadas al notar el extraño tono que acompañaba mis palabras, parecido al relincho del caballo. Yo temblaba sin cesar, en parte de miedo y en parte de aborrecimiento. Volví a pedirles que me dejaran partir, y me dirigía ya despacio a la canoa, pero ellos me sujetaron preguntándome cuál era mi patria, de dónde venía y otras muchas cosas. Les dije que había nacido en Inglaterra, de donde había partido hacía cinco años, cuando mi país y el suyo vivían en paz. Por ello esperaba que no me trataran como enemigo, pues yo no tenía nada contra ellos, siendo un pobre yahoo en busca de un lugar deshabitado en que poder acabar el resto de mi desventurada vida.

Cuando se pusieron a hablar, creí que jamás había presenciado una cosa tan insólita, pues tenía la misma impresión que si hubiese oído hablar a una vaca o un perro en Inglaterra o a un yahoo en el país de los houyhnhnms. Y estos honrados portugueses estaban igualmente asombrados ante mi extraña vestimenta y mi singular manera de pronunciar las palabras que, sin embargo, entendían muy bien. Me hablaron con extrema cordialidad y manifestaron que su capitán me llevaría gratis a Lisboa, de donde podría regresar a mi patria, y que dos marineros iban a volver al barco para informar al capitán de lo que habían visto y recibir órdenes; entretanto, a menos que yo jurase solemnemente que no escaparía, me iban a retener por la fuerza. Pensé que lo más conveniente era obedecerles. Tenían gran curiosidad por conocer mi historia, pero no satisfice su deseo y todos supusieron que mis calamidades me habían trastornado el juicio. Dos horas después, la lancha que había partido cargada de vasijas de agua, volvió con órdenes del capitán de que me llevaran a bordo. Yo me hinqué de rodillas pidiendo que me dejaran en libertad, pero todo fue en vano y, tras haberme atado con cordeles, me subieron a la lancha y en esta me llevaron al barco, donde me hicieron pasar al camarote del capitán.

Se llamaba este Pedro de Méndez y era persona cortés y generosa. Me rogó que le diera alguna información de mí mismo y que le dijera lo que me apetecía comer y beber. Añadió que me tratarían tan bien como a él y se expresó con tantas muestras de cortesía que quedé sorprendido al ver tanta urbanidad en un yahoo. Yo seguía, no obstante, callado y enojado y a punto de desvanecerme a causa del olor que despedían él y sus hombres. Finalmente le rogué que me dejaran comer algo de lo que había en mi canoa, pero él encargó que me sirvieran un pollo y un vino excelente y ordenó que me acostaran en un camarote muy limpio. No quise desvestirme y me tendí sobre las ropas del lecho, y media hora después me escabullí, cuando juzgué que la tripulación estaba comiendo, y me acerqué al costado del barco, dispuesto a arrojarme al mar y salvar la vida a nado, antes que continuar con los yahoos. Pero uno de los marineros me lo impidió y tras informar al capitán, me encadenaron en mi camarote.

Después de comer el capitán vino a verme y quiso saber el motivo de mi temerario intento, asegurándome que solo deseaba serme útil en lo que estuviera a su alcance, y me habló de modo tan conmovedor que condescendí en tratarle como si fuera un animal con ciertos destellos de inteligencia. Le hice un somero relato de mi viaje, de la rebelión de mis hombres, del país en cuya costa me abandonaron y de los tres años que había permanecido allí. Me estuvo escuchando como quien sueña o está viendo visiones, por lo cual yo me sentí muy ofendido, pues había olvidado la capacidad de mentir que caracteriza a los yahoos en todos los países donde ostentan el poder y, por tanto, su propensión a sospechar que el resto de la especie no dice la verdad. Le pregunté si era costumbre de su tierra el decir *lo que no es* y le aseguré que casi había olvidado lo que significaba falsedad, pues aunque hubiese vivido mil años en el país de los houyhnhnms jamás habría oído decir mentira al más vil de los siervos; le indiqué también que me era indiferente si me creía o no, pero que, en atención a sus favores, estaba dispuesto a disculpar su naturaleza degenerada y a responder a cuantas objeciones tuviera a bien hacerme. De esta suerte podría, sin esfuerzo, descubrir la verdad.

El capitán, hombre avisado, después de intentar varias veces sorprenderme en algún tropiezo de mi relato, empezó a forjarse una mejor opinión de mi veracidad. Pero añadió que puesto que yo profesaba tan inquebrantable amor a la verdad, tenía que darle palabra de honor de acompañarle en el viaje, sin poner en peligro mi vida, ya que de otro modo tendría que seguir prisionero hasta que llegásemos a Lisboa. Le di la promesa que me pedía, pero al mismo tiempo le declaré firmemente que prefería sufrir las mayores penalidades antes que volver a vivir con los yahoos.

El viaje transcurrió sin ningún incidente de importancia. Por gratitud al capitán, a veces me sentaba con él cuando se empeñaba en ello y me esforzaba en ocultar mis antipatías hacia el género humano, aunque no siempre podía contenerlas, lo que él, tolerantemente, pasaba por alto sin comentario. Pero la mayor parte del tiempo la pasaba recluido en mi camarote, procurando así no ver a ninguno de los tripulantes. Más de una vez me instó el capitán a que me despojase de mi salvaje atuendo ofreciéndome prestado el mejor traje de que disponía, pero no pudo persuadirme de que aceptara, pues me repugnaba cubrirme con algo que había llevado puesto un yahoo. Solo le pedí que me prestase dos camisas limpias, pues, por haberlas lavado después de usarlas, entendía que no llegarían a contaminarme. Cuando las tuve, me cambié de camisa cada dos días y me ocupé de lavarlas yo mismo.

Arribamos a Lisboa el 5 de noviembre de 1715. Al desembarcar, el capitán me obligó a cubrirme con su casaca para evitar que el gentío se atropellara para verme. Fui conducido a su casa y, ante mi decidido empeño, me cobijó en la habitación más alta y retirada. Le supliqué que no revelase a nadie cuanto yo le había contado de los houyhnhnms, pues el menor atisbo de una historia semejante no solo atraería un sinfín de gente que acudiría a verme, sino que me pondría en peligro de que me encarcelaran o me llevara la Inquisición a la hoguera. Me convenció el capitán de que aceptara un traje enteramente nuevo, pero me opuse a que el sastre me tomara medida; sin embargo, como don Pedro tenía aproximadamente mi talla, resultó perfectamente ajustado. Me equipó igualmente de otras cosas necesarias, todas nuevas, que yo hube de airear durante veinticuatro horas antes de usarlas.

El capitán no estaba casado y la servidumbre no pasaba de tres criados, a los que no les permitió servir las comidas. Su comportamiento conmigo era tan atento y tan lleno de humana comprensión que acabé tolerando su compañía, y tanto me ganó en su favor que incluso llegué a asomarme por la ventana trasera. Gradualmente me dejé trasladar a otra habitación, desde la cual me asomé a la calle, pero, asustado, tuve que apartar la mirada. Al cabo de una semana ya me había persuadido a que yo bajara a la puerta, pero a la par que yo notaba que mi terror decrecía, mi repulsión y desprecio parecían aumentar. Por fin cobré el suficiente valor para salir a la calle en su compañía, pero procurando llevar la nariz bien tapada con ruda y a veces con tabaco.

A los diez días, don Pedro, a quien había dado cuenta somera de mis asuntos familiares, me hizo ver, como cuestión de honor y de conciencia, que debía regresar a mi patria, para vivir en mi hogar con mi mujer e hijos. Me dijo que había un barco inglés en el puerto listo para zarpar y que él me facilitaría cuanto necesitara. Sería prolijo repetir aquí todos sus argumentos y mis objeciones, pero, en resumen, me mostró que me sería enteramente imposible encontrar una isla como la que buscaba, mas en mi propia casa podría mandar y pasar el tiempo recluido de la manera que se me antojara.

Seguí, en fin, su consejo pues no encontraba otra salida mejor. Partí de Lisboa el 24 de noviembre en un mercante inglés; no pregunté siquiera por el nombre de su capitán. Don Pedro me acompañó hasta el barco y me prestó veinte libras. Se despidió amablemente de mí y me abrazó al separarnos, lo que hube de aceptar lo mejor que pude. Durante este último viaje no tuve trato alguno ni con el capitán ni con la tripulación, y alegando que estaba mareado lo pasé encerrado en mi camarote. El 5 de diciembre de 1715 echamos ancla en los Downs hacia las nueve de la mañana y a las tres de la tarde llegué sano y salvo a mi casa de Redriff.

Mi mujer y demás familia me recibieron con gran sorpresa y alegría, pues me daban, sin lugar a dudas, por muerto; pero yo debo confesar con franqueza que a la vista de ellos me sentí inundado de aborrecimiento, repugnancia y desprecio, tanto más cuanto pensaba en los estrechos lazos que a ellos me unían. Pues, si bien desde mi infortunado destierro del país de los houyhnhnms me había visto obligado a sufrir la vista de los yahoos y a conversar con don Pedro de Méndez, sin embargo, mis recuerdos e imágenes estaban siempre saturados de las ideas y cualidades de aquellos preclaros houyhnhnms. Y al considerar que, fecundando a una hembra de la especie de los yahoos, me había convertido en padre de otro más, me sentía abatido por la mayor vergüenza, confusión y horror.

En el momento que entré en casa, mi mujer me abrazó y besó, ante lo cual, desacostumbrado como estaba al contacto de tan repulsivo animal desde hacía tantos años, caí desvanecido por espacio de casi una hora. Cuando escribo estas líneas hace ya cinco años de mi último regreso a Inglaterra; el primer año no pude aguantar la presencia de mi esposa e hijos, pues el mero olor de ellos me resultaba intolerable, pero menos aún podía sufrir que comieran en la misma habitación. Y todavía hasta este mismo día no se atreven ellos a pensar en tocar el pan destinado a mí, ni a beber de mi copa, ni he sido capaz yo de permitir que me den la mano. El primer dinero que invertí fue para comprar dos jóvenes sementales, que mantengo en una buena cuadra, y después de ellos mis mayores preferencias van al mozo que los cuida, pues noto que se me levanta el ánimo con el olor que se le pega al atenderlos. Estos caballos míos me entienden bastante bien y converso con ellos por lo menos cuatro horas cada día. Desconocen lo que es una brida o una silla de montar, viven en estrecha cordialidad conmigo y son buenos amigos el uno del otro.

CAPÍTULO 12

Veracidad del autor. Su propósito al publicar esta obra. Crítica de los viajeros que se apartan de la verdad. El autor disipa cualquier torcida intención que se busque en su relato. Se refuta una objeción. Cómo se establecen las colonias. Elogio de su patria. Se justifica el derecho de la Corona a las tierras descritas por el autor. Dificultades para su conquista. El autor se despide definitivamente del lector, le recomienda su estilo de vida para el futuro, le da buenos consejos y concluye

Te he ofrecido, discreto lector, la veraz historia de mis viajes a lo largo de dieciséis años y más de siete meses, donde he prestado más atención a la verdad que a los ornamentos del estilo. Podría, como otros, haberte asombrado con extraños e improbables relatos, pero preferí contarte los hechos escuetos en el estilo más llano, pues mi propósito principal era informarte y no divertirte.

Es fácil para quienes viajamos por países remotos, rara vez visitados por ingleses u otros europeos, presentar descripciones de extraordinarios animales, tanto de mar como de tierra. Pero el objetivo principal de un viajero debería ser hacer mejores y más avisados a los hombres y perfeccionar su inteligencia mediante los ejemplos —malos y buenos— que les muestran lo visto por él en tierras extranjeras.

Yo sería ferviente partidario de que se promulgara una ley en virtud de la cual se obligara a jurar solemnemente a cada viajero delante del Lord Canciller[1] que todo lo que pensaba publicar sería, salvo error involuntario, cierto. De este modo no sufriría el público engaño ninguno, como suele ocurrir ahora cuando algunos escritores, para difundir mejor sus obras, propalan entre sus descuidados lectores las más burdas falsedades. He leído en mis años mozos varios libros de viajes con gran deleite, pero después de haber recorrido la mayor parte del globo y tenido ocasión de comprobar por mis ojos que muchos relatos eran imaginarios, he sentido repugnancia por esta clase de lecturas y también cierta indignación al ver con qué descaro se abusaba de la credulidad humana. Así pues, como mis amigos me honraban pensando que mis modestos intentos acaso no fueran mal acogidos en mi patria, me impuse como lema, del que jamás he de apartarme, el de *atenerme estrictamente a la verdad* y, ciertamente, no caeré nunca en la menor tentación de desviarme de mi propósito mientras tenga presentes en mi pensa-

1. El Lord Canciller o *Lord (High) Chancellor* es el supremo magistrado del Poder Judicial en Inglaterra y Gales, a la vez que presidente de la Cámara de los Lores.

miento las lecciones y ejemplo de mi noble maestro y de los otros ilustres houyhnhnms, de quienes durante tanto tiempo tuve el honor de ser humilde discípulo.

—Nec si miserum Fortuna Sinonem
Finxit, vanum etiam, mendacemque improba finget.[2]

Sé muy bien qué poca gloria se puede alcanzar escribiendo cosas que no requieren genio ni sabiduría, ni tampoco otro talento que no sea una buena memoria y un diario minucioso. Sé igualmente que los autores de libros de viajes, como los de diccionarios, quedan sepultados en el olvido por el peso y la masa de los que, viniendo después, quedan por tanto encima. Y así, es sumamente probable que aquellos viajeros que en adelante visiten los países descritos en este libro mío estén en condiciones, si advierten algún posible error y añaden nuevos hallazgos hechos por ellos, de desplazarme del interés público y de ocupar mi sitio haciendo que el mundo se olvide de mí y de mi obra. Ello sería para mí, si escribiera buscando la fama, una humillación; pero como mi única aspiración al hacerlo era el *bien público*, no puedo sentirme del todo defraudado. Pues ¿quién puede leer sobre las virtudes que he señalado en los gloriosos houyhnhnms sin sentirse avergonzado de sus propios vicios cuando se contempla a sí mismo como el animal racional que gobierna su país? No voy a decir nada de esos remotos países regidos por los yahoos, entre los cuales los menos corrompidos son los brobdingnagienses, cuyos principios morales y políticos, de

2. «Si bien la Fortuna, aciaga, hizo desgraciado a Sinón, no lo hizo, sin embargo, vano ni mendaz» (Virgilio, *Eneida*).

atenernos a ellos, nos harían felices. Pero renuncio a seguir comentando y prefiero dejar al discreto lector que haga sus propias observaciones y aproveche lo leído.

No me desagrada poco que este libro mío sea recibido sin censuras, pues ¿qué objeciones se pueden hacer a un escritor que se limita a relatar llanamente los hechos que ocurrieron en países tan lejanos, donde no tenemos el menor interés en cuanto a comercio o negociaciones? He procurado no incurrir en los defectos que se suelen achacar, y con mucha razón, a la mayoría de los autores de libros de viajes. Por otra parte, no me dejo arrastrar en lo más mínimo por ningún partidismo, sino que escribo sin vehemencia, prejuicios ni mala voluntad contra hombre alguno. Escribo con la aspiración más noble, la de informar e instruir al género humano, ante el cual —sin quebrantar la modestia— me considero algo superior gracias a las ventajas que me confirió el largo trato con los virtuosísimos houyhnhnms. Tampoco escribo buscando provecho o alabanza. No he dejado pasar una palabra que suene a murmuración o que pueda molestar incluso a los más susceptibles. Así pues, espero que se me permita proclamarme escritor perfectamente intachable, en quien jamás encontrará pretexto para ejercer sus talentos la caterva de los que se dedican a replicar, examinar, vigilar, murmurar, descubrir faltas y polemizar.

Debo confesar que me ha llegado el rumor de que, como súbdito inglés, estaba obligado en conciencia a entregar un memorial al secretario de Estado al concluir mi primer viaje, pues cualquier tierra que descubran sus súbditos pertenece a la Corona. Pero yo dudo de que la conquista de los países que menciono fuera tan fácil como la de Hernán Cortés sobre los desnudos americanos. Creo que los liliputienses no merecerían el coste de equipar una armada y un ejército para someterlos. Y en cuanto a los brobdingnagienses, ¿no sería imprudente y arriesgado intentar enfrentarse a ellos?, ¿y se iba a sentir tranquilo un ejército inglés con la Isla Volante sobre sus cabezas? Ciertamente los houyhnhnms no parecen tan bien preparados para la guerra, arte que les es totalmente desconocido, en particular por lo que atañe a proyectiles. Pero aun suponiendo que yo fuera un ministro importante, nunca aconsejaría que se invadiera su territorio. Su prudencia, solidaridad, ignorancia de lo que es miedo y patriotismo iban a compensar de sobra todas las deficiencias que muestran en el arte militar. Basta imaginarse a veinte mil houyhnhnms irrumpiendo en las filas de un ejército europeo, creando confusión en sus formaciones, volcando carros y machacando el rostro de los guerreros en masa informe con las terribles coces de sus patas traseras. Pues bien merecen la descripción dada a Augusto: *Recalcitrat undique tutus.*[3] Pero en vez de proponer la conquista de nación tan magnánima, preferiría que se sintieran capaces y dispuestos a enviarnos un número suficiente de los suyos para civilizar Europa, enseñándonos los fundamentos del honor, la justicia, la verdad, la templanza, el civismo, la fortaleza de ánimo, la castidad, la amistad, la benevolencia y la lealtad, virtudes todas ellas que conservan sus nombres en casi todas nuestras lenguas, pues las podemos encontrar tanto en autores modernos como en los antiguos, lo que puedo atestiguar a pesar de mis escasas lecturas.

Pero había otra razón que me hacía sentirme poco

3. «Cocea seguro por cada flanco.»

propicio a la expansión de los dominios de Su Majestad a costa de mis descubrimientos. A decir verdad, yo tenía mis reservas con respecto a la justicia distributiva de los monarcas en ocasiones semejantes. Por ejemplo, si los tripulantes de un barco pirata son empujados por la tempestad a un punto desconocido, y un grumete descubre tierra desde el mastelero, desembarcan para robar y saquear y se encuentran un pueblo pacífico que los trata con amabilidad; entonces dan al país un nuevo nombre, toman posesión formal en nombre de su soberano, hincan un madero carcomido o una piedra como señal, asesinan dos o tres docenas de indígenas y se llevan consigo unos cuantos más, a la fuerza, como muestra, para luego regresar a su patria y obtener el perdón de sus fechorías. Y así aparece un nuevo dominio adquirido a título de *derecho divino*. En cuanto hay ocasión para hacerlo se despachan navíos y se expulsa o extermina a los nativos, cuyos príncipes son torturados para averiguar dónde guardan el oro, y se autorizan todos los actos provocados por la crueldad y la codicia humanas hasta que la tierra rezuma sangre de sus habitantes, y la execrable turba de matarifes utilizada para tan piadosa empresa se torna en colonia moderna, establecida para convertir y civilizar una nación idólatra y bárbara.

Pero esta descripción, debo reconocer, no afecta en modo alguno al público británico, que puede servir de ejemplo al mundo entero por la prudencia, cuidado y justicia demostrados en su colonización; por su generosa contribución al desarrollo de la religión y la cultura y su elección de devotos y competentes pastores para la difusión del Cristianismo, su cautela al proveer sus provincias con gentes de vida austera y trato discreto procedentes de la metrópoli, su estricta vigilancia en el ejercicio de la justicia, lograda al asignar a la administración civil de todas las colonias funcionarios de la máxima competencia y enteramente inmunes a la corrupción, y para remate, nombrando los más despiertos e íntegros gobernadores, sin otras miras que el bienestar del pueblo a ellos confiado y el honor del Rey su señor.

Los pueblos que he descrito no parecen, sin embargo, tener deseo alguno de que los conquisten ni esclavicen, ni de ser exterminados o expulsados por colonos. Tampoco poseen oro, plata, azúcar o tabaco en abundancia, y en mi humilde opinión no eran en absoluto objetivos adecuados para avivar nuestro celo, valentía o intereses. Pero si aquellas gentes a quienes esto pudiera atañer son, por ventura, de otra opinión, yo estoy dispuesto a declarar, cuando se me requiera legalmente, que ningún europeo visitó estos países antes que yo si hemos de creer a sus habitantes, a menos que surja una disputa en cuanto a los dos yahoos vistos hace siglos en un monte de los houyhnhnms, de quienes se dice que desciende la raza de esas bestias; aquellos dos, por lo que yo sé, pudieron haber sido ingleses, algo que yo me inclinaba a sospechar contemplando los rasgos fisionómicos de sus descendientes, aunque ya muy desvaídos. Ahora bien, hasta qué punto esta conjetura puede esgrimirse como título deben decidirlo los expertos en derecho colonial.

En cuanto a la fórmula de tomar posesión de tierras en nombre de mi Soberano, jamás había parado mientes en ello, y si se me hubiese ocurrido, dados los trances en que me hallaba, probablemente la hubiera aplazado, por prudencia y apego a la vida, para mejor ocasión.

Refutada así la *única* objeción que se pudiera alzar contra mí como viajero, me despido aquí definitivamente de mis lectores para volver a gozar del placer de meditar en mi jardín de Redriff, poniendo en práctica aquellas excelentes lecciones de bondad que aprendí entre los houyhnhnms, instruyendo a los yahoos de mi familia hasta donde permita su capacidad de aprender, contemplando a menudo mi aspecto en el espejo, para así acostumbrarme en lo posible a tolerar la vista de los seres humanos, lamentando el trato brutal que sufren los houyhnhnms en mi patria, pero sin dejar yo de tratarlos con respeto, al recordar a mi amo, su familia y amigos y toda la raza de los houyhnhnms, a los que los nuestros tienen el honor de asemejarse en todos sus rasgos, aunque su intelecto haya acabado degenerando.

La semana pasada permití a mi esposa que se sentara a comer conmigo al otro extremo de una larga mesa, y que me contestara —con la mayor concisión— a las pocas preguntas que le hice. Pero como el olor de los yahoos me sigue resultando repelente, tengo la nariz taponada siempre con hojas de ruda, espliego y tabaco. Y aunque a un hombre de edad avanzada le es difícil desembarazarse de viejos hábitos, no he perdido del todo la esperanza de tolerar alguna vez a un yahoo vecino en mi compañía, sin temor, como todavía me ocurre, a sus dientes y garras.

Esta reconciliación mía con la especie de los yahoos no sería tan ardua si ellos se contentaran solo con los vicios y flaquezas que la naturaleza les deparó. A mí no me indigna la mera contemplación de un abogado, un ratero, un coronel, un médico, un testigo, un sobornador, un procurador, un traidor o gentes de su ralea, pues ello ocurre dentro del orden inexorable de las cosas. Ahora bien, cuando contemplo una masa deforme y enfermiza, tanto de cuerpo como de alma, presa de la soberbia, se desbordan en el acto todos los límites de mi paciencia y me doy cuenta de que nunca podré comprender cómo pueden coexistir juntos tal vicio y tal animal. Los prudentes y virtuosos houyhnhnms, dotados abundantemente de todas las excelencias que pueden adornar a un ser racional, no poseen nombre para designar semejante vicio en su lengua, en la que faltan también los términos que denotan algo malo, si exceptuamos aquellos con los que describen las detestables cualidades de los yahoos, pero entre las cuales no pudieron descubrir la soberbia, ya que no han llegado a comprender del todo la naturaleza humana, tal como se manifiesta en otros países donde estos animales gobiernan. Pero yo, dotado de más experiencia que ellos, pude advertir claramente algunos brotes de ella entre los salvajes yahoos.

En cambio, los houyhnhnms, que viven bajo el imperio de la razón, no sienten mayor orgullo de las buenas cualidades que poseen que el que yo pudiera tener por no necesitar un brazo o una pierna, de lo que ningún hombre en sus cabales se jactaría, aunque se sentiría muy desgraciado si le faltaran. Me he extendido al tocar este asunto por el deseo que tengo de hacer amistad con un yahoo inglés en términos que no me resulten insoportables. Por ello encarezco a todos los que tengan un adarme de este vicio absurdo que no se atrevan a aparecer ante mi vista.

FINIS

ÍNDICE

AUSTRAL SINGULAR reúne las obras más emblemáticas de la literatura universal en una edición única.

TÍTULOS DE LA COLECCIÓN:

Las mil y una noches
Emma, Jane Austen
La abadía de Northanger, Jane Austen
Orgullo y prejuicio, Jane Austen
Persuasión, Jane Austen
Sentido y sensibilidad, Jane Austen
Las flores del mal, Charles Baudelaire
Crónicas marcianas, Ray Bradbury
Jane Eyre, Charlotte Brontë
Cumbres borrascosas, Emily Brontë
Don Quijote de la Mancha, Miguel de Cervantes
El corazón de las tinieblas, Joseph Conrad
¿Sueñan los androides con ovejas eléctricas?, Philip K. Dick
Grandes esperanzas, Charles Dickens
Poemas, Emily Dickinson
Crimen y castigo, Fiódor M. Dostoievski
Los tres mosqueteros, Alexandre Dumas
El gran Gatsby, Francis Scott Fitzgerald
Madame Bovary, Gustave Flaubert
Romancero gitano, Federico García Lorca
Fausto, Goethe
Las penas del joven Werther, Goethe
Ilíada, Homero

Odisea, Homero
Los miserables, Victor Hugo
Dublineses, James Joyce
El castillo, Franz Kafka
La metamorfosis y otros relatos de animales, Franz Kafka
El fantasma de la Ópera, Gaston Leroux
En las montañas de la locura, H. P. Lovecraft
Poesías completas, Antonio Machado
El Príncipe, Nicolás Maquiavelo
Mujercitas, Louisa May Alcott
Moby Dick, Herman Melville
Veinte poemas de amor y una canción desesperada, Pablo Neruda
1984, George Orwell
Rebelión en la granja, George Orwell
Los Pazos de Ulloa, Emilia Pardo Bazán
Cuentos, Edgar Allan Poe
Hamlet, William Shakespeare
Romeo y Julieta, William Shakespeare
Frankenstein, Mary Shelley
Rojo y negro, Stendhal
Drácula, Bram Stoker
Viajes de Gulliver, Jonathan Swift
Ana Karenina, Liev N. Tolstói
Guerra y paz, Liev N. Tolstói
La guerra de los mundos, H. G. Wells
La edad de la inocencia, Edith Wharton
Cuentos completos, Oscar Wilde
El retrato de Dorian Gray, Oscar Wilde
La señora Dalloway, Virginia Woolf
Las olas, Virginia Woolf
Orlando, Virginia Woolf
Una habitación propia, Virginia Woolf